王安石传

不畏浮云遮望眼

词奴儿 著

中国文史出版社

图书在版编目（CIP）数据

王安石传：不畏浮云遮望眼 / 词奴儿著 . -- 北京：中国文史出版社，2024.6.
（历史文化名人传记小说丛书）.
ISBN 978-7-5205-4767-3
Ⅰ . I247.5

中国国家版本馆 CIP 数据核字第 2024V3J812 号

责任编辑： 徐玉霞

出版发行：中国文史出版社
社　　址：北京市海淀区西八里庄路 69 号院　　邮　编：100142
电　　话：010-81136606　81136602　81136603（发行部）
传　　真：010-81136655
印　　装：廊坊市海涛印刷有限公司
经　　销：全国新华书店
开　　本：1/16
印　　张：25.75
字　　数：400 千字
版　　次：2025 年 3 月北京第 1 版
印　　次：2025 年 3 月第 1 次印刷
定　　价：76.00 元

文史版图书，版权所有，侵权必究。
文史版图书，印装错误可与发行部联系退换。

目录

第一章　老臣只安于现状　新天子求贤若渴 ······ 001

第二章　人生若白驹过隙　君子当自强不息 ······ 011

第三章　不畏浮云遮望眼　自缘身在最高层 ······ 021

第四章　朝事纷繁起乱象　风闻奏事误君听 ······ 030

第五章　包拯举办牡丹宴　安石得名"拗相公" ······ 037

第六章　嵬名山归附大宋　王安石知江宁府 ······ 046

第七章　韩琦辞宰相之职　安石任翰林学士 ······ 052

第八章　富弼进谏不言兵　安石建议先理财 ······ 060

第九章　尽职责剖析弊端　论本朝百年无事 ······ 070

第十章　安石迩英阁讲学　王雱洞房花烛夜 ······ 079

第十一章　安石成立条例司　司马光请求外调 ······ 087

第十二章　安石欲科举改革　苏轼说求治太急 ······ 095

第十三章	吕诲弹劾王安石 罗列了十大罪状	103
第十四章	苏辙反对均输法 富弼进献《辨奸论》	113
第十五章	富弼辞相判亳州 陈升之上任翻脸	123
第十六章	汉惠帝萧规曹随 司马光讲学受辱	132
第十七章	司马光反青苗法 张方平出谋献策	144
第十八章	儿女情浓共携手 落花流水仍依旧	153
第十九章	司马光代拟答诏 王安石上表请辞	163
第二十章	司马拟题"三不足"韩琦同相位无缘	173
第二十一章	赵抃辞去副宰相 安国得罪吕惠卿	182
第二十二章	王安石行免役法 司马光知永兴军	191
第二十三章	暮色渐浓风渐紧 欲寻何地看春归	200
第二十四章	曾布为新法辩护 阐述诬陷的产生	207
第二十五章	王韶进献《平戎策》司马光退居洛阳	213
第二十六章	契丹人边境挑衅 安石颁布市易法	223

第二十七章　文彦博斥市易法　王韶收复武胜军 …………… 233

第二十八章　皇帝观灯元宵夜　安石落马宣德门 …………… 241

第二十九章　安石提举经义局　文彦博寄望日食 …………… 250

第三十章　安石天变不足畏　王韶又收复五州 …………… 259

第三十一章　曾布接任三司使　韩维说免行钱法 …………… 269

第三十二章　宦官对付王安石　曹太后斥责皇帝 …………… 277

第三十三章　冯京弹劾吕嘉问　曾布暗查市易务 …………… 285

第三十四章　安石上表辞相位　韩维代拟罪己诏 …………… 296

第三十五章　曾布反出新法派　郑侠进献《流民图》 …………… 305

第三十六章　来时朝中愁多事　及至归时雨潇潇 …………… 313

第三十七章　曾布罢免三司使　韩维调出翰林院 …………… 321

第三十八章　邓绾调查《流民图》　吕惠卿创"手实法" …………… 331

第三十九章　六朝旧事随流水　物换星移几度秋 …………… 334

第四十章　春风又绿江南岸　汴京雪落掩重城 …………… 343

第四十一章　王安石重返朝廷　沈存中出使契丹 ………………… 351

第四十二章　张方平离间韩绛　邓绾弹劾吕惠卿 ………………… 362

第四十三章　而今往事难重省　海棠未雨春已休 ………………… 372

第四十四章　青山缭绕疑无路　忽见千帆隐映来 ………………… 381

第四十五章　当此不知谁主客　道人忘我我忘言 ………………… 390

第四十六章　浮云却是坚牢物　千古依栖在蒋山 ………………… 398

后记 …………………………………………………………………… 405

第一章 老臣只安于现状 新天子求贤若渴

北宋治平四年（1067）三月。

春风如缕，桃杏如染，京城内外，风光旖旎。不必说那错落有致的楼台，长街两边流光溢彩的店铺；也不必说茶坊酒肆中的丝竹管弦悠扬悦耳；单是那穿城而过的蔡河，碧水流淌，长桥卧波，岸柳飘柔，画舫悠闲，便知这是踏青游玩的好时节。

赵顼，刚登基的皇帝，年方二十岁，正是意气风发，对周遭的一切充满了幻想和希望的年龄。而他似乎并未感受到春天的勃勃生机。此时，他正在幽深的皇城内——福宁殿的书房里，翻阅着先帝英宗时期大臣们的奏章。

起初，赵顼与朝臣们一同处理朝政，倍感新鲜，十分积极。渐渐地，新天子那份兴奋喜悦的心情趋于平静，甚至有些茫然。他发现，先帝英宗在位三年多朝中事务和对天下的管理，几乎是先祖仁宗朝后期的延续，没有丝毫的改变和创新。其时，范仲淹、杜衍、刘沆、晏殊等人已经故去，辅佐朝政的有韩琦、文彦博、富弼和欧阳修等老臣。

韩琦、富弼等人还未到老迈昏聩的程度。在仁宗朝，他们曾是充满激情、欲济世治国的精英，是范仲淹改革的坚定支持者。只是宦海浮沉几十年，已消磨得世故圆滑，如今只安于现状，对朝廷及天下事再也没有新的建言。

赵顼登基两个多月，把这些奏章看了不下三遍。每读一次，心中的忧虑便加重几分。眼前的臣子，也是先帝的臣子。先帝遗下的奏章，便与他亲手接到的奏章一样，同是出自这一班臣子之手。

夕阳给巍峨厚重的宫城涂上金碧辉煌的色彩，楼台亭阁又在夕阳中投下重重叠叠的阴影。

赵顼有些烦躁，推开书案上的一堆奏章，起身走至窗前。

风，穿檐过脊，把鸟鸣、花香带进窗里来，令人神清气爽。他又回到案前坐下，拿起单独放在边上的一道厚厚的折子——《上仁宗皇帝言事书》。

这篇洋洋洒洒的万言书，说是历代奏疏中的鸿篇巨制也不为过。作者在综论天下大事、详细陈述自己的革新主张时，其文辞峭拔、严肃、锋利，却又态度诚恳、感情真挚。

大宋自太祖皇帝立国以来，守卫宫城的禁军数量大大增加，户籍上的数目是前唐的十倍。宋真宗在朝时奢侈靡费，"泰山封禅"耗资几百万贯倒是小事，人口的增加和土地过于集中使税收减少，外加冗兵冗官才是国家财政日益窘困的主要根源。

到宋仁宗时，所实施的政策是不修边防，不整军备，不练士兵。每年向辽国输绢、茶、瓷器等折合白银五十万两，以换取和平。使百姓免于战火固然好，但国家放弃守备，裁减边防，长此以往，人心涣散、松懈。一旦边境有战事，局面便难以收拾。

如此国情，当时的仁宗皇帝认为，天下太平、四境安宁是仰赖苍天神灵的护佑。他身边执掌大权的臣子，辅佐朝政的谏议官员，都是人中翘楚，其诗词歌赋、道德文章可以名垂千古，于朝政事务上，却只会夸夸其谈。唯有范仲淹衡量根本，看出潜在的危机，立志以变革来改变国家衰弱的状况。

范仲淹执掌宰相时［庆历四年（1044）］，改了恩荫的旧习，完善了考察官吏的制度。只这一两项，便使朝廷陷入激烈的争吵和内讧中。仅仅三个月，性格宽厚、以仁治天下的仁宗皇帝，便听信谗言，以"朋党罪"贬斥了范仲淹与一干支持变革的官员。

变革失败的十四年后（1058），范仲淹也已故去。这篇《上仁宗皇帝言事书》，分析国家内忧外患、贫弱交困的形势，此时更为深刻切实而明白无误。但仁宗皇帝也只是把它置于布满灰尘的案牍之中。

时光倏忽，又过了九年。今天，年轻的新帝赵顼再次捧读这篇万言书，为其文辞和内容激动不已。

"皇上有恭谨俭朴的美德、聪明睿智的才能，早起晚睡，处理朝政从未松懈。以仁慈的态度对待百姓，得到了天下人的信任。皇上还能秉公选拔有声望的人才辅佐朝廷，把国家大事托付给他们，并不因为奸邪小人中伤就怀疑他们。即使是二帝三王的用心，也不过如此。按说这样应该家家富裕、人人满足，天下太平了。

"然而，事实上并没有收到这样的效果。臣分析当前的形势，对内不能不为国家的治理方式担忧，对外则不能不担心外族的侵扰。国家的财力一天比一天困窘，风气一天比一天败坏。天下有志之士，对国家能否长治久安深感忧虑。这是为什么？臣以为，主要的弊病在于人们不重视法治，不重视制度的建设。"

读到此处，赵顼举目望向窗外。夕阳西下，楼阁间的巷道中有鸟儿鸣叫着飞过。

"如今，以'路'为辖区的方圆数千里，能够推行朝廷的法令，知道事情的轻重缓急，并能够把百姓管理好，把自己分内的事情做好的官员少之又少。而没有才能、做事敷衍、贪婪、失德的官员却多得数不清。能够坚持先王的理念，使它适应当时形势的变化，这样的官员在辖区之内也找不出一个。

"朝廷颁布的法令，虽然用意很好，但那些在位的官员往往不能很好地落实，老百姓并不能得到皇上的恩赐。而下面的小官吏则利用这些法令，盘剥百姓，为个人捞取好处。

"既然大部分官员是不合格的，那么问题出在哪里呢？臣以为，问题就出在任命、考察官员的制度上。要改变这个状况，首先就得改变那个任命、考察官员的制度。"

有太监来点灯。

赵顼这才惊觉天黑了。他放下手中的折子，望向那个点灯的太监：

"李宪，你是何时进宫的？"

李宪躬身道："回禀陛下，奴才是皇祐五年（1053）进宫的。"

赵顼站起来，舒展一下腰身，笑道："朕听说，你喜读兵书，拳脚功夫也不错呢。"

李宪抬眉，飞快地看一眼年轻俊朗的天子。烛光落进他的眸子，亮晶晶的："陛下，奴才只认得几个字，不敢说喜读兵书。奴才最喜欢听的，是范仲淹在西北边境带兵打仗的故事。"

赵顼眉峰一挑："那朕考考你。在战场上，一个士兵最为可贵的品质表现在哪些方面？"

李宪今年二十五岁，挺直的腰板、红润的脸膛儿，看上去不像久居深宫的太监。皇帝的话，令他既兴奋又有些局促不安。

他迟疑道："奴才怕说不好。"

赵顼故意沉了脸："说得好与不好，体现的是你读书的程度。若是不说，就是抗旨了。"

李宪忙道："陛下，奴才以为，一个士兵首先要有过硬的杀敌本领。在战场上，要不怕死，要有为国而战的信念。要绝对服从指挥官的指挥。若遇紧急状况，应能分析、辨别敌我双方的形势，从而保存自己。"

赵顼双手抱在胸前，饶有兴致地看着这个比自己只大几岁的太监，为他眼里的热情、自信而折服。心中暗想，若所有的士兵都像他，何愁边境不宁？

李宪见皇帝似笑非笑地看着自己，心中忐忑，又不敢问，只垂手侍立。

赵顼笑道："你的回答也不错。朕却以为，你不能只要求自己做一个合格的士兵，而是要做一个出色的将领。在战场上，将领，要有迥异于一般人的智慧，要能够看到常人不能看到的，预料到常人所不能预料到的事情。"

恰有小太监来禀报，说皇后娘娘着人来请陛下用晚膳呢。

赵顼扭头见门外一团暮色，拍拍李宪的肩膀："从明儿起，你就跟在朕身边吧。"出门便有几个提灯笼的太监簇拥上来。

李宪送至门廊外，看着年轻的皇帝迈着有力的步伐渐渐远去，心里生出一股莫名的兴奋。

仁明殿外，檐下的一排大红灯笼，映照得雕梁画栋流光溢彩。

向皇后至天黑未见皇帝，便命小太监去请。

向皇后，是宋真宗咸平四年（1001）时的宰相向敏中的曾孙女，青州知府向经之女。当年嫁给赵顼时，赵顼是颍王，向氏受封为安国夫人。如今赵顼继位，立向氏为皇后。

此刻，向皇后正坐在灯前翻一本书，看上去平静如常，心里却有几分凌乱。按说，丈夫贵为天子，自己统领后宫，母仪天下，何等尊贵。只是这些日子，她瞧着皇帝已无新登基时的欢欣鼓舞，天天窝在书房里读奏章，倒读出满腹的心事。虽说后宫不许参政，她却不能不担忧。

宫女小蛾来报，圣驾已到殿门外。

向皇后忙吩咐快将鸡汤端出来，摆上餐桌。自己则来至殿门边，跪迎圣驾。

赵顼扶起她，相携着来至餐厅。

餐桌上并无菜肴，唯有一只白底蓝色缠枝花纹的瓷罐。

向皇后揭开瓷罐盖子，一股醇浓的鸡汤香味四散开来。

赵顼嚷道："好香啊。朕饿了呢。"

向皇后用一只碧玉碗盛了鸡汤，递给他："陛下晚膳吃得早，都这时辰了，哪有不饿的？臣妾特意煨了鸡汤，给陛下垫补一下。"

赵顼接过一看，喜道："呀，有汤圆。"用汤匙舀一只汤圆，咬一口，烫得直咂嘴。

向皇后见他像小孩儿一样，温柔地说："陛下，慢点儿吃。"

赵顼品道："这鸡汤煮的汤圆，比清水煮的汤圆多了一些味呢。"

一时吃罢，连夸皇后好厨艺。向皇后满心欢喜。

赵顼却眉头轻锁："朝臣治理国家，因何不能像厨子做菜一样，翻着花样呢？多少年来的条例一成不变。"

向皇后安慰道："一切遵循先王的古制，方是正道。多少代帝王都是这样过来的,说明这是不可逾越的规矩。陛下慢慢习惯了就好了,何必烦恼。"说着话,两人已来到寝宫。

赵顼往绣榻上一躺,叹道:"你到底不能明白朕的心意。"

向皇后心中一惊,不知说错什么,却依然面带微笑:"天子是受天命而治理天下的。自古以来,帝王之道,与人吃饭一样,岂能更改?"

"饭,是不能不吃。"赵顼坐起身,"但是,饭的内容,或者做饭的方式能否改一下?就像你今晚做的鸡汤煮汤圆,不比清水煮的汤圆更好吃?"

向皇后似有所悟:"陛下是说,朝臣要像会炒菜的厨师一样,变着花样来治理天下?"

赵顼点头:"皇后说得不错,先王的理念不可不遵循。但世事是变化的,就像国库里的钱财,总有用完的时候。国库不丰,拿什么养兵备边、劝课农桑?造福于民终是一句空谈。"

小蛾托了茶盘进来,向皇后接过放在茶几上,将茶杯捧给赵顼:"鸡汤有点油腻,陛下喝点茶,会清爽一些。"

赵顼接过茶杯,揭开盖子,但见汤色清冽,芽芽直立,幽香四溢。他深深吸口气,连说好茶。

向皇后接道:"内廷司总管送来的。说是临安(今杭州)府最好的龙井茶。"

"嗯,龙井茶也分等级,雨前茶是上品,明前茶是珍品。"他喝几口,似乎并未品出是雨前茶,还是明前茶,就放下了茶杯。眉宇间轻笼着几许焦虑。

向皇后看着他,暗暗惊奇。三个多月以前,皇帝还是颍王,还是一个青春蓬勃的、无忧无虑的大男孩儿。忽然之间就长大了,眉宇间有了忧愁、有了焦虑。

"原以为,"向皇后在他对面坐下,轻声道,"自古以来的帝王,掌握着至高无上的权力,享受着天下人的敬仰。这是何等的尊荣,又有何等的快乐。却原来,江山社稷的兴衰强弱,皆系于皇帝一身。"又问,"难道就没有朝臣替皇帝解忧吗?"

"解忧的朝臣?"神宗一声叹息。

向皇后忙问:"陛下因何而叹?"

他说起今儿早朝的事。

早朝,垂拱殿中。赵顼端坐于龙椅之上,目视群臣。富弼、韩琦、唐介、欧阳修、文彦博、曾公亮等,皆为三朝老臣,其文章的文采精华当流传后世。他们说话、走路、做事,文绉绉、慢悠悠的。

较为年轻一点儿的有吕公著、司马光、王陶等人,也是不紧不慢的样子。当这些臣子奏事时,赵顼真想大喊一声,叫他们热情一点、精神一点,说话做事的速度加快一点。

赵顼刚满二十岁,周身洋溢着青春的活力与激情。可在这垂拱殿中,却感受到了一股压抑的沉沉暮气。他感觉憋得慌,他想跑出大殿,站在春天的阳光下大口呼吸。在不知所措中,他突然觉得,自己不能沉溺在这暮气之中,不能在这把龙椅上虚度了光阴,未老先衰。他要改变这种状态。

他目光灼灼,扫一眼殿中肃穆而立的群臣,问:"众爱卿,天子该如何治理国家呢?"

御史中丞王陶出列奏道:"请陛下谨听谏、明赏罚、斥佞人、任正士。开言路以通下情,省民力以劝农桑。先俭素以风天下,限年度以汰冗兵。天下便可以治理得很好了。"

当赵顼还是颍王时,王陶便是颍王府的侍讲,专给颍王讲读史书,讲解经义。

赵顼此刻听了,暗想,这书上说的,朕何尝不知?因又问:"王爱卿认为,眼下哪件事是最亟待解决的?"

王陶心想,真是新官上任三把火,火急火燎的。嘴上却说:"凡事一桩桩、一件件慢慢来,无须着急。历代君主都是这么过来的。"

赵顼有些失望。以前听王陶讲学,很敬佩他学识精深,认为必定是治国经邦的栋梁之材。如今看来,也不过是纸上谈兵之人。

他望向司马光。

司马光，字君实，陕州夏县（今属山西）人。七岁时就以通《左氏春秋》而闻名。小时候，司马光与几个孩子在庭院里面玩耍，一个孩子爬上大瓮，跌进瓮中被水淹没。其他孩子都吓跑了，司马光急忙捡了块石头，用力砸破了瓮，水流出，那孩子得以获救。故司马光又以有智而出名。仁宗宝元初年（1038）进士及第，累迁龙图阁直学士。赵顼继位后，经欧阳修极力推荐，擢为翰林学士。

赵顼笑问："司马爱卿以为如何？"

司马光没想到，殿中这么多大臣，皇帝会直接问到自己。他越众而出，不慌不忙地说："回陛下，臣以为，治理国家要做到三点，一官人，二信赏，三必罚。"

"可否说得再详尽一些？"

司马光回道："治理国家主要在于君主的管理，一是选用好官员，二是奖赏要信实，三是刑罚不含糊。"

赵顼不否认这三点是治国之要。尤其是第一点，选用好官员。这殿中朝臣，哪一位不是饱学之士？他们的诗词文章或许都能流传千古，可又有谁能提出更好的治国策略？这位新一辈朝臣中的佼佼者司马光，也只能谈一些空洞的大道理。

群臣见皇帝不语，有些诧异。都悄悄向丹陛之上看去。却又听他说："去年春天，朕在先帝书房，读过你编修的《通志》中的《周纪》和《秦纪》，这是一部极有意义的书。"

司马光见皇帝突然转换话题说起自己所修之书，正不知何意，又听其说这是一部极有意义的书，就不虑其他，心里生出几分得意，回道："承蒙陛下夸奖！臣得以研精极虑，穷竭所有。遍阅旧史，旁采小说，日力不足，继之以夜。当尽毕生精力修好这部《通志》。"

赵顼思索道："这部书以深邃的视角和智慧，记录了春秋战国以来，历代王朝兴衰交替的沧桑历史。后代帝王从中可以借鉴许多治国之道。朕想将书名改为《资治通鉴》，爱卿意下如何？"

司马光忙跪地叩首："谢陛下钦赐书名。"

向皇后正凝神听着，赵顼却不说了，只盯着烛火出神。

向皇后看他光洁白皙、轮廓分明的脸，眼里透着一股子坚定而近似冷峻的神色。她忽然明白，年轻的皇帝有意兴大业，虽然这一班朝臣不能契合圣心，但他必定会另觅良才。

赵顼扭头问："你可记得一个叫韩维的人？"

向皇后想，后宫嫔妃或许听过宰相的名字，但其他朝臣的名字如何知晓？因问："此人怎么了？"

"当时朕还是颖王时，韩维便是颖王府的记室参军。给朕讲经文，或论天下事，每次得到朕的赞赏时，他都会说'这是臣的好友王安石的独到见解，并非臣领悟到的'。后来朕被立为太子，韩维拜太子庶子，他又极力推荐王安石代替自己。从那时起，朕就对王安石其人充满了好奇。"

向皇后笑道："陛下近日总是提起王安石这个人。他不是给仁宗爷写万言书的吗？"

"正是此人。"赵顼走至烛台边，拿起旁边的小剪子，轻轻剪去烧焦的灯芯。灯光一下子变得更清亮了，"朕读了万言书后，对此人真是思之若渴。"

向皇后从他手中接过小剪子，放进匣子里。

赵顼道："仁宗爷在庆历年间，任用范仲淹推行新政，改革了两三件事。前后不到三个月，范仲淹被贬黜，新政不了了之。到了晚年，仁宗爷几乎不问朝政。王安石的万言书，他怕是连看都没看。"又接道，"到了先帝英宗时，唉，也难怪，英宗在位不满四年，皇家琐事尚未理顺，天下事又从何说起？"

当年，仁宗无子，立濮王赵允让的儿子赵曙为太子，便是后来的英宗。英宗治平年间，宰相与台谏之间争论得最激烈而没完没了的一桩事，就是称濮王赵允让为"皇考"还是"皇伯"。

向皇后也知道这事儿。但她不懂，这种礼法之争，与其他一些不起眼的小事一样，是朝廷派系之间的斗争。

此刻，她看着这个似乎在一夜之间长大的大男孩儿，轻声道："陛下，在朝臣面前，切不可这样议论两朝先帝。陛下既是拿准了王安石是个辅佐朝政的良才，何不下旨招揽？"

心中却想，辅佐之臣，要德才兼备方可用之。这个王安石，但愿不是徒有虚名。

第二章　人生若白驹过隙　君子当自强不息

那个给宋仁宗写万言书，中间经历了宋英宗，却感动了新天子赵顼的王安石，何许人也？

王安石，字介甫，抚州临川（今江西抚州）人。他的父亲王益，在宋真宗天禧年间，任临江军判官。天禧五年（1021）冬天，王安石就出生在临江军的判官官舍中。他的母亲吴氏，是王益的第二任夫人。

王益与前妻徐氏生有两子，即安仁和安道。徐氏去世后，续娶吴氏，生有五男二女。五个儿子便是安石、安国、安世、安礼、安上。

王益，字舜良，生于宋太宗淳化五年（994），于宋真宗大中祥符八年（1015）考中进士。曾在建安、临江、新淦、庐陵、新繁、韶州等地任地方官。

安石幼年就跟随在父亲身边读书，这种宦游生涯虽然漂泊不定，却让他有幸见识了山川河流上的明月落照和荒烟蔓草，见识了不同的风土人情和人间百味世态。

王益虽然官职不高，但不媚上欺下，不惧豪强。每到一地，兴水利，办学堂，关心民众疾苦。这给年少的安石树立了一种精神上的榜样。这榜样一直激励着他读书、为官、当国，直到逝去。

宋仁宗景祐四年（1037）春天，安石陪父亲进京述职，并听候朝廷新的任命。

在安石眼里，东京汴梁（今河南开封）比江南，自有一种别样的锦绣与繁华。何况正值阳春三月，又是科举大考后，各路举子等候发榜的日子。热闹喧嚣中，夹杂着亢奋、期待与不安。

这天，安石想，朝廷给父亲任命的诏书快下来了，在离开京城之前，何不去街上逛逛？便向父亲说了一声，出客栈往蔡河湾大街而来。

蔡河湾，傍蔡河而成。是东京城最繁华热闹的长街。街道两边店铺林立,游人如织。那穿城而过的汴河、蔡河,河岸杨柳生烟,楼台映日。河里商船繁忙，画舫悠闲。

最令安石惊奇的是，天子脚下，京畿重地，那贡院、太学、国子监竟与教坊、青楼、勾栏瓦肆相邻。其间，进进出出的也都是士子模样的人。店铺门前的叫卖吆喝，茶坊酒肆中的丝竹管弦，人声嘈杂之中，烟火味与女人的脂粉气息，在风中混合弥漫成一种融融之乐，让人流连忘返。

街上卖文房四宝的店铺极多。他走走停停，想着给弟弟们带几支笔回去也不错，便进了一家叫书香阁的铺子。店小二见了，忙迎上来，笑着打恭，说本店笔墨纸砚皆为上品，皆为进士及第之必需物。问公子想要多少。

安石说自己先瞧瞧，便挑那湖笔细看。

前面有位年轻人也在看笔。安石见他挑的笔，不禁笑道："果然，天下士子皆爱湖笔。"

那公子抬头，见说话之人是一位身材单薄的少年，个子不高，却有一颗硕大的头颅，一双耳朵向外支棱着。尤其是那两道剑眉下的眼睛，目光灼灼，透着一股子与年龄不相称的成熟与刚毅。心里不免啧啧称奇。忙躬身抱拳，笑道："公子说得不错，湖笔实乃天下士子之首选。"又道，"在下姓曾名巩，字子固，建昌军南丰（今江西南丰）人。敢问公子哪里人氏？"

安石见他眉宇间文采精华，又彬彬有礼。忙回道："小生临川（今江西抚州）人，姓王名安石，字介甫。随家父来京办事的。"

曾巩道："我来京城参加大考，现如今正等着发榜呢。"又放低声音，"这里不是说话之地，咱买了笔，找一家茶坊，边品茗，边叙谈，如何？"

二人各自买了笔出来。安石说："何必上茶坊，到我的住处，既清静，又不花费。岂不更好？"说毕，拉了曾巩就往客栈而来。

王益正疑虑儿子玩到哪儿去了，却见他带了个人回来。

曾巩忙上前见礼，做了自我介绍。

王益捋着胡须笑道:"真应了那句老话了,有缘千里来相会,无缘对面不相逢。曾王两家是亲戚。年轻时,我与令尊常在一起研习学问。只是后来到地方为官,风雨江湖,就再也没有见过令尊了,更不认识你这一辈人。"又向安石道,"你母亲是子固母亲的亲侄女。你应称他一声表叔。"

曾巩喜道:"原来是临川王家舜良表兄,小生正是南丰曾家的子固啊。不想竟在这京城相遇。表兄二十二岁便进士及第,家父时常提起呢。"

安石跳起来:"比我长一辈?我今年十六了,你多大?"

曾巩笑道:"子固痴长两岁。"又拉了安石的手,轻声道,"咱俩意气相投,管它什么辈分?就以平辈论交,如何?"

安石一面看父亲,一面说好。

王益看着他说:"长幼尊卑岂可不分?那'礼',你莫非还未读懂?'礼'是规范人的行为、道德、尊卑秩序以及礼仪规矩的。人的嗜欲好恶,都由礼来节制。人与野兽不同就是因为懂得礼。只是你二人年纪相仿,情投意合,私下里可以不计较辈分,但在人前,切不可忘了,切不可因此而叫人笑话了。"

安石没料到曾巩一句话惹出父亲一番大道理来。父亲说的是至理,但他怕曾巩面子上过不去。

却见曾巩立起身,向王益一揖到地,恭谦地说:"此话有理。小生决不会越了这个'礼'字去。"

天光渐暗,街灯甫起。随着夜幕降临,蔡河湾大街反而比白天更加热闹。

曾巩经不住安石苦留,便在客栈与他父子一起吃了晚餐。至二更天,才依依不舍地告辞。

安石送至客栈门外,有些遗憾地说:"本朝,我最崇尚的当数范仲淹、欧阳修和韩亿等人了。可惜,范仲淹因进《百官图》和"四论",被吕夷简以'越职言事、勾结朋党、离间君臣'为由而弹劾,遂遭罢黜,并牵累一批耿直之臣。"

曾巩边走边笑着挥手："他们就是不遭罢黜，在这京城之中，你也见不着。你进屋去吧，我走了。"

安石扬声道："为什么见不着？总有一天，我会见到他们的。"

几天后，科举大考的皇榜出来了。曾巩榜上无名，黯然回乡。

四月初，王益接到朝廷诏命，通判江宁府（今江苏南京）。通判是由皇帝委派，作为知州副职，辅佐州郡政务的。有直接向皇帝报告的权力，是集行政与监察于一身的中央官吏。

安石依然随父亲到江宁任上。每想起曾巩那句"这些朝臣你见不着"，心里便多一分不服气。

王益自然知道儿子的秉性。安石从小通读诸子百家，能文善赋，何曾把人看在眼里？在临川，就被人称作"不可一世的少年"。因笑道："你别不服气。子固的文章，平实质朴，温厚典雅。内容广泛，义理精深。若长此下去，在本朝定能占得一席之地。"他这话虽然是想打击儿子的傲气，但一点不假。

安石知父亲对曾巩的评价极为中肯，自己又何尝不叹服曾巩的学识？可嘴上依然道："他的文章既这样好，却为何落榜了呢？"

王益思忖着说："子固擅长策论，怕是不屑于应付科考时文。若真如此，再考也会落榜。"安石若有所思。

自这次父子谈话以后，安石把那恃才傲物之心收敛了些，只埋头读书。虽于寝食之间，仍手不释卷，经常通宵达旦。每当王益休沐时，他便拉着父亲遍游江宁山水，寻古探幽，访民问俗，以开阔视野，增长阅历。

然而，好景不长。宋仁宗宝元二年（1039）二月，王益病逝，时年四十六岁。王益为官清廉，不蓄资产，家中无力将棺椁运回原籍临川。安石遵父亲生前遗嘱，将其葬于江宁府的牛首山下。从此，王家便定居于江宁。

父亲突然离世，就像靠山轰然倒塌。安石茫然不知所措，只把自己埋在书堆里。仿佛唯有读书，方能慰藉他悲痛而迷惘的心。

吴氏见儿子日益瘦削的脸颊，痛惜不已。这天，她在丈夫的灵前找到儿子，看着那一摞摞的书卷，说："介甫啊，你读书自然是好事，可你对读书有何体会呢？"

安石抬起一双布满血丝的眼睛，茫然地看着母亲。

"读书要广，理解要深。书中无论哪一种观点，都不能令其捆住自己的思路。读书，若不能化为己用，就算读一辈子的书，也不过是个书呆子啊。"

安石听母亲轻言细语一道来，心中惊骇。他只知母亲知书达礼、贤惠厚道，对两个同父异母的哥哥安仁和安道，如同对自己亲生的孩子。却不知她对读书竟有这般深远的见识。但当他想到母亲出身于金溪吴氏的书香之家，即刻释然。

吴氏抬手拂一拂儿子蓬乱的头发："你父亲走了，没有人给你引路，你得给自己立一个目标，定一个方向。如此，你将来的日子才不会迷惘。"

这一瞬间，安石忽然感觉自己长大了，不能再让母亲操心了。他看一眼父亲的画像，说："母亲，孩儿若要像父亲那样，为官一任，造福一方，唯有去参加朝廷的科举大考。只有进士及第，才能走上仕途，才有机会施展自己的抱负。"

吴氏眉宇间有几分忧虑："每一次科举考试，朝廷只录取五六百人。而三年一次的大考，天下有多少学子应试？无异于千军万马争过独木桥啊。"

"母亲，就算真有千军万马，孩儿也要去挤挤这座独木桥。"

他母亲又道："你有远大的志向自然是好。但愿你不是为了富贵而苦读，不是为了名利去巧取。"她看一眼丈夫的灵位，放低声音，"庄子曰，人生天地之间，若白驹过隙，忽然而已。在人短暂的一生中，有比名利更值得去做的事。"最后一句话轻得像耳语。

安石看着母亲离去的背影，回味母亲的话，若有所思。是啊，光阴易逝，年轻时若没有志向，到老必将一事无成。从此，他边守孝边读书，只是在读书的方法与认知上，有了很大的改变。

安石为父亲守孝三年期满，于宋仁宗庆历二年（1042）春赴京参加科举大考，一举而中第一甲第四名进士。

其间，有个小插曲。

原来，殿试结束后，由主考官和阅卷官排出名次，将前十名考生的考卷交给中书省和枢密院的长官看后，再由皇帝定夺。

前十名依次是，第一名王安石，第二名王珪，第三名韩绛，第四名杨寘……

这杨寘，此前在乡试和会试中都夺得第一名，对本次成绩更是信心十足，认为自己定能夺得本科状元。杨寘的哥哥杨察，是晏殊的女婿。晏殊当时是枢密使兼同平章事，阅卷时自然看到了名次。虽然还没有得到皇帝的朱批，但也八九不离十了。

杨寘托哥哥向晏殊打听到考得第一甲第四名，未免有些失落。与几个朋友喝酒时，拍桌子骂道："不知哪头驴子抢了我的状元。"

其中一人安慰道："杨兄少安毋躁。皇帝还未朱批呢。皇帝钦点的，才是状元。"

这事儿还真叫那人说着了。前十名的卷子呈上去，仁宗皇帝按顺序依次审阅，第一个是王安石的。王安石的字笔力劲挺，气韵流畅。文章结构严谨，见识高超。语言朴素简洁而说理透彻，概括性强。仁宗面带笑容，看上去很满意。主考官和主阅官也很轻松。

但仁宗忽然蹙眉念道："孺子其朋？孺子其朋？"

此语出自《尚书·周书·洛诰》，原文是："孺子其朋，孺子其朋，其往！无若火始焰焰。"是周公对他的侄子周成王说的话。意思是："你这年轻的小孩啊，今后和群臣要像朋友一样融洽相处。要到洛邑去！不要像火刚开始燃烧时那样气势微弱。"

这话显然犯了大忌，一个年轻人竟敢以长辈的口吻教训皇帝。且不说皇帝已经在位二十四年，其年龄也已近不惑了。

主考官和主阅官听仁宗念"孺子其朋"，早吓得魂不附体。可他并没有发怒，只是将王安石的试卷丢在一边："此子狂妄已极，何以魁天下！"

接着，他又拿起第二名王珪和第三名韩绛的卷子来看。二位的文笔和立意虽不如王安石，却也属上乘。按照惯例，王安石拿下来，应该由第二名王珪递补上去，但朝廷有规定，朝臣不能点状元，王珪和韩绛都是朝官。仁宗又拿起第四名杨寘的卷子，读完笑道："杨寘，朕知道此人，在乡试和会试中都是第一名。这次也不错，状元就是他了。"

状元既已钦点，照理其他排名应该顺延，王安石该排第二名。可仁宗没忘记那句"孺子其朋"，却也没发雷霆之怒，只将他二人的试卷掉了个个儿。就这样，杨寘成了本场的新科状元，王安石则成了第四名。

这事儿便成了人们茶余饭后闲谈的故事。

却说安石接了皇榜，便命书童王谢先回家向母亲报喜。自己仍住在客栈，等候朝廷下达任命诏书。宋朝举子一登进士第，即释褐。释褐，就是脱去平民衣衫，开始任官职。

这一年，曾巩也参加了考试，又落了榜。这天，安石送曾巩上了返乡的船，回到客栈。他想起父亲生前曾说过，曾巩通晓六经，擅长策论，若对应试的重点科目诗赋不重视，还是会落第。果然被父亲不幸言中，曾巩又榜上无名。科举取士，是选拔辅佐朝廷治理国家的有用之才，应以道德为重，以经义、策论为主。仅以诗赋取士，实在是欠妥，安石这样想着，一时又说不上充足的理由。

三月末，安石终于等到朝廷的诏书。他被任命为签书淮南节度判官厅公事，就是做扬州地方长官的幕僚。

当天傍晚，安石正收拾行装，准备明日一早起程回家。却见同榜进士，排名第三的韩绛推门进来。

韩绛，字子华，生于宋真宗大中祥符五年（1012）。其父韩亿，是真宗、仁宗两朝的重臣，曾入知枢密院事、参知政事。这次参加大考前与安石在京城相遇，二人惺惺相惜，遂为莫逆。

安石喜极，忙唤小二哥快沏茶来。

韩绛指着身后的青年男子："介甫，这是舍弟。"

韩维上前施礼："在下韩维，字持国，今年二十五岁。"

安石忙还礼："小弟今年二十一岁，就叫我介甫吧。"

店小二送了茶来，给三人斟上。

韩绛道："你果然窝在客栈。"及见他整理好的行李书箱，"你这是要回家了？"

安石笑问："朝廷诏书已经下达，我不回家，还在这里做什么？"

"新科进士都在钻门路，都想留在朝中为官。"韩绛喝口茶道，"你竟不知？"

安石笑问："知道又怎样？"

韩绛敲几下桌子："你原本是今科状元，却被人换成了第四名。第四名也在一甲，你就甘心去扬州做个幕僚？何不去找人打通关节？留在朝中为官，不比到地方为官更有前程？难道令尊生前在朝中就没有一个要好的朋友？"

安石见他着急的样子，知他是关心自己。因笑道："我们常说，要做一个经世济民的好官。若不从最底层了解民情民意，又从何处着手使国家兴旺，百姓安居？"

韩绛双眼朝上一翻："这些大道理用得着你说？为什么你非去不可？难道就没有其他人去做地方官了？"

安石笑道："好啦，不争了。该吃晚饭了，就在我这儿喝几盅，可好？"也不等韩绛说话，就唤来小二哥，"把你店里的拿手好菜做几个送来。再烫一壶好酒。"

韩绛奇道："你不是滴酒不沾吗？怎么？开戒了？"

安石嘿嘿地笑："你哥俩喝，我以茶代酒相陪。如何？"

"哪有你这样待客的？"韩绛笑着啐道。

韩维一直没说话。见桌上有几本书，他随手翻开《周易》，书眉上用蝇头小楷写的批注吸引了他。他悄声读道："（乾卦）象曰：天行健，君子以自强不息。（坤卦）象曰：地势坤，君子以厚德载物。做到'自强不息'或许很容易，做到'以厚德载物'就很难了。"

下面还有："君子处世，不仅要像天宇一样刚健强劲，运行不息。重要的是，即使身处逆境，也应不屈不挠，排除万难，坚持正义。这才是'自强不息'的要旨所在。而君子更应进德修业,其自身的度量,则要像大地一样广袤无私,方可以承载世间万物。"

韩维读得畅快,一拍桌子:"说得好啊!"

韩绛安石二人先吓一跳,见他捧着书,笑他读书读忘形了。

韩维道:"我是读介甫的批注,读忘形了。"

安石却道:"哪是什么批注?不过是读书时的一点儿联想罢了。"

韩维笑道:"看得出,你把《周易》读得很透彻。"

安石忙摆手说:"《易经》,阐述了天地世间的万象变化,其博大精深,实在是不敢说读得透彻。"

"为什么说《易经》是群经之首?"韩维问。

"《易经》,不仅是群经之首,亦是大道之源。易学,历代帝王用于朝纲,便是政道。用于带兵打仗,便是兵道。生意人用于买卖,便是商道。医者用于治病救人,便是医道。"安石回道。

韩维又问:"儒家与道家对《易经》的研究有区别吗?"

"佛家研究《易经》,将易学以天道应用于人事,测定天下之凶吉。以成就天下生生不息、代代相传的事业。道家研究《易经》,则是从天地的自然变化与人类自身的生理去钻研的。而孔子则强调天人合一,以阴阳刚柔言天道,以凶吉悔吝言人事。"

韩维点头。见哥哥韩绛朝他笑意盈盈的,暗想,哥哥说得不错,此人学识渊博,当真有经天纬地之才。可惜,皇帝因一句"孺子其朋"而夺了他的状元,这对朝廷是不是一种损失呢?

韩绛见韩维沉思不语,也不管他。对安石说:"大宋朝自太祖皇帝建国以来,总结反思唐代兴亡盛衰的教训,如宗室之祸、父子兄弟相残、后妃之祸、外戚之祸以及宦官之祸。这些祸乱直接威胁到一个王朝的命运。所以,自太祖皇帝至本朝,对这几种政治势力采取了极力的抑制措施。"

安石接道:"这方面的抑制,是极明智的。可是,纵观历史,治理天下,应当武以靖之,文以持之,两者不可或缺。但本朝却是重文抑武,选择与士大夫共同治理天下。"

韩维被他俩的谈话吸引，兴奋地听着。

"士大夫大多来自社会底层，是通过科举步入仕途的文人。而这些文人只有依附皇室，才能发挥他们的特长。皇帝依然是权力的核心，操纵着生杀大权。"韩绛说。

安石道："皇帝既是依赖、委托这些人共同治理国家，就该信任这个阶层。"

"怎么可能有绝对的信任？"韩绛若有所思地看着他，又摇摇头。

"酒菜来啰。"小二一面吆喝着，一面推门进来。

安石忙安放碗筷，请他二人落座。

韩绛到桌边坐下，笑道："既不能劝你留在京中，今夜就权当为你饯行吧。"

这是宋仁宗庆历二年（1042）四月初的一天。

第三章　不畏浮云遮望眼 自缘身在最高层

话又说回来。

赵顼虽惦记着王安石，但仍有自己的主见。欲使国家强盛，必须励精图治。他要的是敦本务实、充满干劲且富于变革精神的慷慨之士，而不是文章写得好却仅有一纸空谈的人。

早朝后，赵顼命韩维到福宁殿。

韩维早年随富弼在河东做幕府（文书人员）时，欧阳修举荐他回京知太常礼院，后以秘阁校理通判泾州。当赵顼为颖王时，为王府记事参军。不久又拜太子庶子，现为龙图阁直学士。

韩维到福宁殿时，赵顼正在廊外看花匠整理花圃。见他来了，问："持国，你说说，这花草树木，你若不管它，它便枝条蔓延。你若修剪了，它便按你的意图来生长。治理一个国家，难道不该是这样的吗？"

韩维一时愣住。花匠也停下手中的活儿，似在低头默想。

赵顼顺着回廊拐进书房。韩维跟进来，跪拜行礼。

赵顼笑道："起来吧。今儿传你来，不讲经，只讲王安石的故事。"

"王安石的故事？"

"正是。往日你给朕讲经讲到精彩之处，总说，这独到的见解是王安石说的。今日就给朕讲讲王安石其人。"赵顼坐到书案前的椅子上，命韩维也坐下，不必拘束。

韩维道："陛下，臣年轻时听坊间流传，王安石在临川被称为'不可一世的少年'。他与微臣的兄长是同榜进士，那年他二十一岁。也是那年春天，微臣因兄长介绍才认识了他。"

"噢！少年英才。"赵顼叹一声，"你接着说。"

韩维道："王安石少年时读书，并没有师承于名师。他读书与众不同，不为应考而读。自诸子百家，至《难经》《素问》《本草》以及小说，无所不读。阅读虽然广泛，却从不为书本所束缚，而是能断以己意，抓住知识的精髓。这便是他的特殊之处，也是他不同凡响的最根本原因。

"自那年在京中相识以后，微臣与王安石天各一方，仅凭书信来往，方才知晓他的一些事情。微臣若有学术上的疑问，便写信向他请教，他会很快回信，阐述他的精辟论点。"

有太监进来换茶水。

赵顼喝口茶问："王安石举进士之后，在哪儿就职？"又吩咐太监给韩维续茶。

"签书淮南节度判官厅公事，扬州地方长官的幕僚。"韩维谢过太监，回道，"第二年便娶了亲，是他母亲吴老夫人的远房侄女。但他并未带妻子到治所，说是工作之余好读书。在此四年，他越发巩固加深了自己的学识，并结合自己的观察和工作上的经验，将如何解决现实问题写成了一部《淮南杂说》。"说着他微微一笑。

赵顼忙问："因何而笑？"

韩维忙正色道："有个小故事。那年韩琦大人为枢密副使兼淮南节度观察使。有几次，王安石因为夜间读书太晚，至天明才睡，误了府衙点卯，对此韩大人极为不满。"

赵顼笑问："还有这事儿？那韩琦如何处置他的？"

"韩大人见他每次匆忙而来，衣冠不整，睡眼惺忪。心里不免犯嘀咕，扬州这地儿，可谓风景秀丽、美人如云啊。有一次，他到底没忍住，在大堂之上，当着众人，说，介甫啊，年轻人偶尔风花雪月一回，可以理解。但作为朝廷命官，夜夜笙歌就不妥了。你这么年轻就进士及第，切莫因此而误了大好前程啊。"

赵顼忙问："王安石是如何为自己辩解的？"

"他没有辩解，以致韩大人以为，他真是夜夜眠花宿柳了。"

赵顼大笑："还真是个怪人。"

韩维道："当时有同僚问他为何不解释。陛下猜他怎样回答的？"

"不猜。快说。"年轻的皇帝像个孩子。

"他说，韩大人刚到任，不了解我。世间之事，要名实相符，方可批评人。既是名实不符，我又何必解释？况且，当时所有人都在大堂之中，我若辩解，有损韩大人颜面。那误会就更深了。往后，韩大人自会知道错怪了我。"

赵顼拍案道："好！有胸襟，有气度。"

"陛下，当时王安石对同僚还说了一句话。"

"什么话？"赵顼见韩维有些迟疑，更是追问。

"他说，韩大人别无长处，就是长得好看些。"说毕，借着喝茶，悄悄看向皇帝。

赵顼仰面大笑。笑毕，悄声道："莫非他还会看骨相？"又提高声音，"以他少年时不可一世的性情，在扬州做了几年的幕僚，也真难得。难道就没想过入馆职，做京官？"

原来，宋朝有个规定，凡进士及第后，任地方官三年期满，即取得入京为官的资格。但得由朝廷审核同意，或由大臣举荐，才能参加馆职考试，考试合格方可任职。

馆，是指以馆、院、阁命名的几个最高学术机构。唐朝时设有集贤殿书院，掌管撰集文章、校理经籍之事。宋朝沿用唐制，以弘文馆、史馆、集贤院为三馆。当年宋太宗又命人从三馆中选出真本书籍万余卷，连同古画墨迹，另置一阁，从此就有三馆一阁。馆、院、阁所设的官职叫作馆职。

馆职虽无实职，但能接触皇帝和宰辅大臣，升迁的机会比较多。所以，入馆职又被称为"进贤路"。

韩维回道："当年，他在扬州任职期满，进京等候朝廷任命期间，臣也曾劝他考馆职，他一笑置之。却给臣看一首诗。"说着又小心地问，"陛下可想听听？"

"念。"赵顼将头靠向椅背，闭上眼睛。

韩维轻声念道：

> 河北民，生近二边长苦辛。
> 家家养子学耕织，输与官家事夷狄。
> 今年大旱千里赤，州县仍催给河役。
> 老小相携来就南，南人丰年自无食。
> 悲愁白日天地昏，路旁过者无颜色。
> 汝生不及贞观中，斗粟数钱无兵戎。

"王安石说，大宋自真宗朝起，每年向契丹（后改称辽）、西夏交纳大量银绢作为'岁币'，以求苟安。这年年岁岁的沉重经济负担首先落到边境百姓身上。州县官衙敲诈勒索，百姓苦不堪言，遇到天灾，更无法生存。庆历六年（1046），北方遭受严重旱灾，他在来京师的路上，目睹饥民背井离乡的悲惨景象，写下这首诗。"

赵顼突然抬头，双目圆睁，拍案道："他还真敢写！"

韩维吓得一哆嗦，心想这下完了。

却见赵顼双手撑着书案立起身，说："大宋向辽交纳了多少年的岁币？先帝驾崩，向辽下讣告，朕还要自称侄孙。简直是奇耻大辱。"他踱向窗前，回廊外的花匠已修到花圃的另一头，"这首诗言简意赅、沉郁顿挫，颇有唐人杜甫的风骨。汝生不及贞观中，斗粟数钱无兵戎。是可怜河北的百姓生不逢时，没有赶上唐朝的贞观盛世。那时没有战乱之苦，买一斗米只需几文钱。这尾句更是说到朕心里去了。朕何尝不想有一个这样的太平盛世？"

韩维悬着的心这才落下，只是不敢说话了，只低眉垂首地听着。

赵顼又回到案前坐下："持国，怎么不说话了？王安石不想做京官，调哪儿了？"

"庆历七年（1047），王安石调为鄞县（今浙江宁波鄞州区）知县。"韩维抬眉回道。

赵顼点点头说："县令，一县之长，与在扬州做幕僚自是不同。王安石必是放开了手脚做事。"

韩维起身，一揖到地："陛下圣明。"

赵顼挥挥手："坐下说。"

"鄞县傍江近海，境内深山峡谷，流水四出，沟、渠、溪、河、十百相通，灌溉十分便利。但一任任县令因循守旧，无所作为。堤坝年年失修，河道渐渐淤塞，无处积蓄水源。若是天晴几日，便河底朝天，鄞县就成了江河湖海边的干旱之地了。"

韩维一面说，一面偷眼看向年轻的皇帝。见他眉头微锁，神情专注，便不敢马虎，接着说："王安石写有一篇《鄞县经游记》，从篇名看，好像是一篇游记，其内容实则是他在鄞县的日常事务。他一到任，便察看山川地形，走遍了鄞县万灵、清道、桃源等东西十四乡。在征得两浙转运使同意后，于冬天农闲时，号令全县进行疏浚渠道、兴建堤堰的水利工程。

"这一次的浚治河道、陂堰，收获了东西十四乡水陆之利。鄞县周围八十里阔的东钱湖，通过修治之后，保证了沿湖五十万亩农田的灌溉。"

"了不起。"赵顼拊掌嚷道。那神态像极了听故事听到精彩之处的大孩子。

韩维忽然有些忐忑。他不知年轻的皇帝求贤之心是否坚定。也不知王安石会不会再次拒绝入朝。但是，故事已讲到此，就索性讲下去。

"如果说王安石在鄞县兴修水利是一件大事，那么他做的第二件事便足以称奇了。"

赵顼将身子靠向椅背，以便坐得更舒适些。

"鄞县是个大县，虽土地肥沃，但大多数农民生活困顿。每年春天，青黄不接之时，也是农民饥荒之时，却是富户获取暴利之时。农民无钱买种子，向富户借贷，高达四分利。"

赵顼探身问："四分利是多少？"

"如果春天借钱一百缗，秋天就得还一百四十缗。农民还了钱，再除去上缴官府的赋税，所剩无几。这还要年岁好，收成好。若遇上灾年颗粒无收，借的钱，却是利滚利，越滚越多。农民无法偿还，被迫卖田抵债，逃荒要饭。"

赵顼面色凝重："王安石是如何做的？"

韩维接道："春天，王安石将官府仓库里的陈谷贷给农民，秋收后，以二分利息连本归还。这样一来，农民在利息上减少了一半的负担，提高了生产积极性，官府仓库里的陈粮得以调换成新谷，又打压了富户放高利贷的气焰。"

"这样的事儿真是闻所未闻。"赵顼摸着光溜溜的下巴，思忖着，"此人不仅胆大心细，敢于创新，更有勇于担当的气魄。"

韩维见皇帝沉吟不语，猜不透他心里想什么，只往下说："唐末、五代皆将州学、县学改造成孔庙。王安石反其道而行之，把鄞县的孔庙改为县学，并从越州（今浙江绍兴）请了颇有名望的学者杜醇，当县学老师。"

赵顼起身离了书案，踱到窗前："在鄞县三年，他可是没闲着啊。只是这标新立异之事，断了富户的财路，就没有遭受非议？"

"岂有不反对的？咒骂的，上告的，威胁的都有。"

"朕能想得到。"

"陛下可知鄞县有座飞来山？"

赵顼不知韩维因何换了话题，随口道："朕幼时读过《吴越春秋》。依稀记得书中有个故事，说范蠡所筑之城既成，'琅琊东武海中山一夕自来'，即成此山，故名怪山、飞来山。越王勾践曾在山上建'怪游台'以仰望天气。东晋末年，宝林寺沙门昙彦与许询一同造宝林塔，塔未成，许询亡故。后由昙彦与他人建成此塔。唐乾符元年（874）重建，宝林寺改名应天寺，塔改为应天塔。"

韩维赞道："陛下真乃博闻强识。王安石有首《登飞来峰》，诗云：飞来山上千寻塔，闻说鸡鸣见日升。不畏浮云遮望眼，自缘身在最高层。"

赵顼半晌才叹道："飞来山能有多高？连塔一起，也高不到哪儿去。他却用夸张的笔力，极言塔之高，表达自己站得高，看得远，不怕浮云遮住眼前的景象。"

韩维小声道："当今文坛宗主欧阳修，最是欣赏王安石的文章。"

"朕不以文人的眼光去评判他的诗。朕所看到，是他不凡的抱负和不畏艰难险阻的豪迈气概。"

韩维忙道："陛下慧眼识珠。"

"鄞县三年任期满，他又调往哪里？"

"调任舒州（今安徽潜山）通判。"韩维见皇帝面色凝重，眼神里流露出的焦虑，并非年轻人的故作姿态。又小心道，"因他在鄞县三年政绩突出，虽是出任地方官，但给他挂了个'殿中丞'的头衔。殿中丞从五品，比通判高了半品。"

"殿中丞，一个虚衔而已。"赵顼道，"通判，在州衙里只是副职。这回在舒州怕是不能展开手脚做事了。"

"陛下所料极是。舒州地处偏僻，地势呈'七山一水两分田'。就算是丰收年景，百姓还是吃不饱肚子。若是遇上旱涝之灾，那情景可想而知了。"

"王安石虽是副职，但是，他可以向知州建议在鄞县贷粮的做法。"

韩维顿了一下："陛下恕罪。臣从与王安石的书信往来中，对他的事并非知晓一切。从他的一首小诗中得知，他当时应该是向知州大人提出了建议的，只是没有被采纳。"

"诗？"

韩维略作思索道："臣背给陛下听。

婚丧孰不供，贷钱免尔萦。
耕收孰不给，倾粟助之生。
物赢我收之，物窘出使营。
后世不务此，区区挫兼并。

臣的理解是：如果哪家婚丧嫁娶有了困难，就借给他钱以解忧愁。如果哪家种地有了困难，就借给他粮食种子以帮助他渡过难关。等万物丰盈时我再收回本利，物质缺乏时我就出钱使百姓照常经营。"

韩维突然停下。

赵顼道:"以下的话,朕替你说了吧。他这首小诗是有针对性的,最后两句是说,从朝廷到地方,许多官吏都把主要精力用在抑制兼并方面,而不想办法从根本上解决问题。今儿就说到这里吧。"

韩维起身,正欲告退。

"且慢。朕忽然想起曾经读过王安石另一种风格的诗。"

韩维奇道:"另一种风格的诗?"

"《明妃曲》。你可读过?"

"回禀陛下,臣读过。王安石的《明妃曲》有两首,当时在京都还引起很大轰动呢。梅尧臣、欧阳修、司马光等颇有诗名的人,都为此写过和诗。所以臣记得清楚。"

韩维垂首想了一会儿,背道:

其一

明妃初出汉宫时,泪湿春风鬓角垂。
低徊顾影无颜色,尚得君王不自持。
归来却怪丹青手,入眼平生几曾有。
意态由来画不成,当时枉杀毛延寿。
一去心知更不归,可怜着尽汉宫衣。
寄声欲问塞南事,只有年年鸿雁飞。
家人万里传消息,好在毡城莫相忆。
君不见咫尺长门闭阿娇,人生失意无南北。

其二

明妃初嫁与胡儿,毡车百辆皆胡姬。
含情欲语独无处,传与琵琶心自知。
黄金杆拨春风手,弹看飞鸿劝胡酒。
汉宫侍女暗垂泪,沙上行人却回首。
汉恩自浅胡恩深,人生乐在相知心。
可怜青冢已芜没,尚有哀弦留至今。

赵顼笑道:"好记性。"

韩维心想,你既提起这两首诗,想必也是记得的,当下便不作声。

果然,赵顼接道:"当年,王安石这两首诗与其他人的和诗在京都传诵时,朕只有十二岁。多少年来,辽国、西夏不断侵犯大宋边境,朝廷每年输出百万岁币以求安宁。王安石以对西汉王昭君的咏叹,来表述对当时朝政的思考。诗中,他并未借西汉的故事来抨击大宋朝廷屈辱求和的政策,而是站在人生际遇的角度,向人们展现这千古悲剧,探讨一些具有普遍意义的人生哲理。

"王安石的诗之所以高出众人,是因为它既给人以哲理的启发,又不损害人物形象的美好和亲切。不管人们从中读出了何种意义,但朕以为,此诗意在写先帝不识才,是自伤身世际遇之作。"

韩维是真没料到,年轻的皇帝对这两首诗会有如此不同凡响的理解。

赵顼见韩维一脸惊讶,并没有说话,只挥了挥袍袖示意他退下。自己则坐向案前,拿起一本书又放下,踱至窗前,望着窗外几株高大的树出神。

阳光从窗棂子斜斜地照进来,被衣摆撩起的纤尘,在淡金色的光束中飘浮着。

第四章　朝事纷繁起乱象　风闻奏事误君听

赵顼喜欢在垂拱殿召见群臣。他觉得垂拱殿不似大庆殿和崇政殿那般空旷且显得清冷，而是给人一种平和的温馨之感。

早朝，明亮的宫灯映照得殿内金碧辉煌。

赵顼坐在龙椅上，容光焕发的面庞带着浅浅的笑意，接受群臣的朝拜，待山呼万岁后，这才轻挥袍袖，朗声道："众卿平身。"

众臣谢过，起身分两班站立。

赵顼道："朕日前发下求贤诏，并令众卿给朝政提意见，或是提建议。今儿可一一奏来。"

话音刚落，便有一人执笏越众而出："臣监察御史蒋之奇，有本上奏。"

赵顼问："所奏何事？"

"臣具本弹劾参知政事欧阳修，欧阳大人。"

殿中顿起一阵窃窃私语，都偷偷看向欧阳修。

赵顼更是一惊，忙问："蒋卿要弹劾欧阳爱卿？以何种罪名？"

"欧阳修身为副宰相，又是天下士子心目中的文章宗师，竟与自己的大儿媳吴氏长期勾搭，这种伤风败俗的行径，实在令人齿冷。望陛下明察，议罪论处。"

欧阳修此刻也顾不得体面，跺脚骂道："卑鄙小儿，平白污蔑老夫。有何证据？"

蒋之奇倒显得气定神闲，冷笑道："欧阳大人，在皇帝面前，不是比谁的嗓门大的。卑职是监察御史，职责是纠察官邪，肃正纲纪。大事则廷辩，小事则奏弹。上至宰相，下至小吏，都在御史监察弹劾之列。"又面向众臣，"诸位大人给评一评，卑职错了吗？"

欧阳修气得身体乱颤，话也说不利索了，直要他拿出证据来。

赵顼环视大殿，并无一人出来为欧阳修说话。暗想，欧阳修是三朝老臣，又是我朝开创一代文风的大宗师，若没有确实的证据，蒋之奇怎敢随便弹劾？而且这一殿大臣，怎无一人替他申辩？心里竟是十分相信蒋之奇了。但他还是想给欧阳修为自己辩护的机会，因此很慎重地说："蒋卿，欧阳大人说得对，你弹劾他的罪名，要有确实的证据。"

蒋之奇从怀中摸出一本奏折，双手举过头顶："陛下，证据在此。"

侍立在侧的李宪步下台阶，接过奏折呈给赵顼。赵顼打开来看，是两首小词。

开头是一首《生查子》，写的是元夕。

去年元夜时，花市灯如昼。月上柳梢头，人约黄昏后。
今年元夜时，月与灯依旧。不见去年人，泪湿春衫袖。

这首词语言简练朴实、形象生动，用今昔对比来抒写心之怅惘与凄清。读来感情真挚，意味隽永。

后面是一首《临江仙》：

柳外轻雷池上雨，雨声滴碎荷声。小楼西角断虹明。阑干倚处，待得月华生。

燕子飞来窥画栋，玉钩垂下帘旌。凉波不动簟纹平。水精双枕，傍有堕钗横。

此词写夏日傍晚，阵雨已过、月亮升起后楼外楼内的景象，句句写景，而情尽在其中。其笔致温婉明丽，结尾两句是人物内心情感的自然流露，引人遐想，艳而不俗。

赵顼读了一遍，极其喜爱这两首小词。

诗言志，词言情。本朝文风盛行，文人雅士，士大夫们聚会宴请，都有歌姬助兴。官府有官姬，有钱人家养私姬，酒席上必有唱和之作。

欧阳修原本就是才华超卓、性情洒脱之人，又不拘小节，无论是与友人酬和，还是独自抒发内心的情感，写这等深情款款又流丽婉转的词作，再平常不过了。

赵顼想，蒋之奇呈上来的是欧阳修的词，并没有他儿媳的词。谁能证明这就是他与儿媳的酬和之作呢？若以这两首词指证他翁媳有染，未免太牵强太草率了。当下便说："兹事体大，待朕查实再议。"

李宪见赵顼眉头微蹙，便拖长声音喊："有事启奏，无事退朝。"

阶下有人道："臣有事启奏。"

赵顼举目望去，见是王陶，说："所奏何事？爱卿请讲。"

王陶道："文德殿检会《皇祐编敕》，规定常朝日当有一位宰相押班，而韩琦和曾公亮一个都不去。臣上书陛下请求明旨，中书省竟压下不报。臣唯有当廷弹劾了。"

今儿居然都是弹劾宰相的，是朝廷的法则有问题，还是朝臣之间的利益争夺？赵顼悻悻地想着，嘴上却说："你是把两位宰相一并弹劾了？"

李宪接过王陶高举的奏折，递给赵顼。

赵顼看过，又交给李宪："你念给大家听听。谁是谁非，请众位卿家公议。"

李宪念毕，殿中一片窃窃之声。

司马光奏道："宰相不押班，实属小事。说韩琦跋扈，可是莫须有的罪名了。"

赵顼手托下巴，思索着。

吴奎说："御史中丞，职掌监察百官和弹劾的权力，但不应在朝堂上胡乱攀咬。弹劾的内容，要属实。弹劾的目的，要有益于朝政。为这类不押班的小事而恶语伤人，其心险恶，其行可耻。臣以为，当严惩。"

赵顼觉得司马光、吴奎说得都有理，但又念及王陶曾是自己的老师，便说："御史中丞，当珍惜爱重手中的权力，而不是作为整垮同僚的利器。王陶不适合这个职位，去翰林院吧。"

吴奎忙奏说:"唐德宗时,疑君子信小人。排斥陆贽,以裴延龄等人为心腹,天下称为昏君。而今,王陶自恃做过帝师,挟圣上恩宠,排斥忠良。宰相不押班,向来如此,韩琦、曾公亮并非第一人。陛下罢王陶御史中丞而让他去做翰林学士,这是有过而得美差。天下人将如何看待陛下呢?如果不罢黜王陶,以后又将如何法责内外大臣?"

翰林学士,在皇帝身边出谋划策,分割宰相议政之权,有"内相"之称,身份清要而显贵。

故而,吴奎一听罢王陶御史中丞,而让其出任翰林学士,便立即反对。

王陶气急,细数吴奎依附韩琦、欺天下等六大罪。

侍御史吴申也出列,弹劾吴奎依附宰相,有无君之心。并请求皇帝保留王陶御史中丞的职务。

赵顼想,原来你们是有备而来,弹劾起来一套一套的。可见平时都在利用手中的权力钩心斗角,互相攻讦。又哪一点是为朕分忧?哪一点是替百姓出力呢?一股恼怒在心底汹涌,指着知制诰邵亢说:"快发诏。罢王陶御史中丞,迁官翰林学士。"

邵亢却不慌不忙地奏道:"陛下,御史中丞的职责就是弹劾。宰相不押班,就是玩忽职守。吴奎说的话颠倒黑白,有失做臣子的准则。"

这吴奎,在仁宗朝时,位翰林学士,兼管开封府。英宗治平年中,因父丧回乡丁忧三年。及赵顼即位时,吴奎守孝期满,回京官复原职,上月又升为参知政事(副宰相)。

邵亢的话令赵顼更来气,索性一并处置了:"王陶、吴申毁誉大臣,王陶出知陈州,吴申罚铜二十斤。吴奎位在执政而弹劾中丞,罢知青州。"

不待众臣说话,赵顼拂袖而去。

第二天早朝,赵顼稳坐龙椅,接受群臣朝拜。他以为昨天发生的一切会以他的旨意而安排下去。他看着肃穆而立的群臣,说:"吴奎罢知青州,由翰林学士承旨张方平接任参知政事,司马光接任御史中丞。"

北宋的翰林学士承旨虽不再像唐朝那样具有宰相的职权,但仍为翰林学士院主官,以翰林学士中任职最久者担任,掌制、诰、诏、令撰述主事。为正三品官。

张方平听了忙出列奏道:"谢陛下隆恩!只是臣不宜担当此任。"

赵顼说:"你文章典雅,有三代圣贤的风范,又善于综合概括,言简意赅,即使是《尚书》中的《训》《诰》,也不过如此。你堪当此任,何故推辞?"

"承蒙陛下推崇,臣惶恐。"张方平回道,"韩琦、曾公亮尚在戴罪,吴奎又罢知青州,朝事纷繁,请陛下复吴奎位。韩琦乃三朝元老,功在王室,陛下当以手诏慰韩琦以全始终。"

司马光奏道:"吴奎素以持重著称,通晓从政之道,办事灵敏迅捷,是朝廷不可多得的良才。因王陶而罢黜吴奎,恐臣僚心怀不安,也有损陛下威望。"

赵顼没料到,天子金口玉言,竟被一一推翻。他按捺住心中的不快,冷冷地说:"朕采纳二位的谏言,复吴奎位,手诏慰韩琦。但张爱卿不可推辞参知政事一职。"

"陛下……"司马光欲言又止。

"司马爱卿,有话请讲。"

"臣以为,张方平不宜担此重任。"司马光说。

赵顼不待他说完,道:"朕意已决,勿再谏。"

殿中群臣,就像无风的山坳里立着的树桩,悄无声息。没有人赞同司马光的谏言,也没有人反对。

李宪见无人奏事,便喊退朝。

回到福宁殿,赵顼把这几日的事想了又想。一场纷争过去,贬出去的是担弹劾之职的王陶,而犯错的韩琦和袒护者吴奎却安然无恙。自己选的副宰相,当面就有人反对。他一心要整饬朝纲,难道就是为了这样的局面吗?

赵顼沉思着,时间仿佛凝固了。只是谁也不知道,他到底有没有想明白这是为什么?

李宪进来轻声问:"陛下,可是要见孙思恭孙大人?"

赵顼是颖王时，孙思恭为王府说书，后为侍讲、直集贤院；赵顼即位后，又擢天章阁待制。

赵顼回过神来，想起欧阳修之事。命传孙思恭觐见。

孙思恭行过礼，起身还未站稳，便听赵顼问："有人弹劾欧阳修调戏他的大儿媳吴氏。爱卿可听说过此事？"

孙思恭见今儿的话题与往日不同，忙道："回禀陛下，臣未曾听说。"又道，"容臣斗胆问一句，不知何人弹劾欧阳大人？"

"监察御史蒋之奇。"

孙思恭思索道："据臣所知，蒋之奇是嘉祐二年（1057）的进士，与苏轼、曾巩、吕惠卿等同榜。那年欧阳修是主考官，算是欧阳修的门生。在先帝英宗的濮议之争中，蒋之奇站在欧阳修这一边，认为追崇濮王为皇考合理合法，颇得欧阳修赞赏。后经欧阳修举荐，蒋之奇擢监察御史。"

"如此说来，欧阳修对蒋之奇有恩哪。"

孙思恭道："按大宋律法，乱伦罪轻则拘役几年，重则流放，甚至被判死刑。这种罪又最不好取证。无论是广开言路，'风闻奏事'，还是实有其事，蒋之奇若看欧阳修举荐的情分，也不至于出面弹劾。"

他停了一下，见赵顼正凝神听着，接道："木秀于林，风必摧之。欧阳修在我朝引领一代文风，且官居高位。他性格刚直，又不拘小节，遭人诬陷也是有可能的。"

赵顼点点头："乱伦是大罪。若是误判了，人头落地事小，伤的可是皇家的颜面。朕要亲审此案。"遂命孙思恭退下，传蒋之奇觐见。

蒋之奇见皇帝召见，喜滋滋地往宫里来。心想，二十多年前，欧阳修"奸甥女"的丑闻在京都传得沸沸扬扬。当时因为仅有一首词为证，查无实据而无法定乱伦罪，便以别的罪名将他被贬至滁州。

蒋之奇默默念着那首曾经作为欧阳修"奸甥女"证据的《望江南》：

江南柳，叶小未成阴。人为丝轻那忍折，莺嫌枝嫩不胜吟。留著待春深。

十四五,闲抱琵琶寻。阶上簌钱阶下走,恁时相见早留心。何况到如今。

作者用柳枝由初春抽出嫩芽到春深叶茂,来比喻一位少女的成长过程,寄托了对世间美好事物的怜惜与赞美。这词还真是写得好,但谁能说这不是欧阳修对外甥女起淫邪之意而写下的心声呢?

这次若不能扳倒欧阳修,怕是后患无穷。想到此,蒋之奇莫名地生出几许忧虑。经引路太监轻声提醒,才发现已至福宁宫。

蒋之奇行过礼,忐忑不安地躬身侍立。

"蒋卿是如何知道欧阳修与儿媳之奸情的?"赵顼一面命人赐座,一面笑微微地问。

蒋之奇脱口道:"臣听御史中丞彭思永说的。"

"御史中丞彭思永,不是职掌监察和弹劾的吗?既知欧阳修与儿媳之奸情,他因何不出面弹劾?"

蒋之奇忙跪地叩头,辩解说:"臣不知彭思永何意。但臣是遵从'风闻奏事'的法则弹劾欧阳修,并非与他有旧怨。"

赵顼听了他这番无根无据,甚至是无理的话,更觉得有必要追查到源头。

彭思永是从集贤校理刘瑾那里听来的。刘瑾是听闻外面的谣言。一路追下去,造谣的是欧阳修妻子的堂弟薛宗孺。

原来,薛宗孺在任淄州知州时曾举荐别人为官,后来他举荐的人犯了法,他也被牵连免职。赵顼继位之后大赦天下,薛宗孺就找堂姐夫欧阳修,请他出面疏通关系,让自己也被赦免。欧阳修反而上书皇帝,自证清白,要求不用看他的面子赦免薛宗孺。薛宗孺没有被赦免,一气之下,就四处造谣,说欧阳修与大儿媳妇吴氏有私情。

彭思永倒也硬气,并没有牵出刘瑾,事情到他这里为止。

赵顼这才觉得谣言的传播有多么可怕,他差点儿误杀良臣。气愤之余,将二人以诬告罪一并贬了。蒋之奇贬为监道州酒税,彭思永出知黄州。这场风波就此平息。

第五章　包拯举办牡丹宴 安石得名"拗相公"

欧阳修已年逾花甲，平白遭此诬陷，不觉心灰意懒。几次上疏辞官，皇帝不准。汴河两岸明媚的春光，也提不起他吟诗作赋的兴致。这日，他来到福宁殿，央门上值守的太监通报，他有要事面见皇帝。

赵顼在书房批阅奏折，听说欧阳修求见，放下手中的折子，扭头对身边的李宪笑道："莫非又来辞官？宣。"

李宪对值守的太监说："宣欧阳修觐见。"

欧阳修果然是来辞官的。

赵顼笑道："今儿不说他事，只说王安石。"

欧阳修愣住："说王安石？陛下欲知他何事？"

"爱卿觉得王安石是个怎样的人？"

欧阳修思索道："臣认识王安石是由曾巩介绍的。记得是庆历六年（1046），曾巩给臣写信说：'我的好友王安石，文章非常古朴，他的行为也像他的文章一样。虽然早已取得功名，在地方任职，但知道他的人还是很少。他非常自重，不愿被人所知。然而，像他这样的人，古往今来是不常见到的，如今缺少的就是他这样的人。平常的人成千上万，像王安石这样的人却是极少的呀。'

"王安石的文章，观点鲜明，分析深刻，长篇则横铺而不力单，短篇则纡折而不味薄。其结构谨严、说理透彻，语言朴素精练，一扫我朝初期风靡一时的浮华之气。"

赵顼笑道："爱卿可是本朝引领文风的一代宗师啊，能得你赏识，足见王安石之才学。他若知你对他的夸奖，定当引为知己。"

"陛下过奖！"欧阳修忙欠身回道，"自读过王安石的文章，臣对其人真是思之若渴。然，直到至和元年（1054），王安石在舒州的任期满后，回京等候新的任命，才来舍下一见。当时与之相谈甚欢，臣便写了一首赠诗。"

他略停了一下，念道：

赠王介甫
翰林风月三千首，吏部文章二百年。
老去自怜心尚在，后来谁与子争先。
朱门歌舞争新态，绿绮尘埃试拂弦。
常恨闻名不相识，相逢樽酒盍留连。

"好诗啊！朱门歌舞争新态，绿绮尘埃试拂弦。如今世风日下，有些官吏只贪图享乐，不关心国家命运和百姓生活。只有我们不与世浮沉，依然忧国忧民。"赵顼拍案而起，连连说好。又看向欧阳修，"文人都好以诗相酬。你把他比作李白、杜甫，后世将无人与之一争高低。以王安石之才，他必有酬和之诗。"

"陛下圣明。"欧阳修笑道，"王安石当真回赠了一首。"

奉酬永叔见赠
欲传道义心犹在，强学文章力已穷。
他日若能窥孟子，终身何敢望韩公。
抠衣最出诸生后，倒屣尝倾广座中。
只恐虚名因此得，嘉篇为贶岂宜蒙。

赵顼点头："在你面前，他原该如此谦逊。"心想，王安石这诗看起来很谦逊，口气却大得很。

"王安石这人甚是古怪。舒州任职期满，朝廷三次下诏，召他回京任职，他竟向朝廷上了四道辞呈。那天，臣问他因何不做京官，他说他有二兄一嫂去世了，家里老的老、小的小，靠他一人养活，这一大家子，在京城怕是日子难过。又说京官太清闲，人若是太闲了，就会生出许多事来。当时，老臣笑说，'人也不可太骄傲，太骄傲了会招人非议。听说这次任命你为群牧判官，群牧司掌管全国的养马场，大宋地域辽阔，各地的马场就够你跑的，能闲得住？听我一句劝，不要再拒绝了，皇上也是要面子的。'"

欧阳修说到这里，忽然顿住，当时发生在自己身上的事，他不敢对这年轻的皇帝说。那时欧阳修守母丧期满归来，朝廷格外重用，让他到吏部权判铨选，就是任命他去安排官吏。他看到许多权贵子弟并不排号等待空缺，而是拿银钱走门路挤掉那些没有后台的普通官吏，他觉得极不合理，便上表仁宗要求禁止这种现象，却因此得罪了一大批权贵。竟有人模仿他的语气写了一道要求仁宗裁汰宦官的奏折，偷偷送进宫中，在内侍中流传。这下，内侍们恨透了欧阳修，外面的高官再进谗言，仁宗的脸色也不好看了。欧阳修是个识趣的人，便主动上表，要求出任地方官。仁宗批了他出任同州知州。当他上朝辞行时，仁宗又挽留说，别去同州了，留下来修《唐书》吧。就这样，他做了翰林学士，开始修撰史书。

赵顼见他停下不说话，催问："王安石如何回答？"

"老臣也没料到，王安石居然答应留在京城。"欧阳修回过神来，说，"他这一去，因包拯的一场酒宴，而得了一个名号。"

"什么名号？朕如何不知？"

欧阳修见皇帝兴致极高，便把心中的烦恼抛开了，专心讲起故事来。

原来，至和元年（1054）九月，王安石进京做了群牧判官。群牧司的最高级长官是群牧制置使，群牧判官是其属下的中级官员，平日里要到各地马场处理一些烦琐的事务。

其时，司马光也是群牧判官。王安石到任后，二人一见如故，成为惺惺相惜的朋友。第二年春天。四月，桃花虽谢，却是牡丹开花的季节。这天，群牧制置使包拯忙完了手头上的事务，到后院舒展一下手脚，见十几株牡丹几乎在一夜之间都开了，惊喜不已，忙命小吏准备明日的酒席，他要举办一年一度的牡丹宴。

酒桌就置于后院园中，清风徐来，花香袭人。席间，王安石暗想，没想到包拯执法严峻，不畏权贵，素以廉洁著称，却也喜好诗酒花茶风雅之事。

却听包拯笑道："群牧司每年在牡丹花开时节举办一次牡丹宴，包某虽非雅士，既任群牧司长官，却也不能坏了规矩。连日来，群牧司事务极其顺利，众位僚属也辛苦，这牡丹花更是姚黄魏紫，仪态万方。今儿大家开怀畅饮，吟诗作赋，方不负了这良辰美景。"他停了一下，见众人正襟危坐，很是拘谨。又笑道，"大伙儿不必拘束，今儿没有官长，只有赏花饮酒的朋友。"

包拯向来严谨。人们都说"看老包笑比看黄河清还要难"。今儿见他一张大黑脸与那怒放的牡丹争奇斗艳，大伙儿从心底里乐开了花。几杯酒落肚，还真放开了。从窃窃私语到高声喧哗，吟诗的，斗酒的，好不热闹。

包拯作为上司和宴会主人，端了酒杯向属下一一敬去。至王安石与司马光身边，见他二人的酒杯里竟是茶水。奇道："你二人因何不饮酒？"

司马光忙起身回道："属下不善饮酒。"

王安石也起身说："属下素不饮酒。"

包拯笑指姹紫嫣红的牡丹花："平时不饮无妨，今日面对如此国色天香，不饮，岂非失礼？"

小吏忙上前替他二人将杯中茶倒掉，斟上酒。

包拯向司马光举杯："君实，请！"

司马光虽恃才傲物，目无下尘，但从他少年砸缸一事便可看出，他原本就是个机灵之人。此刻上司敬酒，他便不再推托，举杯一饮而尽。

包拯笑微微地看着王安石："介甫，怎么还不举杯？"

王安石低眉垂首："属下素不饮酒。望大人担待一二。"

"一人向隅，举座不欢。今日难得一聚，不要扫了大家的兴。你素来不饮酒，今日抿一口如何？"包拯这话近似恳求了。众人都停了说笑，纷纷以"你不喝，包大人何以安席"打圆场相劝。司马光在桌子底下轻轻踢了他两下。

王安石却道:"大人刚才说今儿酒桌上没有上下级,只有朋友。既是朋友,就听其自然,又何必一再强求?"

包拯端着酒杯的手僵在半空,脸上的笑容慢慢隐去。半天才又自嘲似的一笑:"介甫不饮酒,如何知饮者之乐?今儿牡丹君必为之一悲。"说着一面将杯中酒喝了,一面叫大家继续喝酒吟诗。

座中有人道:"往日听说王安石此人固执,今日倒是亲眼见识了。"

王安石听见此话,也不以为意。为自己的喜恶坚持,何必因他人而改变。至于旁人如何评论,且由他去。

包拯当时虽然很是气恼,但事后也就抛开了。当有人说起王安石,他也只微微一笑:"此人可真是拗得很。"

自此,王安石便得了个"拗相公"的名号。

欧阳修说到此,赵顼笑道:"原来还有这样一个故事,有趣。"

"若论交友,王安石这样的朋友固然是最好的。然而在官场上,他这种性格最不受人青睐。古往今来的官场,无不信奉'花花轿子众人抬'的规则,与人方便,自己方便。"欧阳修忽见赵顼似笑非笑地看自己,忙道,"陛下恕罪!老臣忘形了。"

"你说得不错,这就是官场风气。王安石不入俗流,于身边的同僚来说,是恃才傲物,孤芳自赏。于朝廷来说,却是春天里最清新的杨柳风。"

欧阳修不以为然,却不敢反驳,就索性把故事讲下去:"仁宗嘉祐六年(1061)六月,王安石被任命为知制诰,兼纠察在京刑狱官。陛下知道,纠察在京刑狱司,是掌管审查京城各类刑狱案件的衙门,凡被判徒刑以上的案子,都要及时呈报给皇帝。对其中审理不当或长期积压的案件,则有权提出异议,以防冤假错案。"

赵顼示意李宪给欧阳修重新斟了茶。

欧阳修受宠若惊,忙谢过。思索着说:"应该是他任职的第二年,嘉祐七年(1062)八月。因此案曾轰动京城,所以老臣记得清楚。"

赵顼忽然道:"嘉祐七年,是那个鹌鹑案吗?"

"陛下还记得?"

"朕依稀记得，只不知其细节。爱卿快快道来。"

斗鹌鹑，原是民间农闲时的消遣，后来成为官宦富贵人家、纨绔子弟取乐和赌博必不可少的活动。却说京中有一少年，养得一只雄鹌鹑，精心训练了斗架的各种技能。这天，少年的一个玩伴来玩。见鹌鹑羽毛油光锃亮的，一双小眼睛滴溜溜地转，别提多灵活了。那玩伴抬手就从笼子里抓出鹌鹑，左看右看逗着玩儿，爱不释手。

看着玩伴羡慕的样子，少年很是得意。又怕他弄伤了鹌鹑，连声叫他快放下，说鹌鹑还小呢，别伤着了。

那玩伴说，不小啦，你看它的腿多健壮，爪子多锋利呀。还有这亮晶晶的小眼睛，透着凶狠。不如我们今儿就拿到瓦肆里去斗一番，定能赢得不少钱呢。

少年忙说那如何使得？鹌鹑只是个子比较大，其实还小。

玩伴说，那就让我玩几天吧。我替你养着，过几日一准还你。

少年说你不了解它的习性，怎会养得好？

玩伴抱了鹌鹑要走。少年急了，上前想夺回鹌鹑，但玩伴死活不松手。二人抢得鹌鹑毛到处飞。

少年心疼，哭着央求他快放手。

玩伴拔腿就跑。少年情急之下，捡一块石头向他砸去，不想正砸在头上。

欧阳修说到这里停下了，像是想起了别的事儿，却又道："那抢鹌鹑的年轻人被砸死了。对开封府来说，原是个极简单的案子。杀人偿命，欠债还钱，天经地义的事儿。开封府判那少年死罪。

"王安石审查此案时，对开封府尹说，大宋律法规定，无论是公然抢夺还是暗中偷窃，都是盗窃罪。此案中的玩伴未经少年同意，强行拿走鹌鹑，当属盗窃。少年追捕盗贼，即使误杀，也不应判为死罪。

"开封府尹自然不会听他的。王安石便行使纠察权利，弹劾开封府判罪过重。开封府尹坚信自己的断案，向仁宗皇帝递折子申诉。

"仁宗皇帝将此案交由大理寺重审，再经审刑院复核，最后一致决定维持开封府原判。仁宗皇帝看了卷宗，也同意两个最高司法机构的审理审核意见，维持原判。

"事情到这儿算是了结了。但开封府认为，王安石与开封府争辩，属司法讨论，算不得什么大事儿。可他弹劾之事，属弹劾不当，应追究其责任。便上书仁宗皇帝，要求严肃处置，并说若都像王安石这样，以后将如何办事？

"御史们也都出来弹劾王安石，说他滥用职权，当严惩。

"仁宗皇帝却专门下了一道诏书，免了王安石弹劾不当的罪名。

"御史们的弹劾也好，仁宗皇帝的免罪诏书也罢，王安石就像没这回事一样，不理不睬。有好心人劝他，皇帝专门下诏书免罪，当到阁门行答谢礼。他却梗着脖子说，他们认为我错了是他们的事，我不认为我有错。有什么可谢的？

"这样一来，人们对王安石的评价，不仅仅是恃才傲物、孤芳自赏了，而是狂妄自大、藐视皇恩。便又告到仁宗皇帝跟前，皇帝竟一笑了之。"

在仁宗朝，王安石做京官的时间不长，但因他性格执拗，还是得罪了不少人的。那年，王安石出任知制诰，兼纠察在京刑狱官，与韩琦曾有过一次交锋。

宋沿唐制，以翰林学士草拟"内制"，中书舍人草拟"外制"，称为"两制"。北宋前期的中书舍人，往往是寄禄官，不实任其职，而在中书的制敕院内设舍人院。并规定，舍人院不得申请删改皇帝的诏书文字。也就是说，像王安石这样负责给皇帝起草诏书的知制诰，只能如实录写，不能修改诏文，也不能提意见。知制诰，其实就是个抄录者。

王安石觉得这规定不合理，便上书仁宗皇帝，说："若如此，舍人院便无法履行职责，只能听任大臣们为所欲为了。皇帝的诏书多是朝臣的意见，这些人如果懦弱就没有担当。如果别有用心，就会假借皇帝之名实施不可告人的目的。这些弊端所引发的后果，实在是不堪设想。"这下可好，得罪了一批王公大臣。

韩琦更认为王安石是与他作对。世人都说宰相肚里能撑船，韩琦可没那肚量。当年在扬州做太守时，王安石是他的幕僚，从那时起，他便觉得王安石狂妄自大，没把自己放在眼里。所以，当王安石纠察京都鹌鹑案时，他毫不犹豫地站在了开封府那一边。

知制诰每日的事项，是给皇帝写诏书，很清闲。最重要的是，知制诰能接近皇帝，得到提拔的机会比一般官员多，是多少人求之不得的职务。

王安石任知制诰的某一天，阳光明媚，清风徐徐，仁宗皇帝心情甚是舒畅，邀几位近臣到御花园里的莲池垂钓。这可是极大的荣宠。大臣们哪里有心思去钓鱼呢？都围在皇帝身边，又不敢真的钓上鱼，怕比皇帝钓得多，扰了皇帝的兴趣。

王安石独自一人坐在池子的另一边，似一个远离尘世的垂钓者。仁宗皇帝一时兴起，命小太监："去看看王爱卿是在钓鱼呢，还是在打瞌睡。"

王安石把鱼饵挂上钓钩，甩得远远的，心绪却像随风荡漾的水波，一层一层地荡开去。嘉祐三年（1058），他调为度支判官，进京述职时，作长达万言的《上仁宗皇帝言事书》，总结了自己多年的地方官经历，指出国家积弱积贫的现实：经济困窘、社会风气败坏、国防安全堪忧。认为症结的根源在于为政者不懂得法度，解决的根本途径在于效法古圣先贤之道、改革制度，进而提出了自己的人才政策和方案的基本设想，建议朝廷改革取士、重视人才。主张对宋初以来的法度进行全盘改革，革除存在的积弊，扭转积贫积弱的局势。并以晋武帝司马炎、唐玄宗李隆基等人只图"逸豫"，不求改革，终至覆灭的事实为例，要求立即实现对法度的变革。但仁宗皇帝并未采纳他的变法主张。

任知制诰不久，又递了一篇《上时政疏》。他在文中说："官员在上胡作非为，底层的百姓日渐贫困，社会风气一天天地淡薄，国家财力一天天匮乏，而陛下住在深宫之中，从来没有咨询、考察、讲求法度的意思。这就是我为陛下计议而不能不发慨叹的原因。因循守旧，苟且偷生，贪图安逸而无所作为，可以侥幸一时，却不能保持天长日久。"并以晋、梁、唐的三位帝王作为借鉴,但仍然没有引起仁宗的重视,对他这般犀利的言辞也未表现出任何反感。依然是云淡风轻地过日子。

王安石正胡思乱想着,却听一声尖叫:"呀!王大人怎的吃鱼饵啦!"

王安石一惊:"我吃鱼饵了?"见手上正拣一粒,嘴里还有渣渣,只是并没有什么味道。小太监大惊小怪的模样倒令他好笑,索性把手中的一粒丢进口中:"鱼能吃,我为何不能吃?"

小太监回到仁宗身边。仁宗问:"王爱卿钓了几条鱼,可有朕钓得多?"

"回陛下,王大人尚未钓到鱼。"小太监说,"奴才见他在吃鱼饵。"

仁宗怔住:"吃鱼饵?"

众臣大笑。内中不知谁说了一句"此人专好哗众取宠,不堪大用"。

仁宗天性仁孝,对人宽厚和善,在位四十二年,不杀大臣,不言罪官,凡事折中处置而缺乏明断。大臣们在他面前也就少了几分顾忌,遇事也总是争论不休,各执一词。这不,当着他的面喧哗,他也不置可否。

赵顼听到这里,低声道:"先祖仁宗是自古以来最仁慈的皇帝。"

欧阳修见他若有所思的样子,微微一怔,便不再开口,直到离开福宁宫,心里还在琢磨今儿君臣之间所说过的话有无差错。

第六章　崐名山归附大宋　王安石知江宁府

向皇后醒来不见枕边人，以为皇帝上早朝了，便躺平了身子，望着黄色帐幔上的百子彩画及祥云福寿纹饰出了会儿神，方才坐起身。

在外间值守的小蛾听见响动，忙与小蝶进来伺候穿衣洗漱。方梳了头，便有小太监来说皇上等娘娘一起用早膳呢。

向皇后忙来到东边膳厅，见菜肴摆上了餐桌，赵顼坐在上首，便趋前请安问好。

赵顼笑道："皇后快快请起。连日来，朝中大员利用职权相互攻讦，诬陷同僚。朝事纷繁，竟未能与皇后吃顿安生饭。"

向皇后忙道："陛下日理万机，何必因臣妾而顾及吃饭这等小事？臣妾以为，只要陛下身体康健，治理朝廷事务顺利，便是天下子民的福气。"

一时吃毕。向皇后见他说话神态自如，只是偶然间眉头轻蹙，知他年轻，处理朝政还不能得心应手。朝臣虽多，并无一人可依赖，又不肯无所作为，难免心情沉重。便有意叫他散散心，因笑道："方用过早膳，何不去花园里走走？"

赵顼想了想，随向皇后往御花园去。李宪跟在身后，几名宫女太监远远地一路相随。

向皇后正琢磨着说点开心的事儿，却见赵顼道："先祖仁宗皇帝在位四十二年，天性仁孝，对人宽厚和善，是自古以来最仁慈的皇帝，却不是最善用人的皇帝。《反经》上说，懂得如何用人是王者之道，懂得如何办事是为臣之道。"

向皇后听他这话，虽有几分不尊重先祖的意思，却是实情。只是不知如何接这个话题。

赵顼叹息一声："先帝英宗，体弱多病、性情怯懦，在位不到四年时光，重用韩琦、文彦博、曾公亮等人。这些老臣，欲效法汉惠帝和宰相曹参的'萧规曹随'。只是先祖仁宗帝，又怎比汉朝开国之君刘邦呢？要效法，又有何法可效？"

向皇后一脸疑惑："何为'萧规曹随'？"

赵顼却扭头命跟在身后的李宪，传韩维到福宁殿。

暮春天气，阳光和暖。穿行在幽径间，树枝花影，香风飘忽。

赵顼拂开一枝斜出的紫牡丹，看了看向皇后，说："'萧规曹随'是汉高祖刘邦驾崩后，汉惠帝刘盈的故事。"

惠帝二年（前193），萧何死后，平阳候曹参继任丞相。

曹参上任后，并不制定新的法规，一切按萧何做丞相时的样子处理朝政。整日里与人喝酒聊天，优哉游哉，很是清闲。

刘盈见他这个样子，很着急，也很纳闷。左猜右想，只道曹参嫌他太年轻而看不起他，所以才不愿尽心尽力辅佐他。

一天，刘盈要曹参在朝廷担任中大夫的儿子曹窋回家试探他父亲，说高祖刚死不久，现在的皇上又年轻，没有治理天下的经验，正要丞相多加辅佐，共同处理朝政。可你身为丞相，整天只与人喝酒闲聊，一不向皇上报告政务，二不过问朝廷大事。若这样下去，你怎能治理好国家？又如何安抚百姓？看你父亲怎么回答。

曹窋回家按刘盈说的问他父亲。曹参听了，命儿子跪下，一面打一面骂："你小子懂什么朝政？这些事是你该说的？还是你该管的？还不快回宫去侍候皇上。"曹窋回宫向刘盈说了经过。刘盈更加莫名其妙了，不明白曹参因何打骂儿子。

第二天退了朝，刘盈命曹参留下，说："你因何打骂曹窋？是朕命他去问你的。你不觉得你的行为很令人费解吗？"曹参忙跪下叩头。刘盈命他起来说话。

曹参壮着胆子说："陛下可否容臣问两个问题？"刘盈点头允许。

"陛下跟先帝相比，谁更贤明？"

刘盈忙说："朕怎敢比先帝？"

"陛下认为臣与萧何相国，谁的德才更好？"

"朕以为你不如萧相国。"

曹参回道："既然陛下的贤能不如先帝，臣的德才又比不上萧相国，那么先帝与萧相国在统一天下之后，陆续制定了许多明确而又完备的法令，在治理国家时又都卓有成效。难道我们还能制定出超过他们的法令规章来吗？"

刘盈摇头不语。

"现在陛下是继承守业，而不是创业。因此，我们这些做大臣的，就更应该遵照先帝遗愿，谨慎从事，恪守职责。对已经制定并执行过的法令规章，更不应该乱加改动，而是遵照执行。臣现在这样照章办事不是很好吗？"

刘盈笑道："朕明白了。你不必再说了。"

曹参任丞相三年，懂得汉初秉秦蔽，务在休养生息。主张清静无为不扰民，遵照萧何制定好的法规治理国家。他死后，百姓编了一首歌谣称颂他说："萧何为法，顜若画一。曹参代之，守而勿失。载其清靖，民以宁一。"

向皇后听完叹道："原来这就是'萧规曹随'。可本朝并无萧何这样的宰相啊。"

赵顼有些落寞："先祖仁宗朝不仅没有萧何这样的宰相，更是财政匮乏，百业萧条，边兵不振。先皇英宗与那些老臣，居然也采用'萧规曹随'的做法，岂不可笑？朕若再不招揽治国贤良，怕也只能步先皇后尘啊。"二人说话间出了御花园。

李宪已等在花园门外，禀报说韩维在福宁殿恭候陛下。

向皇后看他远去的背影，不禁黯然。年轻的皇帝，他有治理国家、整饬边防的远大志向，却也有欲言又止的隐衷啊。这偌大的朝廷，众多的臣子，竟无人能领会他的意图，也无人为他出谋划策。俗话说，巧妇难为无米之炊。这天下之大、庙堂之高，若是没有富余的钱粮，天子也难为啊。

韩维见李宪亲自来传，急忙赶到福宁殿。正琢磨着今儿召他何事，却见赵顼跨进门来，忙跪拜请安。

赵顼挥手示意他起来。赐座。说："先帝在时，王安石几次三番拒绝入京供职。朕若下诏命他进京，你认为他会推辞吗？"

韩维略作思索："臣以为他不会推辞。"

"因何？"

"王安石的父亲在他十几岁时便已去世，当时其上有老祖母，下有年幼的弟妹，一大家子靠他和母亲支撑，在京城过日子实属艰难。现在他的祖母和母亲都已仙去，两个兄长和嫂子因病离开人世。妹妹已出嫁，家庭负担轻松了许多。他的长子王雱今年二月进士及第，已授旌德（今安徽）县尉。"

赵顼笑道："原来，新科进士王雱是王安石之子。"

"王安石的两个弟弟王安国、王安礼和儿子王雱，时人称为'临川三王'。王安礼是仁宗嘉祐六年（1061）的进士，入幕河东路唐介门下。"

赵顼心里一声赞叹，这才是书香世家的典范，笑道："他的守孝期早满了，儿子也进士及第。他在家做什么呢？难不成去集市上卖字？"

"虽不去集市上卖字，却是在金陵城里开馆收门徒讲学。"

赵顼笑道："这倒也自在。"想了想又说，"爱卿觉得，朕要如何才能召他出来任职？"

"回陛下，此人只能以道义说服，而不能以利益引诱。"

赵顼扭头命李宪："传朕旨意，诏王安石以知制诰职衔知江宁府。"

韩维一时愣住，皇帝从各方面了解王安石，难道不是要召他进京重用吗？怎会命他知江宁府？

王安石知江宁府，在朝廷上下并未引起多大的关注。其母于宋仁宗嘉祐八年（1063）八月去世至今，早已超过了三年的守孝期。无论以前他以何种理由拒绝朝廷的任职诏令，遭受多少猜测与嘲讽，但这次出任江宁知府，似乎也在人们的意料之中。

俗话说，一朝天子一朝臣。新皇帝登基，百官面临着职位的变动。

臣子之间各种明争暗斗不说，单是弹劾，更是防不胜防。往日得宠的，保不准今日会失宠。往日不得志的，谁说不会有新的转机。都说伴君如伴虎，可极少有人会舍弃在皇帝身边的职位。朝臣们各怀心事，谁会在乎一个远离朝堂的人呢？江宁，离京城似乎很遥远。只要不妨碍自己的利益，何人，在何处，任何职，都不重要。

但是今天，他们如果知道了新皇帝对王安石的态度，又会怎样呢？

赵顼收到王安石《知制诰知江宁府谢上表》，对他在文中说"感谢圣上的知遇之恩"，很是满意，心里有了明确的打算。

这日，赵顼接到鄜州（今陕西鄜县）知州薛向密奏，说西夏大将嵬名山，是西夏宗室，党项羌族人，因与本族首领不和，欲归附宋朝。若能利用好此人，必能收复一些失地。现请皇帝陛下定夺。

赵顼很兴奋，觉得这是收复失地的最好时机，忙召集朝臣商议此事。

满朝大臣竟没有一人同意接收嵬名山的。理由是，当今之要务，是安定国内的局势，不可轻易挑起边境战事。

赵顼看着满堂的峨冠博带，听着他们振振有词的建议，那颗兴奋的心，如同被浇了一盆冷水，瞬间凉透。

几天后，又传来消息，西北边陲掌管青涧城的首领种谔，招降了嵬名山，用计收复了宋朝失地绥州（今陕西绥德）。然而，西夏以会盟为名，诱捕了宋朝保定军的大将杨定，提出用杨定换回嵬名山，并要求将绥州还给西夏。要求宋朝快速作出回答。

这下，朝堂上可热闹了。

吕公弼说："陛下，臣以为，应把绥州归还给西夏，用嵬名山换回我方大将杨定，以安定边境军心。"吕公弼是仁宗朝宰相吕夷简的次子，曾任英宗朝的给事中，就是侍从皇帝左右，备顾问应对，参议政事。现任枢密副使，负责军国政要。

宋朝的军事要职一般由文官担任。

文彦博、司马光也赞同吕公弼的主张。

众臣见他三人皆主张放弃绥州，也齐声附和。

赵顼想，西夏用计诱捕宋朝大将杨定，与嵬名山主动归附不同。把嵬名山遣送回西夏，任其处置，宋朝还有何情义可言？况且，绥州原本就是大宋领土。如果仅凭西夏国的一纸书信，就把失而复得的方圆几百里地的一个州拱手相送，只能显示宋朝的软弱无能，而使对方更加肆无忌惮。

众臣见赵顼不语，又纷纷进言，绥州在敌占区内，孤绝难守。为一个归顺的西夏人而无端挑起战火，是置边境百姓于不顾啊。

赵顼压抑着内心的失望和恼怒，挥袖说今日退朝，改日再议。

几天后，又接到陕西宣抚使郭逵密诏，说西夏人诱捕杨定时已将其杀害，并坚决反对放弃绥州，认为应当坚守绥州，用以安置嵬名山举族而归降的一万三千人。

不久，西夏又提出用塞门寨和安远寨来交换绥州。郭逵认为这是欺诈，他提出一个条件，即必须先行交出塞门、安远二寨，才可交移绥州。因派出的使者持有西夏西平王在大中祥符年间写的一封信，证明塞门、安远二寨的界址在长城岭下，西夏使臣无法驳斥。此事遂以宋朝保有绥州而告终。

赵顼喜极，下诏表彰郭逵，说："渊谋秘略，悉中事机。有臣如此，朕无西顾之忧矣。"赵顼自登基以来，对朝臣失望至极的一颗心，终于得到一丝抚慰。

第七章　韩琦辞宰相之职　安石任翰林学士

治平四年（1067）十月末。

安石收到朝廷调他进京做翰林学士的诏令，是在一场秋雨后，天凉了，空气更清新了。

这天，他与新任知府办完交接手续，走出衙门，正是炊烟四起，倦鸟归林之际。他慢慢走在回家的路上，欣赏着薄暮的景色。他喜欢江宁，尤其喜欢江宁的秋天。

江宁的秋天很短，似乎就浓缩在那一棵棵银杏树上。秋风起了、秋霜飞了、叶子落了。走在空旷的原野，或是青石板铺就的街道，一抬头，一凝眸，见一树飞金，满地铺黄，这萧条肃杀的季节，便似涂抹了一笔绚丽的色彩。

安石行至家门前，见小女儿王芙和管家王谢在院里的柿子树下，仰头望着树杪上红透的柿子，他隔着院墙笑问："芙儿想吃柿子啦？"

王芙扭头叫一声"爹爹"，忙去开了院门。

王谢笑道："老爷，我和小姐正商量着，把这些柿子摘了，带到京城给大小姐尝尝呢。"

柿子树上的叶子早已落尽，光秃秃的枝丫上挂着的柿子，红宝石似的，格外引人注目。

安石笑道："芙儿，这柿子就留给雀儿过冬吧。"

王芙朝王谢吐吐舌头，挽着父亲的胳膊往屋里去。

这王谢便是安石当年的小书童，现是王府的管家。见老爷与小姐进了堂屋，他忙从门廊绕到后院，听吴夫人正交代丫鬟江梅："只带平日要用的东西吧，这些物件也不能尽都带了去。"顿了一下，又听她道，"终归是要回江宁的。"

江梅应声去了。

王谢这才上前轻声道:"夫人,老爷回来了呢。"

吴夫人应了一声,却只管站在廊下出神。

吴夫人,单名一个"琼"字,江西金溪柘岗吴家人,安石的表妹。其祖父吴敏、父亲吴芮、叔父吴蒙皆为进士。

安石十三岁时祖父病故,随父在家守孝三年,与柘岗诸表兄妹同窗共读,进士及第后与琼表妹结为连理,养育了四个子女。儿子王雱,字元泽,生于庆历四年(1044),今年二月高中进士,现任旌德(今安徽旌德)县尉。长女鄞女,早夭。次女王菫,去年嫁给国子监直讲吴充的儿子吴安持。小女王芙,今年十二岁。

天色渐暗,天气越发凉了。

吴夫人紧了紧衣衫,正待回屋,冷不防手臂被人抓住,一个清脆的声音边笑边说:"娘啊,站在风里做什么?爹爹叫孩儿来找你呢。"

吴夫人转过身,满脸慈爱:"芙儿啊,你已是大姑娘了,还这般没个正形。"

"娘啊,什么样才是正形?"芙儿指着院墙下暮色中的菊花,"这花儿,大朵小蕊的,红的白的,花瓣儿直的曲的,不都是随意长成,随意开落的吗?还有前院柿子树上的柿子,看上去都差不多,却也是圆的圆,扁的扁,并没有人用一个什么东西套着这些果子,令它们长成同一个样子啊。人,为何就有这许多的规矩?不能这样,不能那样。"

吴夫人失声笑了:"我一句话,竟引出你一番歪理。"又若有所思:人若是没有约束,像园里的藤蔓一样,任其自由生长,那这世间会是什么样子呢?还会有君子与小人的区别吗?我自打懂事起,就跟着父兄读圣贤书,以圣贤的道理来约束自己。可古时的圣贤又是如何成为圣贤的呢?他们必是用某种行为去约束自己的吧。

"娘啊,孩儿说错了吗?"

吴夫人有些迟疑地回道:"你说的似乎也不错,只是娘一下子也回答不出,为何人与其他事物不同,要有许多约束。"

王芙高兴得差点儿跳起来。

吴夫人皱眉道:"女孩儿还是斯文点好。你这个样子,如何嫁得出去?你姐姐像你这么大时,已遍读'四书'了,写的诗词在同辈中也是极好的。"

"那又怎样?女孩儿知书达礼就会过得好吗?姐姐写的诗啊词啊,我读了都觉得凄凉,难道娘和爹爹就没有感觉到吗?娘,孩儿去帮江梅收拾东西了。"话音未落,人已跑远。

吴夫人想,知女莫若母,我怎会没感觉呢?

但她不能对芙儿说。女孩儿总归要嫁人的,至于嫁得好与不好,却也由不得人。堇儿写在家书上的每一首诗,每一阕词,如刀刻斧斫般在她脑子里。她无数次想象过女儿嫁作人妇的日常生活,却想象不出家乡江宁在女儿心中的模样。

楼台倒映江寒碧,垂虹桥上车流急。倦鸟过霜空,暮飞相与同。
故乡归不得,极目烟波隔。人静月窥窗,闲愁天样长。
——《菩萨蛮·暮归》

问家消息,红药空沉寂。只愿天涯如梦反,满眼青青柳色。
隔江一笛东风,携香犹细还浓。今夜轻烟淡月,明朝可有来鸿?
——《清平乐·问》

狂风昨夜窗前转,吹落红梅香息远。绿罗裙瘦立庭阶,犹惜花衣难拾拣。
何时重见穿帘燕?只恐来时春已半。谁家童子不知愁,又把笛声飘过院。
——《玉楼春·惜花衣》

这些小令语言清新,情感细腻真挚,却也是愁绪满怀。这哪里是年轻女子的乡愁和对父母的思念?分明是夫妻间的情感疏离令她忧愁苦闷。

吴夫人有些懊恼地想,是我没有教育好孩子。没有告诫她,女人,尤其要有一颗随遇而安的平淡之心。这世间,哪有十全十美、缘定三生的夫妻情呢?祖祖辈辈不都是在重复着相同的故事、相同的人情冷暖?况且,谁又能评判,你今生遇到的人,不是你命中注定要遇到的?不是你前世缘分所定?女人,只有珍惜生命中的际遇与相逢,才不会怨天尤人,才能过好这烟火人间的每一天。

吴夫人胡思乱想着,不觉已到书房门前。她拢了拢并不凌乱的鬓发才迈过门槛。

王谢正帮着把一只只书箱绑定,见夫人进来,忙退了出去。

安石见她眉头轻锁,笑问:"你一脸的忧思,所为何事?说来听听,看为夫能否帮你解惑。"

"我一个妇道人家,所忧所思,不外乎儿女和家中琐碎之事。既不参禅,又不做学问,有何疑惑要解?"

"元泽到任上已半年有余,写的家书寥寥无几。但男人,有事可做,有书可读,还恋什么家啊。倒是堇儿让人牵挂。"安石笑道,"不过,像你这样心事多到挂上眉头的,是无法参禅的。要把子女教育好,把家中琐事处理得当,还真有点儿像做学问。"

"老爷,你真的不知我因何而忧虑吗?"吴夫人见他心绪甚佳,便说,"你这次对朝廷的任职态度,与往时决然不同,是因为年轻的皇帝吗?"

"皇帝虽年轻,但并非少不更事。他有思想,有干劲,有求贤治国的渴望。最重要的是,他不满于现状。要打破现状的手段是什么?是革新。"

"这正是我所忧虑的。二十年前,你在鄞县的做法就标新立异,超出人们的想象。后来你给仁宗皇帝的万言书,虽没有引起重视,但直到今天,你心里的想法又何曾消退?"

安石放下手中的一摞书:"这世间,唯吾妻懂介甫。"

"你一向清高自持,不喜逢迎,不善交际,更不通权变。若要做一番大事,无人响应,无人支持,你如何能做得好?就算我懂你,于你有何益?"

安石见她一脸的沉重,也收了笑容:"你说得不错,我是不善权谋,但我也从不与人争锋。翰林学士,作为皇帝最亲近的顾问兼秘书官,虽可议论批驳朝政,出谋划策,分割宰相议政之权,但如果皇帝不重视我的谋略,不采纳我的谏言,那我也仅仅是给皇帝批答表疏,应和文章,随时宣召撰拟文字的文官而已。若真如此,在京城混个一年半载,咱还是回到地方上做个小官,逍遥度日。你有什么好担心的?有你懂我,就算天下人与我为敌,又有何妨?"

与天下人为敌?她打了个寒战。不敢细想,也不再说话。

第二天,安石租了船只,带着家小,望京城而来。

自王陶弹劾两位宰相后,王陶被贬出京,韩琦、曾公亮上表待罪。赵顼听从谏言,手诏慰韩琦,但韩琦再也没有进过门下中书省。

某日早朝,韩琦候在殿外,待大臣散去,他才进殿见驾。

他说:"陛下,臣有幸担任先帝英宗的山陵使,今先帝的永厚陵已复土,臣当辞去。"

赵顼百般挽留:"爱卿是三朝辅臣,朕登基伊始,朝廷内外有诸多事情亟待解决,卿何忍辞去?"

肺腑之言也不过如此,韩琦很是感激,但他去意已决。

赵顼苦留不住,便任命他为镇安、武胜军节度使及司徒兼侍中、判相州。又在东京兴道坊赐他一座宅第,擢升其子韩忠彦为秘阁校理。

几日后,韩琦来向赵顼辞行,辞退所授两镇,仅兼领淮南节度使。

赵顼却多了个心眼。当年,韩琦与范仲淹同在边境抗击西夏,是不可多得的军事将领。今西夏仍是大宋的心头之患。近日有西北边陲掌管青涧城的首领种谔,因招降嵬名山而引起的事端,何不令他去?当即将韩琦改判永兴军(今西安)兼陕西四路经略使。

韩琦领命。

临走,赵顼又将他叫住,问:"卿决意离去,往后有谁能辅佐朕呢?"青春的容颜,到底遮掩不住眉宇间的几分失落。

韩琦颇为感动，心念转处，却又听他问："卿离去，王安石能否代卿？"

韩琦不假思索，脱口道："不能。臣听说，陛下已诏令王安石回京做翰林学士。此人做翰林学士尚可，做辅臣则不能胜任。"

赵顼对他毫不犹豫的回答，心里虽不大畅快，面上仍笑微微的，也并不问其原因。

面对这张洋溢着青春活力的笑脸，韩琦忽然觉得困惑。他向来自认老练，能识人，今天却猜不透年轻皇帝的心思。都说圣心如渊，不可猜度。自己做了三朝辅臣，不是时时揣摩着帝王的心思吗？心里不免叹息，到底是老了。他再次拜谢，蹒跚而去。

第二天，赵顼命开迩英阁，他要在迩英阁召见司马光。当王安石在江宁府接到朝廷的任命时，司马光也改任为翰林学士兼侍读学士。

迩英阁，是皇帝为亲近英才而特意开设的堂所，常请德才兼备者为其讲学。司马光听传到迩英阁，颇为兴奋，便带了尚未编撰完成的《资治通鉴》随太监而来。

果然，赵顼问书编撰到了何时何处。

司马光正欲回答，却又听赵顼问："帝王如何做到知人善任？"

司马光一时愣住。他眼下的职位是权御史中丞，"权"，为"暂时代行"之意。虽如此，但他依然认真回答："世间没有十全十美之人，每个人都有自己最擅长的一面。发现人才不难，重要的是扬其所长，避其所短。比如，汉太祖高皇帝刘邦，他身边有得力臣子萧何、张良和韩信。萧何同张良是谋士，他们为刘邦出谋献策。而韩信却是将才，能带兵打仗。"

赵顼点头称善。

司马光脑子灵光一闪，小心地问："陛下可是发现了人才？"

"朕以为薛向不错，既懂经济，也懂边防的管理。"

司马光忙道："陛下可知薛向人品？他只是善于理财，未必懂得如何治理边境。况且，理财之人重利轻义。"

"善于理财之人，未必人品不好。"赵顼说，"那吕惠卿如何？

朕听说欧阳修当年把他推荐给先祖仁宗爷时,说他才识明敏,文艺优通,好古饬躬,是端雅之士呢。"

司马光急道:"此人奸邪贪猥,比薛向更甚。"

赵顼心里老大不痛快,你这意思是,朕看上的人都是小人,只有你是君子,朕就不识人了。却不温不火地说:"朕每次对大臣的任命,朝臣们不是反对,就是争论,没有一点儿敬畏之心。"

司马光忙道:"陛下,这是值得庆贺的事啊。"

"此言何意?"

"台谏官的职责是监督百官,并纠弹官邪。他们知道每个人的优点和缺点,知道他们胜任哪个职位。自古以来,帝王用人是最难之事,先圣也不可避免用错人。若台谏官不提出意见,陛下用了奸邪之人,岂不坏事?"

赵顼想想,这理由还说得过去。又问:"前些时,王陶弹劾吴奎迎合依附韩琦,可属实?想那吴奎,人称其通晓从政之道,遇事灵敏迅速。如此之高才,竟也依附宰相。"

司马光垂下眼睑,说:"回陛下,臣不知此事。"

赵顼笑了:"是了,你除了朝廷公务,还要编撰书稿,哪有闲暇管这等闲事?那你觉得臣子是应当依附宰相,还是应当依附皇帝呢?"

"这两种行为都不好。依附宰相,有结党的嫌疑,是小人,不足取。如果对皇帝的话不分是非,言听计从,属阿谀逢迎,也非君子所为。"

赵顼脸色一沉,臣子听从皇帝的圣意,就是阿谀逢迎?难怪朕在朝堂上说的话不能落到实处。朕是拥有一朝君子而不自知吗?不免"哼"了一声。

司马光吓得一哆嗦。抬手摸了摸额头,额头上并没有汗,只是他突然很紧张。年轻皇帝一忽儿此,一忽儿彼,心思难测。往后说话须得留点神。

正想着,忽有太监来报,吴奎求见。

赵顼展眉笑道:"竟有这等巧事?才说吴奎,吴奎便来了。宣。"

司马光起身告辞。赵顼说一起坐坐也无妨。

司马光只得坐下。

吴奎见司马光在，有些意外。又见皇帝并未命他回避，既来了，该说的话，还是得说。昨日与韩琦饯行，得知皇帝有重用王安石之意，心头便似压了一块石头，一夜未眠，今儿想好了说辞，这才进宫面圣。

吴奎施礼毕，说："陛下，韩琦已去，宰相之位空虚，当择良臣补上。"

赵顼很热切地问："卿以为何人可替代韩琦？"

"韩琦是三朝老臣，在朝廷可辅佐君上，在边境可镇压来犯之敌。纵观天下，无人可替代韩琦。与其任命一个不称职的新宰相，不如请陛下召回韩琦，官复原职。"

司马光听他这番话，虽有几分惊讶，却说出了自己的心意。

赵顼想，御史台弹劾你依附宰相，果然不假。怕是你昨日已见过韩琦，今儿才跑来替他说话的。便不动声色地说："朕也曾百般挽留，无奈韩琦去意已决。卿认为王安石如何？"

吴奎想，韩琦预料的果然不错。忙道："臣曾与王安石一起在地方为官，此人刚愎自用，所做之事异想天开，不切合实际。又听不进他人意见，若受重用，必乱朝纲。"

"如此说来，王安石果真一无是处了？"淡然的语气，叫人分辨不出他话里的真实意图。

吴奎忙跪倒在地："请陛下三思。"

赵顼起身踱至窗前，背对着他二人，说："上次你袒护韩琦而弹劾王陶，朕因为你身为执政大臣而弹劾中丞，罢你知青州。后经司马光等人劝说，复你原职。今儿看来，吴爱卿还是去青州的好。"

吴奎与司马光对望一眼，又同时扭头看向那个后背。那背影像梧桐树般挺拔，焕发着春的生机。

第八章　富弼进谏不言兵 安石建议先理财

时光，就像汴河水滔滔而去，全然不似人类，有许多顾盼。

赵顼执政的第一年，在繁杂的政务中摸索着过了。新年后，改年号为"熙宁"。

转眼就到了二月十二，花朝节，又称"花神节"，是百花生日。这天，不管是达官贵人，还是市井小民，都会结伴到郊外踏青，挑野菜，尝时鲜。民间有"扑蝶会"。皇城内，后宫嫔妃也忙着祭花神，蒸花糕，插花赏花，热闹而别致。

早晨，赵顼携向皇后去宝慈宫给高太后请安。随后，二人又陪同高太后去庆寿宫给曹太皇太后请安。曹太皇太后留他们一起用早膳，说些宫里宫外的趣事儿。

用了早膳，赵顼、向皇后辞别二位太后，出了庆寿宫。

向皇后原本想请赵顼跟嫔妃们一起祭花神的，却见他一脸沉闷，不知何故，也不敢问。只听他叹道："虽是改元了，但过去的一年和现如今，无论是朝廷内政，还是边境事务，都没有一点儿改变。还得在太后面前陪着说笑。"

原来是为国事担忧，向皇后顿觉心里一宽，安慰道："治理天下事，须得慢慢来，急不得的。"

"话是这么说，"赵顼道，"只是时光不等人哪，这不，今儿已是二月花朝了。民间踏青，文人雅宴。你看，就连后宫内苑的花树上，也粘满了五彩纸。这是要把过年的气氛和热闹延续下去啊，难道只有朕知道春天已经过了一半了？"

向皇后笑道："这日子长着呢。陛下何不放松一下，与大家同乐一日又有何妨？"

"朕何尝不想与你们同乐？可朕继承的天下，国库空空，朕的一颗心也空空地悬着，又如何快活得起来？你觉得这日子长吗？朕怎么一眨眼就过了一年又一个月呢？"赵顼说着话，仰头看向天空。

太阳已升到大庆殿的上方，温暖而生机蓬勃。明净的天空，衬得几朵白云像花一样娴静。

赵顼见向皇后满脸惶恐，又笑道："大臣们都在迩英阁等朕呢。你去吧，代朕好好地祭花神，祈求花神降福，保佑花木茂盛。"

果然，曾公亮、文彦博、司马光、唐介、韩维等大臣已在迩英阁等候。

赵顼与大家见过，命李宪宣赵抃。

众人不免惊奇，赵抃不是以龙图阁学士的职衔，在成都做知府吗？

赵顼笑道："朕召赵抃回京知谏院，不知众卿家意下如何？"

门下侍郎兼吏部尚书曾公亮说："赵抃十年前就做过殿中侍御史，在任上弹劾不避权贵，最是敢于直言。臣以为，他知谏院是极好的。"

枢密使文彦博接道："按旧例，赵抃从成都回来，应担任更高的职务，而不是当谏官。"

赵顼说："朕任命他知谏院，并非小看他的处事能力，而是朕需要这样敢说真话、敢提意见、敢规谏朝廷缺失的人。"

不一会儿，赵抃来了，拜见了赵顼，与众人一一见过。

赵顼笑问："听说你匹马入蜀，以一琴一鹤自随，管理政策宽松平和，如今还能任谏官吗？"

赵抃回道："正因有一琴一鹤相随，臣便再无他念，故而能任谏官。"

赵顼点头而笑，旋即又对众臣说："朕执政的这一年，眨眼就过去了，天下事却没有一件得到解决。府库依然空虚，百姓依然穷困，边境依然不安宁，敝事如此之多，难道众卿家都不着急吗？难道不应该改弦更张吗？"

赵顼突然说出这番话，众人一时不知如何回答。半响，文彦博说："陛下，这些事须循序渐进，非一朝一夕之功。况且，祖宗立法近百年来，也无大事。陛下何须忧心？"

文彦博是三朝老臣，座中数他年纪最长，说话处事自当沉稳老练。

这言下之意是，几代人都是这么过来的，如今不就这样接着过下去吗？

赵顼看着身边这些大臣。他毫不怀疑他们都是饱学之士，可他们怎么就看不到帝国的弊端和隐患呢？一年来，朕时时刻刻、心心念念求贤者、求变革，竟无人有治国之良策。难道，是朕错了吗？朕真的应该按前朝帝王的足迹走下去吗？

他没有斥责这些大臣，而是笑着说："每个朝代都应该是进步的，这才符合历史。司马爱卿，你编撰的《资治通鉴》，总结出的经验教训，不就是供君王借鉴的吗？鉴于往事，方有资于治道。以历史的得失作为鉴戒来加强管理天下，而不是照着古人的足迹而行。朕没有理解错吧？"

司马光回道："陛下明鉴。臣以为，改变财政匮乏的方式，唯有开源节流，藏富于民。祖宗立的制度是没有错的，错就错在用人不当。当务之急，在于择人，而不在立法。"

赵顼忽然觉得很累，或许是厌倦了这种空谈。

沉默片刻，他笑道："散了吧。今儿花朝节，众卿家回去还可与家人祭花神，赏花吟诗呢。"也不等众臣告别，便起身出了迩英阁，朝后花园去。他要去找皇后，要跟她一起祭花神，祈求花神保佑他的大宋风调雨顺，国泰民安。

天亮了。安石一夜未眠也不觉困倦。自回京任翰林学士，每次轮到他在内廷夜间值守时，他总是读书度过这一夜。那夜间巡视的大内卫士，看到窗前烛光中的身影，也会生出几分敬佩之情。

虽一夜未眠，白天的工作依然有条不紊。傍晚回到家中，吴夫人见他布满红血丝的眼睛，知他又一夜未睡。埋怨道："老爷今年四十八岁了，不是二十几年前了，何必作践自己的身体。"

安石玩笑道："这就怪了，我怎么感觉精力充沛得如同二十几岁的小伙子呢？"

吴夫人将他换下的朝服搭在床头的衣架上，径自去了外间。

"生气啦？"安石忙跟出来，从怀中摸出一页纸，笑道，"这是我昨夜值守时写的，请吴家才女品评。"

是一首七言小诗：

夜直
金炉香烬漏声残，翦翦轻风阵阵寒。
春色恼人眠不得，月移花影上栏干。

吴夫人道："这诗也没什么值得炫耀的，一股轻浮之气。"

安石惊问："夫人何以这样说？"

"皇帝召你为翰林学士，而你却以为得到了施展抱负的机会，感慨、激动、兴奋之情溢于言表。全诗寓情于景，从香尽漏残到月移花影，你以时光的流逝映衬自己的彻夜不眠和宫城内的宁静祥和。"

"这写法不好吗？"

"好自然是好的。以清新流丽的语言，写春意已浓而余寒未尽的幽寂夜景，表达的却是轻松明快的心情。若与你以前的诗文对比，这首诗便显得轻浮了些。只是，你并非轻浮之辈，只是因为得到皇帝的赏识而欣喜。"

丫鬟江梅早沏了茶来。

"老爷去年进京时写的两首小诗《题西太一宫壁》，就不错。"吴夫人念道：

其一
柳叶鸣蜩绿暗，荷花落日红酣。三十六陂春水，白头想见江南。

其二
三十年前此地，父兄持我东西。今日重来白首，欲寻陈迹都迷。

安石放下茶盏，叹道："那是写故地重游的感慨，心境与昨夜值守是不一样的。初游时有父兄提携，而三十年间，父兄相继去世。当时不可一世的少年，重游时已两鬓斑白。人事无常，故地景色也与当年不同。唯有记忆中的江南水乡没有变。"

见他神情落寞，吴夫人后悔提起这事儿，忙道："小时候听先父说过，六言诗远不如七言诗灵动多变，是极难写难工的。而老爷这两首六言诗写得清丽空灵，语意简明而不失含蓄，实属难得。"

安石展颜一笑："我不是三十几年前的峥嵘少年了，你无须安慰或讨好于我。"

"老爷，好就是好，我何须讨好于你？"

"好好好，夫人说的都是真话。不过，话说回来，你真的以为，朝中大臣若得皇帝赏识，会有不高兴的吗？"

吴夫人却说："翰林学士，说是能以皇帝的近臣参与朝廷机要，可以分割宰相议政之权，但权力毕竟有限。而有限的权力，也必定有风险。"

"风险？农民在地里种庄稼，也会有突如其来的暴风雨。"

吴夫人不想再说下去，吩咐丫鬟摆晚餐。

一时饭毕，吴夫人说："老爷早点歇息吧，不要总这么熬着，明儿上翰林院也精神些。"

恰好此时王谢来说有客人拜访，并递上名帖。

安石很奇怪，天色已黑，大街上的店铺早已点亮了灯笼，这个时辰有谁来拜访自己呢？及见名帖上'吕惠卿'三个字，喜道："快请进书房。"

吴夫人从未见他有过如此欣喜，不免诧异。

吕惠卿，泉州南安人，字吉甫。宋仁宗嘉祐二年（1057）进士。任真州推官期满回京，便留京做了集贤殿校勘，就是编校集贤殿的书籍。后与安石相识，二人讨论经义时，有许多相同的认知，很是投机。

王谢将吕惠卿引进书房。安石笑道："你从未来过舍下，这黑灯瞎火的能找到此处，着实不易。"

吕惠卿施礼道："这个时辰还不晚，汴梁城的夜生活才刚刚开始呢。"

安石笑着认可。又想，他此时找到家里来，必有要事。

童子江歌端了茶来，给他二人斟上。

吕惠卿直到江歌出去并带上房门，方开口道："明公可知皇帝召见了富弼？"

"皇帝召见大臣不是极平常的事？"安石笑道，"富弼不是在汝州（今河南临汝）吗？"

"正因如此，才显得这次召见极不平常。"

熙宁元年（1068）四月初一，富弼奉诏入朝觐见。

富弼今年六十四岁，因足疾行动不便，赵顼允许他坐轿到内东门的小殿门前，由他的儿子搀扶着进殿，并免去跪拜之礼，赐座谈话。

赵顼笑道："爱卿历经三朝，曾帮助范仲淹推行庆历新政，必有治国方略。若要国富民强，朕将如何做呢？"

富弼见皇帝恭谦有礼，和蔼可亲。又早听说他求贤若渴，唯恐他年轻不谙世事，容易接受他人的不当谏言。便说："陛下要有自己的主见，切莫让人揣摩到你的喜好。否则，那些别有用心的人，一定会投其所好，以售其奸。陛下应当像天监视人一样，善恶都由他们自己去做，然后进行惩罚奖赏，这样功过就会清楚明白。"

赵顼想，朕求治国良策，你说做人的方法，虽是答非所问，说得也有道理，便点头称善。接着问："辽国和西夏是大宋的强敌，朕要如何整饬边防，才能不惧对方，从而使边境百姓安居乐业？"

富弼见皇帝听进了自己的话，面露得意之色，捋着胡须，慢悠悠地说："战争是关乎天下的大事。陛下即位不久，当广布恩德施行恩惠，愿二十年不提用兵之事。当务之急，应以国家安定、民富物丰为上。"

赵顼沉默着。富弼见皇帝不说话，觉得谈话该结束了，欲告退。

赵顼见他腿脚不便，诚恳地要求富弼以集禧观使之衔留在京中。

富弼极力推辞，离开皇城时，已是太阳西下。

吕惠卿一口气说完皇帝接见富弼的事儿。

安石思忖着说:"也许,富弼是听皇帝说起范仲淹的庆历新政,猜度着年轻的天子也有革新的愿望,才故意说那番话的。"

"富弼年轻时奉命出使过辽国,曾支持范仲淹推行庆历新政,后来在郓州、青州等地救助灾民。这些都说明他是个有思想、有魄力、有干劲的人。只是,我不能理解,如今的他,怎么就成了个不思考、不顾及天下形势的人?"吕惠卿说罢,端起茶碗一口喝干,便告辞而去。

吴夫人听说了吕惠卿的来意后,有些不解:"按说,皇帝单独召见大臣时所说的话,是比较隐秘的。昨天的事,吕惠卿今天就知道了,就像他当时在场一样。他在这个时辰特意跑来告诉你这件事,是何用意?"

安石失声笑了:"夫人如此敏感而细致,何不分析一下吕惠卿的来意?"见她皱眉思索的样子,又道,"算了算了,你且去歇息吧。我还有事呢,不跟你闲扯了。"

吴夫人见他又要熬夜,知道劝也无益。便出了书房,吩咐童子江歌好生侍候着。

却说赵顼。他单独接见过朝中每一位有名望的老臣,极谦逊地问过他们治理国家、加强财政的问题。见过富弼后,最是失望。

满朝臣工都可以做一天和尚撞一天钟,唯独他赵顼不可以。他是当今天子,有理由、有责任让他治下的百姓,过上不受贫穷和战争困扰的好日子。他的江山美丽富饶,他的国库却是囊中羞涩。

每天早晨睁开眼睛,他便如困在荆棘丛中,寸步难行。但是,他不能叫苦,不能怨天尤人,更不能消沉。他要振作精神,要有所作为。可是,他怎么能把这些想法说给臣子听,以鼓励大家共同治理天下的决心和斗志?朝廷的每一件事,都需要大臣们的理解和支持。然而,这些高官厚禄的臣子,却不像他这样急切地想改变国家的现状。他们似乎只想与他和平相处。但是,若没有安宁的边境,没有富强的国家,又哪来的和平?

这天,赵顼不早朝,也不去给太皇太后和太后请安,只在屋里走来走去。

向皇后见他一脸的郁闷,也不敢问,只小心地侍候着。

用过早膳,赵顼对李宪说:"朕今天要在迩英阁见王安石。"

熙宁元年(1068)四月初四。

清晨,安石到翰林院尚未坐定,便有太监来传旨:"诏翰林学士王安石越次入对。"

安石虽有些惊讶,颇有几分严肃的面孔上,看不出丝毫波澜。接旨谢恩后,随太监出门而去。

司马光与传旨太监前后脚进门,听到圣旨,心竟莫名地一顿。

不待他二人走远,有人叹道,越次入对,越级进皇宫回答皇帝的提问,这可是无上的荣耀和恩宠啊。也有人说,还不一定是什么事呢,有何慕哉?

安石随太监穿廊过巷,往迩英阁去。

和风吹暖。桃花谢了,杏花落了,枝头一片新绿。而楼台亭阁间的甬道边、围栏外,牡丹花却开得雍容华贵,仪态万方。

迩英阁里,这一对君臣终于见面了。

赵顼听过安石的很多故事。可能因为他的特立独行,也可能因为赵顼自己的需要,安石早在他心里扎了根。

安石行跪拜礼起身的那一刻,赵顼惊奇的并不是人们所传说的他的那颗大脑袋,而是那双蕴含精光的眼睛。

赵顼从未见过如此专注的目光。虽然臣子不能与皇帝对视,但就在安石抬头的一瞬间,仿佛这屋内所有的事和物,都凝注在这双深邃的眸子里,包括自己的思绪。

赵顼待他坐定,说:"想必爱卿知道,今日所为何来。所以,朕也不必绕弯子。朕读过你十一年前给仁宗爷的万言书,那时你就知道大宋国处境堪忧。如今到朕手里,更是入不敷出。虽暂时边患未兴,可万一辽和西夏来犯,后果将不堪设想。朕欲改变这种状态,当何以为先?"

安石正颜道:"当择术为先。"

"何为择术？"

"选择适合大宋国情的制度和法规。"

"难道祖宗所制定的法规，不适合当下吗？"赵顼被他的话吸引，不由自主地问。

安石字斟句酌道："祖宗的法规自然是好的，但几代人沿袭下来，朝廷政令松懈。朝中百官，文不思政，武不思战，都在揣摩圣意，以保守自己的官位，祖宗的制度形同虚设。如今财政匮乏，国力日衰，若长此下去，将如何保境安民？"

赵顼自登基以来，虽然天天想着国库空虚、边兵不振，但安石这番话依然令他惊心动魄。他喝口茶平静一下，问："这长期积累下来的贫困衰弱，可有方法解救？"

"必须先理财生财，富国强兵，方能天下太平。"

赵顼对"理财生财"很感兴趣。笑问："依爱卿之意，是要建立新的法则来理财生财？"

安石忽然觉得，面前这位精神饱满、虚怀若谷的年轻天子，看待问题敏锐而通透。

不待他回答，赵顼又道："可是，以祖宗的法规守天下，近百年来，大宋国太平无事。这是为什么呢？"

这个问题正是富弼、韩琦、文彦博等老臣阻止赵顼改弦更张的理由。今天，安石一开口便要改变祖宗的法规，正好用来问他。

如果祖宗的法规不适合大宋国情，为什么近百年无事？如果祖宗的法规毫无弊端，又因何国家财政枯竭，百姓困苦，边境多事？

安石思忖着说："陛下，这是个有关制度法规的问题，关乎本朝近百年来的政治、经济和文化，不是三言两语说得清楚。容臣细想，再作回答。不知陛下准否？"

赵顼应允。谈话至此，他感觉心情从未如此轻松过。笑问："说起治理天下，爱卿觉得唐太宗如何？"

"陛下当效法尧舜，唐太宗有什么可学的。"

安石说得云淡风轻，赵顼却愣住。

安石见他惊讶的神情，回道："尧舜之道，简要而不烦琐，合时而不迂腐，容易而不难。只是后世之人，没有真正领悟尧舜之道，就以为高不可攀。"

赵顼有点儿难堪，但他并没有责备的意思，只道："你这是在说朕没有好好读书啊。"

安石忙道："陛下恕罪！臣其实是在责难辅臣。因为皇帝一人是不可能办完天下所有事的。"

赵顼觉得这话说到了自己的心坎里。

二人絮絮叨叨地说着，像多年不见的好友。

第九章　尽职责剖析弊端 论本朝百年无事

安石回到家中，已是灯火黄昏。

吴夫人见他蚕眉飞扬，嘴角噙笑。打趣道："瞧老爷高兴的，捡到金子了？"

安石斥道："妇道人家只知金子，却不知，这世间有比金子更贵重的东西，值得让人为此而甘愿付出毕生的精力。"

吴夫人猜测着："皇帝召见你了？"

安石大笑："夫人果然敏慧。你知皇帝召我做什么吗？"不待她回答，接道，"说了你也不明白。快叫人送点吃的到书房来。"一面往书房去，一面嘀咕，"也是奇了，今儿怎么就饿得慌。"

吴夫人亲自去厨下，催用人赶快做饭。自己则沏了一壶茶，拣了一盘今儿学做的牡丹饼，端了往书房来。

安石正伏案书写。

吴夫人将托盘放在案头，斟了茶，轻声道："老爷吃块饼垫垫饥。"眼睛却看向他写的字：

论本朝百年无事札子

承蒙陛下问到我朝统治了上百年而天下太平无事的原因。臣因为浅薄无知，错蒙皇上询问。又想，皇上问到这个问题，是天下的福气。如果臣没有奉献一句中肯的话，就不是官员效忠君主的态度，所以，臣冒昧地粗略说说自己的看法。

太祖具有极高的智慧和独到的见解，非常了解手下各类人的性格，指挥用人，必尽其才。设置措施，必定符合现实情况。所以能够驾驭将帅，练好兵卒，对外抵抗外族入侵，对内靠他们平定动乱。废除苛捐杂税，禁止酷刑。废除强横的藩镇势力，诛杀贪婪残暴的官吏，自身俭朴，为天下做出了榜样。

太祖在制定政策发布命令的时候，一切以百姓能平安、得利为准则。太宗继承了太祖的聪慧勇武。真宗保持了太祖的谦恭仁爱。仁宗、英宗没有丧失道德？这就是我朝能够统治上百年，而天下太平的缘故。

臣试着为陛下陈说其中的几条，请陛下详加考虑，选择可取之处，也足以用作今天的借鉴。仁宗作为一位君主，对上敬畏天命，对下敬畏人民；宽厚仁爱，谦恭俭朴，出于天性；忠恕诚恳，始终如一。没有随意兴办一项工程，没有随意杀过一个人。审断案件尽量使犯人能够活下来，特别憎恨官吏对百姓的残暴骚扰。宁肯委屈自己输送钱财给辽、夏，却始终不忍心对他们开战。

……

安石放下笔，一手拈饼，一手端茶，边吃边喝。

吴夫人说："本朝百年无事，虽是朝中大臣说来阻拦皇帝变革，而事实也是如此啊。"

安石顿了一下："我就不明白了，朝中老臣，哪一个不是读书出身？不读经子史集？难道真的以为，朝代更迭而制度能永恒不变吗？"说罢，拍拍手上的饼渣，重新拿起笔，写道：

但是，本朝几代墨守衰风颓俗的弊病，却没有皇亲国戚和诸位臣子议论它。和皇上朝夕相处的，不过是宦官宫女。出来处理的政事，又不过是有关部门的琐事。没有像古代大有作为的君主那样，和学士、大夫们讨论先王治理国家的方法，并把它实施到天下。一切听任自然趋势，而主观努力却有所不够。名义和实际效果之间的关系，没有加以考察。君子并不是不被容纳，但小人也能够混进来。正确的论断并不是不被采纳，然而不正确的怪论有时候也被采用。凭着写诗作赋、博闻强识选拔天下的士人，而没有学校培养造就人才的方法；以科名贵贱资历深浅排列在朝中的官位，而没有官吏考核实绩的制度。

……

至于管理财政，基本上没有法度，所以虽然皇上俭朴节约而人民却不富足，虽然操心勤勉而国家却不强大。幸赖不是夷狄昌盛的时候，又没有尧、汤时代水涝旱灾的特殊情况，所以天下无事，超过百年。虽然是人努力的结果，也靠了天的帮助。原因是几代圣君相传，对上敬畏天命，对下敬畏人民，宽厚仁爱、谦恭俭朴、忠恕诚恳，这是他们之所以获得上天帮助的缘故。

臣想，陛下身具最为圣明的资质，继承无穷无尽的帝业，知道不能长久地依靠上天的帮助，知道人事不能始终懈怠下去，那么大有作为的时候，正在今天。臣不敢随便放弃臣子应尽的职责，而只顾躲避独犯忌讳所遭到的惩罚。恳请陛下宽恕臣，并留意臣的话，那就是天下人的福气了。恰当与否，请陛下裁决。

吴夫人见他搁了笔，说："老爷这奏折，以种种缘由来剖析为什么本朝百年太平无事，即便说得再精准，又有何益？"

"你也是读书人，"安石看了妻子一眼，"难道不知'前车之覆，后车之鉴'的道理？"

"俗话说新官上任三把火。新皇帝身边的辅臣，也多是三朝老臣，皇帝亲政这一年多来，可有新局面、新气象？你不过一个翰林学士，所说的又都是一些政务上的弊端，他未必听得进去。"

那一瞬间，似乎有一种茫然，或者是一种无奈的情绪，从安石眼里掠过。

"听不听，是皇帝的权力和他对本朝现状的认知程度。说不说，是我作为臣子的职责。"

见他蹙起的眉头，吴夫人忙又道："我是怕人骂你哗众取宠。"

安石双眼一翻，沉声问："你不饿吗？"一甩袖子，出了书房。

赵顼的案头，摆着安石呈上来的《本朝百年无事札子》。

他记不清读了多少遍，只在心里一遍又一遍问自己，自登基执政以来，满朝有哪位臣工，如此详尽地分析过大宋的国情？

这篇奏议，全文以扬为抑，褒中有贬，在探究大宋立国以来百余年间太平无事的原因的同时，剖析了仁宗时的种种弊病。它透过"百年无事"的表象揭示出危机四伏的实质，犀利地指出因循守旧、故步自封的危害，并就吏治、教育、科举、农业、财政、军事等诸方面的改革提出了自己的见解与主张。

李宪见他丰润的面庞一时欢喜，一时凝重，不知就里，只加倍小心地侍候着。

天色暗下来，四处都掌了灯，楼台亭阁在灯光下越发显得金碧辉煌。

赵顼收起安石的札子，对李宪说了声"去仁明殿"，便出了书房。

仁明殿里，向皇后果然备了吃食。一桌子精致菜肴，赵顼只要了一盅炖羊肉汤、一个烧饼。

向皇后见他将烧饼掰成碎块放在汤中，笑问："这是怎样的吃法？"

"烧饼有点硬，羊肉汤又厚油腻，把二者放在一处，你想想，是不是更好？"赵顼一面说，一面喝汤，又从怀中摸出那份札子，"看看这份奏议，说说你的感受。"

向皇后正想着也试试这吃法，见他递过来的札子，有些犹豫。

赵顼道："朕命你看的，不算干政。"

向皇后见他一本正经的样子，便双手接过札子。

读罢，她字斟句酌地说："臣妾一介女流，深居后宫，不事经济劳作，不懂天下诸般事宜。这奏议，臣妾是当作文章来读的。只能说，其文条理清晰，其情真挚恳切。在陛下面前，此人一片赤诚之心袒露无遗。"

赵顼喝完汤，以茶漱口，笑道："朕也是这种感觉。"

"陛下可是拿定了主意要用王安石？"

赵顼道："朝中的执宰大臣，你能说他们不了解大宋当下的困境吗？可有谁会耐心而深刻地去思考？去想方设法地改变呢？唯独王安石思考了，也唯有他能够领会朕的意图。不用他，还有谁可以用呢？"又想了想，说，"司马光也是有远见的人，且老成持重，与王安石的锐气进取恰好相辅相成。二人若能同心辅佐，真可谓珠联璧合。"

向皇后迟疑道："司马光倒也罢了。陛下说过，诸多老臣都反对用王安石。这还未用呢，就有人反对。一旦用了，不知又是怎样的情形。"

"有些人只在乎自己的职位和俸禄，哪有心思去管国事民生？如果朕说这天下是朕的天下，只怕又有人起来反对。皇帝这把龙椅实在是不好坐啊。"

他负手踱至窗前，向外看去，檐上的大红灯笼映得殿前一派辉煌，花草树木向宫墙上投下重重叠叠的暗影。

向皇后走近来，听他轻声道："时光飞逝，朕岂能坐在龙椅上蹉跎岁月？无论何人、何事，都不能令朕对变革有丝毫怯意。"

暮春的夜有些许薄凉，穿帘而来的风，挟着花香草气，温馨了这幽深的宫殿。

朝廷中事，复杂纷繁，日日都有新鲜事。七月，在登州做知府的许遵，升迁为大理寺卿。

许遵到大理寺上任后，翻看到一个叫阿云的卷宗，便拿出来奏请皇帝，请求审刑院重审。

原来，这是去年发生在登州的一个杀人未遂案。当时，许遵就是登州知府。

少女阿云容貌姣好，无奈父母相继离世，留下她孤苦伶仃。就在阿云服丧期间，族中长辈见她可怜，便自作主张，将她许配给同村一韦姓男子。这男子又矮又丑，人到中年尚未娶妻，听说可以娶阿云，真是喜从天降，当即便下了聘礼。

同住一个村庄，阿云自然听说过此人，但她无法反抗，悲哀之余又心有不甘。一天夜间，阿云带了刀摸到男子的田舍，欲杀了他。可能因为力气弱小，也可能一时心软，总之是没有将此人杀死。

官府很快捉拿了阿云。经审讯，阿云供认不讳。

按大宋律法，子女在为父母服丧期间是不准婚嫁的。违律结婚和谋杀亲夫都是十恶不赦的死罪，阿云必死无疑。

但登州知府许遵在量刑时，认为阿云的婚约是由族人做主，并非父母做主或她自己的意愿，不应受大宋律法保护。而且男子只是下了聘礼，并未成婚，也不能按谋杀亲夫论。况且在办案过程中阿云有自首行为，按律减罪二等，应判流放，不应判死刑。

案件由登州府上报后，大理寺和审刑院一致认为应判死罪，最后，刑部也同意大理寺和审刑院的判决。这个案子至此算是尘埃落定。

没想到的是，曾经的登州知府许遵，升迁为大理寺卿，认为这个案子的判决不公，要求重审。

原本朝中就有人对许遵做大理寺卿很是不满，现如今又要推翻刑部的判决，这下可炸了锅。立刻有人上表弹劾，说他从登州到朝廷，百般维护阿云，定有不可告人的隐情。

赵顼接到许遵重审此案的请求，也难下定论。便到翰林院，让学士们说说自己的看法。

司马光认同刑部判决。他认为："即使阿云违律成婚和谋杀亲夫这两项罪名不成立，故意杀人也是死罪。大宋律法是'谋杀人者，徒三年。已伤者，绞。已杀者，斩'。此案阿云重伤男子，当判绞刑。"

安石则同意许遵的意见。他反驳道："按律当判死罪，但阿云有自首情节，按律应当'免所因之罪'，也就是豁免谋杀的罪名，减轻二等处罚，当判流放，不应判绞刑。"

司马光冷笑一声："官府捉拿了她，她害怕才招供的，算不得自首。"

安石并不想让步："官府找她询问是了解情况，因为她与男子有婚约，并非怀疑她作案，而一问之下她能主动交代罪行，当然应该算自首。"

"就算阿云自首，'免所因之罪'也不应免去谋杀的罪名，"司马光道，"假如阿云去偷盗，与人发生争执而杀伤别人，自首后可以免去偷盗的罪名。可阿云是故意杀人，说明心术不正，如何能免？当重判。"

安石像是自言自语："阿云父母双亡，孤苦无助。一时想不通才去杀人，却并没有危及对方性命。后来她知错，主动自首，理当免去谋杀之'因'。"

"你当知法不容情。就不要狡辩了。"司马光说罢，拂袖而去。

安石叹道："我只是据实而言，不想草率地剥夺人的生命罢了。"

赵顼一直没有说话，从他二人引经据典的辩论中，已听出案情的原委。这是个司法量刑的问题，司马光衡量的是人性的善恶，王安石则是从造成的实际后果来考虑量刑的。

赵顼心里已采纳王安石的主张，为了慎重起见，他还是询问了韩维、曾公亮，他二人也赞同王安石的说法。最后赦免了阿云的死罪，发配原籍服役。

这年秋天，是个多事之秋。河朔地区遭严重水灾，京师又突发地震。朝廷忙着赈灾和祭天大礼，这都是要拿出钱粮来的，奈何国库空空。

朝中执政大臣也没办法，巧妇难为无米之炊啊。宰相曾公亮向皇帝上表，乞求今岁免去对两府官吏赏赐的惯例，以节省朝廷开支。两府，是中书院和枢密院，是主管行政和军事的两个最高级的衙门。每逢典礼，朝廷对官吏都有数目不等的赏赐。

曾公亮的奏折送达翰林院，等候批复。

凡大臣给皇帝的奏书，必须通过翰林学士讨论同意后，方可呈送皇帝批准，然后再由翰林院起草圣旨。

这日，赵顼恰巧临幸翰林院，见司马光与王安石正在为此事争吵。

司马光说："救灾节用，当从贵近开始。我同意两府免去赏赐的意见。"

安石却笑道："唐朝常衮辞堂馔，时人认为常衮如果不能胜任宰相，当辞去官位，不应空享俸禄。何况国用不足，并非当今最紧急之务。"

常衮，唐德宗时的宰相，为人谨小慎微，为表示清廉，主动辞去堂馔。堂馔，是当时朝廷赐给宰相们每日的午餐。此事一提出，便遇到其他宰相的反对。有人讥笑他，说如果知道自己不称职，就应辞去相位，而不只是辞去一餐午饭。

司马光见他借古人反驳自己，反击道："常衮辞禄，也贤于那些持禄固位的人。国用不足不是当务之急？那何为当务之急？"

"当务之急，是找到善于理财的人。"石安不容置疑地说，

司马光冷哼一声："你所谓善于理财，不过是增加天下赋税罢了。"

安石道："增加税负岂是生财之道？不加税负而使国库充盈，那才叫善于理财。"

司马光冷笑说："都说你读书多，学问好，却不知天地所生万物，皆有定数。不在田间地头，便在官府库中。譬如天降雨水，夏天涝了秋天必会干旱。你的生财之道，是聚敛搜刮以穷尽百姓的钱财而已。百姓不堪盘剥，就会流离失所，也有落草为寇的，这难道是国家之福？"

"说你不懂，你还真不懂。"安石反驳道，"天地所生万物并无定数。只要所立的制度合理，措施得力，就能发展生产。既是发展生产，必能多生产财物，便是不加赋税也能充盈国用。"

二人各执己见，其他翰林学士并不摆明立场，似乎这二人所争之事与他们毫不相干。

赵顼可是听得津津有味，他赞同安石的意见，对两府官吏的赏赐与往常一样，不准辞赏。而安石"民不加赋而国用饶"的说法尤其令他心动而兴奋。

但是，近几个月来，安石与司马光的争论一次比一次激烈，谁也不肯谦让半分。从中也可以看出，他们都有治国之谋略，却也同样固执己见。即使如此，赵顼还是希望他二人能精诚团结，协助自己治理天下。

这天，轮到司马光在迩英阁讲学。

讲学完毕，赵顼留下司马光，再次询问治国之道。

司马光心里嘀咕，治国之道这个问题，也不知问了多少遍了，但他依然不敢马虎，侃侃而谈。治国之道，富民为始。而富民之术，关键在于择人。最直接管理百姓的，是县令。欲知县令是否贤良，莫若知道知州。欲知知州是否贤良，莫若知道转运使。圣上只要慎重选择好转运使以上的朝廷大员，命转运使掌握督察知州的政绩，命知州掌握督察知县的政绩，何愁百姓不富裕？

赵顼听他这番绕口令似的说辞，没有吱声，思绪似沉浸在遥远的遐思中。司马光既不安，又尴尬，更不敢开口询问，只默默等待着。

半晌，赵顼像是突然想起司马光还在，便挥手命他退下。

赵顼确实在想一件事。两个月前，他命司马光取庆历二年（1042）的财政数据，对比现今的开支，详细列出清单，而后逐项裁减。其实就是以庆历二年的国用开支为参照，来制定现在的国家财政支出的预算。

司马光忙活几天后，奏说，国用不足主要在于用度奢靡、赏赐不节、宗室繁多、官职冗滥等原因。须由皇帝与两府大员以及三司共同规划后，再一项项裁减。但这不是一朝一夕之事，由俭入奢易，由奢入俭难。

赵顼很欣赏司马光，看问题能切中要害。但他更迫切需要的是改变财政匮乏的有效措施。一年多来，司马光确实发现不少问题，却从未提出解决问题的具体方案。或许是他缺少谋划全局的韬略，也可能是他不想得罪朝廷大员和皇亲国戚。无论是何种原因，他都未能替天子分忧。这就令赵顼有些失望。

冬天，当第一场雪纷纷扬扬地洒向汴梁城时，年关已近。

第十章　安石迩英阁讲学　王雱洞房花烛夜

这日清晨，司马光一进翰林院，便听到同僚们在议论。

"今儿皇帝召王安石到迩英阁讲学呢。"

"那又怎样？司马光不是常去迩英阁讲学的？"

"王安石讲学与他人不同，这里面透着玄机呢。"

有人就刨根问底，同是翰林学士，王安石讲学因何与司马光不同？又透着怎样的玄机？司马光因为编撰《资治通鉴》，皇帝听他讲学是"鉴于往事，有资于治道"。王安石才来了几个月？这几个月发生的几件大事，圣上都是采纳王安石的建议。他一个翰林学士，又不是执宰大臣，初来乍到，皇帝凡事都征求他的意见，难道这不能说明问题吗？

司马光听了骤然一惊。把朝中近几个月发生的事细细想了一遍，竟都是自己与王安石发生了分歧而争论。皇帝确实希望采纳王安石的建议，可自己竟未能揣摩到皇帝的意图。

同僚们见他坐在案前发呆，只道他在思索编撰书稿之事，并不在意。大家出门往迩英阁去时，有人问，司马大人不去听王大人讲学吗？司马光本不想去，又恐众人议论，便装着收拾书案，随后跟来。

迩英阁里已聚集了很多朝臣，赵顼在正北高位而坐。司马光没有往前去，在门边寻了个位子坐下。

讲学的书案在最东面，没有椅子。

安石走至案前，对着正北向赵顼行了个礼，说："启禀皇上，臣有个不情之请，还请皇上圣裁。"

"但说无妨。"

"臣今儿能否坐着讲？"

赵顼没料到他提出这样的请求，一时愣住。

来听讲学的群臣再也不能装斯文了，像炸了锅似的纷纷指责。自古以来，老师都是站着授课，岂能坏了规矩？何况这是迩英阁，不是太学，也不是国子监，更有甚者，当今天子在此。王安石一个翰林学士，怎敢如此狂妄？定他个大不敬之罪，一点儿也不冤枉。

司马光没有吱声，默默听着，嘴角噙笑。

又有人说，这罪也定得莫名其妙。当年太祖皇帝听《周易》，便是赐讲臣座位的。太宗皇帝视察太学时，也曾让老师坐着授课。圣上和大臣商量国事，也会赐座。规矩是由人定的，岂可一成不变？

赵顼听着这些议论，面带微笑。

有人站起来，扬声道："你们说得不错。本朝之初，太祖太宗皇帝确有过赐座的先例。但自真宗乾兴元年（1022）以后，无论是太学的先生，还是宫里讲学大臣，都是站着讲课。站着讲课的规矩，至今将近五十年了，因何要改？"

众人闻声看去，见是国子监直讲，助司马光纂修《资治通鉴》的刘攽。只因他个头矮小，又有些激动，便站起来大声反驳那些说可以改规矩的人。

刘攽见引起众人的注意，又接道："皇上与大臣商量国事是会赐座，但臣子必得'避席立语'，回话要站起来。站着讲学，也是为了回答方便。站着讲课事小，体现的却是臣子的礼仪和本分。臣以为，大臣讲学应当站着讲。"

司马光坐在角落里，只等着看好戏。却又听刘攽道："王大人，皇上赐你坐，你方可以坐。而你竟端着架子要求坐，你这是恃才傲物，还是没把皇上放在眼里？"

这话的分量可不轻，众人倒觉得是他没把王安石放在眼里，话里话外都带着挑衅的味道。司马光也吃了一惊，刘攽与王安石同是江西人，且交情甚好，今儿怎的有如此浓浓的敌意？迩英阁内鸦雀无声，大有山雨欲来风满楼之势。

赵顼本不在意讲学者是坐着讲，还是站着讲。见刘攽驳得众人不吱声，一时竟不知如何决断。见曾公亮离得近，便探身问："曾爱卿讲学是坐着的，还是站着的？"

曾公亮忙起立，躬身道："回禀陛下，臣是站着讲的。"

安石其实并不在乎坐着还是站着，他甚至觉得站着讲更好，可以根据讲课的内容和情节在案前随意走动，这样会发挥得更透彻。他之所以提出坐着讲学，是想试探大臣们的反应。这么一件小事就有人反驳得头头是道，其他事就可想而知了。

大臣之间的分歧，在他意料之中，众臣被刘攽说服也在意料之中。这满堂的峨冠博带，大多是人云亦云之辈，也不乏看热闹之徒。他在意的是皇帝，皇帝的态度是决定事情的关键。

赵顼沉吟着说："王爱卿，下次讲学时，你可以坐着讲。"

众臣听了都愣住了。

司马光乐了，下次可以坐着讲，那就是说今日你不可以坐着讲，你得站着讲。细想，又觉得哪儿不对。皇帝这模棱两可的旨意，安抚了刘攽，也顾及了王安石的面子。在座之人都看得出，皇帝内心是向着王安石的。司马光这样想着，心里到底不平，便悄悄出了迩英阁。

听完安石的讲学，赵顼回仁明殿用了午膳，小憩一会儿又往中书省来，还未进门便听得几位执政大臣争论不休。

赵顼推门而入，笑道："好热闹呀。众卿家争什么呢？有疑难之事，何不去问王安石？"

参知政事（副宰相）唐介脱口道："王安石的确有才能，陛下认为他可堪大用，就重用他。中书政事奈何取决于一个翰林学士？"

屋内一时静得只听得见各自的呼吸。

大家都知道，唐介的学问、办事能力一般，在仁宗朝全凭刚烈敢言做了殿中侍御史。但当年，仁宗要给张贵妃的堂伯高官，唐介坚决反对，且言辞激烈。仁宗一气之下，将他贬官外放，却让他成了直言的榜样。如今，新皇帝也喜爱他的刚直，将他调回来，做了副宰相。他常说，天子用我以直，我当以直报之。

此刻，众臣见他当面驳斥皇帝，并不替他担心，因为这是常事。

赵顼却很兴奋，第一次听到有人建议重用王安石。他走近唐介，笑道："爱卿任御史时，曾享有'直声动天下'之美誉。方才说的话虽带着几分意气，对王安石的才能倒是很肯定的。如此说来，朕当真可以重用王安石了？"

几位宰臣面面相觑。

唐介更是惊得睁大眼睛，说："回陛下，王安石不是宰相之才。"

"你方才要朕重用他，一眨眼的工夫，又说他不是宰相之才。是他的文学修养不够？还是他处理事务的能力不强？抑或他的经术研究得不透彻？"

赵顼一连三问没有问倒唐介。

"都不是。"唐介道，"王安石好读书却爱钻牛角尖，志向远大却不切实际。他若任宰执政，恐怕会变更祖宗家法而扰乱天下。"

赵顼眉梢一扬："民间有俗语说，井水不淘不甜，羽毛不换不亮。改变一下不好吗？"

唐介还真是有胆且固执，回道："臣以为，朝廷的制度全面已趋完美，是几代明君贤相一步一步修正而来的，无须改变。"

赵顼忽然明白了，这些反对王安石的人，其实是对改变现状怀有一种恐惧。他们只想沿袭旧制，过太平日子，可朕的财库空空如也，这天下又怎能太平？扭头见枢密副使孙固在门边，问："你觉得王安石如何？能当宰相吗？"

赵顼还是颖王时，孙固便是王府侍读学士。赵顼即位后，孙固迁天章阁待制、枢密副使。

孙固正暗暗钦佩唐介敢说真话，没料到会问自己，虽有点慌乱，但仍然一字一句地说："回禀陛下，人们常说宰相肚里能撑船，是形容人的胸襟宽大，有肚量，能容事。王安石虽才学超卓，却刚愎自用，听不得不同意见。做翰林学士绰绰有余，做宰相，恐怕不合适。"

赵顼心里堵着一股怒火，正欲发作。

却听赵抃说："陛下，臣曾听过王安石的谈论，他对国家面临的形势所发表的看法，是广博、深刻、切实的。"又向众人道，"诸位同僚也无须因为担忧而阻止皇帝对他的任职。"

唐介心里嘀咕，你赵抃进京不到半年，就由知谏院升到副宰相，怕不是要拣好听的说。

宰相曾公亮接道："王安石不好官职，不追求享乐，又博学多才，算得上贤者。况且他年富力强，精力充沛，是真正的辅佐相才。"

这二人是公开表示支持王安石的。而且，他们这番话并非谄媚之词，就算在座的反对王安石的人，也指不出这些话的错处来。

赵顼的脸色这才缓和些，眼风一扫，对着众人说："朕执政两年了。请问，在内忧外患、贫弱交困的境况下，你们有谁提出过有效的治理国家的策略？每次朝廷典礼对官员的赏赐，你们当中有谁少要了一分？又有谁在乎财库无钱、粮仓无粮呢？这些你们都不在乎，还会在乎天下百姓过的苦日子吗？"说罢，甩着袖子出了中书省衙门。

赵顼回到福宁殿，命李宪传王安石觐见。

李宪有些迟疑："陛下，日头快落山了，是传王安石即刻来吗？"

"朕的话说得不够清楚吗？即刻。"

翰林院的人都已离去，安石正收拾书案也准备回家，见李宪此刻来传旨，不知何事，忙赶到福宁殿。

安石一进门，赵顼劈头就说："人人说你学问好，却人人说你不堪重任，朕百思不得其解。若说你得罪过这些人，可你进京时间又不长，哪里去得罪这些人的呢？"

安石跪拜起身，回道："陛下，使社会繁荣，百姓安居，是古代贤士的立世准则。臣也以为，读书做学问就是为了治世。只是如今大多数读书人是为了做官而读书，并非为了经世济民。那些反对我的人，只知我有学问，却不知我能将学问用于治世。"

赵顼道："那些人不能真正了解你，但朕深知你的学问和为人并非自今日始。朕之需要你，正如唐太宗必得魏徵，刘备必得诸葛亮。"

这是何等的信任和依赖？安石忽然有流泪的感觉，他说："唐太宗、刘备何足道哉？陛下能为尧舜，左右必有稷、契充当助手。"这又是何等的信心和豪情？

赵顼兴致陡增："若命你执宰，你准备先做什么呢？"

"变风改俗，建立法度，是当前急务。"短短几句话，掷地有声。

赵顼点点头："很好。今儿天不早了，你且回吧。"

安石一进院门，吴夫人便迎上来。

安石目光往她脸上一绕，问："看你春风满面的，可是有喜事儿？"

"有人来给儿子说媒啦。"

"说的是哪家闺女？"

"京中庞家，书香世家呢。女孩儿样貌好，又知书识礼，甚是贤惠。"

安石进了内室，脱去官服换上棉袍，想起儿子元泽小时候的事来。元泽四岁那年的一天，朋友送来一头獐和一头鹿。獐和鹿关在一个笼子里，元泽在一旁很有兴致地看着。朋友问，小公子，你知道哪一只是獐？哪一只是鹿？元泽不认识这两只野兽，看了一会儿说，獐的边上是鹿，鹿的边上是獐。朋友听了惊奇万分。就这样，元泽是神童的话便在当地流传开来。

吴夫人见他心不在焉，忙问："相公不中意这门亲事？"

安石说："媒人说媒能说出一朵花来。只是我的儿子更好。"

吴夫人喃喃地说："我的儿子虽不是美如冠玉，却也温文尔雅，有逸群之才，只是从小体弱多病。我不在乎对方的家世，只求姑娘善良贤惠，忠厚老实。"一时间，欢喜的心绪不免低落下来。

安石却在心里琢磨着，进翰林院近半年来，皇帝明里暗里对自己多方考察与试探，从今天下午在福宁殿那番话里，是可以得出结论的，那就是皇帝将任用自己进行变革。一旦上任，就不得空闲了。

想到这里，说："媒人说的也并非全是夸大之词，但也得去访一访。正如你说的，对方家境如何是小事，重要的是女孩儿性情要好。若真如此，这门亲事就定下来。"又问，"我回来这半天，怎不见元泽？"

"一早就被朋友叫去了，这时辰也该回来了。"

夫妻俩正说着话，听儿子在门外说："父亲，母亲，孩儿回来了。"

吴夫人忙出来，嗔道："还晓得回啊，出去这一整天。你哪里是回家探亲呢，分明是会友的嘛。"

王雱扶他母亲至堂屋坐下，笑道："孩儿回来既是探亲，也是访友。"

安石随后出来，见儿子神采奕奕的，没有一点儿少年时的孱弱，甚是欣慰，因笑道："元泽，你母亲给你说了门亲事，不知你意下如何？"

王雱嘿嘿地笑："母亲看中的女孩儿，必是出类拔萃的。"

吴夫人掩口轻呼："哎呀！我都没看见那女孩儿呢，哪里知道是不是出类拔萃的？"

安石唤来王谢，命他去多方打听女方状况，绝不能马虎和拖延。若女孩儿人品好，趁元泽在家就把喜事办了。王谢领命而去。

吴夫人惊道："这就办喜事儿？"

王雱更是意外："父亲，孩儿是回家过年的，过了正月十五，就得赶回旌德（今安徽旌德县）任上。办喜事焉能如此仓促？"

吴夫人接道："可不是？且不说收拾新房，置办新婚物什。今日已是腊月二十了，咱家的三亲六党，都远在江西临川，这年关岁尾的，如何通知得到？还有啊，给你的同僚写请柬，怕得写两天呢。"

安石双眼一翻，拧着脖子道："我的儿子娶亲，与他人何干？"见儿子惊诧地看着自己，缓和了声音，"元泽，你可以请你在京中的同年好友来吃喜酒的，我的同僚就不必来了。至于亲戚，远了就不通知了。婚姻，是两个人的事。举行婚礼，摆酒席，是一种风俗，是为了向人们证明两个不相识的男女正当结合的一种形式，也表明了家中长辈对迎娶新妇的重视。"

吴夫人知道拗不过安石，小女芙儿嫁给蔡卞，出嫁时也是这般简单。便不再与之争论。

第二天，王谢也不知从哪儿打听到女方的情况，在吴夫人面前说了一通好。吴夫人喜得合不拢嘴。她巴望着儿子早点儿成家，在外任职也好有人照应。既然丈夫说了不请亲戚朋友，就不请。只要儿子觉得顺心顺意比什么都好。等到晚上，夫妻二人细细地商量了诸般事宜，安石又抱着老皇历查了一番，好日子便定于熙宁二年（1069）正月初八。

于是，一家人便紧锣密鼓地筹备起新婚喜事来。

正月初八。天尚未黑透，汴梁城里的小园香径、楼台亭阁都挂起了各式花灯，一年一度的元宵灯会已悄然开始。酒楼、茶坊中的丝竹管弦，伴着大红灯笼的升起而越发韵味悠长。

王雱送走了几个闹洞房的朋友，回到新房。

新娘搭着大红盖头端坐在床沿，听见脚步声，她的头微微一动，红盖头上绣着的牡丹花在烛光中熠熠生辉，宛如在晨露中绽放。

王雱兴奋而惶恐。王谢曾再三叮嘱，要用秤杆挑开新娘的红盖头，取"称心如意"之意，此刻竟忘了个干净。他双手轻轻掀起红盖头，新娘抬眉飞快地看了他一眼，便垂下头。

王雱坐在她身边，笑道："我叫王雱，字元泽。敢问娘子芳名？"

新娘暗想，媒人早已告诉我他的名字，难道并未对他家说我的名字？便轻声道："小名锦瑟，无字。"

"锦瑟，好名儿。"王雱口中夸着，心莫名地一顿，虽想起李义山的"锦瑟无端五十弦"，却也未往深处想。又笑道，"过了元宵节，我便要回旌德任上了，我的职位不允许带家眷。"

锦瑟点点头。

屋外，有爆竹声起，绵延着新年的欢乐与喜庆。

第十一章　安石成立条例司　司马光请求外调

皇城里的新年虽富贵，却冷清。赵顼似乎也没心思过大年。

熙宁二年（1069）二月初二，龙抬头的日子。有民谚说："二月二，龙抬头。大仓满，小仓流。"人们祈龙赐福，保佑风调雨顺、五谷丰登。

赵顼或许是想讨个吉利，在这天下旨，任富弼为宰相。

富弼是三朝元老，对大宋帝国有卓越的贡献。二十七年前，也就是庆历二年（1042），辽国在边境驻扎军队，向大宋索要关南土地，口气很是强硬。仁宗欲派人前往洽谈，满朝文武竟无人接旨。当时的宰相吕夷简因与富弼不和，乘机在御前推荐富弼。欧阳修觉察吕夷简心怀叵测，恐富弼有去无回，便以唐朝大臣颜真卿晓谕淮宁节度使李希烈出使之事（颜真卿被宰相卢杞排挤出使，为李希烈所扣押，最终遇害），反对富弼接待辽国使臣。富弼却入朝对仁宗说："主上之忧便是臣下之辱，臣不敢爱惜生命而贪生怕死。"后来，富弼成功拒绝割舍土地。

如今，富弼已年迈，曾公亮在朝中是有名的老好人，赵抃、唐介是正统儒士，都不会做标新立异之事。任富弼为宰相，那些反对王安石的人都舒了口气。

第二天，二月初三，赵顼又下一道诏，任命王安石为参知政事。这消息，就像一瓢冷水倒进滚热的油锅，瞬间炸开了，一时议论纷纷。

安石正奇怪皇帝为什么要用老迈的富弼的时候，自己也接到了任命诏书。既得到皇帝的任命，便不在乎任何人的反对和言论。第二天，他昂扬着走进中书省的办事厅，决定不再拖延，不再犹豫，按自己的理想制订改革方案。傍晚回到家中，填了一阕《浪淘沙令》：

伊吕两衰翁，历遍穷通。一为钓叟一耕佣。若使当时身不遇，老了英雄。

汤武偶相逢，风虎云龙。兴王只在笑谈中。直至如今千载后，谁与争功。

放下笔又读了两遍，意犹未尽，便喊夫人来品一品。

伊吕：指伊尹与吕尚。伊尹名挚，尹是后来所任的官职。他本是伊水旁的弃婴，后居莘（今河南开封）农耕。商汤娶莘氏之女，伊尹作为奴隶陪嫁到商汤府中。后来，汤王重用他灭了夏。伊尹便成了商的开国功臣。吕尚姓姜，名尚，字子牙，世称姜子牙。他晚年在渭水河滨垂钓，遇周文王受到重用，辅武王灭商，封侯于齐。这二人本就平凡，也都到了晚年，如果不是得遇明主，何谈英雄。

吴夫人读了，暗想，相公这是以吕尚、伊尹自比啊。想来他如今也年过半百，得遇皇帝重用，有机会施展抱负，怎不意气风发？只是今日比不得古时，大宋朝历经几代帝王，百年来沉积的旧习岂是你一人能掀得动的？她想劝慰一番，又恐扰了他的兴致，便说此词借古喻今，布局巧妙，令人回味无穷。

安石听了自是欢喜，笑说知己莫若妻。又觉得皇帝陛下也是知己。是与妻子不一样的知己，是两个男人的相互欣赏，更确切地说，是君臣之间的相互需要。因向吴夫人说，为了改变大宋国的贫困现状，将全力以赴，决不辜负皇帝陛下的期望。

吴夫人问："你就如此相信皇帝变革的决心？"

安石道："你不相信皇帝，是因为你不了解他。他是怀着一腔赤诚忧天下，不想因循守旧、得过且过，不愿当一天和尚撞一天钟。就怕自己成为昏聩、糊涂之人。"

"但皇帝毕竟年轻，多少有些不谙世事。而朝臣有的老迈，有的混日子，真心拥戴你的人，怕是少而又少。变革，是从根本上否定、推翻先王制定的制度。这事儿可不简单，你将从何处着手呢？"吴夫人显得忧心忡忡。

安石面色凝重，似在斟酌着回答妻子，却又半天不语。

二月初九，司马光觐见皇帝，要求离开朝廷到地方上去任职。

赵顼想，他突如其来的要求外调，是反对朕用王安石实施变革，还是想试探朕对他的态度？于是也试探着说："爱卿名闻外国，朕怎能调你去做地方官？朝廷需要爱卿这样的贤能之才，还是留下吧。"

原来，开封府尹吕公著曾出使辽国，辽国官员问副使狄谘："贵国的司马光现居何职？"狄谘回答说："为翰林学士兼侍读。"其人说："不做御史中丞了吗？听说司马光为人忠诚而光明磊落。"后来，此话传遍朝廷，所以赵顼才这样说。

司马光不语，赵顼感觉自己的猜测是对的，便挥手命他退去。

晚间，赵顼到仁明殿，与向皇后说起司马光要求外调之事，叹道："普天之下，谁不说皇帝的权力之大？可又有谁相信，朕安排大臣的职务竟如此艰难。"

向皇后思忖着说："司马光是因他未能执政，而又对王安石任副宰相不满，才以请求外放而要挟陛下。"

赵顼忙道："这算不得要挟吧。或许是想让朕知道，他并不比王安石差多少。朕毫不怀疑他的学识才华与王安石不相上下，但他差了一种雷厉风行的锐气，还有一种更重要的东西，那就是，他没有王安石做地方官的实践经验。"

向皇后忍不住问："陛下就这样笃定地相信王安石？"

赵顼走近烛台，衣袂带起的微风使得烛火飘摇不定。他双目微眯，嗓音低沉，像是自言自语："朕相信王安石的能力和忠诚。他在文章中说：'不沉迷于声色，不玩物丧志，然后才能集中精神。能集中精神，然后才能明白道理。能明白道理，然后才能对人有所了解。'朕以为，不仅仅是君王，凡是做学问、做事情的人都应该按照这个方式去做。"

向皇后迟疑道："陛下，臣妾有句话不知当讲不当讲？"

"你我之间，当讲的固然要讲。不当讲的，即便讲了又有何妨？"

赵顼扭头看着他的皇后,"不必顾虑,直言便是。"

向皇后见他眉宇间一抹笑意,便大胆地说:"反对王安石的人,都是有老资格的朝臣。俗话说,一个好汉三个帮。王安石着手变革,这些反对者不帮他,反而使绊子,陛下又将如何?"

赵顼无奈地说:"朕虽贵为天子,却并非神仙。凡事不能预料,只能走一步看一步了。但愿朕的朝臣能精诚团结。"笑意从他眉梢慢慢隐去,向皇后有些后悔问这个问题。

二月二十七日,早朝。太监李宪宣读皇帝诏书:

"朕以为,要实现天下大治,必先使民众富裕起来,然后天下大治的局面才能实现。如今,县一级的官员连薪俸都不能保证,老百姓的财富也面临枯竭,所以特意下诏给辅佐的臣子,在朝廷之内设置三司条例司,来革除现在的弊端。如果一个人所做之事是他从事的专业,那么他就能认清其中得与失的根源。朕今天把权衡天下财富的重任交给这个部门,他们熟悉、了解自己的工作,得到的办法一定是最好的,提出的建议一定是通达的。把财物聚积起来,追求国家的富贵,只有这样,朕的子民才能富裕起来。如果政策制定得很苛刻,下面的百姓受到剥削,上面的官员怨声载道,这是朕不希望看到的。所以,朕命三司的官员、诸路的监察使和朝廷内外的臣工,在接受诏书两个月后,汇报你们整顿财政的计划。"

接着,安石宣布制置三司条例司正式成立。

殿中群臣沉默着,也猜测着,这辅佐的臣子除了王安石还能有谁。

新任宰相富弼心里明白,这诏书是皇帝下的,可主意是王安石出的。他出班问:"王大人,恕老朽愚钝,朝廷已有三司衙门,不知大人的'制置三司条例司'所为何用?"

宋承唐末五代之制,以盐铁、度支、户部三部合为三司,统筹国家财政。盐铁掌坑冶、商税,以及茶、盐等项收入,还负责修护河渠、制造兵器等。度支掌各种财政开支、漕运,供应全国的费用。户部则掌户口、两税、上供、榷酒等。因此,富弼才有这一问。

安石施礼道:"回相爷,自太祖建国以来,三司机构经多次变更,但万变不离其宗。三司与中书、枢密互不统属，宰相不知财政，枢密不管财政。政出多门，经费不能通盘筹划。而且，人员烦冗不精，办事效率极低。积弊百年，难以整治。"

富弼冷冷地说："所以，王大人就设立'制置三司条例司'来取代三司衙门。"

安石回道："条例司的主要职责，是筹划与制定新的财政经济政策，改革弊政，颁布新法，并负责督办新法。简单地说，就是经划邦计，变通旧制，调剂利权。而三司衙门不变，负责日常事务。"

群臣暗惊，王安石这是架空了中书、门下、尚书三省啊。

富弼见皇帝端坐龙椅，面带微笑，知他与王安石心意相通，自己反对也是无益。只道："那么，三司条例司的长官便是阁下了。"

"不错，由在下与陈升之总理制置三司条例司。由吕惠卿、章惇、曾布负责条例司具体事务。"

殿中鸦雀无声，众臣皆有"山雨欲来风满楼"之感。他们惶恐着，或许在心里自问，风云已起，自己这艘小小船只将如何行驶？

陈升之，字旸叔，建州建阳（今福建建阳）人，宋仁宗景祐元年（1034）进士。历知封州、汉阳军、监察御史。熙宁元年（1068）入朝任枢密使。

章惇，字子厚，出生于浦城（今福建浦城）的官宦世家，宋仁宗嘉祐四年（1059）进士。历商洛（今陕西商洛）县令、雄武军（今甘肃秦州）节度推官。

曾布，字子宣，王安石的朋友曾巩之弟，宋仁宗嘉祐二年（1057）进士。历宣州司户参军、怀仁县令，于年初迁开封为官。

朝野一时议论纷纷。三司条例司新任官员都是进士出身，而且个个年轻有锐气。只陈升之年纪大些，但此人老谋深算，颇有心机。若与王安石一条心倒还罢了，若不是，往后可就有好戏瞧了。章惇表面上看去豪爽俊秀，博学善文，其实内心藏奸。王安石爱他才识超人，命他为编修三司条例官，加集贤殿校理、中书检正，参与制定新法。

而曾布，得韩维、王安石推荐，上书言政，说为政有两个根本：厉风俗与择人才。八个要点：劝农桑，理财赋，兴学校，审选举，责吏课，叙宗室，修武备，制远人。

有人惊道，曾布这些主张不都是王安石提倡的？难怪深得圣上赏识。授予太子中允、崇政殿说书，又授予集贤校理、判司农寺、检正中书五房公事，三日之内就接连收了五份任职文书。算是极会投机的了。

又有人冷笑，曾布投机顶多算是个人才，而那吕惠卿，急功近利，其野心和胆魄比谁都大，简直是个儒家叛徒。如今，圣上被这帮妖人迷惑，行新法，用新人，再过两年，我们这些老家伙都该回家种田了。

也有人嚷嚷，我们早就盼着有胆识的人来整肃朝纲了，把吃粮不管事的官老爷请出去了，朝廷才会激浊扬清。

这些议论，安石不管是亲耳听到的，还是有人故意传来的，都不予理睬，只专心于自己的工作。制置三司条例司第一件事，是按皇帝旨意，制订裁减全国财政经费支出的具体方案，最大限度减去财政支出。而开销最大的是朝廷宗室及皇亲国戚的各种额外赏赐。这是最棘手，也是最得罪人的事。

在庆历年间（1041—1048），宰相吕夷简将范仲淹挤出朝廷后，为笼络人心，对皇室宗亲和后妃给予赏赐，这以后竟成了定例。对宗室的另一项特殊政策是恩赏官职。凡宗室子弟均安排为宫廷环卫官，有了官职就得拿俸禄，朝廷财政支出骤然增加。吕夷简因此获得一片赞美之声。

安石便将这些名目繁多的额外赏赐一一去除。又立新法规定，只有宣祖赵宏殷（赵匡胤之父）、太祖赵匡胤、太宗赵光义这三祖每一支每一代保留一个名额，选择一贤良之人为公爵，其他公爵一律废除。而宗室子弟必经考试选拔方可做官。这一下可捅了马蜂窝。尤其是那些打碎了铁饭碗的宗室子弟，告到太皇太后、太后面前，又联络王公大臣，要向皇帝讨说法。

朝臣们也不免心惊，禁不住暗自揣摩，原来王安石在皇帝面前说的话并非假话、大话、空话，而是动真格的。后宫嫔妃、皇亲国戚他都敢动,那我们这些人就更不在他眼里了。一时间京城中闹得沸沸扬扬,新法尚未开始,王安石与新法已成为人们茶余饭后议论的主要话题。

这天傍晚,安石一进家门,吴夫人便迎着他,一面帮他换朝服,一面说:"你每天在朝中,自然听不见外面的议论。"

安石见她面带忧色,因笑道:"你给我说说,我不就听到了。"

"这宫里的太后嫔妃、公主王子是怎样的身份?金枝玉叶啊,他们多拿点银子钱又能怎样?二十年多前吕夷简当政,用国库的银子赏赐他们,不用自己掏口袋,赢得了好口碑。而你一上任便减了他们这份享用了二十多年的额外收益,节省下来的钱归朝廷,又没有装进你自己的腰包,反落得人人妒恨。你何苦如此这般?"

安石轻轻道一声:"是啊,我何必如此。"说着话往书房去,并不给吴夫人解释。他在想,变法若能得到大多数人的支持,自然要顺利得多。若得不到,眼前就算是千难万险,自己也决不会放弃。司马光向皇帝推荐的吕诲和范纯仁已经回朝,苏轼苏辙兄弟俩守孝期满也已归来。这四人都是有真才实学的人物,若能支持我,岂非如虎添翼?

吕诲,字献可,幽州安次(今河北廊坊西)人,寓居开封,登进士第,历旌德、翼城、交城二县。英宗时迁兵部员外郎,兼侍御史知杂事。治平三年(1066),以争濮王封赠事而弹劾欧阳修。指责欧阳修是"豺狼""奸邪",言语太过恶毒,因此被贬,出知蕲州。此次回朝,复知谏院,拜御史中丞。

范纯仁,字尧夫,苏州吴县人,范仲淹次子。宋仁宗皇祐元年(1049)进士,直到其父范仲淹去世后才出来做官,因与吕诲联合弹劾欧阳修被贬。此次回京,赵顼命为同知谏院。谏院,御史台的别称。

这二人又同进御史台。众臣七嘴八舌地议论开了,当年濮王封赠之事,实在不是什么原则性的问题,根本无法判断谁对谁错。吕诲为人好沽名钓誉,用偏激的言辞弹劾欧阳修,就是为了被贬,以此钓取敢于直言的名誉。

范纯仁对欧阳修的态度就更令人不解了。欧阳修曾是范仲淹庆历新政最坚决的支持者，当年，就算被人弹劾与范仲淹是"朋党"而贬出京城，也在所不惜。

范仲淹去世后，欧阳修受范纯仁所托写神道碑。碑文中记述了范仲淹在新政期间受吕夷简排挤而被贬，范吕二人便有了隔阂。后来范仲淹在西北戍边，获得吕夷简的赞誉，二人尽释前嫌，体现出范仲淹非凡的气度。而范纯仁则认为，父亲至死都未与吕夷简和解。要求欧阳修把碑文中这几句话删掉。欧阳修坚持不删，说："你父亲在给我的信中写到，已和吕公相约破贼，尽弃前嫌。你父亲自言平生不怨恶一人，而其子却不使其解仇于地下，世间哪有这样的道理？"

范纯仁竟自己动笔删掉了那几句话，并将雕刻后的拓片送给欧阳修。欧阳修生气地说这不是我写的文章。他对范纯仁很不满意，认为范氏父子的品性相去甚远。后来，范纯仁在濮议之争中恶毒地攻击欧阳修，至少，人们认为是不厚道的。

吕诲和范纯仁，这样的两个人，能为王安石所用吗？

第十二章　安石欲科举改革　苏轼说求治太急

阳春三月，蔡河两岸景色怡人。柳色烟光、花香鸟语之间，游人闲适而惬意。皇城内却显得格外冷清。

司马光一早到翰林院，就坐到自己的书案前读书。

陆续而来的同僚都不去打扰他，只议论眼下朝廷的新鲜事儿。苏轼苏辙兄弟俩回朝，一个虽在直史馆，但将来是要委以重任的。另一个上书言事，说"所谓丰财不是求财，而是受益，避免办事害财而已。事之害财有三：一是冗官，二是冗兵，三是冗费"。因此，皇帝把他调为三司条例司检详文字，就是审查复核这个变法部门的所有文件的要职。

司马光虽翻着书，却把这些话一字不漏地听了进去，惊讶之余，问："苏氏兄弟，哪一个调到了三司条例司？"

同僚笑道："苏辙啊，司马大人竟不知。"

又有人接道，这苏氏兄弟是仁宗嘉祐二年（1057）的同榜进士，也是才华超卓的。再加上回朝的范纯仁和吕海，此四人若为王安石所用，岂非锦上添花？

司马光冷笑道："锦上添花？这词儿能这样用吗？"言毕把书往桌上一扔，摔门而出。

他想找富弼问个清楚明白，又恐遇见王安石。正在中书省门前徘徊犹豫，却见唐介龇牙咧嘴地走来。忙迎上前问："唐大人这是怎么了？"

唐介手指后背，说："后背上长了个小疖子，痛死老夫了。"

司马光忙道："那得找太医瞧瞧。"

唐介却跺脚骂道："王安石简直是个奸邪！他想整死人啊！"也不等司马光询问，便愤愤地说起来。

原来，今儿一早便有几个大臣向唐介诉苦，说如今皇帝不管事儿，凡事都让去问王安石。可十宗事中，有七八宗事不是缓办，就是免办。唐介原本就对王安石不满，听了这些话，气不打一处来，扭头就去见皇帝。见到皇帝也不绕弯子，直通通地说："凡事呈陛下，只说个问王安石。然而他，十宗事就有八宗办不动的。如此这般，执政的大臣有何用？若其他人都不如王安石，不如罢了的好。"

赵顼见他如此无礼，本欲发作，但还是忍了。一来唐介是有名的直臣，二来他岁数也大了，便不与他计较。随即命小太监速速唤王安石来，三人对六面地说："朕让大臣们找你办事，因何十宗事只办得成两宗？是王爱卿能力有限，还是有意为难他人？"

安石见唐介怒容满面地立在一边，已知事情的原委。便如实回答说："凡是找到臣这儿的，不是过生日、办佛事，就是添奴仆、改车轿、修厅堂楼阁等琐事。臣以为，国库的钱不能用在这些小事情上。所以，能缓则缓，能免则免。"

赵顼不说话，只拿眼睛看唐介。唐介却黑着脸问安石："以前都不是这样办事的，如今这样只会寒了朝臣们的心。再说了，这些小事能用得着几个钱？又能节省几个钱？国库的钱呢？为何钱就不够用了？"这一连几问，还真问着赵顼了。

安石却问他家以前有几人在朝中做官？现在又有几人？唐介虽觉问得奇怪，倒也如实作答："以前只老臣一人，如今加上两个儿子，共三人在朝中供职。"

安石又问，以前知谏院有几人？现在又有几人？唐介心里冷笑，这个你都不知道，还做什么副宰相。右手用力甩了甩袖子，负在背后说，以前知谏院有三人，如今有七人。

安石笑说："这不就是了，还需要我给唐大人解释国库里的钱因何不够用了吗？若把知谏院那四个人，连同大人的两个儿子都裁了，办这些小事的钱也足够了呢。大人若认为我办事不力，只管拿事实来证明，不要总仗着自己曾经是敢直言的谏臣而故意针对微臣。"

唐介气得满面通红，颤抖的手指着安石："老夫是来向皇帝奏事的，不是来让你羞辱的。"转身扑通一下跪在赵顼面前，哭泣着说，"陛下被奸邪迷惑，若长此下去，终有一天会不可收拾啊。"

赵顼起身离开座椅，背对着他，冷冷地说："就算有不可收拾的那一天，也不劳你挂心。你以为只有你是忠臣，可你心里真装了大宋和天下百姓吗？既如此，你又有多少治国经邦的良策？作为忠臣，要有胸襟和气度，在处理朝政时，当对事不对人。只因你对王安石怀有成见，才有如此表现。回去好好想想吧。"

唐介不知如何出门的。如果说王安石的话令他愤懑，那么赵顼的话就让他害怕了。又气又恨的，忽觉得后背一阵阵的痛痒，用手去挠，竟挠出脓血来。正骂晦气，就遇上了司马光。

司马光听他说完，一时不知作何评判，只觉心里堵得慌。胡乱安慰了几句，径自离去。

过了几日，便听说唐介生了个大背疽，不治而亡。

赵顼吃了一惊，却也只能暗自叹息。去唐府吊唁时，见灵前的遗像不大像唐介本人，就命侍从回宫取来唐介的画像。唐家人奇怪，宫里怎会有已故家主人的画像呢？原来，在仁宗朝时，唐介因直言敢谏而深得仁宗器重。仁宗让宫廷画师给他画了一张像，并御笔亲题"右正言唐介"五个字，存放在温成阁内，直到此刻才为众人所知。

安石去唐府却引来一片嘘声。有的朝臣认为他害死了唐介，还跑去吊唁，实在是猫哭老鼠假慈悲。

这天，安石到条例司衙门，只有吕惠卿在。他说："要定条例，必得先摸清全国的农田水利、赋税和徭役等情况。否则，制定出来的条例只会是你我的。不能扎根于百姓的条例，势必难以推行。"

吕惠卿说："我大宋幅员辽阔，一时怕是难以摸清这些情况。"

安石拿出一页纸："明天就派这些人分别到各州县，做深入调查。"

吕惠卿见上面写着刘彝、谢卿材、侯叔献、卢秉、王汝翼、曾伉、王广廉七人的名字。

安石想了想，又说："你加上太子中允程颢。事不宜迟，即刻呈给圣上御批，今儿圣旨下达，明儿启程。"

"程颢年纪轻轻的，最崇儒重道，又极保守，他是不会拥护新法的。派他去，怕是不会尽力办事。"吕惠卿握着笔，有些迟疑。

"在别人没有公开表示反对新法之前，即使不拥护新法，至少是不反对的，很可能是在观望之中。对这样的臣僚，我们要团结，而不是排斥。况且，新法不是你我他几个人的，它将成为国策，所有臣工都有义务为新法效劳。"

第二天，这八人奉命去往各地，调查农田水利、赋税和徭役的情况。

送走程颢等人，安石返回三司条例司衙门，还未坐定，赵顼便推门进来，问新的法规制定工作进展如何。

安石说待程颢等人调查回来，农田水利与赋税徭役便可立法了。派下去的八人都是当今贤人，臣相信他们一定会带回最确切的信息。其他方面的立法只需最后审稿，即定稿，便可向全国颁发。

赵顼却问："条例司的工作既是进展顺利，爱卿因何眉宇不展？"

"回陛下，眼下最紧迫的工作是理财。理财必得使用擅长理财的能人。天下人见朝廷以使用能人为先，而不重用贤人；以理财为先，而不重视礼义教化。如此一来，臣恐风俗由此而变坏。故臣在想，重用能人的同时一定要尊重贤人。着手抓理财的同时，一定要抓礼义教化。"

赵顼点头赞许。

安石又说："新的法规已定，目标明确，但如果没有一批勇于创新改革的人才，推行新的制度将会极其艰难。臣以为，在理财的同时，要注重人才的培养，改变取士的方式。"

"难道历朝历代的科举取士有错？"赵顼有些惊讶。

安石忙道："回陛下，臣并非此意。历来，朝廷以'词赋取进士，以墨义取诸科'，因此，天下读书人专注于章句之学，课试之文，是为了应考而读书。朝廷官员大都来自科举考试，若真的寻求有胆有识，有勇有谋者，十人当中找出二三人就不错了。这些官员一旦从政，就茫然不知其方。无论做何事，还得从头学起。"

赵顼沉吟道："你说的也有些道理。有的人凭读书做了官，其实就是个书呆子。依卿之见，将如何改变朝廷取士的方法呢？"

安石说："古之取士皆本于学校。所以，臣建议朝廷兴建学校以恢复古制。废止以诗赋、明经诸科取士的旧例，改以经义、论、策取士。"

赵顼觉得他的建议与欧阳修当年提出的取士方式差不多，便下诏命两制、两省、御史台、三司、三馆的官员来讨论。

参与讨论的官员有很多人支持这一主张，而直史馆、判官告院苏轼则认为不必变。

赵顼见他与众不同，便留下他单独说话。

苏轼见众臣都退去，到底有几分忐忑，但还是说出心里的话："臣以为，策论写得好，不一定是治国的人才；诗词歌赋写得好，也不一定不会治国。比如，前朝的孙复、石介等人，策论写得非常好，但都是不懂政事的书呆子。反之，前朝寇准、杨亿等人，诗词歌赋写得非常优美，也一样会治理国家。可见，录取人才，跟考试内容没有关系。我朝原有的录取办法，就能录取无数优秀的人才。如今，王安石非要改革考试内容，完全是缘木求鱼，多此一举。"

赵顼觉得也有道理，忙问："你认为眼下的政令得失在哪里？如果朕有过失，不妨直言。"

苏轼见他一脸诚恳，也就放下心，大着胆子说："圣上天性明智，天纵文武，不用担心不明察，不用担心不勤勉，不用担心没有决断。但就怕求治太急，听言太广，进人太锐。愿圣上冷静下来，等事情出现之后再处理，不要操之过急。"

赵顼悚然而惊："爱卿的三个担心，值得朕深思。你在馆阁任职，也要为朕谋治乱之策，不要有所隐瞒。"

苏轼，字子瞻，眉州眉山（今四川省眉山市）人。宋仁宗嘉祐二年（1057年），与其弟苏辙（字子由）同榜进士及第。

苏轼得到了皇帝的赏识，颇有点志得意满之感，便与同僚说起此事。却不料吕惠卿听见了，又添些枝叶说给了王安石。

安石叹道:"我以为反对新法的都是老臣。没料到,我的好友,年纪轻轻的苏轼也反对。拥护新法的人太少了,如果旧的科举制不变,就不能兴办新的学校,将去何处寻求推广新法的人才呢?"

吕惠卿轻描淡写地说:"下官倒不担心这些,担心的是皇帝变革的心志不坚。像苏轼这样的人,就算他学问好,有一个贬黜一个,看他们还反对不反对。"

安石忙道:"怎能不让朝臣说话?也不能反对皇帝听所有人的话。我们要做的是,用充足的理由反驳对方,令其信服。"

"下官同大人的看法不一样,"吕惠卿道,"他既反对这一项变革,那么他就会反对以后提出的每一项。对待这样的人,不能执之以礼,而是要利用手中的权力。如果变革能得到所有人的赞同,还轮得到大人来倡行吗?"

安石见吕惠卿目光犀利,言辞凿凿,不免暗自惊诧。

"大人速去面圣,重申科举变革的必要。若皇帝接受了,就把苏轼赶出朝廷,以除后患。大人是有这个权力的。"

"苏轼虽比我小十六岁,但我俩的某些认知是很相近的,也是比较好的朋友。何况他的弟弟苏辙在三司条例司任职,我怎能如此无情?"

吕惠卿急道:"大人,这是国家大事,不是朋友请客吃饭。政策的执行,要取得所有人的同意是不可能的。就算是父子兄弟,对政策的看法,也不尽相同。你看,苏辙在三司条例司,是专门推行新法的,那么,苏轼为什么还会反对呢?"

与此同时,司马光、吕海、范纯仁、赵抃等人聚集在翰林院里,正你一句我一句说得热闹。

吕海显得有些激动:"今天在朝堂上,我本想反对科举改革,但找不着理由,正着急呢,谁知苏子瞻站出来反对。不愧是当今大才子,把反对的理由说得头头是道,连皇帝都为他而折服。王介甫想搞科举变革,这一炮还未打出来就哑了,真是痛快至极。"

赵抃捋着胡须道:"真是出人意料。子瞻和介甫原是很要好的朋友,他弟弟子由也在三司条例司任职,实在想不到他会出来反对。"

司马光接道:"这说明子瞻是个正直的读书人,在国家大事面前,大义不认亲。"

吕诲犹是兴奋地说:"今儿子瞻竟说动了皇帝。看来,介甫受宠,怕是会变成昙花一现了。"

赵抃忙道:"你可是低估了介甫的才能。他今儿是不在当场,若是在,子瞻怕是辩不赢。"

范纯仁笑道:"那也未必。现在最要紧的是,我们要想办法把苏子瞻推出来,让皇帝重用。他一定会是王介甫最强劲的对手。"

吕诲喜道:"你的意思,是要把他推荐到参知政事的位置上,与王介甫平起平坐?"

赵抃道:"要一步推荐他到执政位,怕是不易。先推荐他做谏官。"

司马光思索着说:"能在皇帝面前举荐谏官的,只有富相了。"

朝廷任用谏官,皇帝得征求宰相的意见。因此,最后一致认为,由富弼推荐最为合适,几个人商定了,便各自散去。

第三天早朝。一向在家养病的富弼早早就来了,看上去精神矍铄,不像有病的样子。朝臣们不免暗自惊奇。

吕诲两眼放光,在人群中搜寻着,一眼看见苏轼,忙迎上前去,压低嗓音说:"子瞻兄,从今以后,你我便是同行了。"

苏轼生性洒脱,素来不喜趋炎附势,也从未和吕诲有过交往,不明白他突然说的"同行"是何意。心想,大家都是一殿之臣,算不得同行吗?莫非另有说法?但他并不想细问,只轻轻点了个头。

吕诲见他不甚明了,又笑道:"富相公昨日向圣上推荐你为谏官,今天就会任命。"

苏轼明白他说"同行"的意思了。吕诲是御史中丞,职责是纠察官邪,肃正纲纪。大事则廷辩,小事则奏弹。上至宰相,下至一般小官,都在御史监察弹劾之列。谏官又称谏臣,指规谏君过之臣,劝谏天子过失之官。谏官的职责就是向诸侯王甚至皇帝提出批评和建议。

苏轼刚说了声"感谢富相公的栽培",便听太监拖着声音喊"皇上驾到",大殿顿时安静下来。

赵顼在龙椅上坐定，环视殿中群臣，心底竟生出几分莫名的笃定。

底下的富弼、吕海等老臣，从皇帝年轻生动的脸上，看不出丝毫的情绪变化，心里不免惊奇。

赵顼说了一番科举改革的必要性，又着重强调，待三司条例司制订出妥善的改革方案，便诏令天下遵行。

殿中群臣听了这番话，大多数都无动于衷，认为既是王安石提出的，不管是现在还是将来，诏令天下遵行是必然的。

富弼却露出大吃一惊的神色，他昨天下午进宫面圣，皇帝明明是反对科举改革的，怎么今天说的话就变了。

苏轼也暗自惊诧。几天前，皇帝听自己的分析，对科举改革已经有所动摇，今天却这般肯定科举改革的重要性。年轻的皇帝到底是幼稚，还是成熟？对王安石的信任却是坚定不移。吕海方才说富弼已在皇帝面前推荐自己做谏官，分明是看中自己反对科举改制被皇帝重视，因而想拉拢自己一起来阻挠王安石变法。弟弟子由在三司条例司，我若为富弼效力，总有一天兄弟二人要在朝堂上交锋，这会成个什么样的朝廷呢？

苏轼胡思乱想着，没听清皇帝说了些什么，值事太监最后一句话，却真真切切地落进了耳朵里：直史馆、判官告院苏轼命为开封府推官。

这个消息比皇帝宣布同意科举改革更令富弼、吕海等人吃惊。富弼脸色苍白，拄着拐杖的手抖个不停。昨天下午，皇帝金口玉言答应让苏轼出任谏官，因何一夜之间就变了？吕海瞪着一双发黄的眼珠子，木呆呆地站在那儿，连黄门官喊退朝，他也没听进去。

苏轼虽有几分失望，却也不太难过。他出了皇城，走在喧嚣的大街上。早起晴朗的天空，此时竟阴沉沉的。

汴梁城中，风云已起。

第十三章　吕诲弹劾王安石 罗列了十大罪状

熙宁二年（1069）。

五月的皇城，梧桐泛碧，杨柳垂青。虽减了春的妩媚鲜妍，却多了几分初夏的清新明丽。

今天是司马光讲学的日子。一早，他捧了已编撰成文的部分《资治通鉴》往迩英阁去，途中遇见吕诲，说要去见圣上。

司马光笑问："欲言何事？"

吕诲面无表情地说："弹劾王安石。"

司马光一愣："王安石刚执政，颇得人心。吕大人因何弹劾于他？"

吕诲愕然，梗着脖子叫司马光的字："君实，你不也反对王安石变法？怎会这样看待他？"

"王安石参政不久，其个性虽有些执拗，却并无过错。而且他学问高，为人也很有节操。"司马光字斟句酌道，"你要弹劾，何不等过些日子看看再说？"

吕诲嚷道："皇帝即位不久，又这般年轻，身边只有王安石在出谋划策。若用人不当，后患无穷。这可是国家大事，紧急抢救尚且唯恐不及，哪里还能等？"说毕，匆匆而去。

福宁殿门前的太监收了吕诲的奏折，命他在门外候着。

过了一会儿，赵顼从门内出来，面无表情地说："朕要去迩英阁听司马光讲学，你且回去吧。"

吕诲琢摸不透皇帝的心思，只觉得自己参王安石的十大罪状，足以扳倒王安石，将他赶出朝廷。这样想着，心也就安定下来。

第二天，吕诲奉诏去福宁殿。进门见曾公亮也在，虽有些奇怪，却也没往别处想。曾公亮是宰相，为人方厚庄重，沉深周密，已年逾七十，仍面色红润，行动利落。今儿在此，想必是皇帝看了我的奏折，召他来商量如何处置王安石的。心里想着，不免笑意盈腮。

赵顼命李宪把奏折交给吕诲，不动声色地说："吕爱卿，你把奏折念一遍吧。"

吕诲一愣，难道你没看我的奏折？抬头见他二人四只眼睛紧盯着自己，只得打开奏折，念了一遍。

奏折开篇把王安石比作唐朝奸相卢杞，大奸似忠，大佞似信。说"安石外示朴野，中藏巧诈，陛下悦其才辩而委任之。安石初无远略，惟务改作立异，罔上欺下，文过饰非。误天下苍生，必斯人也。如久居庙堂，必无安静之理"。后面便是列举王安石的十大罪状。

第一条是宋仁宗嘉祐七年（1062）八月的"鹌鹑"案。此案距今已有七年之久，当时，王安石弹劾开封府判罪过重，但大理寺与审刑院维持了原判。此时重提此事，有何意义？

第二条是宋英宗治平二年（1065）七月，王安石服丧期满，英宗皇帝下诏，要求他进京做官。诏书连下了三次，王安石因缠绵病榻太久，且家大口阔，连续三次向朝廷递交了《辞赴阙状》，并请求做一个地方官。后来英宗去世，当今天子继位，治平四年（1067）九月授予他翰林院学士，便听不到他辞谢进京做官的声音了。因为这件事，你就弹劾他前面轻慢，后面谦恭，是见利忘义。难道你不准王安石生病？

第三条说王安石主张坐着给皇帝讲课，是要挟君王而自取名声。古代的三公，都是坐而论道。就当今而言，主张坐讲的并非王安石一人，你独独弹劾他，是何用意？

第四条说王安石把正确的都揽在自己身上，错误的则引到君王身上。但众所周知，自王安石推行新法以来，整个朝廷都在指责、怨恨他，又有何人怨恨皇帝呢？你能举例说明吗？

第五条是登州阿云案件。这实在是许遵手上的事，王安石对这个案子的建议，只能说明他宅心仁厚。你说他徇私报怨，试问这个案子中，哪个与王安石是私人关系？又有哪个是他所怨恨的人呢？

第六条把王安国的进士及第作为王安石的罪责。你可以考察王氏家族，从他祖上到他儿子这一代，共有七个进士。可见，王家的传统是从科举取功名的。熙宁元年（1068），王安国由韩绛、邵亢推荐，召试赐进士及第，这与王安石何干？所幸他儿子王雱在治平四年（1067）就考中进士，不然也会成为你弹劾的缘由。

第七条说王安石专权。皇帝当面，你能说出哪一项是他专权吗？

第八条将唐介之死归罪于王安石。唐介脾气暴躁，常与人争吵，而这次因生背疽而死。那么，同僚之中，谁是没有罪的那个人呢？

第九条说著作郎章辟光请求让岐王搬到宫外去住。

赵顼道："岐王多次上书请求外居，太后不想让他离开皇宫，朕才没有准许。章辟光上书是受岐王之托，这与王安石有什么关系呢？"

吕诲吸了口冷气，暗道一声，这下完了。口中却依然道："章辟光上书请求岐王外居，确实是受王安石和吕惠卿指使。"

赵顼望向曾公亮，叹道："如今的谏官，因何连话也不会听呢？"

曾公亮道："吕大人，作为谏官，最重要的是务实，而不是凭空捏造。章辟光上书是熙宁元年的事，那时，王安石在江宁，吕惠卿在杭州，他二人是如何指使章辟光的呢？"

第十条说到三司条例司和各项新法。到目前为止，新法尚未实施，你又凭什么说他是耽误天下苍生之人呢？

吕诲无言以对。一直以来，他都认为，曾公亮在朝中是有名的老好人。虽为宰相，却从不得罪人。就算有人得罪了他，他也从不记人仇，在处理朝政事务上也是唯唯诺诺的，从不自作主张。没想到今天，他把自己弹劾王安石的十大罪状，一一作了批驳。当着皇帝的面，他竟如此这般的追根溯源地分析，此人实在是阴险狡诈，只恨没有早点看出他的真面目。

吕诲一面暗骂曾公亮老匹夫，一面为自己辩解，并请陛下明察。

赵顼叹息一声，说："当年，你因濮议之事弹劾欧阳修，请求杀欧阳修以谢祖宗。没想到，将你贬黜朝廷这么多年，你仍不知悔改。作为一名谏官，不仅要对朝廷负责，也要对同僚负责。而你因为某件事不如你的意，便滥用手中的权力弹劾同僚。你要朕明察，这些明摆着的事，用得着查吗？你列举的十条罪状，哪一条不是捕风捉影，危言耸听？朕真的不明白，你如此处心积虑地弹劾王安石，到底是为了什么？"

吕诲自以为老练，听了年轻皇帝的这番话，吓出一身冷汗，一时竟不知如何分辩。

赵顼并不想听他为自己辩解，说："你且回吧。"

第二天，吕诲弹劾王安石的事，像风一样传遍朝廷内外。有人说吕诲有先见之明，敢说真话，是难得的直臣。也有人说吕诲列举王安石的十大罪状纯属小题大做，实乃沽名钓誉。总之，看热闹的不嫌事大，一时间，说什么的都有。

按规定，凡被弹劾的大臣，都要在家里待罪，等候皇帝的发落。

安石向朝廷递交了辞呈，便在家里睡大觉。

吴夫人笑道："相公这是要辞官了吗？那市井之中流传的'生老病死苦'的说法，怕是要更改了。"

安石奇道："市井流传的生老病死苦？何意？"

吴夫人一本正经道："都是王谢在外面听说的，市井中流传的可都是朝廷的事。说是中书省有宰相和副宰相共五人，每人一个字。相公你生机勃勃，锐意变法，是为'生'。曾公亮是个老好人，终究年迈，是为'老'。富弼称病不朝，是为'病'。唐介死了，赵抃遇事好与人争论，争论不过便叫苦连天，他便得了个'苦'字。若你辞官不做了，总会有人顶上来，这五个字不是要改了？"

安石若有所思："原来如此。不知何人总结，倒也十分形象。"

"你曾经说，当今皇帝是怀着一颗赤诚之心忧天下，不是当一天和尚撞一天钟，也不沉迷于声色，一心要为天下百姓谋福祉。可自打进京以来，你的职位倒是上升了，只不见推行你的治国之术，而今你却停职待罪。"吴夫人顿了一下，又道，"这京中的民风，远不如江宁淳朴。莫不如回到地方上去做个小官，倒也轻松自在。"

安石见夫人一脸诚恳，知她说的是心里话。叹道："你也知道，我原本就不是来寻求高官厚禄的。当年的仁宗是偷安之君,英宗又懦弱,所以我曾再三拒绝进京。本以为当今天子血气方刚,有志进取,我奔他而来,是因为眼见国家民穷财尽,想施展我的治国之术。可他竟是个优柔寡断的人,处理朝政犹豫不决。你想,我天天跟一帮自以为是又假大空的人,为一些鸡毛蒜皮的事争论不休,这日子如何混?你说得是,我还不如回江宁去做个知府,轻松自在。"

夫妻二人正絮絮叨叨地说着,却听王谢在门外道:"老爷,李公公来传旨。"

安石听说是李公公来传旨,心里一动,忙解散发髻,反披着衣衫,趿着鞋出来。

来人果然是李宪,见安石一副病恹恹又蓬头垢面的模样,着实吃了一惊。但仍然说受皇帝之命,封还大人的辞呈,并请大人回朝处理事务。安石接了辞呈,说,皇帝有旨,公公来传,本应随公公回朝办差,奈何疾病缠身,实在是有心无力。烦请公公回禀皇帝,允许臣在家休息养病。

李宪回去不提。

吴夫人诧异地问:"皇帝派人封还相公的辞呈,相公因何扮成这般模样拒绝上朝?"

"你可知吕诲弹劾我的十大罪状?"

"朝廷哪有秘密?吕诲弹劾你的十大罪状,一夜之间传遍京城。王谢、江歌从外面听了,回来一字不漏地说了。都是些无中生有之事,吕诲这样做,无非想为自己争名声,但又没有事实依据。严格来说,他列举的十大罪状纯属捕风捉影。"

安石奇道:"难道你就不替我着急,或者是替我喊冤?"

吴夫人笑了笑:"我一个妇道人家就有这样的认知,皇帝必定有更深一层的想法。我没有作为,皇帝不是派人封还你的辞呈了吗?"

"莫非你不愿意我离开朝廷,回到地方上去做小官?"安石看着夫人的笑脸,一肚子疑惑。

吴夫人正颜道:"相公可是错怪妾身了。妾身自小与相公同窗共读,妾身的为人，难道相公不知？相公因为心中的抱负而来京城，妾身岂能贪图宰相夫人的虚荣而甘愿你受人排斥？"

安石见夫人动了气，忙赔不是："是我错怪夫人了。"

"我不着急，是因为我着急了也于事无补。"吴夫人道，"若皇帝信任你，必定会留你。若他听信谗言，必不会留你。你若能回江宁，正合我意，我又为什么要忧愁呢？"

安石点头，说："我方才之所以这个样子见李宪，是因为我暂时不想回朝堂。吕诲作为御史中丞，他的职责是纠察官邪，肃正纲纪。大事则廷辩，小事则奏弹。而他捕风捉影，危言耸听，分明是扰乱朝纲。几天过去了，皇帝对他竟未做任何处置。"

吴夫人悄声道："当今皇帝，怕不是能任用商鞅变法的秦孝公。"

安石若有所思，决定再次提交辞呈。

又过了几天，赵顼召见安石。

安石不能再称病了，进宫面圣。他没想到的是，曾公亮也在。

赵顼亲自封还辞呈，说："爱卿的辞呈令朕寝食难安。吕诲的弹劾，其实是代表了一股反对变革的势力。虽然他已提交了辞呈，但若罢了吕诲，流言蜚语将更多，反而不利于王爱卿。"

说完又扭头问曾公亮："若将吕诲罢职于外地，恐王爱卿心中不安。曾相公，你看将如何处理这件事呢？"

不待曾公亮说话，安石接道："臣既以身许国，就不会因为别人的毁谤而束缚自己的行动。只要皇帝处理得当，臣决不会干预他人的去留。吕诲之所以罗列罪状弹劾微臣，是因为他反对变革。朝中，像他这样的人确实不在少数。臣忧虑的是，这样下去，就算不变法，求治也难。"

赵顼忙道："爱卿所言，朕深以为然。为了国计民生，爱卿只需做好自己的事，无须理睬某些人的言论。"又吩咐曾公亮，"传朕的旨意，贬吕诲知邓州，翰林学士吕公著接任御史中丞。"

安石心想，臣向来不畏人言。只要陛下坚定变革的信心，便是臣最坚强的后盾。

安石不曾想到，吕诲的攻击，仅仅是一个开端。

熙宁二年（1069）七月初五，早朝。

文武大臣奏事完毕，安石出班奏说，由他撰写的《乞制置三司条例》已得圣上朱批，均输法今日正式颁布实施。

殿内响起一片窃窃私语声。

赵顼说："王爱卿，何为均输法？你给诸位臣工讲述一下。"

安石应声"诺"，向众臣道："均输法，是针对汴京物资需要和东南六路供应严重脱节，富商乘机牟利，农民困于租税的情况，规定扩大运使职权，使其总握东南六路（江南东西、淮南、两浙、荆湖南北）财赋，并主管茶、盐、酒、矾税收和坑冶、市舶之入。"

殿中有人高声说："请王大人说具体些。"

安石道："设发运使，总管东南六路的赋税收入，掌握供需情况。凡籴买、税收、上供物品，都可以'徙贵就贱，用近易远'。对于京都库藏支存定数，以及需要供办的物品，发运使有权了解核实，使能'从便变易蓄买'，存储备用。"

有人问这不是在效仿汉武帝时的桑弘羊之法吗？

安石回说有利于国家的方法，为何不可以效仿？均输法，最要紧是八个字：徙贵就贱，用近易远。

一、不是固定不变地向各地征敛实物赋税，而主要是在灾荒歉收、物价高涨的地区折征钱币，用钱币到丰收的地区贱价购买上供物资，此即"徙贵就贱"。

二、如果有多个地区同时丰收物贱，就到距离较近、交通便利的地区购买，此即"用近易远"。

如此，均输法就可以达到"江湖有米则可籴于真，二浙有米则可籴于扬，宿亳有米则可籴于泗，坐视六路之丰歉，间有不登之处，则以钱折斛，发运使得以斡运之。不独无岁额不足之忧，因以宽民力。万一运渠旱干，则近有汴口仓庾"。

简单地说，均输法之"均"是改革死板的实物征敛制度，根据年景收成的变化，折钱与购买相结合，依靠市场，舍远求近，通过购买获得上供物资。

"徙贵就贱，用近易远"，既是其根本原则，又是其具体办法。总的目的是协调供需关系，提高财政收支的效率，撙节购买、运输等开支，减轻农民负担，打击商人"擅轻重敛散之权"操纵市场的兼并行为，以达到"便转输，省劳费，去重敛，宽农民，庶几国可足用，民财不匮"的目的。

又有人高声道："说的总是比做的好听。只不知有何措施。"

安石轻轻一笑，有人不明白，愿意弄明白，这是好事。他也总是乐意解释清楚的。

他接着说与均输法配套的措施。

一、扩大发运司的职权，拨给发运司专项资金，用于采购，赋予"从便变易蓄买"的权力，并增辟官吏。

二、建立京师所需与发运司上供的信息沟通体制，让发运司预先知晓京师库藏状况，根据实际需要，合理安排籴买、税敛、上供。

安石说完，环视殿内，似在等人提问。

赵顼向殿中群臣扫了一眼，沉声道："王大人的解释条理清晰，想必诸位爱卿都听明白了。朕再三考量，决定委托江、淮、两浙、荆湖六路发运使薛向，总领六路发运与均输平准事。"

薛向出班谢恩。

赵顼又道："朝廷从内藏库拨款五百万贯，上供米三百万石，作为营运资本，由薛爱卿全权支配。"

薛向受宠若惊，又担心有人反对他总领其事，便奏请设置所属官吏，报朝廷备案。赵顼却说，你所需要的下属，必是你了解而又精于此道之人，就由你自己选配。

第二天，薛向选了刘忱、卫琪、孙珪、张穆之、陈倩为其部属上报给朝廷。同时，要求地方官吏报告六路每年应当上缴的数额，京城每年的支出以及现在仓库中的储备等情况，凡是应该预先规划的都提前向有关官员汇报。薛向都按要求去做。

大多数朝臣对均输法不满，又说不出反对的理由，便攻击薛向本人。

赵顼召安石说："侍御史刘琦、监察御史里行钱顗上疏弹劾薛向是小人，批评均输法，就算有所收入，也不过是夺取了商贾之利。这件事是不是要重新考量一下？"

安石回说："均输法之用意，正在于此。大商巨贾钻朝廷和地方之间制度不完善的空子，大发其财，操纵并兼并市场。我们施行均输法就是要堵住这个漏洞，把应由国家收入的钱财收进国库。圣上何不问问他们的俸禄从何而来？是从天上掉下来的吗？既不是天赐，又不是摊派，由改革弊端而得到的利益，也有错吗？那些富商巨贾，有哪一家不是朝廷勋贵的亲友呢？他们为谁说话，不是一目了然吗？"

这一连几问，竟让赵顼觉得头脑从未有过的清醒，他吩咐李宪传诏，侍御史刘琦、监察御史里行钱顗既看不起薛向，又鄙视理财，不知衣食从何而来，就让他们下去看看吧。刘琦贬处州（今浙江丽水）监盐酒务，钱顗贬为衢州（今浙江衢州）盐税。

诏命下达，物议沸腾。朝臣们的议论传到内宫，赵顼很是恼怒。天下之事，需要改革的不是一件两件，如果每件事都如此艰难，那将如何治理国家？正如王安石所说，变法难，求治也难。

偏在此时，范纯仁求见，并呈上奏疏。

赵顼接过奏疏放在手边的茶几上，问范爱卿所来何事？

范纯仁一愣，你不看奏疏，却问我所来何事？只得说臣作为谏官，对朝中某些人的胡作非为不能坐视不管。

赵顼惊问："何人胡作非为？"

范纯仁想，你不看奏疏，还装聋作哑，我便说给你听："王安石改变了祖宗法度，一心图财，使民心不安。《尚书》说'怨恨哪里在明处呢，要注意那些看不见的地方啊'。愿圣上多留意那些看不见的怨恨。"

赵顼蹙着眉头问："何为看不见的怨恨？"

范纯仁答："唐人杜牧说'天下之人，不敢言而敢怒'啊。"

"天下之人敢怒而不敢言的事，指的是哪些呢？"

范纯仁从怀中取出一本薄册子呈上:"富弼受三朝君主的恩顾和倚重,应主动担起国家重任,可他长期称病不朝,对自己的忧虑超过了对国家的忧虑。在报效君主和立身处世两个方面都有过失。富弼与微臣之父的交情很好,臣现在知谏院,不好私下里去告诉他,请陛下将这篇《尚书解》给他,愿他能自我检省。

"而王安石,把读过的圣贤书忘得干干净净,一门心思效仿商鞅,贪图功利,排除异己。吕诲、刘琦、钱顗因为弹劾王安石而遭贬黜。曾公亮年迈却眷恋官位,徒当摆设。赵抃身为副宰相,凡事不敢出头。这些都是天下人敢怒而不敢言的怨恨啊。"言毕,意欲等答复。

赵顼神色淡然道:"你下去吧,朕累了。"

范纯仁悻悻离去,几天后,等到一纸出知庆州的诏书。

第十四章　苏辙反对均输法　富弼进献《辨奸论》

入秋，一连下了几场小雨，熙宁二年（1069）的中秋佳节便在金风送爽、丹桂飘香中过去了。

这日早朝，待各位朝臣奏事完毕，苏辙出班奏说："均输法是汉代桑弘羊所创，虽说民不加赋而国库充足，但与民争利，终是行为不正。如今颁布施行，众口纷然，害处比汉时更甚，因为王安石的均输法比桑弘羊更加苛刻。破坏祖宗规矩，唯利是图，此法实在是不可取。"

赵顼奇道："你作为三司条例司的检详文字，凡制定的新法都得经过你的手笔。在颁布之前不说，而在施行之后才说出你的反对意见，是何用意？"

满朝文武见苏辙出来反对新法，虽感意外，心思却各不相同。有的人是事不关己，当作笑话在看。反对新法的人惊觉苏辙原来是自己人，都兴奋不已，只恨不能在朝堂上为他欢呼雀跃。而三司条例司的几位，则被他出其不意的行为打得措手不及。

苏辙回道："事关国家，不敢隐忍，臣才冒昧进言。"

赵顼却问："你说的与民争利的'民'，指的何人？是普天之下的百姓，还是巨商大贾？你可知你每个月拿的俸禄，从何而来？"

苏辙一时愣住，不知是不敢回答，还是无言以对。

静默片刻，李宪扯着嗓子喊："有事奏事，无事退朝。"

却见侍御史知杂事刘述出班道："臣有本奏。"

赵顼有些不耐烦，认为是与苏辙一伙的。可朝臣有话，不能不让他说呀，便问刘爱卿何事？

刘述道："陛下，王安石自执掌朝政以来，专顾己意，藐视国法。陛下想治如唐虞，而安石偏行管仲商鞅之术，利用三司之权，开局设官，取为己功。用八人分行天下，惊骇物听，动摇人心。去年以许递妄议，按问定自首之法，以他一人的偏见而改立新义，以害天下。祖宗所立制度，应该世守不失，现在事事改变，废而不用。安石受陛下之专任，首建财利之议，求陛下之宠，言行乖戾，为满朝所鄙，愿早罢逐，以慰天下。曾公亮与之暗地勾结，阻碍贤路，也应斥免。赵抃甘当旁观者，不加阻挠。大臣事君，焉能如是？请陛下明断施行。"

赵顼笑道："你是弹劾王安石吗？用八人分行天下，是朕派去了解各地的农田水利和赋税情况的，如何就动摇了人心？"

刘述支吾着。

赵顼问："这暂且不论。你可知，朝廷每月开支的薪俸是多少？"

刘述回说不知。

赵顼又问："你一家人每日要吃多少粮食？"

刘述已是汗流满面。

赵顼笑说："你是不是想说待你回家问了，明儿再来回朕？"

殿中静得只听见呼吸声，而人人心里都似翻江倒海，都不免在心里自问，我家一天要用多少柴米油盐？

又听赵顼道："你连这些日常琐事都不知，你是如何处理朝事的呢？你弹劾王安石、曾公亮、赵抃等人的依据可属实？"他声音不大，就像与人拉家常，"苏爱卿去河南府，刘爱卿去江州吧，你们都下去看看农民过的日子。"

退朝，大臣三三两两离去。

有人暗问，自王安石入朝，这是第几个朝臣被贬了？

有人则叹道，身为皇帝，怎么会说出匹夫的家常话呢？为何不言仁德，而言衣食之事？如果宰相都去管朝臣的俸禄，那各省司的官员又做什么？年轻的皇帝被王安石灌输的财利给迷住了，像个当家的小媳妇。真是世风日下呀。

又有大臣郑重其事地建议，请皇帝多开几次经筵，只有通透地讲五经，才会知雅俗，辨尊卑，识先后，断是非。

这些议论像风一样吹进司马光的耳朵，更坚定了他反对王安石的新法。他费尽心思说服苏轼,要他劝弟弟苏辙站出来反对均输法,却落得个被贬出京的下场。他不知如何面对苏轼。

刘述则是为了范纯仁而弹劾王安石。当年,受范纯仁之父范仲淹的举荐,他才得以进京做了朝官。这份人情难以忘却,而今范纯仁遭贬,他岂能坐视不管?虽说无济于事,但终究是说出了反对王安石的心声,也还了那份人情。

最憋屈的当数三司条例司的几个人,退朝后回到条例司衙门。

吕惠卿气哼哼地:"那苏辙,平日里同我争论,只当作学术上的切磋,认知上的不同罢了。谁想到,今日在朝堂上当着百官来这么一手。贬去做河南府推官,真是便宜他了。"

章惇道:"原来苏辙竟是这样的小人,当面一套,背后一套。都说苏氏兄弟是闻名天下的才子,可这苏辙,有时一点小事,说十遍他都不能理解,真不知他是怎样考中进士的。"

安石很是沮丧:"条例司总共这么几个人,居然有人公开站出来反对新法。难道新法是我王安石一人定的?在制定青苗法时,苏辙曾说,'此法很切合实际,能给百姓带来利益,却也存在着问题。下面管事的官吏经手大笔款项,难保不从中营私舞弊。平民百姓得了低息的贷款,也未必不会挪作他用。到那时,事情就不好办了'。我极赞成他的观点,所以每一项新法的制定,都会征求他的意见。没想到,新法还未施行,他便跳出来反对。"

吕惠卿又道:"相公何不参他一本?请皇帝罢了他的官,叫他永不得回归朝廷。"

安石见他咬牙切齿地,莫名地一惊。笑道:"你也知道,读书人走上仕途有多么艰难。苏辙还年轻,已经被贬,我们何必意气用事而毁人前程。再说,新法的施行与否,不在于有没有人反对或诽谤,而在于施行后的结果。"话音未落,便见赵顼推门进来,唬得吕惠卿、章惇等人告退而去。

赵顼问安石是不是被那些人的弹劾吓倒了?

安石沉默片刻,说:"无论有多少人出来反对,无论变革这条路多么坎坷，只要有陛下的支持，臣就会坚定地走下去。"

赵顼神情凝重地说，没想到，为了改变国家积贫积弱的局面，居然招来这么多朝臣的反对。难道是朕错了？

安石最怕皇帝动摇了改革的决心。忙把先前说过的话重复一遍，我们的国民经济为什么越来越衰弱？因为国民不能发挥各自的能力从事生产，这是豪强巨富的兼并造成的。一个国家，总是富人少穷人多，而富人生活靡费奢侈，并不把他们的财富作为扩大再生产的资本，穷人的那点资金在生活中耗尽。国家资本如此匮乏，最好的办法就是解决兼并问题。把财政大权集中在国家手中，然后由国家调剂分配，拿多余的弥补不足或亏损的，让全国的老百姓都能享有一定的财富，并有能力、有条件从事再生产。

赵顼紧锁的眉头渐渐舒展开来。

九月初，经赵顼批准，王安石颁布了青苗法。

青苗法又称"常平新法"。三司条例司发布新法时称，各路常平、广惠仓中储存的钱谷，粗略计算已达一千五百万石以上。不过它的收藏和发放都违背了初衷，未能起到应有的效果。如今，准备采取新的办法，根据当时的谷价，遇到市场上谷价高的时候，州县政府要适当降低谷价，卖给困难的农民。遇到市场上谷价低的时候，州县政府要适当提高谷价，收购农民手里的粮食。

还可以采取将青苗纳入税收的办法，春天将钱粮贷给困难的农户，以青苗作为抵押，秋天将贷款收回，收取两分利息，也可以用现钱进行兑换。这是参照了陕西转运使李参在陕西实施青苗法的经验，愿意预支借贷的人，就发放贷款给他，到秋收的时候，按税收的标准缴纳粮食。借贷每年分两次进行，一次在正月，一次在五月，还贷时，有人愿意缴纳粮食，也有人因为市场上粮食价高愿意还钱的，都从其便。如果遇到灾荒之年，允许下一次贷款到期时再缴纳。

这不仅能帮百姓度过灾年荒年，而且百姓从官府得到贷款，那些富人就不能再利用青黄不接的时候向农户发放高利贷了。再者，常平、广惠仓里储存的谷物，一定要等歉收之年谷物涨价时卖出去，能够买得起的不过是城市里那些游手好闲的人。如今，利用一路的资源，市场谷价贵时，官府借贷谷物给农户。市场谷价便宜时，官府从市场上收购谷物，以增加官府的积蓄，平抑物价，也使得农户有了资本，可以不误农时，不荒废土地。那些富人就不能利用农户的暂时困难而兼并土地了。

所有这些做法都是为了百姓，政府不从中谋取利益，这也正是先王让利于民以发展生产的重要措施。先要统计诸路钱谷究竟有多少，然后分别派遣各地官员去提取，每个州郡选任通判、幕职官各一员，主管转运和出纳，仍然先从河北、东京、淮南三路开始施行，等到有了一些头绪，再向其他路推广。其中广惠仓除了留下一部分钱粮用于救济老弱贫病穷困的人外，其余的都用于青苗法。

因何叫青苗法？宋仁宗时，陕西转运司李参为了解决戍边士兵军粮不足的问题，下令让当地百姓自己估算一下粮食的产量，官府把钱借贷给他们，到秋收时向官府缴纳粮食，借给农户的钱就叫"青苗钱"。这样经营了几年，仓库里有了余粮。

安石很赞赏这个方法。在他做鄞县县令时，曾采用这种方法取得了很好的效果。这次，他以李参的经验为基础，进一步修改、补充和完善而制定的新法，仍然沿袭了李参的叫法。

青苗法一颁布，司马光坐不住了。七月初试行均输法时，他鼓动起来攻击新法的谏官都被贬出朝廷，连范纯仁、苏辙也不例外。这一次谁能出面弹劾新法呢？

司马光回到家中，已是掌灯时分。家人见他恍恍惚惚的，只道是为朝廷里的事烦恼，并不敢问。只好茶好饭地侍候着。夜间，辗转反侧到鸡啼二遍才迷糊睡去。

却说富弼，因范纯仁弹劾他"受三朝君主的恩顾和倚重，应主动担起国家重任，可他长期称病不朝，对自己的忧虑超过了对国家的忧虑。在报效君主和立身处世两个方面都有过失"而戴罪家中。

原本，他认为自己这个宰相就是个摆设。朝中大小事件，皇帝都吩咐去问王安石。而平时议事时，他同另几位副宰相又说不到一处，更看不惯曾公亮对王安石唯唯诺诺的样子，便称病在家，用以抗议。谁承想，范纯仁又参自己一本。想到范纯仁，他恨得牙痒痒的，转而又念在当年他父亲范仲淹对自己的提携与爱护，心头之火也就慢慢平息。

深秋，宰相府的后花园虽是秋风劲爽，菊花烂漫，但那满园的落叶到底掩饰不住万物凋零的衰败之感。

人，是自私又多愁善感的，总是把自己的情绪归结于季节的更迭变化。这不，富弼拄着拐杖站在园中，望着西天落日余晖，想起当年出使辽国，面对辽国威胁，据理力争，以增加货币为条件，拒绝割地要求，终获成功，深受仁宗器重。后又与范仲淹等人一起推行庆历新政，增强国家实力。那时，自己是何等意气风发，斗志昂扬。如今年迈多病，受天子冷落，臣僚嘲弄。想到此，不觉心灰意懒。

正悲悲切切的，听家童在身后说："老爷，司马光大人求见。"

这个时辰，司马君实来做什么？富弼心里一动，忙抹干眼泪，说快请司马大人到书房。

司马光盯着富弼苍老的脸，发黄的眼珠透着哀怨，额头上如刀刻的皱纹里，填满落寞和不甘，他无暇安慰与同情。他要让这位老宰相做一件事，一件有益于大宋天下的大事。

家童给二人送上茶，退去，随手带上门。

富弼问："君实此番来舍下，有何见教？"

司马光喝口茶笑道："我就不能来探望相公吗？"说着从怀里摸出本薄薄的册子，"君实无意间得到一篇文章，不敢独自享有。相公曾以'洛阳才子'誉满京都，想必对此文很感兴趣。"

富弼接过册子，狐疑地看着司马光。平白无故地送篇文章来，是何用意？但见他笑容满面，不似藏奸，便打开册子。读毕，拍案叫道："好一篇《辨奸论》！"

从写作目的上看，作者所指的具体人物，虽未点明，但读者心中已猜到此为何人。从立意谋篇上来说，此文实属古今名篇。

富弼放下册子，端起茶碗，以掩饰内心的喜悦，说："此文作者苏洵，擅长政论。其文章论点鲜明，论据有力，语言锋利，纵横恣肆，具有雄辩的说服力。欧阳修曾赞他'博辩宏伟''纵横上下，出入驰骤，必造于深微而后止'。这篇文章倒像他的风格，只是他于三年前已离世，又于何时写下这《辨奸论》呢？"

司马光叫道："相爷，只要文章是苏洵写的，又何必追究写于何时呢？文人写的文章，并非即刻就能被天下人知晓。苏洵这篇文章早就传遍了京城，只是我们这些人整日里忙于朝事，不过是今儿才读到罢了。"

富弼心想，你是忙于朝事，而我是被迫称病不朝。口中却问："君实说得有道理。依你看，这文中的奸人所指何人？"

司马光心里骂一声老匹夫装聋作哑，脸上却挂着笑容，说："这写的不是王安石，还能是何人？"

"君实此番来舍下，意欲何为？"

司马光附在他耳边如此这般地说了一番话，富弼捋着稀疏的胡须，连连点头。

华灯初上，司马光告辞而去。

富弼好久没有如此轻松愉快的心情了，唤来儿子绍庭："吩咐厨下，今夜多做几个好菜，为父要喝两盅。"

富绍庭见司马光来见父亲，猜测着不一定是好事儿。他一进书房就看见那本摊开在书案上的簿册，一目十行地读了，立即猜到司马光的用心。忙劝父亲别中了司马光的计。

富弼却道："司马君实怎会在我面前使诈？我把这篇文章献给皇帝，让皇帝看清奸佞之徒的真面目。这是宰相的责任，也是对朝廷的忠心。皇帝将要对付的是王安石，而不是我。若要追查写文章的人，那也是死了的苏洵，与我何干？"

富绍庭急道："父亲，若皇帝知道这《辨奸论》由司马光给你，再由你呈上，那便是合谋之罪啊。"

富弼拍拍儿子的肩膀，笑道："你还年轻，不懂官场上的门道。"

第二天，富弼兴冲冲地进宫觐见皇帝。

赵顼见他红光满面的，笑道："富相精神大好啊，往后可以天天上朝了吧？"

富弼难免有点尴尬，但毕竟姜还是老的辣，他即刻恢复了常态，说："陛下，我朝自立国以来，文风盛行。尤其是欧阳修提倡简而有法和流畅自然的文风后，我朝一改浮靡雕琢、怪僻晦涩的现象。"

赵顼思忖着，富弼这一向在家养病，不问朝事。今儿来，就为了说我朝文风？怕没那么简单。随即接道："朕听说，当今天下，唯苏轼一家父子三人最为杰出。朕的皇后也爱读苏洵的文章呢。"

富弼忙从怀里拿出《辨奸论》，满脸堆笑说："巧了，老臣刚刚得到苏洵的一篇好文章，呈给陛下欣赏。"

李宪双手接过，转呈给赵顼。

富弼道："嘉祐三年（1508），王安石向仁宗皇帝上过一份万言书，提出变法主张。陛下可知，先皇帝因何不采纳他的建言？"

赵顼一怔："朕的确不知。富相既知，何不说来听听。"

富弼指着他手中的册子说："因为先皇帝读了苏洵的这篇《辨奸论》，看透了王安石此人，所以才把他的万言书丢到一边。"

"有这等事儿？朕倒要读一读这篇奇文。"赵顼翻开那本薄册子。

富弼忙起身告退。

掌灯时分，赵顼到仁明殿，径直往书房去。

向皇后见他这个时辰过来，知在别处用了晚膳，吩咐小蛾送几样新鲜糕点来。一会儿，小蛾便在书房的小圆桌上摆了酥饼、枣泥茯苓糕、牡丹花糕和酥油鲍螺四碟点心果子，另有一盅紫苏膏。

赵顼吃了个酥油鲍螺。这酥油鲍螺味道鲜美，入口即融，却有些甜腻，便又吃一个肉末梅干菜馅的酥饼，这才要手巾擦手。

向皇后端了紫苏膏说："这紫苏膏有清凉消食之功效，陛下尝尝。"

赵顼道："你是怕朕吃了点心果子不消化吗？"又摇摇头，"你还别说，朕还真有消化不了的事儿。"将怀里的册子拿出来，"你不是喜欢苏洵的文章吗？读完了给朕说说你的感受。"

向皇后见他不像玩笑，便翻册子细读。

辨奸论

事有必至，理有固然。惟天下之静者，乃能见微而知著。月晕而风，础润而雨，人人知之。人事之推移，理势之相因，其疏阔而难知，变化而不可测者，孰与天地阴阳之事，而贤者有不知，其故何也？好恶乱其中，而利害夺其外也。

昔者，山巨源见王衍曰："误天下苍生者，必此人也！"郭汾阳见卢杞曰："此人得志。吾子孙无遗类矣！"自今而言之，其理固有可见者。以吾观之，王衍之为人，容貌言语，固有以欺世而盗名者。然不忮不求，与物浮沉。使晋无惠帝，仅得中主，虽衍百千，何从而乱天下乎？卢杞之奸，固足以败国。然而不学无文，容貌不足以动人，言语不足以眩世，非德宗之鄙暗，亦何从而用之？由是言之，二公之料二子，亦容有未必然也。

今有人，口诵孔、老之言，身履夷、齐之行，收召好名之士、不得志之人，相与造作言语，私立名字，以为颜渊、孟轲复出，而阴贼险狠，与人异趣。是王衍、卢杞合而为一人也。其祸岂可胜言哉？夫面垢不忘洗，衣垢不忘浣，此人之至情也。今也不然，衣臣虏之衣。食犬彘之食，囚首丧面而谈诗书，此岂其情也哉？凡事之不近人情者，鲜不为大奸慝，竖刁、易牙、开方是也。以盖世之名，而济其未形之患。虽有愿治之主，好贤之相，犹将举而用之。则其为天下患，必然而无疑者，非特二子之比也。

孙子曰："善用兵者，无赫赫之功。"使斯人而不用也，则吾言为过。而斯人有不遇之叹。孰知祸之至于此哉？不然。天下将被其祸，而吾获知言之名。悲夫！

向皇后读完，见赵顼正盯着自己，莞尔一笑，道："此文布局精巧，构思严谨。作者旨在说明，事情皆有一定的规律，只要能够仔细观察并把握规律，就能见微知著。因此人们可以通过观察，在祸乱发生之前就能发现作乱的奸臣。"

赵顼点头称是。

向皇后接道："文中'食犬彘之食，囚首丧面而谈诗书，不近人情'，是指王安石吧？陛下说过，王安石只探索学问，不注重外表，是个不修边幅的人，在仁宗朝陪先皇帝钓鱼时曾误食鱼饵。此文作者把生活习惯作为攻击别人的口实，未免失之偏颇。作者'见微知著'，预见王安石能做副宰相，从而推算出他得志必为奸臣、必定危害国家。若论此文的写作方法，在当今天下，实属名篇。但这种含沙射影的写作方法，不见得有多高尚。"

赵顼若有所思："你觉得此文真乃苏洵所作？"

"陛下可知此文写于何时？"

"写于嘉祐三年（1058），王安石向仁宗帝上万言书之前。富弼献此文时说，当年先皇帝是因为读了苏洵这篇《辨奸论》，才未采纳王安石万言书上有关变革的主张。"

向皇后道："那一年，他二人所在何处？所任何职？"

"朕下午已命人查明，当年王安石由提点江东刑狱，调为度支判官，进京述职时向先皇帝递交了《上仁宗皇帝言事书》，也就是万言书。苏洵文章虽好，但屡试不中，直到嘉祐五年（1060），经韩琦推荐，才被任命为秘书省校书郎。于治平三年（1066）四月病逝。"

向皇后很是惊讶，但不敢说出心中的疑虑。

赵顼像是看透了她的心思，说："朕之所以要你读这篇文章，是想听你的分析，来解朕之疑惑。这是很明白的一件事，可富弼学识渊博，为人正直，受三朝君主的恩顾和倚重，因何要编出这种不堪一击的谎言来蒙蔽天子？是欺负朕年轻不谙世事，还是老糊涂了听人唆使？朕若是追究起来，他富弼禁得起吗？朕若念他曾有功于朝廷，不予追究，而是息事宁人，他们这些反对新法，攻击王安石的人会罢手吗？"

第十五章　富弼辞相判亳州　陈升之上任翻脸

富弼自向皇帝呈了《辨奸论》，便在家里等候朝廷的消息，然而两天过去了，仍不见动静，不免有些焦虑。

第四天一早，富弼命儿子富绍庭随他到书房，说："前几日司马光送来的《辨奸论》，我呈给皇帝了，旨在请皇帝看清身边的奸臣而除之。然，几日不见动静，你去找司马大人打探一下，问问情况。"

富绍庭，字德先，性情稳重，尤其孝顺。但这次却没有顺从父亲，而是婉转地说："父亲，司马大人若有消息，自会来府上。再者，孩儿去找他问这样敏感的事情，恐授人以柄。"

富弼想了想，觉得儿子说得有几分道理，也便着罢。

富绍庭有些迟疑地说："父亲，孩儿有几句话，不知当讲不当讲？"

富弼往椅背一靠，眯了眼："父子之间，有何当讲不当讲的？讲吧。"

"司马光反对新法，其实是反对王安石，但又奈何不了他，想借《辨奸论》而除之。"富绍庭说，"皇帝只需找苏轼问一下，便知此文作者不是苏洵。这几天朝廷没有动静，实在是好事。若有动静，便是天子的雷霆之怒，怕无人有回天之力。"

富弼从椅子上弹起来，一双发黄的眼珠子紧盯着儿子。

富绍庭接道："司马光明知那篇文章不是苏洵所写，却怂恿父亲出面，真是不怀好意。"

"你就看那么一眼，就知道不是苏洵所写？"富弼不相信地问。

富绍庭道："苏洵死了三年多了，就算他能'见微知著'，也不可能预先知道王安石现在所任官职和所做之事。这篇文章是为了攻击王安石的新法专门写的。"他不敢说父亲，只拿司马光说事儿，"司马光是有真知灼见之人，可为何就不明白，王安石提出的变革主张，都是经过皇帝同意后才发布施行的。他反对新法，不就是反对天子行事吗？"

富弼叹道："你以为我真的老迈到不中用了？当年出使辽国，面对虎狼之邦，我何曾胆怯？后来支持范仲淹的庆历新政，就算贬出朝廷也在所不惜。如今，我为什么改变立场，反对王安石变法？你以为，我就没有看出在大宋朝眼下的弊端？就算要改革，也必须是以稳妥、渐进的方式进行，而不是像王安石这样彻底推翻祖宗的法规。

"改革是为了求得新生。任何改革都有可能出现成功与失败两种状况。但若失败了，大宋朝能否承担得起？如果承担不起，还不如不改。王安石在朝廷制定新法，底下执行的官吏未必肯听他的话，完全按照他说的去做。这绝对是有风险的，可谁为这个风险负责呢？王安石负得起吗？"

富绍庭小声道："父亲说得有理。只是父亲年纪大了，又体弱，原本称病不朝，却拿一篇文章上朝说事。皇帝会怎样想？父亲，孩儿以为，这种事，做得不好定会惹祸上身。做得好，也不过是替人做嫁衣罢了。"

富弼听了这番话，一时竟没了主意，眨着眼问："依你之见，为父将作何对策？"

富绍庭摇摇头："父亲无须作任何对策。皇帝若因《辨奸论》作者的真伪而定父亲一个欺君之罪，那圣旨早就下达了。所以，孩儿认为，朝廷没有消息就是最好的消息。"

富弼茫然点头。

"皇帝如今正在变革的兴头上，除了王安石的新法，怕是听不进任何人的谏言。父亲索性再等些时日，若无事，就上书请求辞去宰相的职务。离开朝廷这个是非之地，未必不是好事。"

富弼如坐针毡。虽有儿子宽慰，但欺君之罪是要被砍头的。自己已六十六岁，死了倒也罢了，却要连累这大家子跟自己一起死。又害怕又着急，几天过去，竟瘦得皮包骨头，没了人形。

这天傍晚，司马光因为一连几天没听到消息，便又来宰相府，见富弼的模样，倒吓一跳。几日不见动静，想来事情远没有自己想象的那么简单。他小心地问："皇帝知道《辨奸论》不是苏洵写的了？是哪儿露了破绽？"

富弼见问，暗骂了一声奸贼，可自己偏偏就上了这奸贼的当。但若非自己存了私心，又如何能听他唆使？想到儿子的话，便不动声色地说："皇帝没说是谁写的。露没露破绽，只有司马大人最清楚。"

司马光见他言语冷淡，忙说皇帝既有这种识别真假的能力，又因何看不透王安石呢？相爷明天去见皇帝，就说文章是我给你的。一人做事一人当，我司马光决不连累相爷。

富弼冷笑道："老夫若拉上你，就是二人合谋了，按结党罪论处，不死也得前程尽毁。"

司马光急道："这将如何是好？"

"事势所至，人力不可挽回。"富弼挥手命管家送客。

送走司马光，富绍庭说，我们不知宫里的消息，就不知如何应对。与其这样苦等着干着急，还不如上疏主动辞职。

富弼听了儿子的建议，一连上了七道疏请求辞去相位，都没有被批准。虽摸不透皇帝的心事，但有一点他可以放心了，就是皇帝不会杀他。如此一来，更是求去心切，便又上了第八道疏。

熙宁二年（1069）十月初，赵顼召见富弼，说朕随时需要爱卿，爱卿留在朝中辅助为好。

富弼推辞说："老臣年事已高，又疾病缠身，恐力不从心。对朝廷无所报效，空成负担，问心有愧。恳请陛下准臣回乡，臣感激涕零。"

赵顼沉吟道："卿坚持要去，朕不敢强留。卿去后，谁可代卿？"

富弼虽真心求去，听皇帝准了，却是极度失落。又见问谁可代替自己做宰相，心里一时五味杂陈，回道："文彦博最能胜任。"

赵顼沉默不语，半晌才问："王安石如何？"

这一瞬间，富弼感觉周身的血液都凝固了，说不出话来。

赵顼见他呆愣着像半截溃木，挥手道："去吧。"

富弼恍恍惚惚出了皇城，立在高大巍峨的城门外，禁不住泪如雨下。

第二天收到一纸诏书,出授武宁军节度使、同中书门下平章事、判亳州(今安徽亳县)。

三天后,赵顼召王安石商议说,富弼辞相走了,这宰相之职还是由爱卿担了吧。

安石忙道:"臣以身许国,所做之事能得陛下全力支持,已自感惶恐,生怕不能报答陛下知遇之恩。而且,臣资历尚浅,无功于国,当宰相恐不能服众。恳请陛下另选贤良之臣。"

赵顼道:"富弼临走时向朕推荐了文彦博,只是,朕觉得老臣暮气太重,不利于新法的施行。"

安石想了一下,说:"陛下觉得陈升之如何?"

"你们三司条例司的陈升之?"

"不错,就是他。"安石说,"陈升之资历虽不如文彦博,在条例司,对施行新法却从未有过异议。不知陛下对他的看法如何?"

赵顼迟疑道:"若论资历,倒也说得过去。只是此人才干平平,不足以担此重任。朕总觉得,在条例司,他只是个随声附和之人。"

安石笑道:"就目前的状况来说,随声附和已经很难得了。若像苏辙那样,临时起来唱反调,那才叫人猝不及防。"

赵顼思虑再三,同意了他的建议。下诏以尚书右丞、知枢密院事陈升之,行礼部尚书、同平章事。由他顶替了富弼的宰相之位。

这一来,朝臣们都认为,陈升之原本就是新派人物,这回做了宰相,王安石的新法推行起来就越发畅通无阻了。

但谁也没有料到,陈升之做宰相的第三天,就提出要撤销制置三司条例司。

赵顼问撤销的理由,陈升之认为,宰相无所不统,所统职事,又怎能称司?

安石好气又好笑,说:"宰相领导的部门为什么就不能叫司?古代的六卿,就是如今的宰相,有司马、司徒、司空之称。再说不叫司叫什么?是像六部一样叫条例部,还是像枢密院那样称作条例院?叫作院，怕你这位宰相大人也不干吧？你是不是想仿照中书省，改叫条例省，才符合你宰相的身份？"

陈升之无言反驳，但仍然坚持取消条例司。又说，如果叫制置百司条例司也可以，就是不能叫制置三司条例司。三司条例司执掌经济改革，是专为理财而设置的。自古就有"君子言义不言利"之说，理财是小人做的事，为正人君子所不齿。

安石冷笑道："君子也不是什么人都可以自谓的。"

陈升之一张老脸涨得通红，掩面出门时也没忘了说："我已归中书省，条例司的人你另请高明吧。"

赵顼一时也难以决断，问王安石，将条例司归属于中书省，如何？

安石说："条例司的工作之所以卓有成效，是因为机构独立成员少，遇事好商量。如果归属中书省，凡事都要正副宰相意见一致，凡文件都由正副宰相共同签署，所有工作都要正副宰相批准安排，等这些手续办齐，黄花菜都凉了，还办得成什么事？臣以为，条例司不能改名，更不能归属中书省。"

赵顼想想也是，便不再要求条例司改名。却说："既如此，爱卿就一个人负责条例司吧，反正你手下的人个个都能干。"

安石忙道："这不合规矩。当初设立条例司，陛下主张从中书省和枢密院各抽一人，如今陈升之走了，臣建议将枢密副使韩绛调来条例司。"

赵顼欣然同意。

安石回到条例司衙门，闷声不响。

吕惠卿捶桌子骂道："陈升之那老狐狸，原本同我们就不是一路人。他心里是反对新法的，只为了荣华富贵，假装拥护新法。坐上宰相的位子才三天，便来取消条例司。"

曾布道："他是看朝臣们多数反对新法，怕自己的宰相位子坐不稳，便想脱离条例司，或是把条例司归至中书省门下。"

章惇见安石铁青着脸，便对曾布、吕惠卿使眼色示意少说几句，又去窗下的条几上倒了碗茶来，放在他面前的书案上。

吕惠卿犹是不服气地说:"相公,难道条例司离了陈升之这小人就不成了?"

安石端起茶碗,一气喝干,脸色缓和了许多,说:"当然不会。"见他三人关切地看着自己,又道,"我已向皇帝推荐了枢密副使韩绛来条例司,同我们共事。"

第二天,陈升之上表说身体有恙,需居家休养。

朝廷上下也都知道了关于三司条例司的事,不免议论纷纷,说陈升之老谋深算,阿谀逢迎,以取悦王安石。王安石担心朝臣对变革不满,便引见陈升之进条例司辅佐自己。陈升之心里明明反对变革,却尽力为其所用。如今王安石为了感激他,推荐他做宰相,刚一上任就翻脸不认人。这更令正人君子或自命为正人君子的人所不齿,因此便称他为"筌相"。《庄子·外物》说:筌者所以在鱼,得鱼而忘筌。筌,是用来捕鱼的竹篓子,捕到鱼后就忘了竹篓子了。

赵顼听到一些零零碎碎的议论,只是不大确切,年轻人好奇心盛,便召司马光来问朝廷内外对新任宰相陈升之有何看法。

司马光原本就有几分看不上陈升之,见皇帝问起,便说闽人和楚人都不值得信赖。前者阴险狡诈,后者轻佻浮躁。曾公亮、陈升之两个宰相是福建人,赵抃、王安石两个副宰相是楚人,由这两种人管理朝政,天下风气怎么会变得敦厚质朴呢?

赵顼认为他这是地域歧视。说陈升之是有才华的,也熟悉边防之事。

司马光心里不服,说:"臣丝毫不怀疑他的才华,但从他的言行来看,他做不到在生死关头不丧失节操。"

赵顼点头。

司马光又道:"富弼老成持重,又得人缘,辞职实在可惜。"他对富弼怀有几分愧疚,也因为《辨奸论》想探一下皇帝的口风。

赵顼想,就像范纯仁弹劾的,富弼受三朝君主的恩顾和倚重,应主动担起国家重任,可他长期称病不朝,对自己的忧虑超过了对国家的忧虑。在报效君主和立身处世两个方面都有过失。这样的人,走就走了,有何可惜?心里想着,口中却道:"富弼年轻时是有魄力有才干的,现在老了,只为在荣华富贵中求稳而安于现状。他偶尔上朝,也未做出一件有益于朝廷的事。即使如此,朕还是诚心挽留过他。奈何挽留不住。"

"富弼执意要去,是他说的话无人肯听。又同几个宰相处不来。"

赵顼道:"在处理朝廷事务上,若人家不对,作为宰相,就要拿出对的来,以理服人。可他既不服人,又做不到比别人好,不顺心就装病不上朝。都说宰相肚里好行船,以朕看,富弼的心胸也未免太狭窄了。"

司马光听他这话,很是反感,又不敢强辩,只低垂着眉眼说:"富弼有自己的难处。四个宰相,两个与他意见相左,另一个不声不响,叫他如何处事?"

"你是说曾公亮、王安石是一伙的,赵抃也不帮他,将他孤立了?"赵顼思索着说,"看来,你在翰林院还挺关心中书省的事嘛。据朕所知,富弼从来没有因为哪件事与曾公亮商量过。无论何事问他,他不是反对,就是闭口不言。自他做宰相以来,给朕唯一的建议,就是叫朕读《辨奸论》,说是苏洵于嘉祐三年(1058)写的。苏洵真是天下绝无仅有的奇才,十一年前就看见了王安石执政而变法革新。富弼或是一时糊涂,或是听人唆使,朕念他是三朝老臣,对他网开一面,不予计较。朕对他如此宽大,他却无动于衷,执意要走,这也是他的难处吗?"

司马光感觉周身的毛孔在这一瞬间炸裂,冷汗涔涔。暗想,罢了,屎不臭何必挑起来臭?替富弼讨不了好,可不能把自己搭进去。

赵顼见他低垂着脑袋,以为他在想富弼的事。便问:"王安石执政以来,所处理的朝事,爱卿觉得怎样?"

司马光吃了一惊,年轻皇帝的脑子转得好快啊。方才还在说富弼,怎么就说到王安石头上了?他是何意?若在说富弼之前问这个问题,我倒是有好多话要说。可刚刚说富弼时,就被他用《辨奸论》驳得我哑口无言。我是反对王安石变法,可他暂时还没有过错落在我手中。王安石性格耿直,不贪不诈,生活节俭,才华出众。此时此刻,我如果拿变法说事，只会自讨没趣。当下便说："有人说王安石奸邪，臣认为诽谤太过。但他做事不顾影响，也太执拗了些。"

赵顼含笑道："凡有识之士，都会认可王安石的魄力与才智。只有别有用心的人才会诽谤他。瞻前顾后的人，能做成什么大事？你说他的执拗，又何尝不是立场坚定。"

司马光一双手心都是汗。

赵顼并不等他回答，说："韩琦是个有担当的人，比富弼强，只是为人强悍专恣。"

司马光回道："韩琦是有缺点，对陛下却是忠心无二的。"

赵顼却问："爱卿觉得吕惠卿如何？"

吕惠卿是福建晋江人，于嘉祐二年（1057）与苏轼、苏辙、程颢、程颐、曾巩、曾布、章惇、王韶同榜进士，是宰相曾公亮的同乡，因与王安石交好，成为三司条例司最早的成员，如今已是王安石推行新法最得力的干将。

司马光心思转得极快，若能将吕惠卿赶出朝廷，就等于砍了王安石的左右手，推行新法也就没有那么顺利了。因而大着胆子说："吕惠卿虽是进士出身，却算不得正经的读书人，因官小位卑而极力迎合王安石才跻身条例司。"

赵顼道："他在条例司办事能力强，对应明辨，颇有才华。"

司马光脱口道："有史以来，哪个奸臣是无才的？吕惠卿是有才华，但城府极深，又阴险狡诈。他在背后出主意，由王安石出面执行，这样一来，天下人就将王安石和他都看成奸邪了。王安石学问高却不识人，将此等谄媚小人引为知己。将来害他身败名裂的，一定是此人。"

赵顼不语。

司马光自觉无趣，便告辞退去。

熙宁二年（1069）十一月十三日，司马光在翰林院准备迩英阁讲学的内容，忽听同僚悄声议论，今儿条例司又颁布了农田水利法。王安石做事真是雷厉风行。吕惠卿也不错，是王安石最得力的助手，他二人倒有几分像孔子和颜回呢。

其中一人听了直冷笑,你们懂什么?内行看门道,外行看热闹。自设立制置三司条例司以来,朝廷的变化真可谓日新月异。大批谏官被贬,富弼辞相,陈升之因讨好王安石而坐上相位,转而又反对王安石,如今倒好,竟称病不朝。条例司虽走了陈升之,却调来了韩绛。这些现象难道不值得人深思吗?最令人瞩目的要数吕惠卿了。吕惠卿就是你们口中的"颜回",在条例司出谋划策备受赏识,王安石推荐他为"崇政殿说书",所以,吕惠卿已获得参加经筵的资格,此人可不是泛泛之辈,好戏还在后头呢,你们等着瞧吧。

司马光虽然早已知道吕惠卿被皇帝封为"崇政殿说书",但此刻听同僚提起,禁不住怒从心生,又不好发作,便扔了手中的书,出了翰林院。今天他不想坐轿子,他要走回家去。

已近黄昏。冬天冷峭的北风,吹落树枝上最后的枯叶,又扬起地上的尘土,街市上空一片雾霭。

第十六章　汉惠帝萧规曹随　司马光讲学受辱

熙宁二年（1069）十一月十七日早晨，司马光到迩英阁时，已有不少大臣先到了，待皇帝进来坐定后，便翻开《资治通鉴》。今天他要讲"萧规曹随"的故事。

讲完这个典故，司马光说曹参没有丝毫改变萧何生前所定的法规，能遵守成之道，所以，汉惠帝才能天下晏然，衣食丰足，百姓安居乐业。

赵顼想，这个故事，朕不知读过多少回，也不知有过多少思虑。你今儿讲这个故事，无非想让朕效仿汉惠帝，守着先王留下的法规，放弃变革。可多年来，朝廷一直遵循先王法规，却依然是吏治不清，农民穷苦，国家财政困难。虽说历代国君都勤俭持国，但国家日益贫困，边患更是不容乐观。你司马光能编撰史书，为何就看不见眼前这些弊端？或者是因为与王安石有隙而故意为之？想到此，随口问道："如果汉朝总是守着萧何之法不变，能行吗？"

司马光见皇帝提问，很兴奋，忙回道："怎么不行？不要说汉朝，就是夏商周三代之君，若能守禹、汤、文、武之法不变，延续到现在也是有可能的。"

听课的大臣都明白，司马光的意思是祖宗家法不可改。殿内安静极了，大臣们都想听皇帝的意见，因为变法已经开始，司马光现在讲"萧规曹随"，似乎为时已晚，只有皇帝才能阻止新法的施行。

吕惠卿早就按捺不住了，却又不敢造次。在讲堂上，皇帝若不允许，听课大臣是不能随意说话的。司马光今天的讲课，旨在反对新法。方才因为回答了皇帝的问话而流露出志得意满的样子，尤其令他反感。司马光将他看作奸佞，他吕惠卿又何尝不将司马光看成阻挠新法的逆贼？他甚至认为，司马光上串下联，挖空心思，无所不用其极地反对新法，反对王安石。自己不露面，只在背地里使坏，更令人不齿。今天讲这套歪理邪说卖弄自己，似乎朝廷上下只有他懂历史，只有他是个明白人。

吕惠卿越想越气，忍不住站起来问："陛下，微臣有几句话不知当讲不当讲？"

司马光惊奇地看向他，这是经筵讲堂，不是三司条例司可以让你恣意妄为。而令他更惊奇的是，皇帝居然允许吕惠卿说话。

吕惠卿抱拳向四周躬身转了一圈，说："今天是司马大人为皇帝陛下讲课，臣本无资格说话，但作为旁听者，臣不能不指出其中的荒谬之处。"

来听课的大臣都是有身份的，不怕事大，这时见吕惠卿站出来唱反调，都支棱着两只耳朵听着。

"司马大人认为夏商周三代之法可以延续到今天，臣不敢苟同。先王之法有一年一变的，《月令》里说'季冬饬国典，有待来岁之宜'。《周礼》里'正月始和，布法于象魏'。有多年一变的，如唐虞'五载修五礼'，《周礼》'十一岁修法则'。有一世一变的'刑罚世轻世重'。有永世不变的吗？有，那就是尊尊、亲亲、贵贵、长长了。"

"司马大人认为汉初之治都守萧何之法，是不确切的。萧何初始约法三章，后来变成九章，能说萧何自己不守法吗？惠帝行萧何法，剔除了挟书令和三族令。文帝剔除了诽谤、妖言和秘祝法，难道这不是变？"

司马光被吕惠卿这一顿有理有据的反驳弄得面红耳赤，而皇帝竟带几分欣赏的笑意看着吕惠卿。

司马光深深吸口气，稳了一下心神，说："《周礼》中的布法于象魏是布旧法，怎么能算变法？诸侯有变礼易乐的，天子出行，视察邦国州郡时发现了，就杀了。天子不允许变。至于'刑法世轻世重'，新国用轻刑，乱国用重刑。并不是变。"

吕惠卿道："布法于象魏，布的是旧法？世上从来只有除旧布新之说，哪有布旧法的？刑轻刑重，轻重是变，大小也是变。请问司马大人，要怎样才算是变呢？"

司马光说："治天下就如住家。房屋不是大坏就不修理，若是破败到不能住人，非得好工匠和好材料，否则就不重新修造。"

"大人说得对极了。世上没有不破败的房屋，也没有不变的法。无论小修大造，总是在变。如果不变，夏商周三代君王为什么没有给我们留下宫室？"

司马光无言以对。他求助似的望向殿中众臣，大家都稳稳地坐着，沉默着，没有谁有说话的意思。为了王安石的新法，他原本就窝了一肚火，今日给皇帝讲"萧规曹随"，好容易得到认同，却被吕惠卿这奸人搅了一棍子。心中的怒火到底按捺不住了，索性拿青苗法说事："你吕惠卿在朝堂之上，如何知道，民间放高利贷都能蚕食下户，何况县官威逼，老百姓能受得了？"

吕惠卿心里一声冷笑，终于说到青苗法了。这原本就是你一开始就想说的，却假惺惺地讲什么"萧规曹随"。当即说："青苗法规定，愿借的则借，不想借的不强迫。你说谁用官威逼债？"

"那些愚民只知借债的利，却不懂还债的害。如果到时还不上借款，官府不去威逼还债吗？最终都会变成赖债。"司马光针锋相对。

赵顼插一句："到目前为止，朕没有听到百姓说青苗法的弊端。"

司马光说："回陛下，臣是陕西人，前日老家来人说起青苗法，只见其弊，不见其利。"

吕惠卿接道："司马大人有这种想法也不足为奇，家里一向放高利贷的，穷人不来借钱了，不能坐收暴利，自然是只其见弊，不见其利了。"

吕惠卿说得轻描淡写，又真假难辨。然而，赵顼却深信不疑。他眼风一扫，这些听课的大臣，都正襟危坐，默不作声。但谁能说他们中间没有人放高利贷呢？

司马光一向自视清高，岂能受这等奇耻大辱。此刻也顾不得体面，结结巴巴地骂道："吕惠卿，你这奸佞，我与你无冤无仇，为何凭空污人清白？"

吕惠卿笑容可掬："大学士，你我都是读书人，在这朝堂之上，何必学村野匹夫骂人？下官是不是污你清白，你回家一问便知分晓。你说得对极了，你我之间并无仇怨，是在议论国事，你又何必骂人呢？"

赵顼忙劝解，说自古都有名士辩论，不必因此而生气。

众臣也有暗中看笑话的，司马光在人前一向道貌岸然，以君子自居，今日看来，也不过如此。

司马光一生苦读儒家经典，以博学闻名，又领头编纂《资治通鉴》，自认是当代纯儒，始终以"非礼勿视，非礼勿听，非礼勿言，非礼勿动"的君子行为来约束自己。做天子的顾问，进迩英阁讲学，更令他视为毕生的至高荣誉。可是今天，在讲堂上，吕惠卿让他下不了台。他是个读书人，虽有些心机，也很执拗，却没有学会如何控制自己的情绪。他骂吕惠卿"奸佞"，或许得到了某些大臣的认同，但这是在迩英阁的经筵讲堂上，终究是自己棋输一着，失了儒家风度。不论那些听课的大臣站在哪一边，他们都会耻笑自己。他懊恼又羞愧。而最可恨、最难以容忍的是吕惠卿当众说自己家里放高利贷，这更是丢了书香门第的脸面。读书人尊崇清贵的品德，贪财好利为正人君子所不齿。看当时的情形，皇帝与众大臣是听信了吕惠卿的话了。他不敢辩解，他怕吕惠卿手中握有把柄，令自己陷入更难堪的境地。

冬天黑得早，朱雀街上的歌楼酒肆已点亮了大红灯笼。

司马光一进家门，径直往书房去。丫鬟青儿和小月来替他更衣，脱了朝服，换上家常穿的藏青色棉袍。青儿见老爷脸色不比往常，轻声问老爷是现在用晚餐，还是过一会儿。

司马光却道："请夫人到书房来。"

夫人张氏，是司马光的父亲司马池的同僚张存之女。张氏容貌端庄，性情温良，与司马光恩爱有加。遗憾的是，她生育的两个儿子相继夭折。春去秋来，时光荏苒，张氏再也没能怀孕。司马光也没有纳妾的意思。张氏暗暗着急，不孝有三，无后为大，女子若不能为夫家延续香火，又不给丈夫纳妾，就犯了"七去"里的"妒"。她劝丈夫纳妾，司马光无动于衷。她托亲戚朋友介绍的年轻健康的女子，又被司马光一一拒绝。无奈之下，便先斩后奏。

某天晚上，张氏把买来的女子安置在内室，自己避开。司马光就寝时见陌生的艳妆女子坐在床沿，吃了一惊，随即明白这是夫人的美人计，便去了书房。那女子随后跟来，见司马光看都不看自己一眼，很不服气，顺手从桌上拿本书，问："老爷，中丞是什么书呀？"司马光退至门外，拱手道："中丞是尚书，是官职，不是书。"女子羞愧难当，连夜出了司马府。

张氏一计不成又生一计，趁回娘家赏花时与母亲商量，命一个颇有姿色的丫鬟在花园假装与司马光相遇，丫鬟羞答答的，司马光却对她说："姑娘，夫人不在的时候，你离我远一点。"后来，司马光为了打消夫人的顾虑，把哥哥司马旦的儿子司马康过继到自己名下，从此，他有儿子了。

然而，有人说，司马光如此决绝，看似对张氏情有独钟，实则是另有隐情。某次，在京都文人雅士的宴会上，一位风华绝代的歌女在有意无意间，总是看向司马光。忧郁的眼眸，似有无限心事想要对他倾诉。那一刻，司马光的心就在女子温柔多情的目光中缠绵辗转，生根发芽。从此，他的眼睛再也不会看别的女子了。之后，他填词曰：

宝髻松松绾就，铅华淡淡妆成。青烟翠雾罩轻盈，飞絮游丝无定。
相见争如不见，有情何似无情。笙歌散后酒初醒，深院月斜人静。

——《西江月》

词的上片极尽歌女温柔纤丽的姿态，下片以"相见争如不见，有情何似无情"开头，表示见了反惹相思，不如当时不见。人还是无情的好，无情就不会因情而痛苦。以俚语反衬歌女色艺超群，惹人情思。最后写人散酒醒之后的追思和怅惘。

闲话少叙。却说司马光的夫人张氏来到书房，问老爷有何事不能在饭桌上边吃边说，要到书房来。

司马光面沉如水:"夏县老家可是放过高利贷?"

张氏想了想,问:"老爷说的可是放债钱?"见司马光脸色不对,又说,"官宦之家,富裕之家,凡是有钱人家,哪有不放债钱的?帮穷人渡难关,是积德行善之事啊。有错吗?"

"别人放债钱,我不管。但我司马光家放债钱,就错了。"司马光急道,"放钱给人家可有收利息?"

张氏笑道:"看老爷问的,既是放钱,自然是要收利息的。世上哪有不收利息的债钱呢?"

司马光急道:"这么说,你也借钱给人家了?"

张氏见丈夫铁青着脸,忙道:"我一个妇道人家,大门不出,二门不迈的,到哪里去放钱给人家?只老家的侄儿每回来了,总说乡下穷亲戚要借钱买种子,或是买猪仔。你知道我心软,经不住劝,就给点儿钱让他回乡下放债。"

司马光一挥手,将书桌上的笔墨纸砚掀了一地。

这一夜,司马光辗转难眠。第二天天刚亮,便命管家昌平速回夏县老家,把放钱的数目,收多少利息问个清楚明白。

安石想,吕惠卿与司马光辩论的问题,表面是说法的变不变,实质是个天下观的问题。天不变道亦不变的观点,自古以来都占据着优势。在法的变不变上,吕惠卿是占了上风,但司马光绝对不会信服,以后还会把很多事情,联系到变法这件事上。

这日休沐,安石穿一身家常袍子,独自往城西刘家庄去。司马光那句"只见其弊,不见其利"令他不安。他变法的目的,是要让百姓受益而不是受害。去年从江宁来京城供职于翰林院,也是休沐闲逛到了刘家庄,认识了农民刘传明。今天他要去刘家看看。

冬天的原野空旷而辽阔。落叶的山林,裸露的土地,更见荒芜和贫瘠。太阳朗照着,北风却刀锋般冷峭。村外桥边,溪畔小径,有人大声说话。这种方言,说的那些事儿,都是在朝堂上听不到的,透着新鲜和野趣。安石每次来,总能感觉到异样的轻松愉悦。

刘家庄是一个百来十户的村庄，由于离京城近，有钱人家在城里做生意，把土地租给别人种。只有少数人家在村里靠几亩薄田度日。

安石进了刘传明的小院。他惊讶地发现，篱笆墙内，除了那株苍老的枣树，竟多了几兜修竹。虽是严冬，竹叶却青幽幽的。他正要张口询问家里有没有人，却见一只老母鸡带了一群雏鸡，从屋后沿着墙根吟唱着觅食而来。

这时，刘传明进了院，将锄头靠在墙边，跪在地上就磕头。安石一把拉起他："这是为何？"

黑红脸膛的汉子说："先前不知大人是宰相，小人多有冒犯。"

"宰相又怎样？"安石说，"不跟你一样俩肩膀扛一个脑袋。"

刘传明慌得双手乱摆："宰相大人，那可不一样。"又朝屋内喊，"孩子她娘，快烧水沏茶。"

安石笑道："别忙乎了，我们就在这院里晒太阳说话。"

刘传明忙进屋拖了两把小木椅出来，安放在避风处，请安石坐了，自己才斜着身子坐下。

太阳温暖地照着，枣树参差的枝丫洒下斑驳的光影。鸡群来来去去，远处偶尔几声犬吠，邻家孩子哇哇地哭。

安石感觉从未有过如此闲适。自入仕至今，已有二十七年，这么多年来，为一家人的衣食，为自己的职务，日复一日、年复一年地忙着，没有工夫坐下闲想。今儿在这寂静得只听得见风声犬吠的村庄，脑子空空，一如这辽阔的旷野。他什么都可以不去想，不去争，日出而作，日落而息。夏天搬张竹床在树底下乘凉，冬天倚着墙根晒太阳。

刘传明见他眯着眼睛，嘴角噙笑，不知何意。嗫嚅着问："宰相大人今日来寒舍，可是有事儿交代小人？"

安石笑道："没有事情就不许我来会会朋友吗？"又说，"我几个月没来，你家变了样子呢。"

刘传明取了头上的帽子，摸着后脑勺笑说："还不是以前那个样子。"

安石说："这几兜青郁郁的竹子很有生气，那一群热热闹闹的鸡娃充满了活力。这都是我上一次来所没有的，最令我惊奇的是你的眼睛里，有了一种难以言说的自信。这不是变化吗？"

"要说变化，那也是朝廷发放的青苗钱带来的变化。"

安石忙问："你觉得青苗钱怎样？"

"对穷苦的庄稼人来说，没有什么比青苗钱更好的了。"刘传明说，"一年当中，穷人最难过的是青黄不接这一关，政府发放的青苗钱，是帮穷人渡难关，是雪里送炭。"

安石笑道："这只是你个人的想法吧。"

"村里的老人说，历朝历代，也只有今年的青苗法才是朝廷对农民真正的恩惠。"刘传明急道，"并不是小人讨好宰相大人啊。我一个人说好不算好，大家说好才是真好。只是……"

安石见他吞吞吐吐的，话里有话，忙问："只是什么？"

"每年青黄不接之时，穷人向富户借钱，要托人作保才能借得到。人越穷，借到的越少，利息也越高，收利要五成以上。若遇灾年颗粒无收，哪有钱还债？穷人被逼卖儿卖女卖田地还债。

"而官府的青苗钱只收二成利，穷人自然就不借富人的钱了。富人的钱放不出去，没有了收入，就骂官府行使青苗法是侵犯了民众的利益。那些放高利贷的人，除了经商的大户，大多数是官宦人家。他们说，这个青苗法是害人的法，终究是行不通的。所以，村里的穷人担心明年官府不放青苗钱了。"

安石沉思着，觉得刘传明所说并非为了讨好自己。若不是身在其中，又怎知其中的利与害？吕惠卿说得不错，朝官县官都有放高利贷的，青苗法的施行，断了他们的财路。所以，才有那么多朝臣反对青苗法。也难怪司马光说"只见其弊，不见其利"了。

出了刘家庄，安石走上田间小径。放牛的半大小子躺在坡上晒太阳，牛在坡下甩着尾巴吃草。牛将枯萎的草在嘴里反复咀嚼，偶尔抬头哞一声，沉闷而悠长的声音很快就被空旷的原野吞没。

安石回到城中朱雀街，已是日上中天。街上的行人很多，店铺看上去生意不错，街边树下的小摊小贩吆喝着，有百倍的精神。歌楼瓦肆的丝竹管弦和着婉转悠扬的歌声，更显出太平盛世的景象。

安石在街上慢慢走着，闻着酒馆飘出的饭菜香，饥肠辘辘。他加快了脚步，赶回家吃饭。

忽然身后有人小跑到他面前，躬身抱拳说："相爷请留步。"

安石一看，笑道："这不是酿酒的江常吗？江师傅一向可好？"

江常是城南百子畈村人，有酿酒的手艺，农忙时种田，时节年下的，便在城里卖酒。去年腊月因卖酒与人争执，得遇安石解围，认定安石是个路见不平、拔刀相助的侠义汉子，二人结为好友。后听人说安石是副宰相。所以，方才见了，改口称"相爷"。

"托相爷的福，小人一向安好。"江常回道，"请相爷到小店坐坐，可好？"

安石随江常来到他卖酒的铺子。只见门楣上斜挑了一方青布帘子，写"梨花白"三个大字。铺子门脸虽小，店堂却很宽敞。十几口大酒缸油光锃亮，缸口用大红绸布包着，看上去极干净整洁。一个年轻人坐在柜台前，见他们进店，忙起身问好。

江常向安石介绍说这小子是他儿子，名江峰青。

"好名字。"王安石笑道。

江常忙说："我们这样的人家，能叫什么好名字？他小名叫福娃，后来因识得几个字，读了几句书，便自己改成这样，说是什么诗里的两个字。"

安石笑道："唐人钱起的诗，'曲终人不见，江上数峰青'。"

"正是正是。"江常连连点头，命儿子快去对面一品仙酒馆叫几个下酒菜来。

安石拦道："我从不饮酒，叫什么下酒菜？别破费了，倒碗茶来，喝了就走。"

江常一面催儿子快去，一面说："相爷可是请都请不来的客人，今儿好容易遇见，岂非天赐给小人的福分？哪有喝口茶就走的道理？莫非相爷瞧不上咱平民百姓？在我们村里，若有走乡串户的货郎来，遇上吃饭的时候，村里人也会邀请他到家里吃饭的。何况相爷是小人的恩人。"

安石笑道："到底是买卖人，说起理来一套一套的。好吧，我留下吃饭，但不饮酒。"

江常喜道："不饮就不饮，小人决不会坏了相爷的规矩。"又小心地问，"相爷，那官府的青苗钱是今年放了明年不放，还是年年有呢？"

安石见他问得奇怪，说青苗法是朝廷颁布施行的法规，是永远有效的，青苗钱也必定是年年要发放的。问："像你这样又种地又做买卖的，也要官府的青苗钱吗？还是对青苗法不满意？"

江常道："我是不要青苗钱，可我的亲戚每年都会向我借钱。我做的小本生意，虽略有盈余，毕竟有限，不能满足所有穷亲戚，就免不了要受一些闲气。现在好了，官府发放的青苗钱只收两成利，既帮了穷人，又解了我的围。我为何不满意？"

安石笑问："你的钱借不出去，就没有利息收入，你还满意？"

江常一脸真诚："相爷有所不知，小人在家里种几亩薄田，卖酒也是小本买卖。我一点钱只借给至亲，从未想过要重利盘剥。但如果不收点利息，又恐他们觉得借钱很容易，不肯出力劳作，所以我放的债钱，最多只收四成利。有的收了一点利息，几年不还本。有的干脆本息全无，我又不忍心逼他们。我一家人辛辛苦苦挣的钱，就这样损失了岂有不痛心的？若不借，又得罪了亲戚，骂我有钱人心狠，最终反目成仇。像我这样放债钱的，不是出于本心，而是迫不得已。官府向穷人发放青苗钱只收二成利，为我减了麻烦，哪有不满意的呢。"

说话间，江峰青回来了，身后跟了酒馆的伙计，提了两只食盒。

江常忙帮着摆开桌子，从食盒里取出一碟豉汁鸡，一碟五味杏酪鹅，一碟冬笋焖肉，一碟清炒小雏菊，还有一罐羊肉山药汤，外加十张烙饼。

安石笑道："我在家里从未吃过如此丰盛的菜肴，今儿在你家吃了，就是受贿了。"

江常站在他身侧，躬身说："以前不知相爷的官职，当相爷是意气相投的朋友，是小人有眼无珠。今儿小人斗胆说一声，若相爷还将小人当作朋友,就不算受贿。"

江峰青抱了陶罐来,摆上两只纯白薄胎瓷盅,比平常酒盅大。

安石道:"我说过不饮酒,不然,连你这饭都不吃。"

江常忙说:"相爷放心,这不是梨花白,是荷叶露。"

安石见他见斟在白瓷盅里的浅绿色液体,晶莹剔透,芬芳飘逸。情不自禁地端起酒盅,轻轻啜一口,惊道:"果然是荷叶的清香,甜而不腻,香糯醇厚。这分明是酒嘛,叫什么荷叶露,也是你酿的?"

江常给安石添一碗羊肉汤,回道:"是祖上传下来的秘方,还真不是酒。因家人爱喝,小人每年都会酿两三坛,只喝不卖。相爷若喜欢,待会儿带一坛回去,保管喝不醉。"

安石摆摆手:"像你这样既种有田地,又经营着买卖的,在这条街上,怕有不少人吧。他们又不需要青苗钱,对青苗法就没有一点怨言?"

江常正揀了块鹅肉,见安石问话,忙将鹅肉放在自己的碗里,说:"别人怨不怨,我不知道。我是有顾虑的。"

"为何?"

"承蒙我们村子的老人看得起,让我做户头,这可不是什么好差事,又推托不了,只得硬着头皮做了。青苗法规定,十户为一保,我是户头,今年十户有七户借钱,到收粮时要本利全清。如有差欠,就由其他户赔偿。我思虑的是,到时若有还不上钱的,谁会白白地替他们赔偿呢?"

安石喃喃道:"拔一毛而利天下,不为也。"见江常迷惑地看着自己,笑道,"古人说,一个人仅仅是拔掉自己的一根毛发,就可以利于天下,但即使是这样也不愿意去做。"

"那这人也太自私了。"江常说,"朝廷颁的法规,百姓有怨言也属正常。不是每一项法规,都能惠及每一个人。比如,我们村的杨家。杨老爷是做官的,十几口的大家子,不种田,不做买卖,靠什么养活?靠的是放债钱。这放钱的利息比杨老爷的薪俸不知多多少倍。如今,他家的钱没人借了,没有了利息进账,不是要坐吃山空了?"安石对青苗法的利弊，已了然于胸。

从江常的铺子出来，安石自觉有了些醉意，暗道一声，上了酿酒人江常的当了。

今冬雨少，大风起处，黄沙弥漫。

第十七章　司马光反青苗法 张方平出谋献策

年关已近。长街上的店铺，路边的小摊已飘逸着年的味道，京中人家开始操办年货了，司马府却笼着一片哀愁。

管家昌平从夏县老家带回消息说，司马旦的儿媳因债钱的利息纠纷被人误解投水自尽，儿子司马英也因此卧病不起。司马光与哥哥从小感情笃深，哪能不悲痛欲绝。他将这家门不幸归咎于青苗法，王安石便是罪魁祸首，与他有不共戴天之仇。他暗暗发誓，总有一天，他要把王安石颁布的新法一一推翻。

腊月二十三，小年。司马光在府上宴请挚友翰林院学士、通进银台司长官范镇。令他意外的是，尚书都省张方平、右言正李常、知谏院孙觉也来了。虽心下疑惑，却也笑脸相迎，如好友般同等招待。

李常和孙觉是王安石好友。张方平三年前升任参知政事时，司马光当面反对他受此重任。后张方平因守父丧离开朝廷，近日服丧期满，回朝任判尚书都省。

司马光想这三人都不能算朋友，便不说朝中事，只频频劝酒。

酒过三巡，范镇说自王安石执政变革以来，朝堂不安，虽有谏官进谏，却屡屡遭贬。前儿吕公著上疏说"自古以来有作为的君主，没有失去人心却能图治，也没有能胁之以威、胜之以辩却得人心。过去所谓的那些贤能之人，现都认为青苗法是不对的，但发出议论的人把这一切诋毁为流俗浮论，难道过去是贤能而现在都是不肖吗？"又说吕惠卿"固然有才能，但奸邪不可以任用"。

说到此，范镇一声叹息："吕公著怕是要遭贬了。"

孙觉说："均输法的实质是夺商贾之利，青苗法更是直接搜刮民脂民膏。这两条新法已施行天下，百姓纵是深受其害，叫苦连天，制定新法者，又怎能看得到、听得见呢？"

司马光对孙觉刮目相看，忍不住道："你我从小就读儒家经典，懂得国家只能以仁义爱护子民，岂能以功利夺取民财？民毙则国亡，这浅显的道理，谁不明白呢？如今王安石乘国库稍乏，大倡功利。皇帝年轻，不谙世事，一时被他迷惑。如果我们视而不见，或者见前臣每谏必黜，计个人得失而畏缩不前，将来又有何面目见先帝于地下？"

司马光向来沉稳持重，这番激越的言辞，范镇等人是第一次听到。

范镇说："我不怕贬黜，只是觉得像以前一样进谏，毫无意义。就算被贬，也要有所值。我们说的道理，皇帝不懂吗？不是。是皇帝需要改革，而王安石投其所好，否定先王的法规，别出心裁地制定出一系列新法。现在的局势是，大臣谏，天子贬。如果我们依然不避刀斧去进谏，依然不能解决问题。"

李常说："范大人说得极是。朝廷上下，谁不知新法的害处？为了自身的利益，都不说话了。我是谏官，我的谏言，皇帝一句也听不进去。有时我恨不得以死谏君，与王安石同归于尽。"

司马光心里的恨无处安放，李常的话正合了自己的心意。见他酒杯空了，忙给他斟满。

"千万别蛮干，杀人不是上策。"范镇忙道，"新法已经施行，没有了王安石，还有吕惠卿等人。你没见已经启用了曾布？条例司那几位可不是泛泛之辈。"

一直没吭声的张方平叫着李常的字说："公择，你与王安石不是好朋友吗？他曾点名要你去条例司，今儿怎的说出要杀他的话来？"

李常脸红了，不知是酒的缘故，还是因为张方平的问话。他说："我同介甫的关系确实很好，也极崇拜他，还求他调我去条例司。直到青苗法颁布，家里捎信来说青苗钱的祸害，这才与他疏离，也离开了条例司。我现在是谏官，责任更加重大，又无法阻止新法，只有拼了这条命与他同归于尽。"

张方平笑道："你这是最笨的办法。因为青苗法阻止了你家放债钱而杀了曾经的好友，人们会骂你是忘恩负义之徒。王安石的新法是得到皇帝的准许才得以实施的。所以，无论多少人进谏言，也无济于事。"

司马光见他悠闲的样子，急切地问："你可是有好办法了？"

张方平悠然道："以暴易暴，以乱治乱。"

司马光、范镇等人几双眼睛紧盯他。

张方平道："他在上面施行新法，如果有人在州县把水搅浑，再一级级报上来，皇帝也辨不出真假。"

司马光犹是不解，却也不去想张方平是否跟他一条心了，只追问怎么个乱法。

张方平说："青苗法对一般穷苦百姓确有好处，只是他们不明白这是官府对他们的搜刮。任何事物都有它的两面性，有人反对，自然就有人拥护。不得不说，王安石制定的青苗法是很灵活的，愿借的就借，不愿借的不勉强。如果下面州县官吏强迫所有人借呢？按户借入，到期付息。有钱的富户就会跳起来骂娘，自己的钱借不出去，赚不到利息不说，还被迫借官府的钱，付给官府利息。他们会说青苗法好吗？这些乡下的土财主起来反对，不比我们这些谏官的谏言强千倍万倍？如此一来，不就乱了吗？"

李常拍案叫绝。

司马光迟疑道："青苗法由三司条例司颁发，中书省审核，明文规定自愿借给。怎能强借？"

范镇笑而不语。

张方平显得很有耐心："青苗法的规定自然是全面而严肃的，但条例司又没有人亲自下到各州县去督办。有道是山高皇帝远，州县官吏怎么执行的，谁也不知道。若是执行错了，传到京城也是几个月以后的事了。到那时再扭转，绝非易事。"

李常笑道："青苗法里没有说城中居民借不借青苗钱，如果我们逼居民也要借，岂不是乱得更快？"

"可我们家里没有人在州县做官啊。"司马光还在忧虑州县的事。

"可我们有朋友在各州县啊。"李常说，"还有那些因为反对青苗法被贬出的谏官，把他们联络起来，是比三司条例司更强大的力量。"

张方平暗自思忖，李常脑子转得好快，还真是个人才。王安石虽以智识渊博闻名天下，却不识人。三司条例司曾经的成员陈升之、苏辙，还有这个李常都背他而去，曾经都是想借他和三司条例而飞黄腾达。他处心积虑的变法若不败，那真是天意。

一连下了几天的雪停了，汴梁城迎来一个晴朗的新年。

大年三十，王府内外井井有条。高悬的大红灯笼，精妙的剪纸窗花，一派喜气洋洋。吴夫人前前后后地看了，对管家王谢的安排极为满意。儿子王雱从旌德回京过年，已于昨日下午到家。

吴夫人又是欢喜又是忧愁。喜的是锦瑟已有三四个月的身孕，她快有孙子了。愁的是锦瑟因为收拾屋子，累得浑身酸痛，今儿竟不见起床。万一有个好歹，那怎么得了？

安石心里也着急，却板着脸说夫人太过多虑，女人第一次怀孕自然要娇贵一些，第二次怀孕就经得起摔打了。

吴夫人失声笑道："怀孕了还经得起摔打？你当是猫儿狗儿呢。"

说归说，笑归笑。安石亲自去请来一位交情颇好的太医给锦瑟瞧了，说锦瑟是累着了，所幸并未动胎气。为保险起见，当即留了安胎的药方子，先吃几剂再看。吴夫人一颗悬着的心这才归位，命江歌速去城里最好的药房把药拣回了，交与厨下的沈妈煎去，又交代锦瑟的贴身丫鬟丁香好生侍候着，有事随时来报。

吴夫人转身到书房，见安石正奋笔书写，便立在一边。

安石头也不抬地问："有事儿？"

吴夫人道："今天是旧年的最后一天，老爷难道不应该把自己从头到脚也打扫一下？"

"你是叫我洗澡？"安石皱着眉头，"这大冷的天，洗什么澡？"

"江歌早就升了火盆，烧了热水，能有多冷？"

吴夫人见他半天不动，心念一转，吟道："夫面垢不忘洗，衣垢不忘浣。此人之至情也。今也不然，衣臣虏之衣，食犬彘之食，囚首丧面而谈诗书，此岂其情也哉？凡事之不近人情者，鲜不为大奸慝。"

安石放下笔，盯着妻子："你读过《辨奸论》？记得如此清楚？"

吴夫人道："苏洵可是闻名天下的才子，这篇文章早已传遍京城，我为何不能过目成诵？"

"你觉得这篇文章真是苏洵写的？"

"就此文的文风来说，是苏洵无疑。只是你与苏洵并无交集，他对你怎能如此了解？知道你不爱洗澡？这几句话，他像是一面捂着鼻子，一面写的。听说这篇文章写于嘉祐三年（1058）你给仁宗帝上万言书的时候，那时，他就知道你要做宰相，要助当今天子变法？"吴夫人说着，不禁莞尔，"苏洵还真是先知先觉。只有一点他说错了，自古以来，奸邪狡诈之徒，大多是衣冠鲜明、言谈高雅之辈。"

安石淡然一笑："夫人说这许多，无非想要我洗澡。叫江歌拿我的换洗衣裳来，我也来个除旧迎新。"

大年初一的早晨，汴梁城的爆竹声此起彼落。王谢带家里用人给老爷夫人拜年，更有隔壁左右的邻居相互往来拜年，热闹而喜庆。

安石立在门外，望向东边天际喷薄而出的一轮红日，禁不住吟道：

爆竹声中一岁除，春风送暖入屠苏。
千门万户曈曈日，总把新桃换旧符。

——《元日》

吴夫人在他身后笑道："老爷以欣喜欢快的笔调，描绘佳节辞旧迎新、喜气洋洋的景象。最后一句，怕是包含了对正在施行的新法踌躇满志和志在必得的心情吧。"

安石笑而不语，反身回到书房。吴夫人随后跟来，往砚池中倒了一点清水，拿了半截墨条慢慢磨着，细润无声。

果然，安石铺纸，抄笔，蘸墨，把方才吟诵的《元日》抄录下来。说："大宋朝需要革除积弊，就如同今天人们把旧的桃符换成新的桃符一样，革除旧政，施行新法。新生事物总会取代旧的事物，我对正在施行的新法不是踌躇满志，而是怀着美好的憧憬和信心。"

大年初二，年假朝休的日子。范镇向皇帝上了一道疏，观点明确地说，青苗法是从百姓身上取利，是不仁义的。民间原本就有借贷，朝廷又搞青苗钱。就好比人家在那里摆摊做买卖，朝廷也去人家旁边支个摊子，卖同样的东西，却比人家的价格低几倍。这不明摆着抢人家生意，拆人家的摊子吗？百姓怎能不起而反之？

最先闹起来的是开封府，原因是开封府的居民被迫借了青苗钱。城市居民没有田地，做买卖的根本用不着，还要按期还利息，实在是一种变相的搜刮。所以，便聚集起来请求朝廷废除青苗法。

赵顼拍案而起，命李宪速传条例司人来见。

这日，正是吕惠卿在条例司衙门值守。见李宪来传，便知有大事，忙随他来到福宁殿。

赵顼把开封府居民的请愿书扔给吕惠卿。

吕惠卿看了，不慌不忙地说："陛下，这请愿书里最关键的两个问题，是超出青苗法规定之外的。一则青苗钱只针对农民，不包括城市居民。二则青苗钱愿借的就借，不愿借的不强求，绝没有抑配的事。"

赵顼指着请愿书，沉着脸问："既如此，那这是怎样一回事？"

吕惠卿回说："这就是开封府执行者的事了，没有人能代替地方官行使任何命令。"心里却想，当初制定青苗法的法规，颁发之前，你是亲眼看过的，怎么就发龙威了？又猛然想到，苏轼是开封府推官，莫非这小子做的手脚？

赵顼说："城市贫困居民应该借给，至于强迫均配的，要予以严斥。"

几天后，右正言李常、监察御史里行张戬上报说，某些州县发放青苗钱，不出本钱，却强迫民众还利息。

安石觉得此事过于蹊跷，便请李常张戬二人说出无本贷款州县的名字。无奈，此二人坚决不说。后又五次下诏书，命他们说出这些州县名字，都被范镇封还。

通进司掌收银台司，领天下章奏案牍和文武近臣奏疏进呈以及颁布之事。也就是说，通进银台司的职责是，上传民间实情，下达皇帝的旨意。

范镇是通进银台司长官，他有权力有机会拒绝传递王安石要求李常张戬说出无本贷款州县的诏书。

熙宁三年（1070）正月二十二，朝廷颁诏说：诸路常平、广惠仓给散青苗钱，本为惠恤民乏，今虑官吏不体此意，均配抑勒，反成骚扰。今令诸路提点刑狱官体量觉察，违者立以名闻，敢阻遏者亦如之。

赵顼很是气恼，说这个年过得可真够热闹的。

安石叹道："陛下现在知道为什么天下议论纷纷了吧。"

赵顼说："是朕用人不当。"

"陛下立法，宰相动摇于上，御史动摇于下，藩镇动摇于外，又无人替陛下保驾护航，怎么能不议论纷纷。"

赵顼深以为是。

二月初九，青州知州欧阳修向皇帝连上两道札子，说青苗法有百害而一利，请求收回成命。他认为，青苗法是朝廷向农民放钱取息，谋求利益。他最担心的"强制、抑配"问题，已在其他地方发生，这无疑是扰民害民。所以，他在自己的治下青州，拒绝施行青苗法。

二月二十一日，河北安抚使韩琦的奏疏送上了赵顼的龙案。

奏疏大意为，朝廷颁布青苗法的初衷是好的，但下面州县的官吏执行起来，怕是没有预期的那样好。最容易发生的是"抑配"。富人不需借贷，需要借贷的穷苦百姓借了，很可能到期还不上。民间借贷利息虽高，但官府不管。即使到期还不上，官府也不过问。青苗钱则不一样，如果到时还不上，官吏会百般催逼，说不定还会棍棒相加，百姓将不堪其苦。

在赵顼心里，欧阳修、韩琦是有功的老臣，对朝廷的忠心日月可鉴。尤其是韩琦，办事风格虽有些倚老卖老、跋扈专横，但治国能力强过欧阳修和富弼。他这份奏疏说的有理有据，是极有分量的。

赵顼犹豫了，开始对自己想要的革除社会弊端产生怀疑。可眼前，国家的现状是国库空虚，边事不宁，世风混浊。如果不进行变革，大宋哪里还有出路？是青苗法不实用吗？原想造福于民，充盈国库，却不料害民如此。

他拿起奏疏重读。心中蓦然闪出一个念头，青苗法的施行真如欧阳修、韩琦所说？孰真孰假还不一定呢。当即命李宪传王安石觐见，转念又说暂不见王安石，先叫曾公亮来。

曾公亮读罢韩琦的奏疏，沉吟着不说话。

赵顼知他个性，任何事情，都不随便发表意见。便试探着说："曾爱卿，青苗法既是扰民害民的法，不如罢免了吧。"

曾公亮吃了一惊，忙说："陛下，罢免青苗法可是大事，还得请介甫来当面商定。毕竟，他掌管三司条例司，是青苗法的制定者。"话音未落，便见王安石跨进门来。

曾公亮暗自一喜，幸亏没有自作主张。

赵顼道："王爱卿来得正好，看看韩琦的奏疏吧。"曾公亮正拿着韩琦的奏疏，忙递给王安石。

安石一目十行地读了，说："陛下，条例司制定的青苗法收利二成，韩大人'今借钱一千，纳一千三百'，他改为收三成利，是何用意？如此扰民害民，激起民怨，谁之过？陛下若认为他是对的，臣也无话可说。"扭头扬长而去。

赵顼本来怀疑韩琦的话有不实之处，而此刻，王安石目无君上的无礼行为，却激起他心中的怒火。若没有朕的提点，你王安石是什么？又能做什么？你能制定新法，施行新法，朕就能罢免新法。涨红着脸对曾公亮说："无论何人制定的法，只要对百姓不利，就该罢免。青苗法既是害民的法，也不例外。传朕的旨意，罢免青苗法。"

曾公亮忙道："陛下莫急，老臣这就吩咐下去，对青苗法在各路施行的效果进行查证。若真如韩大人所说，再行罢免也不迟。"

赵顼冷静下来，觉得不能意气用事，便同意了曾公亮的建议。但是，忧虑、焦灼交织着，一时心绪难平。自登基以来，为了国家，为了百姓，他倚重王安石锐气变法，革除积弊。他要给大宋王朝一个清平盛世，一个辉煌的前程。可现在，新法刚刚施行，便出现这许多事端，引起大多数朝臣的反对。是朕错了，还是王安石的立法错了？过年的日子，喜庆的日子，天下人围着火炉斟酌的日子，他却接连收到有关青苗法的奏疏。他不敢有丝毫懈怠，可又能怎样呢？如果他的努力、勤奋和责任心，能使天下粮仓充盈，边境无战事，百姓安居乐业，他又怎能不舍得使尽全身力气？此刻，他脑子乱糟糟的，便往后花园走去。

穿廊过巷，他踏上通往花园的小径，二月的风依然冷峭刺骨。园子里除了那些终年青翠的松竹，再无一丝鲜活之气。他感觉自己正行走在荒无人烟的原野，天地之大，江湖之远，庙堂之高，都在他的掌控之中，可谁是他能信任的人呢？

忽然，一缕馥郁之气绕肩而来，赵顼心神为之一振，梅花开了。他快步往梅园来。梅林一片沉寂，只有几株老梅树，瘦骨清奇的枝干上，点缀着点点胭脂一样的花苞，有的已悄然开放。北风越冷，花香越清冽。他如石雕般立在梅树下，想起少年时读的唐人黄檗禅师的一句诗：不经一番寒彻骨，怎得梅花扑鼻香。此刻，才真正明白这句诗里蕴藏着的深刻道理，在走向成功的道路上，必将接受许多挫折和考验，只有经受住了这些挫折和考验，才能真正走向成功。

第十八章　儿女情浓共携手　落花流水仍依旧

安石没有上朝。

吴夫人暗自奇怪，这年也过完了，假也休完了，怎么还窝在家里？看上去也没病没痛、能吃能喝的。若说黑着脸，他的脸原本就很黑呀。是出事了？但什么事能让他放下朝廷的正经事不管而在家里闲着呢？

这天，安石吃过午饭，搁了碗就往书房去。

吴夫人随后跟来，见他背着手立在书柜前，又不见他选择书卷，倒是满腹心事。忍不住问：“相公无病不朝，可是跟皇帝置气？”

安石转身走向书案，笑道：“夫人真是聪慧。”随即又问，"因何判断我是同皇帝置气？"

二月天气还是很冷。江歌来书房给火盆加炭，先把快要烧尽的木炭从炭灰中攥出来间隔着架好，再码上新炭。快熄灭的木炭又慢慢地燃起了火星。

待江歌退去，吴夫人说：“除了皇帝和新法，没有人能令你如此。”

"此话怎讲？"

"我猜想是新法在各州县施行的效果引起了纷争。若是大臣们反对，你根本不以为意，反而会振奋精神。唯有皇帝对新法失望而动摇了改革的信心，你才会以此表示抗议。"

安石在椅子上坐直了身子：“你还真说到点子上了。欧阳修、韩琦等老臣像约好了似的，前后上表，说青苗法如何损害百姓的利益，如何搞得天下不宁，提出罢免青苗法。”

"皇帝对此是怎样的态度？"

"前儿我想，新年伊始，朝廷的事务得好好地安排一下，便去见皇帝。哪知他正同曾公亮议论韩琦的奏疏，说青苗法如此扰民害民，是不是应该罢免了。"

吴夫人沉思道:"曾公亮是宰相,皇帝找他商量是应该的。但此人凡事不做主,也不得罪人,又是如何回答这个问题呢?"

安石奇怪地看了她一眼:"这你也知道?"

"朝廷,不就是一个大家庭吗?"吴夫人笑道,"天下人对你们那些朝臣的个性,不说了如指掌,也是八九不离十的。"

安石道:"天下人未必凡事看得清,对人也是有误解的。曾公亮敦厚庄重,办事细致周密,从无妄言。对他人的恶意不解释,不计较。这样的人,比那些表面上讨好,却在暗中耍奸使诈的人强一万倍。"

吴夫人忙道:"我是在翰林院李学士儿子的婚礼上,听人议论的。"

安石道:"那天我刚进门,就听曾相说:'罢免青苗法是大事,当与介甫商议。毕竟他执掌三司条例司,是青苗法的制定者。'我当时看了韩琦的奏疏,他将青苗法规定的借钱一千纳息二百,改成借钱一千纳息三百,又说了青苗法的种种不是。我气恼的不是韩琦在奏疏上说的话,我气的是皇帝不辨是非。作为一代君主,对事物没有独立清晰的认知,人家说什么他都信,将如何完成改革大业?"

吴夫人深知丈夫的秉性,对认定的事执着坚定,但还是说:"既然朝臣们反对,皇帝也不支持,那就算了吧。你看看人家,坐在府衙里动动嘴皮子,上下巴着,官运亨通。你如此劳心费力不讨好不说,还结下一帮子仇人。何必呢?"

"何必?往大了说,是为了黎民百姓。往小了说,是为了施展自己的抱负。"话是这样说,到底掩饰不住眼底的落寞。

这时,只见王雱挑帘子进来。安石皱眉道:"这年也过完了,你还不回旌德吗?"

王雱垂首道:"父亲,孩儿在旌德三年期满,是回京向朝廷述职的。"

"你在旌德有三年了?"安石道,"述职之后,何去何从还是听朝廷安排吧。"

吴夫人埋怨似的盯了他一眼,又转头看儿子。

王雱说想留在京中,一来锦瑟有了身孕,二来可以帮父亲一把。

安石笑问："你能帮我什么？"

王雱似深思熟虑："父亲的变法，一是要依赖皇帝的绝对支持；二是要有绝对支持变法的朝臣和下属。皇帝若动摇，父亲所制定的新法随时都有罢免的可能。朝臣反对，施行新法就会有障碍。你们三司条例司的成员，像陈升之、李常这类人，不过是为了往上爬才依附父亲，一旦达到目的便翻脸，便与反对者一起反对新法。孩儿必是绝对支持和维护父亲的。"

安石暗想，原来儿子比我看得更清楚。但他并不想承认自己识人无方。说："皇帝是支持变法的，眼下虽有些动摇，那也是听了韩琦欧阳修的片面之词，而且，反对新法的谏官均已贬出京城。至于陈升之这类小人，只是个别而已。"

王雱又道："皇帝有没有文韬武略，是否真的懂得变革对于国家的意义，孩儿就不说他了。那些被贬的朝臣，曾在朝堂上公开反对新法，你把他们赶到地方上去，他们就不反对了吗？到地方上，他们就是一县或一州之主，朝廷命他们在州县施行新法，他们会听吗？山高皇帝远，只怕他们对新法的歪曲诽谤会更加肆无忌惮。"

安石听了儿子这番分析，不免心惊。韩琦、欧阳修、富弼这些有资历的老臣，何尝不是在下面有意破坏新法。

但又何止是这些被贬到地方上的老臣，在朝的司马光、范镇、张方平等人，对青苗法几乎是群起而攻之。他们提出问题的焦点，是官府向百姓放贷收息是不是聚敛？是不是与民争利？这种收入是否利国而损民？作为国家在百姓身上谋取利益，是不仁义的做法。

其实，他们所说的"民"指的何人，不言而喻。他们攻击青苗法的一个重要原因，便是要保护放高利贷的富翁和某些官员的利益。这些，皇帝心知肚明。安石对他们提出的问题也一一作出了回答，并申明，青苗法所获取的钱财，将用于农业生产，用于边防建设，是取之于民、用之于民。

但皇帝似乎不再听安石与反对者的辩论，他毕竟太年轻，已经承受不了来自各方的压力了。

想到这些，安石不免烦躁，挥手命儿子和夫人离开书房。他要安定心神，想办法再度唤起皇帝对新法的信心，从而给予他最坚定的支持。

王雱回到卧房，不见锦瑟，便到东厢的暖阁。因他常年在旌德任上，家里没有他的书房。这次回家做了留京的打算，见父母亲不用暖阁，便命江歌收拾干净，自己做了书房。

锦瑟正在暖阁里，坐在火盆边，捧一页纸读得入神。

王雱怕吓着她，加重脚步走至她身边坐下。

锦瑟抬头，一双清澈的眸子里，笑意盈盈。

王雱向她手中的粉笺看去，原来是自己填的一阕《倦寻芳慢》：

露晞向晚，帘幕风轻，小院闲昼。翠径莺来，惊下乱红铺绣。倚危栏，登高榭，海棠经雨胭脂透。算韶华，又因循过了，清明时候。

倦游燕，风光满目，好景良辰，谁共携手。恨被榆钱，买断两眉长斗。忆得高阳人散后，落花流水还依旧。这情怀，对东风、尽成消瘦。

王雱笑道："早年写着玩儿的。不值一读。"

锦瑟却道："怎么不值一读？我读着，似与你一起在微雨后的黄昏，踏着碧绿的小径，看鸟儿在落红铺满的草地上嬉闹，看雨后海棠更加迷人的胭脂色。"似觉得美的不真实，顿了一下，又接道，"你游燕时的狂朋怪侣早已散去，遗憾的是，如今我不能充当你的游伴，不能伴你随意挥霍青春年华。纵然是良辰美景，也不过是虚设了。"

王雱听她这番解析，笑道："这词不过是我年轻时的游戏之作，你怎的把自己也幻化进去了？"

锦瑟也自觉多情，低眉笑道："虽是游戏之作，却也是由景及情，寓情于景，将那物是人非之感发挥得淋漓尽致。尤其'恨被榆钱，买断两眉长斗'之句，清新婉倩，人所不能及。"

王雱道："你对这阕词竟有如此透彻的理解。"

锦瑟抿嘴一笑："我也有过不少的游戏之作呢。只不如你写得这般好罢了。"

"快拿来我看看。"王雩很是兴奋，轻轻推着她的臂膀笑着催促。

锦瑟如何耐得住他这般孩子气的纠缠？便唤在门外候着的丫鬟丁香，去卧房把梳妆台抽屉里的匣子拿来。

这是只紫檀木的匣子，匣盖上镌刻着的牡丹花瓣，闪烁着暗紫色的光。王雩捧着看时，鼻端隐约闻到一缕清芬。里面只有一本用薛涛纸装订的簿册，心里越发惊奇，便取出展开，竟是一色蝇头小楷写的词。抬头是两阕《清平乐》。

大寒

不争腊雪，不见青青叶叶。玉面檀心香馥烈，恰遇大寒时节。

一枝摇漾芬芳，清奇与我相当。檐下摘来霜朵，镜前描个梅妆。

王雩读罢附在锦瑟耳边笑说，待会儿你描个梅妆我看，若不描，我可不依。又往下读。

海棠花谢

古城春早，柳岸萦芳草。一霎东风吹袅袅，瘦损海棠多少。

衔泥燕子双归，归来莫啄花衣。绣个锦囊拾起，拢香欲待谁回。

"你绣的锦囊呢？是不是装满了海棠花瓣？快拿来送与我。"一面说，一面想，这小令写得清新明丽，灵动自然，透着少女的纯情和娇憨。往日倒是小瞧她了。

下面是一阕《菩萨蛮》：

暮归

楼台倒映江寒碧，垂虹桥上车流急。倦鸟过霜空，暮飞相与同。

故乡归不得，极目烟波隔。人静月窥窗，闲愁天样长。

王雱毕竟少年心性，年轻伴侣两地分居，颇能体会妻子"人静月窥窗，闲愁天样长"的闺房寂寞。但还是笑道："今年中秋节我不是回家住了半个月吗？你真是这样想念我？"

锦瑟低眉浅笑，只不肯说"想念"二字。

王雱捧着诗笺往下翻，忽见丁香挑门帘子进来，说大管家请大爷到前面有事儿呢。

王雱不知王谢找他何事，便将诗笺收进紫檀匣子里，对锦瑟说去去就来。走到门边又回头道："匣子先搁我这儿，过几日再还你。"出了书房往堂屋来。

王谢见了，忙迎上来悄声说："曾布大人来找老爷了。"

"曾子宣？他是三司条例司的人，来找老爷肯定是条例司有事儿。"

王谢说："曾布进门时，一脸的焦急，怕不是好事儿。老奴见大爷与曾布有些往来，便想着跟大爷说一声，也好有个准备。"

王雱皱着眉头："老爷这两日不上朝，定是因为新法与皇帝有了争执。我能准备什么？我的话，老爷哪里听得进去。"

王谢见他突然满脸通红，额头冒汗，心里后悔不迭，我怎么把他的病忘了呢？若是旧病复发那可不得了。早知他对这事儿如此上心，打死我也不会跟他说。忙向八仙桌上的暖壶倒了茶，安慰道："大爷先喝口茶，待会儿曾大人出来，向他仔细打听了，再作打算可好？"

王雱接过茶碗："你去守着，曾大人一出来，即刻来报。"

原来，赵顼见王安石前天不辞而别，又两日不上朝，忍在肚子里的火又窜上心头。不上朝算什么，想要离开朝廷也是朕一句话的事儿。难道离了你王安石，朕就不过日子了？便召翰林学士司马光觐见，命他代拟答韩琦诏书。

司马光接过韩琦的奏疏，揣摩不透皇帝的意思，问如何答复？

赵顼说，韩琦身在边境，心系朝廷，是难得的忠臣。应加以慰勉。

司马光回到翰林院，看韩琦的奏疏是请求废除青苗法。皇帝要加以慰勉，不就是同意了他的请求？但不敢十分确定，便揣了奏疏到御史台，拉李常单独叙话，如此这般地说了皇帝命他代拟答韩琦诏的事。

李常欢喜道:"姜果然是老的辣。韩大人把利息从二成提到三成,农民哪有不怨之理?我们连想都不敢想。韩大人有宰相的魄力,却无缘宰相之位,你我徒叹奈何。"

司马光嘿嘿冷笑:"若是废除了青苗法,王安石还有脸待在朝中?就算他想留,皇帝也未必肯。今儿命我代拟诏书,就是要安慰勉励韩大人。难道韩大人就不能复相?"

李常恍然大悟:"我如何就没想到呢?王安石仗着皇帝年轻可欺,说些治国理念以博欢心。皇帝也是求治心切,听信王安石的鬼话,认为富国强民非常容易。韩大人的奏疏可谓一记警钟,令他醒悟。若韩大人复相,实在是朝廷之福、天下人之福啊。"

司马光却想到了别的:"王安石称病不朝,必是皇帝已同他说了要罢免青苗法。以王安石的个性,满朝之中会有谁令他如此?"

李常一拍大腿:"那就太好了,青苗法一罢,我们就把王安石赶出朝廷,决不能心慈手软。"

司马光道:"心慈手软?满朝之中,谁愿意同他共事?天不早了,我要去拟诏书了。"

李常笑道:"快去快去。我要把这好消息告诉几个朋友,明儿我设宴,犒劳你代拟诏书的辛苦。"

司马光回到翰林院,压抑着兴奋,铺笺挥毫,俄顷而就,又读了几遍,对自己的措辞很是满意。因为皇帝的诏书都要由中书省发出去,便命人送至中书省。

曾公亮收到司马光代拟的答韩琦诏书,大吃一惊。这诏书要是发出去,就是诏告天下罢免青苗法,王安石的新法将彻底废除。韩琦若真的复相,自己的相位难保。但在这个岁数上致仕归田,也没有遗憾。只是,曾在皇帝面前竭力举荐王安石,而王安石一心想改变大宋积贫积弱的现状,新法刚刚开始施行就被废除,直如儿戏一般,岂不令天下人耻笑。

他左思右想,王安石不在朝中,至少得让三司条例司的人知道这份诏书的内容。便命自己的心腹去条例司衙门找个人来。

不一会儿，曾布来了，问相爷找他何事。

曾公亮说："这事儿原本不必告诉外人，但事关新法，介甫又不在，你看看也好。"便将司马光代拟的答韩琦诏书递给他。

曾布读到"今士夫沸腾，黎民骚动，乃欲委还事任，退居便安。卿之私谋，固为无憾；朕之所望，将以委谁"这几句话时，问这可是皇帝的意思？

曾公亮说前儿同皇帝说好了，待派专人察访清楚了再作决定。今儿看这诏书的意思，是决定要罢免青苗法了。

曾布道："我不信皇帝不与辅臣商议，就私自罢免新法。谁说不是司马光从中搞鬼，私传圣旨。"又道，"相爷，我能抄下这道诏文吗？我要去见王大人。"

曾公亮微眯着眼睛，点点头。

这便是曾布来找王安石的起因。

曾布说了来意，将抄录的诏文递给安石。

安石一目十行地看了，笑道："虽是司马光起草的诏书，却是皇帝的意思。韩琦、司马光想做宰相，我退出，决不与他们争。"

曾布急道："相公看清楚了，这不是他们想不想做宰相的事，而是要罢免青苗法。"

安石道："韩琦在自己的治下把利息从二成提到三成，违背青苗法规定而造成的民怨，皇帝不处分，反而站在他的立场去看待问题。"

"难道相公就不想再争一争？就让他们这样轻易地罢了新法？大人曾经给先皇的万言书，给当今天子富国强民的建议，原来都是一纸空谈。"曾布有些激动，说话不管不顾。

安石理解他的心情："子宣，这不是我同韩琦、司马光之争，而在于皇帝的立场。如果皇帝决定罢免新法，我能争什么？如果皇帝支持新法，纵是所有朝臣反对，新法照样施行天下。"

曾布不语。

安石叹道："你该知道，我不热衷于富贵，更非贪恋权位。我宁可得罪所有朝臣，也坚持变法，为的是大宋能富国强兵，也为了报答皇帝的知遇之恩。如今圣意已变，我还有什么可留恋的呢？"

曾布惊道："相公真要离开朝廷？"

安石道："司马光在诏书上说舆论沸腾，百姓骚动。说我想推卸责任，以求自保。对于这件事，我要讨一个说法。"

曾布点点头："好，我也有话向皇帝说。"气冲冲地出了书房。

王雱早等得不耐烦，正在前厅门外张望，见他出来，忙迎上前见礼。

曾布笑道："元泽，有日子没见了。在旌德任期还未满吗？"

若论亲戚关系，曾布比王安石还要长一辈，但年龄比王雱大不了多少，因而很随意。

王雱回道："子宣叔，我在旌德的任期满了呢，正准备着向朝廷述职，等待重新安排。"

曾布心动了一下，笑道："我今儿有重要的事要办，赶明儿闲了，咱找个好去处喝茶聊天。可好？"便把今天的来意简单说了。

王雱想，这事儿还真是紧急，便不相留，将他送至大门外，反身想找父亲说说话。

王雱到书房门前，便听母亲问："你辞职，可是深思熟虑后的决定？"

安石没有回答。

吴夫人又说："如果皇帝真的委任司马光以宰相职务，你觉得他能胜任吗？"

安石抬头看着妻子，奇怪地问："你何时对朝廷的事有兴趣了？你觉得他能胜任吗？"

吴夫人道："我不了解司马光，但我了解你。"一面说，一面去茶几斟了茶来，放在他手边，"不说你前二十年在地方上积累的办事经验，只说你对当今天子的认知。"

安石更奇怪了，索性搁了笔，端了茶碗喝口茶，说："这个话题我倒想听听。"

"先帝时，几次三番召你进京任职，你毫不犹豫地拒绝，只因你觉得他们安于现状，又优柔寡断，不值得你辅助他们的帝业。对于当今天子，你说过，他是怀一腔赤诚心而忧天下，不想因循守旧，得过且过。不想当一天和尚撞一天钟。你所期待从先帝身上得到的东西，他都具备。你们一见面，他视你为左右手，你当他是知己，如同鱼得到水，水养护鱼一样默契。"

安石笑道："我今天才知道，'头发长见识短'这句话只能对某些女人说，不适用于你。"

吴夫人却不笑，说："但你把皇帝当作知己，就错了。求知己于朋友易，求知己于君臣则难。"

安石脸上的笑容慢慢隐去。

王雱在门外听了父母的对话，忽然不想进去了，他要回自己的书房，同锦瑟说诗。

第十九章　司马光代拟答诏　王安石上表请辞

安石不上朝，赵顼心里有些许不安，但更多的是恼火。

这天，他召集辅臣议事，说自青苗法在州县施行以来，反馈上来的都是不利于百姓的消息。凡是对百姓有害的法规，都应罢免。不知众位爱卿意下如何？

陈升之不吭声。

曾公亮派出察访的人尚未归来，不知如何回答。

赵抃是反对新法的，但并不反对王安石本人。抛开新法不说，王安石的道德修养使得他身上有一种典范的浩然正气，无论行事，还是待人接物，都无可挑剔。所以，他回道："新法由介甫所创，等他销假上朝后，同他商议妥当，再罢也不迟。"

赵顼想，赵抃的意见同曾公亮前儿说的一样，也就同意了。当他说提司马光做参知政事时，众人都缄口不言。沉默就是同意，便命众臣散了，自己则往向皇后的仁明殿来。

向皇后看他满腹的心事，不敢多说话，只小心侍候着。却谁知，几乎是前后脚，内侍送来王安石、曾布和韩绛的奏折。

他先打开曾布的奏折，因为他想不出曾布为什么上折子。

曾布在奏折上说，皇帝凭着自己的雄才大略，引进博学有远见卓识的大臣，想大有作为，但大臣玩弄法令，在上面带头反对，小臣议论纷纷，在下面附和。人人都窥间伺隙，巧言毁谤，以使众人喧闹，皇帝受欺骗。这是皇帝勉励和阻止臣下的策略不明，用赏罚驾驭臣下的办法没有效果。皇帝用诚心对待君子勉励他们，用威刑斥退小人并消除他们，使天下都明确知道皇帝不可违抗，法令不可轻慢，那么什么作为不能实现，什么想法不能成功呢？

赵顼读了，一时怔住。他自问，为什么臣子能发现的问题，而朕就不明所以？但有一点他是明白的，曾布是要他坚定变法的决心，以专任王安石来威胁众人，让众人不敢说三道四。

又读韩绛的奏折。韩绛写道："贤如仲尼，贤如子产的人，最初执法时，也是饱受非议的。世间没有十全十美的事物，新法有弊端是难免的。但青苗法的施行，明摆着是下面州县官员执行不力所致。将这种错误归罪于新法，归罪于王安石，是不公平的。"

有内侍来报吕惠卿求见。

向皇后见他眉峰紧蹙，试探着说："陛下若是累了，就不见吧。"话音未落，只听赵顼命内侍传吕惠卿到垂拱殿觐见。

吕惠卿很清楚，如果不是王安石向皇帝推荐，自己不可能进入三司条例司，并委以重任。自变法以来，王安石视自己为最得力的助手和最知心的朋友。朝中之事，无论巨细，都是与自己商量之后才实施。所有新法的具体内容，都由自己根据王安石的想法书写成文，并拟定实施细则，再交与朝廷颁发。能遇到王安石，是何等的机缘与幸运。而司马光一再对王安石说自己是谄媚小人，现在依附于他，不过是为了向上爬，以稳定自己的地位，以后必会害他身败名裂。

每每想到这些，吕惠卿就气得牙痒痒的。今天在条例司衙门看到曾布抄录的司马光拟答韩琦诏书，惊出一身冷汗。如果王安石下台，不管是韩琦复相，还是司马光入相，他吕惠卿只有一条路可走，贬黜出朝廷。眼前所有的一切都会灰飞烟灭。现在无论如何都要保住王安石，保住王安石，就是保住了自己。所以，他大着胆子来见皇帝了。

赵顼问："不知爱卿私下里求见，有何要事？"

吕惠卿回道："臣是为新法着急，有些话只适于私下里说。"

赵顼往椅背上一靠，显得慵懒而疲惫。

吕惠卿说："王大人领着我们条例司的人，顶着压力推行新法。但从眼前发生的事情来看，新法就像是王大人和三司条例司的新法，而非陛下的新法。"

赵顼一下坐直身子："此言何意？"

吕惠卿回道："王大人把新法看成当前强国富民的唯一途径，不变法就无法改变已经形成的颓废局面。所以，他不惜一切代价，全力以赴。而陛下对新法的态度是，有人说好就试一试，有人反对就罢免了。"

赵顼怒道："放肆！朕何曾有如此想法？"

吕惠卿背上一层冷汗，但仍然说："青苗法规定自愿借钱的借，不借的不勉强。而韩琦大人仗着自己是一方长官，在河北强行借贷，说若不如此，以后不能互相监督和保赔。法令的可贵，在'自愿'二字。"

赵顼脸色缓和了许多。

"青苗法规定取息十分之二，韩大人改为取息十分之三。国家法令，他想改就改，并强制施行。这种做法能不引起民怨吗？对于他的行为，陛下有过批评或者询问吗？王大人因此才不顾君臣之礼，一走了之。"

赵顼道："朕忽略了韩琦私自加收利息的事。"

吕惠卿还真是胆儿大，见皇帝说话的语气柔和了些，又说："王大人称病不朝，陛下不问原因，便命司马大人代拟答诏，对韩大人加以慰勉，司马大人与他的朋友已经在庆贺罢免青苗法了。"

赵顼忙说："朕并未明旨罢免青苗法。"

吕惠卿想，"并未明旨"，也还是有罢免的意思的。口中接道："王大人二十二岁考中进士，就在地方任职，不知走了多少个州县，也不知处理过多少事务。虽然地方不能比朝廷，但处理事务的道理是一样的。王大人有处理政务的能力和经验，而司马大人未必有。因为司马大人自中进士起，就一直在京中，从未担任过地方长官。但他学识渊博，有底气，敢给任何人提意见，是个称职的谏臣。"

吕惠卿停了一下，见赵顼听得认真，又说："一个专给朝廷大员提意见的人，他永远觉得自己是对的。对事物本末倒置，只提意见不办事，这样的人，能做宰相吗？"

赵顼鼻子"哼"了一声。

吕惠卿一惊，这才发觉自己说话过分了，便不敢再说，忙告辞离去。

赵顼想，司马光曾说吕惠卿是奸邪之辈，将来害王安石身败名裂的一定是他。从方才的谈话看，吕惠卿对王安石的评价并无吹捧之处，对司马光的评价也无之诽谤之词，并不是谄媚小人的姿态。但如果王安石下台，司马光执政，又会是怎样的情形呢？又想，不知王安石在奏折中说了何事，便返回仁明殿。

向皇后在门前迎了，说陛下该用午膳了呢。

赵顼径直往书房去。向皇后则去餐厅吩咐侍女准备午膳，却有小太监来说陛下唤娘娘去书房呢。

向皇后不知何事，忙往书房来。

赵顼递一本奏折给她，说王安石的辞职书，你帮朕想想主意。

"后宫不得参政，臣妾还是不看的好。"

赵顼满脸疲惫："朕一脑门子烦心事，你看了，给朕一丁半点的启发，是帮朕，不叫参政。"

向皇后看了说："臣妾愚钝，只说说这奏折表面上的事，若说错了，还请陛下恕罪。变法是国家当前最迫切的需要，新法是陛下和王安石共同辛劳的结果。韩琦在河北公然破坏新法，得到陛下的慰勉，而王安石却落个'今士夫沸腾，黎民骚动，乃欲委还事任，退居便安。卿之私谋，固为无憾；朕之所望，将以委谁'的训斥。如果罢免青苗法，他不上朝，或者要辞职，都情有可原。"

"答韩琦诏书是司马光代拟的，不是朕的意思。"

"如果不是陛下的意思，那司马光就有公报私仇的意味了。从这几句话来看，他把王安石的为人和新法都否定了，也就是将陛下支持的变法否定了。"

"依你之见，朕将如何答复王安石呢？难道朕要向他认错？"

向皇后忙道："哪有天子向臣子认错的道理？挽留他也要有分寸，说几句话让他平平气就行了。"

赵顼想了想，写下两行字："'士夫沸腾，黎民骚动'二语，失于详阅，今览之甚愧。"

向皇后看了点点头："这就有道歉的意思了。"

赵顼命李宪："把他的请辞书封了，一并给他送去。"

第二天，又命吕惠卿去劝王安石上朝处理事务。

却说李常在家里摆酒席宴请了司马光、范镇等人，庆贺破坏青苗法成功。又过了几日，王安石依然没有上朝，更让他们相信，王安石不日就要离开朝廷。

这日朝休，李常又请司马光、范镇等人上樊楼饮茶。

京都的酒楼都集中于九桥门街。这条街上酒楼林立，樊楼可是其中最华贵的所在。

司马光说，我们喝茶聊天何必这样招摇？寻个僻静的茶肆即可。

范镇笑说："我倒有个极好的去处。"便领着众人穿街过巷，来到汴河边的一所院落外。只见一道翠绿的迎春藤覆盖着院墙，正星星点点地开着嫩黄的花儿。院内的春梅开得灿若云霞，微风拂拂，馨香袅袅。门楣上的牌匾用颜体写着"大江流"三个字。

李常嘀咕道："在汴河边叫大江流，倒是契合。只是一个末流的茶肆叫这三个字，实在是糟蹋了文采。"

孙觉笑问："你是来吃茶的，还是来考究店名的？"

范镇挑一间临江的阁子坐了，说："茶肆背街临江，于喧嚣中守几分宁静。这店名取得还是有点味道的。"

一时，就有店小哥送了一盘瓜子蜜饯来，打着恭问范镇："相公，是边喝茶边沐浴？"

范镇打断他的问话："今儿只饮茶，不沐浴。"看众人一眼，又说，"先沏一壶龙凤茶，拣几样精致点心来。"

不一会儿，便将茶与点心一并送来。笑眯眯地问要不要唱曲儿的？可是紫烟阁的名角儿。

李常说不要唱曲儿的，也不用人侍候，将店小哥打发了，关上门。

孙觉说，前儿皇帝召辅臣议论罢免青苗法，谁知赵抃说要等王安石病好了再议。他一向不是反对王安石的？怎么跟曾公亮唱一个调子了？实在是想不通。

李常一面给大家斟茶，一面说，有何想不通？赵抃如果不讨好王安石,他这个参知政事的位子还能坐得稳?

范镇摇头叹息,四个执政官,要数赵抃最可怜。事情都是他做,始终得不到一个"好"字。如果是我,宁肯饿死,也不做这个官。

司马光暗想,参知政事可是副宰相,实权在握,傻瓜才不做。

张方平啜口茶道:"特地跑这儿来,净说些不正经的。"

李常等都闭了嘴。

张方平接道:"第一个回合,破坏青苗法,看上去我们是赢了。皇帝给韩琦的答诏又表明,罢免青苗法是旦夕间的事儿,但并没有公开下旨,其中的变数很大。如果青苗法彻底罢了,王安石也离开朝廷,这一局才能算赢。但我们不能掉以轻心,他若走了,他手下那帮人,个个是狠角色,不可小觑。"

大家收敛了笑容,气氛为之一变。

孙觉说,前儿皇帝与辅臣议事时,已经提出司马大人任参知政事。当时,陈升之、曾公亮、赵抃都没有反对。这就说明,王安石离开朝廷与罢免青苗法一样,也是旦夕间的事儿。

范镇看着司马光,点点头说,这就是了。王安石这许多天不上朝,怕是再也不会上朝了。如果君实任参知政事,最要紧的,是即刻推荐韩琦复相。答韩琦诏上不是有"朕之所望,将以委谁"之语吗?你一推荐,皇帝必定立刻就准了。

张方平吃了一块梅花饼,拍拍手上的饼屑,慢悠悠地说:"未必。韩琦老了,年轻天子不喜欢用老臣,你们可见朝中有老臣?落花流水春去也,韩琦、富弼、欧阳修那个时代一去不复返了。至于'朕之所望,将以委谁'之语,不是皇帝金口玉言,而是君实妙笔生花,代写的,不能十分地当真。不过,我以为,在皇帝眼里,君实与王安石是同等人物。答韩琦诏书不用中书省,而叫君实代拟,绝非偶然。"

张方平见众人静静地听,喝口茶说:"王安石称病不朝,分明是君臣斗气。一旦君实做了参知政事,进了中书省,王安石只有远离朝廷,滚到地方上去。"

范镇道:"你分析得极是。若有人再推荐一下,君实的事就十拿九稳了。"

李常说:"若是执政官推荐就更好。陈升之是靠着王安石才坐上宰相的交椅,但又与王安石不和,去请他推荐,岂不正好?"

司马光双手乱摇:"不可,不可。闽人狡诈,恐坏大事。"

孙觉道:"我来推荐。我是右正官,向皇帝推荐官员,是我分内事。"

大事已定,他们吃着喝着说着笑着,直到夜深,尽兴而归。

第二天下午,司马光收拾了书案,准备下值回家,却见李常笑眯眯地进来说,成了。

不用问,司马光知道是孙觉向皇帝推荐自己进中书省的事成了,但还是叮嘱李常,任职的圣旨尚未下达,暂不要四处张扬。回到家中,到底按捺不住内心的喜悦,便给文彦博写信说"晨霜早露,终非地久,乌云蔽日,为时也短。介甫不听劝,一意执拗,所颁青苗法,已被韩相公推翻,所遗政位,将由鄙人主持。届时妖雾可收,青天重现也"。此时已是夜幕降临,司马光把信折叠整齐,命管家昌平速速送去文府,不可耽搁。

就在华灯初上之时,曾布急匆匆地来找王安石,说司马光要出任参知政事了。李常下午在条例司门前,逢人就说,朝廷大员差不多都知道了这个消息。

安石在书房来回走了一遭,说:"你来告诉我这事儿很好,原本我明早就上朝的,现在可以不去了。"

曾布急问:"又因何不去了?"

"你难道不明白吗?司马光进中书省做副宰相,这就说明皇帝要把我换下来。"

"说不定是换赵抃呢。"

"不管换谁,司马光是做了执政官了。你想想,以他的立场,新法还能进行下去吗?三司条例司还能支撑多久?"

曾布愣住,随即起身告辞,出了王府。

第二天早朝,王安石依然没有露面。

散朝后,赵顼召曾公亮来,忍不住心中的恼火:"昨日吕惠卿回报说,王安石今天上朝,怎么不见踪影?你去问个究竟,他到底要怎样?"

曾公亮当即来到王府。

安石见曾公亮亲自登门,很是意外,也极为高兴。

曾公亮说:"实不相瞒,皇帝命我来问介甫,说好了今日上朝,因何又失言?"

安石笑道:"相公原来是为此事来的。实不相瞒,听说皇帝要重用司马光。如果他参政,哪里还有介甫的立足之地?不如就此隐退,以免发生不必要的争斗。"

"皇帝要变革的决心,众所周知,就算司马光反对新法,也必不敢违抗圣意。"

安石道:"司马光表面看去是维护圣意,暗地里附和下面的人,收买人心。他所说的,都是有害于推行新政的言论,结交的也是对新政不满的人。皇帝委他以重任,不就是替反对派树了一面旗帜了?"

曾公亮无法说服王安石,便将自己与王安石的对话,一字不漏地传给了赵顼。

赵顼斟酌再三,改任司马光为枢密副使。

司马光正在兴头上,突然听翰林院的同僚议论,说曾布驳斥韩琦的奏书已颁发天下,不免大吃一惊。如此一来,就不可能罢免青苗法,更别说赶走王安石了,自己升为副宰相的事,怕也是一纸空谈。心里如压了一块石头般沉重。

第二天早朝,司马光见王安石站在班列之首,就像往常一样,神情自若。范镇等人各怀心事,赵顼倒是兴致勃勃,与大臣们交流了一下朝事处置的意见,最后由李宪宣读圣旨:尚书都省事张方平出知陈州,翰林学士司马光为枢密副使。

这突如其来的罢免,令张方平措手不及,纵使胸藏千般谋略,也无处施展,只得饮恨吞声,把这一切根源都记在王安石头上,蛰伏待机。

司马光更加失望。自皇帝命他代拟答韩琦诏书起,他就认定王安石将与青苗法一起完蛋。尤其是，当他听说自己将升为参知政事，有执政实权时，就在心里拟订了推翻新法的全盘计划。方才的任职圣旨，无异于当头一盆冷水。

但他并未被冷水浇醒，他要去找皇帝理论，说皇帝已经要罢免百害而无一利的青苗法了，却因何中途变卦？只要罢免青苗法，臣就算不做官，也很感激圣恩了。

赵顼说，朕想罢免青苗法，是受韩琦的影响。前几日派去察访的人已回京复命，所谓百姓怨声载道，不过是韩琦及各州县的执行官蓄意破坏新法而引起的骚乱。爱卿由翰林学士升为枢密副使，掌管军政要职，其责任重大，就不要管其他事了。

司马光见废除新法无望，气闷地回到家中，认为这一回合又败给了王安石。枢密副使虽是朝廷重臣，但无要事不得见天子。而翰林学士，可以侍奉在天子左右，知晓一切朝政要务。因此越想越生气，便连夜写奏疏，拒绝授枢密副使之职。

司马光一连几道疏都没有得到批复，又求见皇帝，说自己绝无管理军事的才干。朝廷要职只有给予最合适的人，方不失为治理天下的良策。

赵顼想，司马光从未做过州县的长官，更别说知晓边防军事，不管他心里如何盘算，嘴上说的倒是事实。俗话说，强扭的瓜不甜。既不服朕的安排，不如准了他，看他意欲何为。便说，朕准了你的请求，撤销枢密副使任命的诏书，不日下达。

司马光见皇帝并无挽留之意，心里又老大失落，垂头丧气地出了御书房。在翰林院门前，范镇见他失魂落魄的样子，吃了一惊，忙问怎么了？

司马光便将拒授枢密副使的事说了。

范镇道："你不见朝中大臣，如今都往外贬，只有你往上升。虽不如你所愿，毕竟是朝廷要职。这是皇帝对你的信任，你拒绝授职，便是打了皇帝的脸。"

司马光呆若木鸡，半天才说："现在说这些为时已晚。"

范镇也黯然离去。

第二天，撤销司马光枢密副使任命的诏书下达，从中书省到了通进银司台，再由银司台向天下颁发。

范镇是通进银台司长官，他看了一眼诏书，便命手下送还给中书省。

中书省莫名其妙，以为范镇手下人办事不力，搞错了。又命人送回。一来二去的，才弄明白是范镇拒绝下达皇帝的旨意。

赵顼召见范镇说，你上次拒绝传递王安石要求李常张戬说出无本贷款州县的诏书。这次，你又封还撤销司马光枢密副使任命的诏书。是何用意？

范镇一时被问住，总不能说因为反对王安石和新法，才拒绝下达圣旨吧。只得说，微臣失职，有误陛下旨意。请陛下降罪，解臣之职。

赵顼说，好，既然你不想向天下人传达朕的旨意，那就永远不要传达了。你同司马光如此情深义重，就去翰林院和他做伴吧。

圣旨即日下达，撤销范镇通进银台司的职务，留任翰林学士。

第二十章　司马拟题"三不足"韩琦同相位无缘

司马光见范镇每天出入翰林院，心里不是滋味，认为他是为了自己才被皇帝降职，对此却也无能为力。

只是由此而引起的联想，更令他坐立不安。他从来就没有怀疑过，这一切都是王安石在背后操纵的结果。如果有一天，王安石怂恿皇帝把自己贬到边远之地，那将永无翻身之日。只需看看韩琦、富弼等人就知道了，这些人都是三朝老臣，而且有功于朝廷，他们都奈何不了王安石，何况自己。

司马光思前想后，觉得唯一的办法是与王安石和解。尽管不是出于本心，但还是给王安石写信说，执政不能不留意君子与小人之别。忠信之士在你当权时，虽有意见不合，看起来面目可憎，当你有难时必会伸出援手。而谄谀之人，现在能顺从你，令你快意，但只要你失去权势，必定会出卖你而保全他自己。

他旨在提醒王安石，自己是忠信之士，而吕惠卿则是狡诈之徒，不值得信赖和倚重。如果王安石听信他的话，就起到了离间作用，同时也为自己免除了后患。如果不听，只期望能缓和对他的敌意。

安石并非心胸狭窄之辈，很客气地回信说："你我并无宿怨，只是道不同而已。"只字不提吕惠卿，却也达到了司马光的目的。

却说韩琦收到司马光代拟的答诏，兴奋不已，认为年轻的皇帝还是很听话的，暗道一声"孺子可教也"，便把答诏给属下传阅。一时间，各路官员都来庆贺。

这天，韩琦在安抚使司署摆宴，招待来庆贺的官员。

觥筹交错间，有人高声说："我们老相爷才是国家的顶梁柱，若不是相爷写疏，朝廷怕是要被王安石等妖魔控制了。"

有人接道："青苗法比天灾更可怕。可怜天下苍生，横遭搜刮。"

"王安石就算是一条蟒，相爷的利剑也要将其斩成三截。"

"看圣皇帝的答诏说，士夫沸腾，黎民骚动，可见天下汹汹，人怀危惧。百姓已在水深火热之中了。"

"必得将王安石之流赶出朝廷，以除后患。"

一个发福的中年人起身离开酒桌，走至大厅中间挥手道："诸位静一静，鄙人有个提议，我们联名向朝廷上书，请求皇帝把相爷召回朝廷，官复原职，以清君侧，以救黎民。如何？"众人齐声叫好。

有手脚麻利者，迅速端来笔墨纸砚，铺笺挥笔，写下请愿书。一时，所有人都放下酒盏，争先恐后地签上自己的名字。

韩琦喜气盈腮，做了三朝宰相，唯有今日最是快意。正开心地看大家抢着签名，侍从忽然送来一份诏书，说是刚刚收到的。

韩琦笑道："诏书给我，你也吃酒去。"侍从巴不得这一声，转身便与相识的人喝起来。

韩琦看了诏书，脸色大变。原来是曾布驳斥他的奏疏，已颁行天下。司马光代拟的答诏在先，曾布的奏疏在后，这就是说，青苗法不会罢免，王安石不会下台，他也不会复任宰相。这时，他只觉得天旋地转，眼里金花飞舞，忙唤侍从扶他回家，说是不胜酒力。

几天后，韩琦向朝廷上疏请求解除河北安抚使的职务，只领大名府一路。赵顼同意了他的请求。

暮春时节，桃杏早已凋谢，只有架上荼蘼开得热闹。天气渐渐转暖，这日却下起小雨，绵绵密密细如牛毛，给人平添了几许薄凉。

早朝散后，赵顼本想回福宁殿书房审批奏章，却被这阴雨天气牵起无穷的情绪，便径直往皇后的仁明殿来。

向皇后见他这个时辰驾临，不免暗自惊奇，却也不见他有何异样，只眉宇间缠绕着一丝倦怠之色。便吩咐宫娥去将早上炖的参汤端来，自己接过，亲自奉上。

赵顼一碗参汤恰恰喝完，便有内侍送来折子，说是急等批复才送到皇后宫中。

赵顼展开来看，是翰林院呈上来的今年测试以李清臣为首的馆职人员的考题，他认出是司马光的字，上写道：

今之论者或曰："天地与人了不相关，薄食、摇震，皆有常数，不足畏忌。祖宗之法未必尽善，可革则革，不足循守。庸人之情喜因循而惮改为，可与乐成，难与虑始。纷纭之议，不足听采。"意者古今异宜，《诗》《书》陈迹不可尽信耶？将圣人之言深微高远，非常人所能知，先儒之解或未得其旨耶？愿闻所以辨之。

赵顼读罢，并不急于批复。他想起一年前，京城一带地震、水灾频繁，还有一次出现彗星，王安石就说过"灾异皆天数，非关人事得失"的话，当时富弼听了这话，极为震惊。因为天灾仍是上天的警示，是臣民用来规范天子的戒条，一旦推翻，后果不堪设想。王安石也并非彻底否定这条古老的训诫，他只是反对借天灾来阻挠变法。后来，朝廷上下便传起了王安石"天变不足畏，祖宗之法不足守，人言不足恤"的话。

赵顼并没有亲耳听王安石说过这三句话。今儿司马光以此为试题，显然是想借馆职人员考试的机会，对王安石所谓"三不足"进行批驳，注定会引起激烈的争论。

变法已全面展开，而对变法的责难和攻击却从未停止。赵顼思虑再三，认为此时此境不宜在这个话题上展开辩论，便命人将试题封上，在上面批复"别出策目，试清臣等"。

第二天早朝后，赵顼留下安石，问："爱卿，闻'三不足'之说否？"

"不闻。"安石回答。

赵顼说："外人云'今朝廷以天变不足畏，人言不足恤，祖宗之法不足守'。昨天学士院进试馆职策，专指此三事，这是何道理？朝廷如何也有这种说法？朕已令改别的题目了。"他想确定一下，王安石是否真的说过"三不足"。

安石听赵顼的语气，已明白他的意思，略作思索，回道："陛下躬亲庶政，无流连之乐，荒亡之行，每事唯恐伤民，此即畏天变。陛下询纳人言，无小大唯言之从，岂是不恤人言？然人言固有不足恤者，苟当于义理，则人言何足恤？故《传》称'礼义不愆，何恤于人言！'郑庄公以'人之多言，亦足畏矣'，故小不忍致大乱，乃诗人所刺。则已人言为不足恤，未过也。至于祖宗之法不足守，则固当如此。且仁宗在位四十年，凡数次修敕；若法一定，子孙当世世守之，则祖宗何故屡自改变？"

赵顼从他这番话里不难听出，只要天子能坚持后两条"人言不足恤，祖宗之法不足守"，就足以使改革成功。但无论如何，像"三不足"这样的观点太过异端，是本朝立国以来闻所未闻的，不是每一位朝臣都能接受，它必将对已有的一切产生强烈的震撼。

赵顼先出了殿，莫名松了口气。忽然想起，今儿该去看望母后了，便往高太后的宝慈宫来。

高太后是先帝英宗的皇后，生有六个子女。赵顼是长子，下边三个弟弟分别是赵颢、赵颜、赵頵，还有一对双胞胎妹妹。

赵顼到宝慈宫时，见被封为岐王的二弟赵颢陪在母亲身边。按皇室规矩，皇帝的兄弟应该搬出禁中，出外就第以避嫌。但岐王赵颢仗着母亲高太后的宠爱，就是不迁出。赵顼也无可奈何。

高太后四十多岁的样子，端坐在锦榻之上，体态丰腴，尊贵而威严。她见赵顼一脸疲惫，关切地询问他的身体状况。

赵顼笑着回道："谢太后关怀。朝事纷繁，是有些累。"

高太后问："听说民间甚苦青苗钱，是否该罢免了此法？"

赵顼心想，你在深宫之中也知此事，可见天下没有什么事能逃过你的耳目。口中说："青苗钱是为了有利于百姓，减少百姓的困苦。"

高太后又道："王安石确实有才学，但怨恨他的人太多，人缘极差。若想保全他，不如让他暂时出外任，等过个一年半载再召他进京让他执政。如此，无论是对皇帝，还是对他自己都有好处。"话说得很清楚，意见也很明确。

赵顼说："群臣之中，多数是明哲保身之人。为国家为朝廷挺身而出的，只有王安石。"

岐王赵颢此时插嘴道："太后的话有道理，陛下不可不考虑。"

赵顼正没好气，一甩袖子道："你是说朕败坏祖宗法度，把天下搞乱了？要不你来做皇帝？"

赵颢见皇帝生气了，忙道："臣弟不敢，陛下何至于说此气话。"

高太后见赵顼动怒，忙两边劝解。赵颢怏怏退去。

赵顼告辞出来，心情格外沉重。反对新法的人越来越多，先是朝中老臣，地方上的官员，现在是后宫太后。他不知道还会有谁以何种理由来阻止新法的施行，但他相信王安石对于变革的坚持、坚守和坚定。这样想着，心情轻松了许多。

却说安石回到家中，想起与皇帝的谈话，甚是感慨，对妻子笑道："你曾说，求知己于朋友易，于君臣则难。我看，恰恰相反。我的朋友都反对我变法，打击我，诬陷我，只有皇帝懂我、赏识我。"便把与赵顼的对话说了一遍。

吴夫人笑道："那是因为，皇帝急需有人帮他治理这个穷得叮当响的朝廷。"见丈夫黑脸上的笑容渐渐消散，忙换了话题，"你的朋友们只是反对新法，并不针对你。"

安石盯着妻子，目光如电。

吴夫人与他是表兄妹，自小在一起读书，早已了解他的习性。此刻见他这般凌厉的目光，也未免胆怯，小声说："如果你什么事都不做，什么话也不说，什么事都装作看不见，与他们同流合污，他们便不会指责你，甚至都会是你的知己好友。"

安石眼神慢慢变得温和，说："夫人看问题如此之精准，不愧是金溪吴家的女才子。"又叹息一声，"前儿司马光写信指责我尽变祖宗旧法，'先者后之，上者下之，右者左之，成者毁之，弃者取之'。他们不遗余力地反对变革，其实就是害怕生事，害怕天变了。这种惰性在富弼、韩琦、欧阳修这些老臣身上尤其明显。他们读了太多的史书，都是忧虑深沉之人，也听了很多的教训。然而，忧患不引起奋发，却催生苦恼，那就连杞人忧天都不如。这与本朝在对外方面的懦弱不堪是紧密相关的，国弱正是源于人心之弱。"

吴夫人道："所以，你的想法，你的作为，与本朝以来的普遍情绪迥乎不同。你既不畏天，也不怕生事。仅凭这一点，在立场上，你就与所有人分道扬镳了。真应了你进京之前在江宁说的'就算与天下人为敌人，又有何妨'的话了。"

安石不语，似陷入对往事的沉思。

王雱不知何时进来的，他说："父亲在鄞县实行青苗法是有效的，那位转运使李参在陕西实行也是有效的。如果每个县都有一个像父亲这样的人担任县令，那每个县都是鄞县了。如果各路都有一个像李参这样的人担任转运使，由他按朝廷的法令监督下面的县令。这样一来，向全国推行青苗法，还怕得不到想要的结果？"

安石抬眼看着儿子，感觉儿子再也不是那个只埋头读书写文章的少年郎了。但朝廷中事，还是不宜对他说。

儿子说的，他何尝没有想到。根据条例司核定，全国一共设置了提举官四十一人。有贤德的人很多，在全国找出四十一个像李参这样的人并不难。但当这些人被召来时，听说这个建议是他王安石提出来的，连问都不问，不是以道德高尚或倚老卖老来抗拒，就是留下一个弹劾他的奏折离去。

王雱见父亲沉思着不说话，又道："父亲其实不必对新法有疑虑，这不是法的弊端，而是人有弊端。"

安石对儿子露出一个赞许的微笑。

王雱忙道："父亲，将孩儿留在朝廷吧，孩儿将会是父亲最得力、最坚定的支持者。"

安石说这可由不得我。吴夫人和儿子相对看了一眼，便离开了书房。

不一会儿，江歌来报，有位张县令拜见老爷，并递上名帖。

安石看了名帖说："又是他。"

这位张县令，原是安石在常州任知州时的部下，现在做了县令。这是他第三次来拜见了。第一次是安石刚任翰林学士，张县令认准他会得到皇帝的重用，便专程来看望曾经的上司，带来的礼物，安石让他带了回去。第二次是安石刚出任参知政事，张县令琢磨着，上次给他送礼，连看都没看一眼，必是嫌礼物轻了的缘故。这次要送个重礼才行，便弄了一颗夜明珠送来。安石说，若下次再如此，就别登我的门。

这一次，他请教同僚好友，送什么样的礼物，王安石才能接受？同僚笑他根本不了解王安石。他瞪眼问，送金银珠宝都不要，难不成要送个大美人他才肯收？

同僚笑得更欢了，说王安石不爱美人的事，你当真没听说过？那年王安石到常州上任时路过苏州，受到好友刘敞设宴款待。刘敞是苏州太守，酒宴规格之高自不必说，江南出美女更是天下皆知。王安石见席间有美艳女子作陪，便黑着脸不肯入座。刘敞无奈，只得命那些女子退下，笑道，你这黑脸是天生的，改不了了。这拗脾气却怎的也改不了？

张县令却道：你怎知他不是因为有外人才如此做作？"

同僚不笑了，说，我讲个故事吧。那是嘉祐六年（1061）王安石出任知制诰，同时还兼任工部郎中、纠察在京刑狱，官职与俸禄都提升了不少，他的兄弟都已成家立业，负担不像过去那么沉重了。吴夫人也想有个贤惠的名声，便偷偷为他买了一个妾。王家只吴夫人有个贴身婢女，没有姬妾。一天，王安石看到家中有个年轻美貌的陌生女子，非常吃惊，问她是什么人。女子说她是夫人买来侍奉老爷的。王安石便明白怎么回事了，又问她姓氏家世，何以至此。女子抹泪说，本为军中大将之妇，丈夫监督运米，因运米时船沉了，按规定必须赔偿。于是变卖家产还债，但还是不够，只好卖妻凑数。王安石很同情她的境遇，又问夫人用多少钱将她买来，她回说九十万钱。其实这个数字对王安石来说也不算是小数目。他命王谢速去将女子的丈夫找来，带她回家。

女子一听，以为王安石看不上自己，忙跪下说，奴婢会好好侍候老爷的，我家已将钱用了，求老爷不要将奴婢退回去。

王安石忙唤来夫人，将女子扶起，说，我不用人侍候，也不要你退那九十万贯。那女子千恩万谢，随丈夫回去了。

同僚讲完故事，捋着胡须说，王安石奉还夫人又送钱，可称得上一件大功德，这种行为和品格不是一般人所能有的。你让我帮你参谋，我实在想不出，什么样的礼物，他才肯收受。

张县令却不信世间有不贪的官。他想，王安石是读书人，就算他不好色不图财，不可能不爱文房四宝。我将那方奇特的砚台送与他，不信他不收。于是，便怀揣砚台来到了王府。

张县令见了王安石，忙跪下磕头："下官见过宰相大人。"

安石皱眉道："你我昔日同僚，何须如此？快起来吧。"

张县令忙爬起来，正欲将砚台拿出来，却听安石说："这时候来京城，你这县令挺清闲的嘛。"

张县令吃了一惊，忙道："最近不是推行青苗法吗？下官特来取经的，顺便看看大人。"

安石眉头舒展："你那里的情况怎样？"

张县令见他脸色瞬间变得无比温和，就顺着说："农民听说了青苗钱，情绪可高了，都夸好呢。下官只是不知如何做到最好，就想到邻县看看。"

"青苗法是朝廷的惠民政策，"安石点头，"主旨是与民谋利，不是与民争利。最关键的是各州县的官员要正确引导。"

张县令忙道："下官谨记大人的教诲，一定按大人说的去做。"他想，不能在这个话题上说多了，言多必败。便从怀中摸出一方精致的白色砚台，"下官知道大人对文房四宝颇有心得，这砚台就请大人品鉴一下。"

安石接过砚台，捧在手上润滑细腻，有冰凉之感。就石裁料，制作精巧。不由得暗赞一声，真是匠心独具。

"普天之下，也只有大人的文才配得上这方砚台，"张县令见王安石爱不释手，心中暗喜，忙道，"大人若喜欢，就留下吧。"

安石将砚台还给张县令："确实是好砚。但君子不夺人所爱，你还是自己留着吧。"

张县令双手往回推，"也不是很值钱，放在书房里就是个摆设，还请大人笑纳。"

安石又看一回砚台，瞪眼道："不值钱？这砚台价值不菲。"

张县令又突然想起什么，说："差点儿忘了，这砚台有个神奇之处，哈口气就能出水润墨。"

安石果真往砚台里哈口气，原本干爽的池底真的慢慢湿润起来。

张县令盯着王安石，看得出他是真爱这方砚台，忙道："大人就留着吧，下官告辞。"说着就往外走。

安石道："且慢，把砚台拿走。"

张县令立在门边，不知如何是好，只说："大人，这砚台真的很神奇，哈之可得水。"

安石将砚台塞进他怀里，笑道："我没说不神奇。就算一天哈一担水，又值几何？"

张县令揣了砚台怏怏离去。

第二十一章　赵抃辞去副宰相 安国得罪吕惠卿

熙宁三年（1070）三月六日，是三年一次的科举大考。

中书省已颁布对贡举的改革，废明经诸科，进士科专考经义和时务策，设明法科。进士殿试罢诗、赋、论三题而改试时务策。这次大考后，主考官将策论写得清新脱俗的列为上等，泥于书本的列为下等。

三月二十日，赵顼在集英殿举行殿试完毕，赐进士及第、进士出身、同进士出身共八百余人。郡武（今福建）人叶祖洽的策论中"祖宗法度，苟简因循。陛下即位，当与忠智豪杰之臣合谋而鼎新之"的观点深得天子赏识，被点为新科状元。

编排官苏轼却认为，策论本来是要考生指出当下政策的缺点，提出改进的意见，叶祖洽诋毁祖宗，谄媚时君，如此阿谀奉承之徒，怎么能够让他做第一名？开了这个先风，以后的考试，都投当政者所好，哪里会有人提出真正的见解呢？直到若干年后，苏轼才明白，叶祖洽写的是真心话，他就是觉得大宋朝积贫积弱，非变法无以富国强兵，而非投当朝者所好。苏轼又反过来为叶祖洽说话，这是后话了。

而赵顼对苏轼颇为不悦，朕点的新科状元，说是谄媚了朕才点的。是不是选一个会骂朕的举子做状元，他苏轼才称心如意？

赵顼正闷闷不乐的，却收到参知政事赵抃的奏折。赵抃在奏折上说："制置条例司设使者四十余人，扰乱天下。王安石善于诡辩，刚愎自用，诋毁天下公论为庸俗，违背众议，欺瞒民众，文过饰非。近来谏官们多因说话无人听而辞职，司马光受聘枢密，不肯赴任。而且事有轻重，体有大小，一时的财富利润是轻，人心的得失才是重。青苗使者的荣辱去取是小，左右大臣的取舍为大。现在因小失大，去重取轻，臣担心这不是国家的福气啊。"并提出辞去副宰相的职务。

赵顼觉得赵抃对新法的批评有点莫名其妙,前一阵子想罢免青苗法时,赵抃说新法为王安石所创,应等他销假后再议,而今天却说了新法和王安石诸多不是。变法已全面展开,不是你赵抃以辞官能要挟的,要走就走吧。随即罢赵抃参知政事之职,出知杭州,后改为青州。

赵抃去后,枢密副使韩绛兼任参知政事。同时,擢升淮南路转运使谢景温为侍御史知杂事。

正在这个时候,一个叫李定的进京了。此人是秀州军事判官,扬州人,因友人推荐而进京听调。

他先到了审官院(大宋最高的考核和管理官吏的机构之一,承担着考课、磨勘京朝官之重任。长官以侍御史知杂事以上官员充任),遇见谏官李常。

李常听说他从扬州来,就问:"你从南方来,那里的人们对青苗法的看法怎样?"

李定笑道:"那真是狗撵鸭子呱呱叫,好啊。百姓从中获得利益,没有不喜欢的。"

李常一惊。此人刚从乡下来,尚不了解朝中情况,断然不会说假话。但还是问:"你说的可属实?"

李定回道:"属实。这是各县农民都说好的事儿,我何须说假话。"

李常想了想说:"你我虽初次见面,但看在同姓一个'李'字上,我劝你几句,你初来乍到,不了解朝中情况,现在整个朝廷都为此事争论不休,你可千万不要这样说。否则就会遭到攻击。"

李定有些莫名其妙,但还是点头应允。

第二天,李定去拜访老师王安石。当年安石在江宁开馆授徒时,李定曾拜在门下。

安石见了学生,自是欢喜,问了些近况后,便问扬州的青苗法实行得如何。

李定迟疑了一下,便将与李常的谈话说了一遍,并说:"我只知据实情而言,没想到在京师却行不通。"

安石甚是高兴，说："你且等皇帝召见，到时就将实情禀告。"

几天后，赵顼召见李定，询问有关青苗法的事。

李定跪拜了皇帝，说："蒙陛下垂询，臣不敢不实话实说。"

赵顼奇怪地看着他，难道你原本是不想说实话的吗？

李定便把李常劝他的话又叙述了一遍。又说青苗法让百姓得到实惠，百姓都欢天喜地的。

赵顼心情不错，问："你从扬州来，只知扬州好，其他地方又如何呢？"

李定回道："扬州乃鱼米之乡，自古富庶，扬州人都说好，其他地方的穷苦百姓就更觉得好了。臣从扬州至京都，不论是在车上、船上，还是旅店中，只要一提青苗法，没有说不好的。"

赵顼想，此人倒是实诚，只说百姓得到了实惠，并不认为国家从中牟利。从目前来看，青苗法确实让农民得到了好处，虽然借青苗钱也要还利息，但比向私人借贷轻了许多，向朝廷还一点利，百姓是心甘情愿的。这便是青苗法施行后最真实的情形。

当天，赵顼便拟任李定为监察御史里行。罢李常知谏院，落职为校理，通判滑州。

李常来找司马光，说没料到这乡下来的判官竟然把自己劝他的话向皇帝说了，更没料到皇帝会召见他。

司马光叹道，你料不到的事情太多了。皇帝召见他，必是王安石推荐的。你切莫小瞧了这小小判官说的话，他从乡下来，又实话实说，这样的直话比三朝老臣的苦谏更见功力。

见李常呆呆的，司马光又道，一个军事判官进御史台，这可是破天荒的事，朝中自然会有人出来反对。这种人若让他进入御史班子，不知要害苦多少人。

李常眨着眼问，皇帝的旨意都下了，还能反转？

司马光冷笑一声，你真是急昏头了。难道不知任命官员，先由执政大臣征得皇帝同意后起草一个具体意见，再由中书舍人根据这个意见起草诏书，拟定圣旨。

李常喜道，这事儿还有回转的希望？又想自己的罢免诏书已下，不免泄气。说："任命诏书，当由中书舍人宋敏求、苏颂、吕大临三位知制诰起草，由不得你我。而且，王安石的弟弟王安礼的大舅子谢景温也进了御史台。御史台已成了王安石的天下了。"

　　司马光双目望向虚空轻轻道一声，我倒要看看究竟是谁的天下。

　　果然，中书舍人宋敏求、苏颂、吕大临三人拒绝起草李定的任命诏书。理由是，候补、候选的官员不经铨考就擢授监察御史里行，本朝没有这个先例。而且朝例规定，选人不能出任谏官。虽朝廷急需人才，但超越常规，破坏法制，所益者小，所损者大。

　　赵顼连下四次手诏晓谕，宋敏求等人拒不起草诏书。

　　这种僵局通常有两种可能，要么皇帝收回手谕，取消对李定的任命。要么罢免宋敏求三人知制诰之职。

　　宋敏求三人在维护国法的同时，违反了圣命。皇帝的尊严有时是凌驾于国法之上的，岂能冒犯？三人的结局自然是被免职，倒落得个"熙宁三舍人"的美称。

　　虽有些波折，李定还是做了太子中允、监察御史里行。

　　从赵抃辞职、韩绛兼任参知政事，到李定和谢景温进入御史台，无疑是新法派胜了一局。而事情没那么顺利。

　　几天后，早朝。御史陈荐上疏说："李定在做泾县主簿时，他母亲仇氏死了，匿丧不报，不为生母守孝。如此大逆不道，有伤伦理，应将其贬出朝廷。"

　　李定万分惶恐，没想到朝堂之中，竟有人如此了解自己，并妄加罪名，因此分辩说："臣实不知自己是仇氏所生，所以没有守孝。"

　　监察御史里行林旦哈哈一笑："天下岂有不知生母的儿子？不过是有意推脱而已。人子不认生母，与禽兽何异？莫说做官，做人都不配。请陛下严惩。"

　　赵顼想，如果这事属实，那李定还真不配做官。但御史弹劾也是空口无凭，便下诏，着江东、淮、浙转运使调查此案。

　　数日后，转运使上了一道折子，写得颇为详细，说仇氏初嫁饶州浮梁（今江西）林家，生了个儿子。因仇氏生得十分美貌，在乡间惹些男女是非，被林家赶出家门。仇氏便到了扬州，嫁给李问做了妾，生下李定。李定未满三岁时，仇氏又因行为不端被赶出李家，嫁给一个姓郜的人，生个女儿叫郜六。郜六如今已是汴梁教访司中当红头牌，艺名唤着蔡奴。

仇氏离开李家后，从未与李家来往。所以，李定不知道这个母亲，他一直以为父亲的正妻是自己的生身之母。没有为仇氏守孝，情有可原。

赵顼就这事询问曾公亮和王安石。

曾公亮认为李定先不知仇氏为生母，但现在知道了，应当追行服丧。

王安石也赞成曾公亮的主张，但认为御史陈荐滥用职权，捕风捉影，不专心国家大事，而钻营个人私情，居心不良。

赵顼罢了陈荐的御史之职，改任李定为崇政殿说书。

林旦又上疏说，李定没有经过考核就做御史，已是难容，何况如此不孝，又怎能做崇政殿说书？并指责王安石"谊笃师生，极力庇护"。

接下来，司马光与苏轼弹劾李定的奏折相继上了赵顼的龙案。而汴梁城中，苏轼写的一篇有关孝子的文章，被人们争相传阅。明眼人一看就知道是写李定与生母的故事。这种事最容易成为街头巷尾茶余饭后的谈资。人们津津乐道，享受故事的同时，更多的是赞叹大才子苏轼的生花妙笔。

苏轼因何对李定的事这么清楚？原来，仇氏在林家生的那个儿子长大做了和尚，法号"了元"。后蒙皇帝敕赐金钵，赠名"佛印"，以旌其德。机缘巧合之下与苏轼结为好友。一次二人闲聊时，佛印叹说，一个不孝的人因为讨好王安石而拥护新法，便从乡下判官一跃而为太子中允、监察御史里行。朝廷如此轻率，将怎样教化世人？

苏轼惊道，朝廷新任官员叫李定，你说的可是此人？

佛印便把与李定的关系详细说了，苏轼的文章也就写成了，弹劾李定的奏折也送给了皇帝。

苏轼逞一时口舌之快，却不知给自己埋下仇恨的种子。几年后，李定抓住苏轼的一首诗，以讽刺新法为名大做文章，弄出一个震惊天下的"乌台诗案",差点让苏轼送了性命。这是后来的事了。

却说赵顼也拿不定主意。先有林旦等御史的弹劾,又有苏轼与司马光的奏折,又传王安石来问,该如何处置。

安石说,无论李定是否知道仇氏为生母,终已构成不孝的事实,臣也以为他不宜担任崇政殿说书之职。

赵顼便改任李定为集贤校理、检正中书吏房、直舍人院同判太常寺。

这日朝休。清晨,下了一夜的雨停了。

吴夫人见早餐已做好,便命江歌去书房请老爷用餐,自己则往锦瑟的屋子去。到门前听孙子在哭,推门却见王雱沉脸坐在一边,锦瑟正忙着哄孩子。

吴夫人从锦瑟手中接过孩子,抱在怀中轻轻摇晃,孩子不哭了。

吴夫人笑道:"我孙子可乖了,奶奶一抱就不哭了。"又对锦瑟说,"你去吃饭吧,我把孩子给奶妈,他该吃奶了。"锦瑟应声径自去了,并不看王雱。

王雱走到吴夫人身边,说:"娘啊,你看看这孩子,哪点像我?"

吴夫人左手搂着孩子,右手轻轻抚摩孩子柔嫩的小脸,听了他的话,抬眉笑道:"刚满月的孩子,五官都还没有长开,哪里看得出来像谁。"又唤奶妈。奶妈早候在门外,进来抱了孩子去喂奶。

吴夫人拉儿子出来,在穿堂上问:"你又怎么样了?拉着个脸,又跟锦瑟闹别扭了?"

"娘啊,我越看越觉得那孩子不像我。"

"不像你就像锦瑟。"想到孙子粉嘟嘟的小脸,吴夫人又笑道,"你小时候也是这样的,去吃饭吧。"

吃了早餐,王雱跟锦瑟回房不提。

安石回书房读了几页书,江歌来说二老爷来了。

安石喜道:"平甫来了?快请到书房来。"

江歌说的二老爷是王安石的大弟弟王安国。

王安国,字平甫。幼时极为聪颖,虽未曾从师入学,但写出的文章却极有条理。十三岁时登滕王阁作《题滕王阁》诗，言尽而意不尽，极有韵味。读过这首诗的文人，无不称好。现任西京（洛阳）国子监教授。

"平甫啊，你可是有日子没来看哥哥啦。"安石见了弟弟很是欢喜，忙问可吃过早餐？唤江歌快叫厨娘煮面。

王安国忙说已在外面吃过，叫江歌沏壶茶即可。又说："哥头上的白发又多了。你这个副宰相怕是不好做吧。"

安石摸摸后脑勺笑了笑："若是要做一个百姓喜欢的好官，莫说宰相，就是小小的县令都不好做。"

"哥，老弟说句你不爱听的话，你身边的人，表面上都唯唯诺诺，暗地里有几个是真心敬你的？像你一样把天下事当自己的事？他们不都是为了官职和利益而奉承你？尤其是吕惠卿，天下人都说他是奸贼。司马光对哥哥虽不怀好意，但他有句话说得不错，害你身败名裂的一定是吕惠卿。"

江歌送茶和点心来，给二人斟上，带上房门，在门外候着。

安石的黑脸膛看不出是何种表情。说："韩绛是我挚友，现已兼任参知政事。谢景温是四弟安礼的大舅子，前不久进了御史台。这些人难道对我也有坏心？"

王安国道："当吕公著罢免后，皇帝连忙将冯京改任御史中丞，吴充权三司使。据我所知，这二人是坚决反对新法的，况且，这冯京是富弼的女婿。哥，你如此聪慧，怎的就看不懂这是皇帝最有心机的举动？"

安石失声笑道："你在西京教授学子，怎知朝廷中事？还学着揣摩圣意了？"

王安国带着几分鄙夷说："朝堂中事，哪有什么秘密？上午发生的事，下午便传遍全城。不是我揣摩圣意，这是明眼人都看得见的事实。皇帝不是懵懂少年了，他这个举动已表明他内心的想法。作为一国之君，如果容忍对立双方中的任何一方占绝对优势，那么，他至高无上的皇权就会受到威胁。自古以来的帝王，他不一定会治国，但一定懂得权衡此间利弊。"

安石拈块玫瑰糕咬一口,又放下。笑道:"你不是反对我变法的?怎么又替我担忧?"

"我不是反对你变法,是反对你变法太过激进,敛财太急,用人不当。但你是我兄长,我怎能不替你担忧?"

二人絮絮叨叨地说着,一壶茶喝淡了。安石正欲唤江歌换茶,却见吕惠卿推门进来。

吕惠卿是常来的,进安石书房不用通报。

安石很高兴,忙给安国介绍:"平甫,这位是吕惠卿。"

王安国不等他哥哥把话说完,一面翻茶几上的书,一面回答:"时人皆称兄长为孔子,吕惠卿为颜回。如此人物,小弟岂有不识的。"

吕惠卿见他话里话外的讽刺与不尊,老大不自在,待要反击,又碍着安石的面子,只得忍气吞声。

安石也觉得安国说话过于刻薄,但兄弟难得相见,何况是在自己家里,当着外人也不好训斥,便从安国手中拿过书,翻到其中一页说:"昨夜偶然读到晏同叔的小令'红笺小字,说尽平生意。鸿雁在云鱼在水,惆怅此情难寄。斜阳独倚西楼,遥山恰对帘钩。人面不知何处,绿波依旧东流'。"念完笑道,"做宰相的人怎能作这种小儿女情态的词?"

王安国轻轻一笑:"晏公只是偶尔因为得意之事这样做罢了,难道他的事业仅仅停留在这种层次上面吗?"

吕惠卿忙道:"为政者,一定要先排斥郑国的靡靡之音,何况自己干这种事呢?"

王安国面无表情地说:"排斥郑国的音乐,还不如远离小人。"

吕惠卿知道,王安国说的小人是指自己。他没有反驳,而是把这笔账牢牢地记在了心里。今天的来意也不说了,起身告辞。

吕惠卿去后,吴夫人又亲自沏了茶来。看着王安国,若有所思:"平甫,若真如你所说,吕惠卿是奸邪小人,你今天就埋下了祸根。"

王安国挺直腰杆:"大嫂,我远离朝廷,不怕他陷害。倒是大哥,要小心提防此人。"

安石的黑脸膛看不出表情，只见他喝着茶说："你们哪，真是的。惠卿是贤者，与我情同师徒，怎会因一句不恭的话而记恨你？他对我，就像对父辈一样尊重。"

吴夫人笑道："你是说我和平甫，以小人之心度君子之腹吧。我们都是你的亲人，担心你受小人蒙蔽。倘若他真是君子，岂不皆大欢喜？"

安石道："好啦，在家里不要议论外人。"吴夫人低头出去。

"哥，有句话说了你会不高兴，但我还是要说出来。"王安国说，"你在官场上摸爬滚打了数十载，深谙王道而不通权变，深知国家弊病而不懂官场手腕。变法乃是一种利益的重新调整，必然伤筋动骨。你急于事功而又不能因势利导，及时化解矛盾。如今，朝中谏官都因反对变法而被贬黜，这并不能改变他们对新法的态度，他们随时会反戈一击。"

安石沉思着。

风，穿窗而来，带着不知名的花香，混合着落叶腐朽的气息。

第二十二章　王安石行免役法　司马光知永兴军

春去秋来，汴河水匆匆流淌。朝廷中的琐事也从来没有停止过。

熙宁三年（1070）五月中，制置三司条例司归属中书省，执政大臣的权力更为集中。七月，欧阳修在青州因拒不执行青苗法而被罢去宣徽南院使，改知蔡州。九月，曾公亮以年迈为由请求辞去相位，赵顼准辞，并授他为司空兼侍中、河阳三城节度使、集禧观使。同时，将御史中丞冯京提升为枢密副使。

司马光为冯京的提升而高兴。因为，冯京同他岳父富弼一样，是坚决反对新法的。而从他一步步的提升来看，谁说这不是皇帝对新法派的约束？正满怀欣喜时，却闻吕公弼被罢去枢密副使，出知太原府。

吕公弼离京的当天，司马光赶到十里长亭时，已有不少亲朋好友来送行。见吕公弼愁眉苦脸的，有人悄悄议论，吕公今年六十九岁，古稀之人，拖家带口地去太原，岂不悲伤？

司马光正不知如何安慰，却听有人问吕公弼，在京中好好的，因何突然被贬，出知太原府？

吕公弼摇头叹息："说出来丢脸，吕家世代忠良，如今竟出了家贼。"

"家贼？何意？"

"我大哥的孙子吕嘉问，偷了我弹劾王安石的奏疏草稿给了皇帝。"

那人笑道："你莫错怪了人。你大哥的孙子才多大，就是拿了你的奏疏草稿，又有何资格面圣？"

吕公弼顿足道："我哪里知道，嘉问与王安石的儿子王雱竟是好友。他把奏疏偷去给王雱，再由王安石递给皇帝。否则，他有何资格面圣。"

"这就难怪了。唉，你又不是没看见，多少反对新法的朝臣被贬出朝廷。王安石变法获得皇帝支持，谁斗得过他？你这个岁数了安稳一点不好吗？何必去凑这个热闹？"

吕公弼不回答，却朝司马光瞟了一眼，抱拳向送行的人群一揖："多谢众亲朋相送。此去太原山高水长，老朽就此别过。"

多少送别，多少凄惶。马车缓缓离去，扬起的尘土在风中飘散。

吕公弼临去这一眼，令司马光惴惴不安。返城的路上，他暗自揣摩，吕公弼这样看我，又不与我说话，是怨我激励他站出来反对新法？但想到他已经离开朝廷，无须怕他怨恨。

又想到吕惠卿因父亲去世而回家守丧，王安石没有了这个得力的帮手，就如同断了一只臂膀。而且，曾公亮已经辞相，这宰相之职尚在空缺之中，我为什么不能争取？只要手中有了权力，就能与王安石抗衡。曾公亮做了十年的宰相，既无建树，又不能扶正，于国于民都是有罪的，他这样平安地退去，实在是便宜他了。想到此，心情不免轻松愉快起来。明天又是迩英阁讲学的日子，何不趁此表现一番？

第二天，司马光早早到了迩英阁。他看着陆续而来的大臣，禁不住想，上回讲学遭到吕惠卿这个奸贼胡搅蛮缠，害我颜面扫地，这回终于可以畅所欲言了。

等人到齐后，司马光开始讲秦朝兴亡。最后说："秦之亡，可以说是亡于李斯。李斯尊崇荀卿之法，引始皇焚书坑儒，丧失人心。人心一失，便不可收拾，最终导致秦亡。当时始皇在日，过于倚重李斯，把宰相王绾、隗状和士大夫蒙毅、大将蒙恬等忠臣都抛在一边。以为推行李斯之法便可万世昌隆，谁知二世而亡，后人当吸取这惨痛的教训。"

听的人心知肚明，司马光拿李斯影射王安石，都不吱声，只等着看戏。赵顼也朝王安石看去。

却见曾布从角落里站起来说："陛下，微臣想说几句话，不知可否？"自吕惠卿在经筵讲堂上同司马光辩论后，今天曾布想说话，大臣也不觉得奇怪了。果然，赵顼允许。

曾布说："司马大人说秦亡于李斯，是有所指吧。"他微笑地看着司马光，"众所周知，李斯受到重用后，以卓越的政治才能和远见，辅助始皇制定了吞并六国、实现统一的策略和部署。先后灭了六国，完成了统一大业后，建议始皇废除了造成诸侯分裂割据、长期混战的分封制，实行郡县制。又建议并亲力亲为统一文字和货币，他所做的一切，我们后世之人都在享受。大人把亡秦的责任都放在李斯头上，为什么不是蓄意灭秦的赵高呢？"

曾布这年三十五岁。当他被重用时，人们都以为，王安石与曾家是世亲，给自己找个跟班的，后又仗着权势将其推荐为崇仁殿说书。没想到还有些真本事，竟让堪称儒家典范的司马光下不了台，一番言辞比吕惠卿更为尖锐。

司马光又输了一回，自认是讲课的选题选错。过了几天，听说冯京提为参知政事，三司使吴充提为枢密副使。吴充与王安石是儿女亲家，王安石的女儿嫁给了吴充的儿子。

更可气的是，成都双流人邓绾，原是宁州（今甘肃宁县）一个小小的通判，因上书朝廷说"皇帝任用贤能，推行的新法极受宁州百姓爱戴和拥护。以臣亲眼所见而推论，可知天下皆然"。这几句谄媚的话，竟被任命为集贤校理。

司马光想到这种种，不觉心灰意懒，连上几道表求去。说自己没有能力协助推行新法，恳请圣上准许他离开朝廷。地不分远近，官不计大小，在地方上为朝廷效力也是一样的。

赵顼见他求去心切，便准了，明诏司马光以端明殿学士，出知永兴军（今西安）。

熙宁三年（1070）十二月七日，朝廷宣布立保甲法。

其主要内容为：乡村住户，不论主户和客户，每十家（后改为五家）组成一保，五保为一大保，十大保为一都保。凡家有两丁以上的出一人为保丁，以住户中最有财力和才能的人担任保长、大保长和都保长，同保人户互相监察。农闲时集中训练武艺，夜间轮差巡查维持治安。保甲法既可以使各地壮丁接受军训，与正规军相参为用，以节省国家的大量军费，又可以建立严密的治安网，把各地民众按照保甲编制起来，以便稳定秩序。

朝廷计划是先立保甲法,待免役法全面推行后,再颁布实施保甲法。

十二月九日,赵顼以王安石、韩绛为中书门下平章事,就是升为宰相。以翰林学士丞旨王珪参知政事。

十二月二十二日颁行免役法。

免役法,又叫募役法,是王安石和吕惠卿曾布等人经过一年多的酝酿和详细调查,并征得赵顼的同意而制定的新法,是对大宋立国初期就定下的差役法的改革。

免役法规定:废除之前的差役法。把百姓按贫富分为五个等级交钱,名为"免役钱"。另外官户、女户、寺观、单丁、未成丁者也分等级交钱,名为"助役钱"。凡交钱首先要决定州县要雇用多少人,就以此数值来平均分摊,再多收两分,叫做作"免役宽剩钱",用这些钱来募人代役,先在开封府试行,然后向全国推行。

几天后,便有附近的百姓到开封府,要求降低等级。有的朝臣也反对收纳"免役钱"。

赵顼见免役法遭到如此多的反对,也生了疑虑,问,为何要收"免役宽剩钱"?

曾布回说:"今役钱必欲稍有羡余,乃所以备凶年,为朝廷推恩蠲减之计,其余又专以兴水利,增吏禄。"

安石更加耐心详细地解释:"如果某州某路遇到大的灾荒之年,这一地方当年的免役钱便不能征收了。便可以动用免役宽剩钱招募农民来兴修水利,既足以使这些农民免除饥寒,又给国家修建了水利工程,只要陛下不用这些钱来大修苑囿陂池奢侈浪费,多收一些钱对于朝廷和百姓都是有好处的。"

安石知道,还会有更多人出来反对。因为,如今新法宽厚优待的,是乡村里不能自己表达其愿望的贫苦农民。裁度取用的是官宦和豪强富户,他们有控制舆论的能力,看到新法的施行对他们不利,便出来阻挠。

果然,任河南府(今河南洛阳)留守推官的苏辙说:"服役的人不可不用乡户（农民），犹如官吏不可不用士人（读书人）。"

开封府推官苏轼说："自古以来，服役的人一定要用乡户，犹如吃饭必用五谷，穿衣必用丝麻，水上行走必用舟船，陆地行走必用牛马。虽然在这中间也许会有替代物品，但毕竟不是人们经常用的。"

不仅如此，他还认为："士大夫抛家舍业，背井离乡到处去做官，效力之余也希望能有一些乐趣，这是人之常情。如果连厨房都变得萧条简陋，连饮食都变得很粗劣，就像是一个国家处于危难之中，这恐怕不是太平盛世的景象。"

攻击新法的理由和言论比比皆是，不一而足。

这天早朝后，赵顼留下几个大臣讨论免役法的利弊，又说到反对免役法的人。他问："按苏氏兄弟奏疏上说的，农民服役是天经地义，不可改变的。人生来就有高低贵贱之分。可古往今来，并没有专门服役的人，也没有征用农民服役的法令呀？难道，苏轼反对免役法，仅仅是因为厨房简陋，不能令从外地来做官的人尽情享乐吗？以他的观点，怎样才算是太平盛世呢？"

枢密使文彦博接道："臣赞成苏轼的观点。祖宗的法制都很周全，没有必要加以改变以致失去民心。"

赵顼问："你说的'民心'指的谁？役法的改革，士大夫确实不高兴，但对老百姓却没有什么不方便的。"

文彦博对皇帝的问话有些恼怒，便说："陛下别忘了，陛下是和士大夫一起治理天下，而不是和百姓一起治理天下。"

赵顼一时怔住。文彦博倚老卖老，竟敢顶撞朕。但细想来，他说的也有几分道理，他是把百姓的利益排除在外，首先要保证皇帝和官吏以及士大夫的利益。便说："也不是所有士大夫都认为变法不利，还是有人赞同变法的。"

安石在一边听着，皇帝如此回答，是认可文彦博的说法了。待要说几句，又想，文彦博顶撞皇帝已属无理。我若反驳他，恐他老脸过不去，皇帝在中间也为难，便把到嘴边的话咽了回去。

每一项新法，明里暗里都有人反对。改革艰难地进行着。

却说司马光在永兴军，见新法接连推行，暗叹自己离开朝廷，再也无人出面反对新法了。听说陈升之因母亲去世而罢相回乡守丧，范镇致仕归田。王安石和韩绛做了宰相，成都华阳人翰林学士王珪拜参知政事，也就是副宰相。他后悔在京时没有推荐枢密使文彦博出任宰相。又想，若有人举荐自己，就皇帝对自己的赏识，也不是不可以做宰相的。当初何必连上几道折子要求外放，如今山高水远，京都何处？真是悔之晚矣。

悔恨之余，又琢磨着，执政的四个宰相，韩绛无疑是与王安石一条路走到黑的。那王珪是个趋炎附势之徒，为维护自己的地位，必定紧跟王安石，做新法的拥护者。冯京是富弼的女婿，公开反对新法，与王安石水火不相容，势必不长久。如果可以回京，那我为什么不回去？可现在想回京谈何容易。

司马光在窗前伫立良久。这是他来永兴军的第一个春天，在京都，汴河两岸早已绿柳藏莺，绯桃吐艳，可这里依然是一派萧条景象，旷野的草都不曾有一点点绿意。他回到书案前坐下，随手翻一本书，见书中夹的纸上写有一首诗：

　　昨日春冰破水边，今朝腊雪坠风前。
　　岁华过目疾飞鸟，壮志如何不着鞭。

他想不起这首诗是何时所写，竟像是写此时的心境。他叹息着，今年五十二岁了，两鬓的白发又添了几许，离京都却是越来越远，还说什么壮志未酬？又一眼瞥昨日收到的推行免役法的诏书，气不打一处来，便铺纸磨墨，不假思索地写道："上等户本来是轮流服役，有时间休息，现在让他们每年都交钱，等于变相剥夺了他们的休息时间；而下等户和单丁户本来不需要服役，现在也要让他们交钱，鳏寡孤独全部需要交钱，如今咱们只知道求钱了吗？丰收之年百姓贱卖粮食换钱，而灾荒之年就只能砍伐桑树枣树、杀牛卖田来交钱，这样让他们如何谋生呢？这个法规，富户或许能勉强支撑，但贫户只会越来越穷。"

赵顼看了司马光的奏疏后，传王安石、韩绛觐见。

韩绛说："司马大人不知道是装傻还是不了解下面州县的情况。百姓不怕交税，就怕服差役。家里没有劳动力干活会饿死家人，服差役会累死人，而且就算服差役也没法省钱，伙食都要自备。至于说下户免差役，这只是官员说的，其实，早在仁宗时期，差役就已经转移到下户了。上中户有钱有关系，用各种方法逃差役，但活还是要人干，所以原本按规定免差役的下户就成了服差役主力。有了免役法后，按标准收钱，上中户跑不了，官府也没法逼下户白干活，只能雇人，对百姓的好处是非常大的。"

赵顼沉思着说："司马光与你们知识、年龄不相上下，以前你们是相处得很好的朋友，他为何如此强烈地反对变法？无论哪一项新法，他都反对。难道真是新法不好吗？"

安石看一眼韩绛，没有说话。

赵顼又道："司马光说'自古以来，徭役皆出于民，今一旦变之，未见其利也。且受雇者皆浮浪之人，使之主守官物则必侵盗，使之集公事则必为奸，事发则挺身逃亡，无有田宅宗族之累。彼青苗钱以债与民而取其息，已是困民之法。今又使横出数倍之税，民安有不困蹙者哉'。他的意思是现今的变法将事情搞得一团糟，还不如遵循祖宗旧法。"

韩绛忍不住又道："自介甫变法以来，司马大人就是这个意思。"

"朕登基后，有一次翻看英宗治平年间大臣的奏折，司马光曾上书说：'置乡户、衙前以来，民益困乏，不敢营生，富者反不如贫，贫者不敢求富。安有圣帝在上，四方无事，而立法使民不敢为久生之计乎？'事隔三四年的时间，怎么会说出两种截然相反的话？几年前认为朝廷立法有问题，如今又反对所有的新法，认为旧法不能改变。"赵顼说着，摇摇头。

韩绛道："司马大人不是反对新法，是反对介甫。"

安石忙道："子华，不可这样说。多年前，我与君实就是惺惺相惜的朋友，在爱好和处世方面有许多相同之处。君实操行修洁、博知经术，行义信于朝廷，文学称于天下。他是儒家教化下的典范，自有对事物独特的认知。"

赵顼想，司马光与王安石二人给予对方的评价都很高，也很中肯，又都才华超卓，名重天下，若能在变法上有共同的认知，一起辅佐朕，朕何愁大业不成？可如今，一个积极推行新法，一个极力反对新法，针锋相对，实在是令人头痛。

自用王安石变法以来，头痛的事情从来就没有停止过，不知以后还会发生什么。作为一国之君，想做点有益于国家的事情，竟如此艰难。想到这里，赵顼又倍感伤神。

前面说了，先立保甲法，待免役法正式推行后，再实施保甲法。保甲法是为加强地方治安而建立的地主武装，用来保卫地方，纠察盗贼，有地方警察的作用。而一旦发生战争，便可以征调上前线，与朝廷正规军相表里，共同来保卫国家的安全和维持整个社会的稳定。

建立保甲法，是要从根本上解决两个问题：一是社会治安问题；二是改革兵役制度。

保甲法在开封府试行。负责在开封府推行保甲法的赵子几上疏说：昨任开封府曹官，往来畿县乡村，察问民间疾苦，皆以近岁以来，寇盗充斥，劫掠公行。虽有地分耆壮邻里，大率势力怯弱，与贼不敌。纵能告捕赴官，其余徒党辄行仇报，肆其惨毒，不可胜言。诘其所以稔盗之由，皆言："自来乡户，各以远近，团为保甲。务觉察奸伪，止绝盗寇。岁月浸久，此法废弛。兼初置保甲，所在苟简，别无经久从长约束，是致凶恶亡命容于其间，聚徒乘间，公为民患。"

"盗寇充斥，劫掠公行"，京畿重地尚且如此，何况地方上？可以想象，百姓的日子何其艰难。

任何一项新法的实施都不会一帆风顺。

这日早朝后，赵顼留下王安石和王珪。说开封府尹韩维递折子报告，反对保甲法的百姓到开封府衙闹事，有人宁肯砍掉自己的手指或弄折手腕来逃避当保丁。此事是否属实？遇到这种情况该如何处置？

安石奏道："回禀圣上，臣已派赵子几查察清楚，是一村民砍木头误伤手指，被别有用心之人利用。很多人可以证实此事。"

赵顼皱起眉头："总之，是因为有人反对保甲法，才会利用此事。"

安石忙道："推行保甲法，朝廷有大臣不满，州县官员嫌麻烦，而乡间的盗贼及无赖更是坚决反对，老百姓是支持的。因为有了保甲法，他们的日常生活会更安全一些。"

赵顼不语，安石接着说："天下之大，无奇不有，先朝为躲避衙前、里正而上吊者有之，逼迫寡母改嫁者有之，大臣们都视而不见，听而不闻。今天有人砍木头伤了手指却大做文章，是何居心，不是一目了然吗？即便有人砍断手指以逃避当保丁，也不足为奇。陛下为天下之主，如果只任民情，那么又何必设立国君建官置吏呢？"

赵顼沉思着，听安石继续说："实行保甲法，不但可以根除盗贼，也可以使百姓慢慢熟悉军事，又节省了朝廷经费，一举三得。请陛下坚决果断，要不恤人言而推行之。"

赵顼郑重地点头。突然又紧盯着王安石，低低笑了几声。不由得想起《辨奸论》，也不知何人所写，写他邋遢倒是极为真实。

王珪与安石并排站着，早看见一只虱子爬上他的胡须，此刻见皇帝笑了，也忍俊不禁，又恐失态，便扭头以袖掩面。

安石莫名其妙，不知这二人为何突然这般模样，难道是我说错了什么？却也不好当面问。直到出了皇城，才问王珪："皇帝因何发笑？"

他不问还好，这一问，王珪先前忍住的笑，就像开了闸的水往外奔泻，笑出了眼泪，笑弯了腰。

等他站直身子，抹干眼泪，安石黑着脸问："笑够了？"

王珪忙拱手道："相爷恕罪，实在是相爷胡须上的虱子好笑。"

安石忙低头看自己的胡须，抬手就捉到一只虱子，噗的一声脆响，捏死了。

王珪忍不住又笑道："相爷可不能就捏死了啊，这可是在宰相胡须上游玩，有幸被天子御览过的虱子啊。"说得安石也大笑起来。

第二十三章　暮色渐浓风渐紧　欲寻何地看春归

熙宁四年（1071），新年后，曾布把王雱推荐到皇帝座前，将他的《老子训传》、《南华真经新传》二十卷、《论语解》十卷、《孟子注》十四卷等著作一并呈上。

赵顼读了几篇，觉得见解独到，文采卓然，有大家风范。便任命王雱为太子中允、崇政殿说书，擢天章阁待制兼侍讲。

王雱二十三岁进士及第，二十七岁成为皇帝身边的文学侍从，并奉诏撰《书义》《诗义》，在外人看来，真可谓少年得志。

最高兴的是吴夫人。儿子留在京城，一家人在一起，该是多么惬意的天伦之乐。她天天逗着孙子，盼着孙子快快长大，盼着锦瑟再生一个。而锦瑟看上去，却显得很憔悴。吴夫人请了最好的奶妈带孩子，命她好生休养，旁的事一概不必操心。

锦瑟却做不到。或许，整个府里只有她知道，丈夫并没因为留在朝廷做皇帝的文学侍从而志得意满，反倒是心事重重的样子。而她在意的，也不是丈夫的官职大小，是丈夫对待儿子的态度。自从儿子出世以来，他就像变了一个人，并无半点做父亲的喜悦。

不，孩子出世之初，他是喜悦的。那是一种孩子似的开心快乐兴奋，仿佛是母亲为他生了个可以伴他长大、陪他玩耍的弟弟。

那时，孩子太小，就像一团柔软的棉花，他想抱，却不知如何下手。那种既好奇又焦急的神态，曾令锦瑟既感动又好笑。

后来，孩子渐渐长大了，粉雕玉琢似的，阖府上下，没有人不喜欢。每当抱着他，他长长睫毛下黑葡萄似的瞳仁看着你，柔嫩的粉唇一张一合，咿咿呀呀的，像是在与你交谈。这个时候，再坚硬的心、再多的忧愁都要融化在这清澈得如同深山古潭般的眼眸里。

而王雱却不一样。以前他还抢着抱孩子，现在连看都不看孩子一眼。有时遇见吴夫人逗孩子，他会站在旁边看着，那眼神是高深莫测的，有时欢喜，有时沮丧，更多的时候则是冷漠。

这天午后，锦瑟歇了午觉起来，逗孩子玩了一会儿。丁香见她没精打采的，只道她没睡好。轻声说："少奶奶刚歇了午觉，可是有点儿头晕？若不想再睡，何不去花园逛逛？走走路，吹吹风，人也爽快些。"

锦瑟说去逛逛也好，免得夜间又走了瞌睡。又道："这一向也不知怎么了，合上眼皮就做梦，说是睡觉，实在是比干活还累。"

午间下过一阵雨，雨打下一些黄的青的叶子，铺满了小径。走在上面，簌簌地响。锦瑟漫无目的地走着，目光在花草树木间游移。雨虽停了，却没有太阳，天低云暗，更显得园中青的滴翠、黄的泛彩。那一篱雏菊竟都打着饱满的花苞。

锦瑟蓦然警觉，秋天来了。心底竟生出些许感伤，不想再逛下去，便往回走，顺着游廊拐到东厢暖阁——王雱的书房。

她说不清到丈夫的书房来做什么。好些日子没来书房了。

锦瑟坐在书桌前，极为怀念生孩子以前，与丈夫一边品茶，一边读书的日子。但她感觉到，那样的日子一去不复返了。

她想不明白究竟发生了什么，丈夫同两年前判若两人。原先那个温文尔雅、博学而多情的男人，变得高傲自大、脾气暴躁。动则使性子倒也罢了，最可气的是，一个著《老子训传》的人，会因一点小事而猜忌打骂，令人身心疲惫。

有一次，王雱不知为什么发脾气，在书房里把茶碗、茶壶、砚台摔了一地。用人来打扫时，他就像孩子一样撒泼耍赖，躺在碎片上不让打扫。闻讯而来的吴夫人像哄孩子似的把他哄起来，带回自己的屋子。事后，吴夫人有些难以启齿似的对锦瑟说，元泽从小就犯有"心疾"，在江宁府和京城不知请了多少名医，都未能治愈。

娘胎里带来的心疾？锦瑟想，他每次无理取闹就像一个心智不全的人，就像个疯子。疯子？她突然被自己的想法吓了一跳，她抚着胸口安慰自己,不是这样的,一定不是。是自己想多了。

正在此时,丁香提着食盒进来,笑道:"夫人命人送来刚出炉的新鲜点心,奴婢就沏了少奶奶爱喝的点茶,一并送来。"说着话的当儿,已从食盒里取出一碟碧涧绿豆糕,一碟芙蓉饼,一壶点茶。

锦瑟忙道:"夫人费心了,我却是不饿。"

丁香一边斟茶,一边说少奶奶即使不饿,也略尝尝,方不负夫人爱惜之意。见锦瑟无话,带上房门离去。

锦瑟就着热茶吃了一块碧涧绿豆糕,随手拿起案头的一本《论语解》。这是王雱自己著的书,共十卷,她读过前两卷。翻开扉页,见夹有一张浣花笺,上写着:

霏微细雨不成泥,料峭轻寒透夹衣。
处处园林皆有主,欲寻何地看春归?

这是一首送春诗,清新自然,却也充满了抑郁。前两句写暮春天气常见的景象和感受。春天归去,总是伴随着风风雨雨。几番风雨摧折得春残花谢。从后两句看,他没有把自己当作这花园的主人,还在寻寻觅觅。那么,他觉得父亲是这座园林的主人,而自己是在父亲的庇护下,才得皇帝封了个文学侍从官。他将这满腹的惆怅都寄托在这首小小的伤春诗里了。

从这首诗看去,丈夫哪里像"疯子"呢。锦瑟有些倦怠,也没有了读书的兴致,便将诗笺夹进书的扉页,原样放好,又唤来丁香收拾点心盘子和茶碗,自己则回到卧房。

秋日渐短,雨后的黄昏也总是来得早些。天光渐渐淡了,窗纱上的树影在暗色里慢慢洇了开来,仿佛一团浓墨。夜风从纱窗缝隙漏进屋来,透着几许薄凉。锦瑟蜷缩在黑暗中,听丁香在隔壁奶妈房间逗孩子玩。

过了一会儿,丁香过来点了灯。见锦瑟抱着双膝歪在床边,一双眸子亮晶晶地盯着自己,倒唬一跳,忙近前问:"少奶奶哪儿不好吗?"

锦瑟坐直身子道:"这才入秋,就有些冷了。"

丁香忙打开衣橱拿了一件葱绿色的夹袄侍候她穿上,忍不住道:"冷了也不盖着睡,受了凉可怎么着?"

锦瑟暗叹一声,身上冷可以添衣加被,心里冷却又如何?

吃过晚餐,锦瑟回到屋里还未坐定,便见王雾掀帘子进来,带着一股子酒气。她忙迎上前,笑道:"这是同朋友喝酒了吗?"便替他更衣。

王雾一甩袖子,斜眼看着她:"我同朋友喝酒,关你何事?"

他这一甩手用的是酒劲,不知轻重,锦瑟不曾提防,一个趔趄往后倒去,幸而被梳妆台挡住,却一时起不来。听他说的话,更是气噎。

王雾快步过来,俯身盯着她:"摔疼了也不流泪?你的眼泪果然是为别人流的。"

锦瑟气急。王雾逼得太近,口中呼出的酒气直喷到脸上,她几欲呕吐。却又不敢分辩,两行清泪潸然而下。

王雾大笑一声:"又挤出几滴泪来了,比那戏台上的戏子更有趣了。"

锦瑟再也顾不得许多,抹把眼泪,怒道:"在外面喝多了,回来耍酒疯,说什么混账话?"

王雾倒像清醒了许多:"我说混账话?"从袖子里摸出一页纸啪的一声拍在梳妆台上,"自己瞧去,我没脸读你这大家闺秀写的东西。"

锦瑟拿起纸笺,泪眼蒙眬地看去,原来是自己填的两阕词。

菩萨蛮·问卿

三更灯火犹明亮,三更弦月如眉样。风露落花笺,画栏轻拂烟。

市声声渐远,倦欲抛青简。无梦又无眠,问君寒不寒?

天仙子·风渐紧

暮色渐浓风渐紧,蛱蝶复还花下隐。长街歌鼓入帘来,茶也闷,诗也闷,卧听市声眠不稳。

明日雨晴无定准，莫凭雁书相借问。披衣移步向西园，行一寸，跟一寸，最恨月儿随远近。

这是王雱去年在旌德任上，自己独守闺房无聊时所作。词中缠绵的情意，殷切的思念，孤灯无眠的寂寞，不都是为他而写的吗？委屈的眼泪滴落于词笺，将一个个字洇成一团团的墨。她想解释，想给他说说词意。人，不能污人清白。夫妻间的清白尤为重要。当她回过身来，却见王雱仰面倒在床上，已酣然睡去。

恰在此时，吴夫人挑帘子进来。锦瑟一时不知如何是好，忙将词笺笼进衣袖，低眉垂首立在床边。

吴夫人向床上看了一眼，拉起锦瑟的手，笑道："锦瑟，这是怎么啦？元泽又跟你闹了？好孩子，来，咱娘儿俩说说话，不理他。"

锦瑟思忖着，看婆婆这神情，怕是不知王雱因何与自己斗气。若真的不知，倒是好事。若是装着不知，我要不要主动说给她听？可这两首词白纸黑字地写着，当时并没有标题注明是写给夫君元泽的，我又如何解释得清？

锦瑟嫁入王家，就听说婆婆与公公是表兄妹。公公13岁时祖父病故，随其父在家守孝，守孝的三年，与表兄妹同窗共读。而且婆婆文采绮丽，有小词《约诸亲游西池》，文风洒脱可喜，其中"待得明年重把酒，携手。那知无雨又无风"句，更受人们喜爱。

既如此，婆婆必有不同于常人的见识。我何不把这两首词给她看，给她说个清楚明白？也免了家里人的胡乱猜测。锦瑟正欲拿出词稿，却见门帘掀起，奶妈抱着孩子进来。

吴夫人忙上前从奶妈手中接过孩子，见小家伙脸蛋红扑扑的，小嘴嚅动着像是要说话，欢喜得不得了，笑道："我孙子多可爱呀，只要看见他，我什么烦恼都没有了。"

锦瑟慢慢走拢去，把词稿往袖子里塞得更深些。婆婆应当最了解自己的儿子，很多事情都用不着解释。或许她什么都明白，因为每次他们小夫妻吵闹时，她都是这样安慰自己，眼神里的关爱，是怎样也装不出来的。

锦瑟随吴夫人至外间软榻上坐下。丁香捧了盆热水来给王雱擦脸，费了老大的劲才脱掉他身上的朝服。王雱口齿黏糊地说着什么，翻个身更深沉地睡去。

吴夫人正逗孩子，见丁香从里间出来，关切地问："元泽怎样了？可是吐了？"丁香回说大爷睡得可香了，不曾吐。

恰巧江梅来传话，说老爷已经回府，听闻夫人在少爷屋里，问少爷怎样了呢。

奶妈忙接过孩子。吴夫人进里间走到床边坐下，细细看一回儿子的脸色，听他呼吸均匀，暗暗舒了口气。又叮嘱丁香晚上警醒些，好生侍候着。这才由江梅挑了灯笼引路，往前面来。穿过回廊，正要往餐厅去，却见江歌托了茶盘来，知是给安石送茶的，便接过茶盘往书房去。

安石见她进来搁了茶盘不说话，心中诧异，放下笔问："看你愁眉苦脸的，是元泽病了？"

吴夫人摇头道："是在外头喝多酒了。"

安石说："只要不犯旧疾就好。"又说，"叫他以后不要喝，我这半辈子没喝酒，不也过来了？"

吴夫人却问："你今儿如何回来得晚些？"

"同王珪商量事情忘了时辰，出皇城时天已黑尽。他提议找个干净的小店喝两盅，说这天天事务繁杂，很是疲累，喝点酒好睡觉。我让他自个儿喝去，我就回家了。家里的饭菜，吃了比下馆子都舒坦。"见夫人并没有听自己说话，忙问："你心不在焉的，是元泽有事？"

吴夫人道："元泽这情形，同犯旧疾一样可怕呢。"

"怎么个情形？"

"今儿也不知同何人一起喝的酒，回来就与锦瑟吵。等我过去，元泽已经睡下了，锦瑟哭红了眼睛。"

安石笑了笑："小夫妻吵架不过夜，明儿一早就好了。"

"怕不是你说得这样简单，这次元泽打了锦瑟。"

安石瞪眼道："倒是出息了。为何打老婆？"

吴夫人欲言又止。

安石两道粗黑的眉毛拧到一处："你跟我有什么不好说的？"

"锦瑟生了孩子之后，元泽一开始还有初为人父的喜悦，可现在越发不像话了，竟然说孩子不像他。"

安石失声笑道："这是什么古怪念头？孩子不像爹就像娘。他是不是读书读傻了？"

"他是有旧疾，但不傻。"吴夫人面无表情地说，"元泽怀疑孩子不是他的。"

安石霍然起身，厉声道："你也傻了？锦瑟自嫁进王家，她怎样的行径，外人不知，你也不知？"

"我自然知道媳妇的为人。"吴夫人轻声说，"可我不知儿子为何有这种奇怪而荒唐的想法。他看孩子时，那种冷漠和憎恨的目光，我见了都害怕，更别说锦瑟了。"

"如此说来，元泽同锦瑟吵闹是为这件事？"

安石走到窗前。外面漆黑一团，只有窗棂借着微弱的灯光投下几柱黑影。

吴夫人走近来，说："元泽近来常饮酒，必是同曾布一起。你明儿同曾布说说，叫他不要邀元泽。喝了酒更是闹得凶。"

安石没有回答，觉得都是些家长里短的小事，曾布同他一样，忙得很，哪有闲工夫天天闹酒。他看着窗外，暗夜里的院子看上去很安静，只有风摇树叶的声响。

第二十四章　曾布为新法辩护 阐述诬陷的产生

夜幕下，大街上的歌楼酒馆门庭若市。一家家门楼上挂着的红灯笼，远近辉映，喜庆、绚丽。微风吹拂，歌声管弦声，和着摊贩的叫卖声，喧闹嘈杂，流淌着烟火人间里最浓郁、最真挚的温情。

曾布从紫烟阁出来，不骑马，不坐轿，慢慢走着，品味这天子脚下不夜城的无边旖旎。他觉得这便是人间该有的样子。今夜他没有喝酒，竟有几分醉意。难道是因为养女惠兰过关斩将，从百名优秀女子中脱颖而出，当选朝廷女官吗？他暗自笑了，抬眼见如黑琉璃般的天幕上，七八分满的月亮堪堪挂在钟鼓楼的塔尖。月亮又要圆了，曾布想着，加快了脚步，他要早点回家，把这个好消息告诉家里人。

在才子如过江之鲫的京城，一个女孩儿凭什么入朝为官？这还得从曾布的妻子说起。

曾布的妻子姓魏，名玩，字玉汝，祖籍襄阳，擅文章，工诗词。

江西南丰曾家乃儒学世家。嘉祐二年（1057），曾布与哥哥曾巩、曾牟及堂弟曾阜一同登进士第。魏玩嫁给曾布时，曾布正在宣州任上。她的妆奁中有一箱书，亲戚朋友都说，魏家不愧是世家，连女儿也有诗书的脉传。南丰曾家与襄阳魏家，还真是门当户对呢。魏玩也认为自己嫁对了人，对夫家有种莫名的崇拜和敬仰。

地方小官比较清闲。闲暇之时，曾布与妻子白天园里种菜，夜间挑灯读书，一俗一雅，有着人间烟火里的别致。某日夫妇二人下荷塘采莲，当夜，魏玩便填了一阕《菩萨蛮》，并抚琴唱曰：

红楼斜倚连溪曲，楼前溪水凝寒玉。荡漾木兰船，船中人少年。

荷花娇欲语，笑入鸳鸯浦。波上暝烟低，菱歌月下归。

这阕词写得清新别致，将少年夫妻的恩爱和愉悦尽付与采莲这一快乐的活动中。琴音袅袅，佳人如玉。融融灯火下，曾布和着节奏打拍子，沉醉在妻子婉转的歌声之中。

嘉祐六年（1061）五月，魏夫人生了长子曾纵。二年后，当次子曾缨三个月大时，曾布带回一个五六岁的女童，说是一位张姓同僚的女儿名叫惠兰。其母早已去世，其父也得了重症，临终前将女儿托付给自己。

魏夫人可怜她这般年幼没了双亲，便当作亲生女儿一样对待。惠兰很聪明，见夫人和善，便极力地讨好奉承，常常做些用人的活儿。魏夫人却不让她干粗活，每日教她识字读书，后又教她作诗填词的要领。

至熙宁二年（1069），曾布从地方迁往开封府为官。后经王安石举荐，向朝廷上书言政，颇得皇帝器重，将其安排在三司条例司，协助王安石推行新法。曾布便在汴梁城内的兰桂坊置办了宅院，将妻儿和养女惠兰一并接了来。

去年年底，恰逢朝廷招聘女官，他突发奇想，何不让惠兰去试试呢？若考上了，被选在皇帝身边也说不定呢。

魏夫人却不以为然。朝廷，自古以来便是男人角逐的沙场，多少有识之士在这里拼得一败涂地，甚至丢了性命。而后宫，更是一个集绮丽与诱惑、温柔与冷酷、血腥与脂粉于一体的战场。皇帝身边的女人，为争宠明争暗斗，其手段超乎想象。一个没有根基的女人，在后宫怕是难以立足。曾布哪里听得进去，替惠兰报了名。而惠兰表面上对养母的话唯唯诺诺，暗地里却想：我父母双亡，无人可依靠，凭我自身的容貌和才华，就不信在后宫无立足之地。得知养父替她报上了名，暗自欢喜，便打起十二分的精神应对。

曾布一路想着，不觉已到家门。

听到院门响，惠兰迎了出来。曾布看出那女孩儿满眼的期待，却一面问"你母亲在哪儿",一面往里去。

曾布进堂屋见了夫人,拱手笑道:"恭喜夫人,贺喜夫人,你的学生张惠兰被朝廷录为女官。"

魏夫人淡淡一笑,问:"相公可是用过晚餐了?"

曾布说今晚有几位女官的父亲在紫烟阁置酒庆贺,吃过晚餐回来的。

惠兰沏了茶来,给二人斟上。

魏夫人见惠兰眉目含笑,脸儿绯红,料她已听见曾布的话,便问:"不知是何种职务的女官呢?"

曾布说分在尚服局的司饰。又说,尚服局下有四司:司玺、司衣、司饰、司仗。司饰专掌簪珥花严、汤沐、巾栉。

惠兰满腔的热血,这一瞬间都凉了,垂头立在一边。这么个职务,哪里用得着满腹的才学和绝美的容貌?看不看得见皇帝还不知道呢。

魏夫人像是看透了她的心思,说:"不是每个去考的女孩儿都能考上,可见你的优秀。你能进朝廷为官,也是为你父亲的门楣添彩。再说了,后宫诸多佳丽,也不是每位妃子都能得到皇帝的宠幸,有的人终其一生都未能见皇帝天颜。你既被朝廷录为女官,就好生地去做。"

曾布也安慰道:"有些苦读了十几年的学子,中了进士的,一辈子都没能进京做朝官。你一个女儿家,小小年纪就能在皇宫大内做事,该是多大的荣幸。虽是侍候人的活儿,若做好了,谁能说不被皇帝看中?"

惠兰重重地点了点头。

魏夫人皱了皱眉头,为何要给她这种空泛的希望?脚踏实地地做分内的事,不好吗?何必要往皇帝身边挤?见他爷儿俩兴奋的神情,便把这想法咽回肚子里,只说老爷忙了一天,该歇息了。自己则起身回卧室。

曾布嘱咐惠兰收拾好平时常用的物品,明儿一早进宫。说毕便进了书房,他要给皇帝写一份奏疏。

自王安石推行新法以来,没有哪一项新法的实施是顺利的。免役法更是遭到士人君子的攻击和诬陷。一犬吠形，百犬吠声。骂王安石不切实际，是执拗、苛刻残酷之人。骂他的下属都是溜须拍马的钻营之辈。而文彦博更是对皇帝说"陛下是和士大夫一起治理天下，并非和百姓一起治理天下"。果真如此的话，是不是要掠夺老百姓的财产，去取悦士大夫？这样是不是就天下大治了？

王安石带领我们推行的新法，没有哪一项是不利于百姓的，也没有哪一项是有害于士大夫的。士大夫的利益和百姓的利益，就一定是互相冲突的吗？皇帝听得见士大夫的言论，却听不见百姓说了些什么。

曾布是司农寺的主要负责人，不说为王安石辩护，他要为自己辩护。

他写道：

……京城附近的上等户完全停止了过去的衙前差役，所以如今他们缴纳的钱财比过去服役时的费用减少了十分之四五。

中等户过去要充当弓手、手力、承符、户长之类，如今要求上等户、坊郭户、寺观、单丁、官户等都出钱作为助役的费用，所以他们的花费比过去减少了十分之六七。

下等户完全摆脱了繁杂的事务，专门充当壮丁，而且不用缴纳一贯钱，所以他们的花费比从前减少了十分之八九。

大抵上等户减少的费用少一些，下等户减少的费用多一些。批评者说，新法的做法是优待了上等户，虐待了下等户，于是得出聚敛的结论，这纯属诽谤，真不知从何说起，这是我不明白的地方。

提举司鉴于各县在考核农户等级时有不切实际的地方，所以首次制定了农户等级升降的条例，开封府、司农寺开始讨论这个方案时，大概不知道过去也曾有过增减农户等级的情况，但过去的规定是每三年重新登记一次，农户的等级也常有升降，如今根据考核的结果有所增减，也不能说做得不对。何况我们从一开始就向农户公布了考核的情况，如果有不符合实际情况的，还可以加以改正，而且所有农户等级的增减实际上并没有马上执行。批评者却认为，核算农户的财产，确定他们的等级，是想多多收取助役钱，而把一些农户升为上等户是要使免役钱的数目更加充足。

而说到祥符等县，因为上等户数量较多，于是裁减一部分充为下等户。这种事他们却掩盖起来不说，这也是我不明白的地方。

凡是州县的差役，没有不可以招募人来做的道理。如今来报考衙前差役的已遍及半个天下，没有不能主管仓库、场务、纲运的。而承符、手力之类，旧法也是许可雇人的，已经实行很久了。只有耆长、壮丁，按照今天的安排，这是最轻的差役，所以才轮流差遣乡户，不再招募人。批评者却认为，衙前雇人会使官府的物品丢失，耆长雇人则难以捕捉盗贼。而且认为，靠近边疆的州县可能会有敌人的奸细来应募，他们或者焚烧仓库，或者占据城门，恐怕会与外族勾结，里应外合，这更是我所不明白的。

免役法规定，或缴纳现钱，或缴纳粮食，都根据农民自己的意愿来定，法律能做到这一步，已经是非常周全了。批评者却认为，如果是缴纳现钱，那么丝帛粟麦的价钱一定便宜。如果缴纳实物，把实物折算为现钱，那么又会发生刁难农户的行为，都对百姓有所伤害。如果是这样的话，我们应该怎么做呢？这也是我所不明白的。

过去的徭役都是百姓要做的，即使是大灾之年，老百姓吃不上饭，也没有免除过差役。如今，免役钱只希望稍有盈余，为的是给大灾之年做一点儿储备，剩余的又专门用于兴修农田水利和增加官吏的俸禄。批评者却认为，助役钱不同于赋税，应该有减少和暂停的时候，我不知道过去征集衙前、弓手、承符、手力之类是不是也有过减少和暂停的时候，这也是我所不明白的。

两浙一路，有户口一百四十余万，共缴纳七十万贯钱。而京城地区有户口十六万，缴纳的现钱也是十六万，两浙缴纳的钱只是京城地区的一半，但京城地区支付募役之人的薪俸后就剩不下几个钱了。批评者却认为，官吏借新法大收其钱，比如两浙为了一点儿结余而暗自侥幸，司农寺想用剩余邀功，这都是我所不明白的。

曾布越写越气愤，索性搁了笔，此时魏夫人推门进来，给他斟了茶，说："你为推行新法劳心劳力，拥护了王相公，其他人未必理解。你写这长篇大论的，皇帝也未必看得进去。就算看了，也未必相信那些批评者是扬恶抑善的。"

曾布喝口茶叹道："那些反对新法的人，他们对于旧法的利弊和新法的利弊，不肯去做比较。他们说的那些话，只是私人意气用事，哪里有道德和公理呢？"

魏夫人走到门边，回头说："我不懂朝廷上的事，看你这些日子给皇帝上的疏，只觉得王相公的新法，若想做到善始善终，怕是不易。"说完便出了书房。

曾布朝她的背影道："妇道人家瞎说些什么。"喝完茶，他越发清醒，抄笔添墨继续写。

赵顼接到曾布呈上的奏疏。从文中列举的事例和数字，已看出那些诽谤者的虚构、诬陷之词是如何产生的。然而，他又能怎样呢？把那些造谣生事之徒找出来治罪？然后都贬到地方上去？贬下去的大臣还少吗？可对曾布的奏疏该作怎样的回复？

第二十五章　　王韶进献《平戎策》司马光退居洛阳

一连下了十来天的雨，这日方晴。皇城里的树木在阳光下泛着碧绿的光，鸟雀也比平日叫得欢快。

赵顼在福宁殿的书房批阅奏疏。一个叫魏继宗的人上奏的谏言，令他惊喜不已，忙命人传王安石来见。

原来，王安石推行新法前，广开言路，向天下能人异士征集治国良策。汴梁人魏继宗便将自己钻研多年的关于京都汴梁的市场管理方法上奏朝廷。

大宋从立国到真宗时期，京都汴梁就拥有了三百多万常住人口。城内有五丈河、金水河、蔡河、汴河四条运河穿城而过，连接起五湖四海，绵延千里，四通八达。看起来，无论是陆路，还是水路，货物运输该是何等的通畅。然而，要维持京城逐渐增加人口的生计，依然是令历代皇帝头痛的事情。

为了促进市场交易，朝廷鼓励各地商人贩运货物到京城销售，既丰富了物资供应，又增加了官府的财政收入。但是，皇帝没料到的是，官商勾结垄断市场。有经验的商贩都知道"货到地头死"的道理，尤其是一些不能长久储存的货物。商贩不远千里将其运送到京城，却因为京城大户和权贵的市场垄断而卖不出去，为了不至于血本无归，只得忍痛低价卖给他们。日子久了，外地客商赚不到钱，就不再向京城贩运货物。又因为权贵的垄断，平民百姓要付更多的钱方能买到少量东西。因此，富人越来越富，穷人越来越穷，社会矛盾越来越尖锐，国家的综合实力也就随之减弱了。

魏继宗根据自己多年对京城市场的调查研究，得出结论：朝廷必须干预城市市场经济发展，才能达到长治久安、富国强兵的目的。于是上疏建议朝廷设立专门机构，管理京城的市场贸易。

安石读了魏继宗的奏疏，笑道："此人还真是有经济头脑。"

赵顼问："爱卿是赞同此人的建言，由朝廷设立专门机构管理市场？又或者是你自己有了好方法？"

"汉武帝时，桑弘羊开拓了范蠡和《管子》的平准思想，在京师长安设立名为'平准'的机构，平低物价而相互均通。"安石回道，"臣与曾布等拟定，在东京设立提举市易司，在边境和重要城市设市易司或市易务。由朝廷出钱，由市易司平议价格，收购因受富商大贾操纵物价而商贩不能脱销的货物，并允许商贾贷款或赊货而进行销售，按规定收取息金。如此一来，就限制了大商人对市场的控制，有利于稳定物价和货物交流，也可增加官府的财政收入。"

赵顼对他这番话很感兴趣："你是说，在东京设置市易司，由朝廷金库出钱，收购滞销货物，市场短缺时再卖出。可是这意思？"

安石躬身一揖，笑道："陛下圣明，正是此意。"

"可有掌管市易司的人选？"

"回陛下，暂时还未确定人选，待臣拟定设立市易司的各项措施和人选，呈给陛下御览。"说毕告辞离去。

过了一会儿，值事太监呈上两道奏疏。赵顼随手打开一道，是司马光从永兴军寄来的。奏疏上说：

臣不才，最出群臣之下，先见不如吕诲，公直不如范纯仁、程颢，敢言不如苏轼、孔文仲，勇决不如范镇。此数人者，睹安石之作为，抗章、对策，极言其害，而镇以气致仕。臣闻居其位者必忧其事，食其禄者必任其患，苟或不然，是为盗窃。臣虽无似，不敢为盗窃之行。今陛下惟安石是信，安石以为贤则贤，以为愚则愚，以为是则是，以为非则非。谄附安石者，谓之忠良，攻难安石者，谓之谗慝。臣才识固安石之所愚，议论固安石之所非，今日所言，亦安石之所谓谗慝者也。若臣罪与范镇同，则乞以镇例致仕，若罪重于镇，或窜或诛，唯陛下裁处。

赵顼见他明里是褒奖范镇苏轼等人，实则还是反对王安石和新法，心里便不痛快。他人远在永兴军，不操心本职事务，竟记挂着这些人和事。既如此，何不遂了他的愿？他要致仕就让他致仕好了。转念又想，司马光虽反对新法，却是天下知名的英才。若是怠慢了，恐遭世人议论，便将他调入西京御史台。

原来，司马光前些时得知苏轼因反对科考变革，被罢知杭州通判，更觉回京无望，便上表求去。

熙宁四年（1071）四月，司马光从永兴军回京后，退居洛阳，不问政事，继续编撰《资治通鉴》。

赵顼打开另一道奏疏，原来是状告王韶贪污边境贸易钱财的状子。

这被告王韶是何许人？还得从头说起。

王韶，字子纯，号敷阳子，江州德安（今江西德安县）人。进士及第后，相继担任新安主簿、建昌军司理参军等职。后因考制科失败，转而游历陕西一带。经过对西北边境地形地貌、民风和社会状况的详细调查，逐渐有了经营这一地区，并使其纳入大宋版图的想法。于熙宁元年（1068），向朝廷献《平戎策》三篇，说：

国家欲制西夏，当复河湟。河湟复，则西夏有腹背之忧。自唐乾元以后，吐蕃陷河、陇，至今，董毡不能制诸羌，而人自为部，莫相统一。宜以时并有之，以绝夏人之右臂。

（摘自《东部事略·王韶传》）

河湟，是指发源于青海，流经青海甘肃大部分地区的湟水流域，以及湟水与黄河合流的一带地区。大约相当于今兰州至西宁中南北几百里的地带。秦朝修筑万里长城，起点就在临洮，汉朝在这一地区设置武威、张掖、酒泉、敦煌郡，目的就是要截断匈奴右臂。此后，汉族与西北地区的少数民族，常常因这一地区而发生战争。

唐朝中叶后，河湟被吐蕃占领。后来唐宪宗收复河湟未能成功。晚唐诗人杜牧有一首《河湟》诗云：

> 元载相公曾借箸，宪宗皇帝亦留神。
> 旋见衣冠就东市，忽遗弓剑不西巡。
> 牧羊驱马虽戎服，白发丹心尽汉臣。
> 唯有凉州歌舞曲，流传天下乐闲人。

短短几句话，道尽诗人对河湟地区不能收复的遗憾。

河湟地区，是河西走廊最重要的一段。从五代时期到大宋建国一百多年来，从未有人提出过收复河湟。大宋前期的几代皇帝对外一直采取退让政策，每年花费大量的金银布帛向辽国和西夏进贡，以求苟安。正因如此，才造成如今积贫积弱的局面。

赵顼一直想改变这种耻辱的状态，因此，读了王韶的《平戎策》异常兴奋，连忙召集诸大臣商议。三朝老臣富弼进言说"陛下即位之始，当布德行惠，愿二十年口不言兵"，韩琦、文彦博、司马光等对用兵讳莫如深。所以，王韶并没有得到皇帝的答复。

直到熙宁二年（1069）安石任参知政事，赵顼又提起此事。安石读了《平戎策》，欣喜不已，明确赞同并支持王韶经营西北边陲的策略。

他分析说："河湟地区一直是几个比较大的羌族部落割据的局面，最大的部落所占领的面积也不过一二百里。这里既不是大宋的领土，也不是西夏的领土。西夏也正在掠夺，派兵攻打青唐的目的就是想控制这一地区。大宋不出兵占领，西夏也要占领。王韶的见解是深刻的，目光是远大的，其主要意图是建议朝廷首先要占领巩固河湟地区，这样便取得了对西夏的主动权。进可攻，退可守，阻断了西夏南侵的道路。"

这个以小成本获得重大战略先机的谋略，令赵顼怦然心动，便召见王韶。通过谈话和仔细观察，赵顼觉得王韶虽面庞黝黑，却倍有精神又显得足智多谋。朝中有此良臣，心中甚为快意，当即任命他为秦凤路安抚司主管机宜文字，负责与军事有关的机密事件，并做好准备工作。

到熙宁三年（1070），安石命他负责秦州（今甘肃天水）西路所有关于招纳蕃部、募人营田等事宜。

王韶不负重托，经过多次详细的调查和缜密的思考，决定先招抚居于青唐（今青海西宁）的俞龙珂部落。这个部落地处中央，且实力强大，对周边的小部落有着极大的影响。西夏曾屡次派兵攻打俞龙珂，都未占得丝毫便宜。

王韶先派善于辩论的使者带礼物去拜访俞龙珂，并细说归附大宋国的好处。原来这俞龙珂懂一点汉语，极为崇尚大宋国发达的经济、文化及风俗民情。见有人专程来联络，便也爽快，要求见王韶。

王韶胆大心细，为了不引起俞龙珂的猜忌，只带几名随从前往，当夜留宿于俞龙珂的大帐。

俞龙珂见其不卑不亢，态度极为诚恳，很是感动。认为这便是他心目中的英雄，有大国之风度。当即联络了自己的盟友青唐和渭源（今甘肃渭源），共十二万人的少数民族部落归附于王韶，成了大宋朝的子民。

而朝廷在接到王韶招抚俞龙珂部落的奏疏时，发生了激烈的争论。

或许，皇帝总是最先听到反对意见，听到最多的也是反对意见。所以，赵顼对王韶招抚俞龙珂部落及其他少数民族的效果心存疑虑。问安石这种招纳方式有何效果。

安石觉得皇帝问得奇怪，便说："只如当今这样招抚，使蕃部内属，这就是效果。至于最终他们是否为朝廷所用，那就要看朝廷和将帅了。"

文彦博冷冷地说："这种招纳于朝廷没有什么补益。"

安石反问："不用一兵一卒，不用朝廷一文钱，就招纳生户归附大宋，而不被西夏收复成为边患。这是何等重大而可喜的收获，难道不值得欢欣鼓舞吗？文大人怎么说于朝廷没有补益呢？"

他又对皇帝说："这些部落，散落在辽、西夏和大宋之间，我们要防止他们投入辽和西夏的怀抱。因此，我们不仅要肯定王韶的功劳，更要坚定地支持他以后的招抚工作。"

朝堂上的争议远远不止这些，也永远不会停止。好在王韶不知道，他在边境一门心思地进行招抚工作。随后，他又向朝廷递奏疏，建议说"渭源至秦州，良田不耕者万顷，愿设置市易司，做交换买卖，用利钱募工耕田，以充军粮。请朝廷借出做生意的本钱。"

此刻，赵顼读了王韶的奏疏，觉得他脑子活，点子多，只不知这办法在边境是否可行，便召王安石商议。

安石把奏疏一字不漏地读了，叹道："想不到王韶远在边境，想法竟同我一样。只是他比我更快一步、更具体一些。用利钱募工种地，产出粮食当军粮，这就替朝廷节省了供军粮和运粮上的诸多负担。"

赵顼采纳了王韶的建议，改任著作佐郎，仍命他提举。下诏令秦凤路经略司以四川交子交易货物支持他。王韶就把他的官署移到古渭城，在那儿建立一个大的贸易市场，开展边境贸易。再用赚来的钱招募农民垦荒，制定优惠政策。

朝堂上争议又起。文彦博、冯京、吴充等大臣反对王韶的做法，说，把朝廷的钱拿到不毛之地去，能生利钱来，那才是奇事。又把市易司搬到渭源去，秦州今后怕是更多事了。

安石却说："如今欲联系西部羌人，当地的气氛愈热烈，同他们的关系也就愈亲近。古渭城是一座边寨，在那儿建立市易司，便于和他们联络。各地来做买卖的商人云集于此地，居住在这里的人也会越来越多。朝廷可以在这里置军，增派军队，选择合适的人守卫，形势就更不一样了。而且，西北的蕃部能够同官府进行市贸交易，那些边民也不再拖欠赋税和债务，并怀归顺之心。王韶的做法不仅收获了这样的好处，还开拓了疆土。这难道不值得我们支持吗？"

曾布曾私下里问安石，冯京反对新法，因为他是富弼的女婿，但此人资质平平，对朝廷又毫无建树，不足为虑。吴充与相爷不是儿女亲家吗？因何总是与文彦博站在一起，来反对新法呢？

安石哂然一笑："我的女儿是吴充的儿媳妇，吴充的女儿却是文彦博的儿媳妇。"曾布扶着额头，暗道一声，听起来有点绕，但还真是门当户对呢。

闲话少叙。却说王韶得了皇帝的信任和支持，便大着胆子干起来，用了差不多两年的时间，就积累了一大笔财富。因此，他对招抚羌人更有信心了。

就在王韶紧锣密鼓地进行招抚时，金銮殿上的皇帝却收到一份来自边境的告密信，便是前面所说的状告王韶贪污边境钱财的奏疏。

奏疏上说，王韶在边境任意挥霍贸易所得的钱财，有意混淆账目，令人无法查实，其手段卑劣。请求朝廷拨专款用于招抚羌人，专款专用，以便将来利于核查王韶所经手的贸易账目。

赵顼气得扔了奏疏，怒道："好一个王韶，当面一套，背面一套，领着朕的旨意胡作非为。朕真是错看了你。"恨不得立即免了他的官职，却又考虑到边境遥远，且事态复杂，一时难以找到合适的人选，只得下命起草拨款诏书。

安石在中书省看了给秦凤路拨专款的诏书，忙觐见皇帝，问是怎样一回事。

赵顼怒火未消："有人说市易司并没有利息，只是王韶虚立蕃部姓名支破，恐久远如萧注，事连蛮夷，不可根究。不如明以数万缗给之。"

安石思索着说："陛下息怒。在此之前，王韶不用朝廷一缗钱，不动一兵一卒，就招抚俞龙柯部十二万内附，这是何等的功劳？他在边境多年，先是实地考察，后又献策。难道是坐在功劳簿上无作非为，贪图享受？"

赵顼拍着额头说："莫非有人忌妒王韶的功劳而故意陷害他？"

安石轻轻笑一下："告状的人说王韶任意挥霍贸易所得的钱财，又说市易司并没有利息。到底是哪一种呢？市易司由高遵裕与王韶共同管理，王韶不可能独断专行。可见这奏疏上说的是无理之言。分明是有人想借朝廷专项资金去控制王韶，以束缚他的手脚。"

几天后，赵顼又接到宣徽使、秦凤路经略安抚使郭逵的奏疏，说：

木征遣人来告："王韶元与我咒誓，约不取渭源城一带地及青唐盐井，今乃潜以官职诱我人，谋夺我地。我力不能校，即往投董毡，结连蕃部来巡边。"若木征果来巡边，拒之则违王韶咒誓，纵之则前所招纳蕃部必为木征夺去。臣智议昏愚，无能裁处，乞朝廷详酌指挥。

郭逵，字仲通，祖籍钜鹿（今河北），后随祖上定居洛阳，以父荫补北班殿侍。康定年间，其兄郭遵为延州西路都巡检使，被西夏兵所杀。朝廷便录郭逵为三班奉职，当时范仲淹正任陕西都部署，郭逵便在其麾下。如今是朝廷委派西北边陲的最高军政长官，正是王韶的上级。

郭逵奏疏中的木征，是瞎毡的长子，居河州（今甘肃临夏东北），曾是青海东部吐蕃首领。瞎毡去世后，木征力弱，不能保护本部落的周全，便接受了王韶的招抚。朝廷任命他为河州刺史，也就是大宋在河州的最高军政长官，归郭逵管辖。

就是说，木征是王韶招抚过来的。是同王韶有盟约，诅过咒，发过誓的人，现在是郭逵的下属。

赵顼把郭逵的奏疏摆在执政官面前。

安石说："木征是河州刺史。郭逵是宣徽使、秦凤路经略安抚使，是木征的上级，统辖管制木征是职责所在。木征派人给他捎一句话，他便吓着了，便自称昏愚，没有能力裁处。若自知无能，何不早点辞官。"

冯京反对新法，但打心眼里佩服王安石看事深刻，反应机敏，敢说敢做又有担当。所以轻易不敢发表言论。

文彦博接道："朝廷若是专任郭逵，郭逵方有责任裁处此事。"

"怎么不是专任？"安石看着文彦博，问，"郭逵是经略安抚使。王韶招纳蕃部，对郭逵的职务有何妨碍？"

赵顼接道："谁知木征是否真的说过这样的话？就算说了，又怎知不是郭逵引导他说的？"

吴充、冯京等人见皇帝怀疑郭逵，便不吱声。

安石说："这事儿还真说不清楚。即便不是郭逵引导的，只看郭逵前后的态度，事情的状况便已明了。以前，郭逵奏说西蕃皆脆弱，不值得招抚，招抚枉费钱财。后来木征说了几句话，他便自称'昏愚无能裁处'。若如此，则木征是强梁可畏。可畏，则前不当言其脆弱。脆弱，则今何故便以为不可裁处？"

文彦博见王安石语言犀利，逻辑严谨。这番分析下来，即使不是郭逵有意设置障碍，也是他心胸狭小，见不得他人建功立业而嫉贤妒能。

不知文彦博是要同王安石作对，还是真心替郭逵抱不平。又道："事任不专，很难责办于郭逵。"

赵顼见文彦博还是这句话，沉声道："制御木征，正是郭逵职责所在，如何不可责办？"

吴充见赵顼变了脸色，恐君臣之间的讨论陷入僵持，便轻声说："陛下，如果木征真的来巡边，我方若出兵制止的话，怕是要打仗啊。"

赵顼血气方刚，从座上长身而起，右手一挥，朗声道："打就打。还怕了那蛮夷不成。"

这次讨论到此为止，并没有对郭逵的奏疏作出任何答复。

早春二月。夜风带着料峭的寒意，从窗户缝隙钻进屋里。

安石结合王韶的想法，决定采纳魏继宗的建议，拿起笔，感觉手指冻僵了，便搁了笔，从棉包中提起茶壶，倒了碗热茶捧在手中，冰冷的手指才慢慢暖和起来。他把郭逵的奏疏，连同皇帝、文彦博、吴充等人的话，又细细琢磨了一遍，感觉事态严重。

本来，郭逵是西北边境的最高军政长官，王韶在他手下，负责招纳和征讨河湟事宜。但从郭逵这份奏疏看出，他是以木征联结其他蕃部来犯边境而要挟朝廷，以逼朝廷处置王韶。

文彦博当时说的话，明摆着是支持郭逵的。言下之意，朝廷应当专任郭逵全权负责边境之事。吴充没有对郭逵的奏疏发表意见，从他怕打仗的心理来看，也是站在文彦博一边的。如果朝廷不明确支持王韶，一旦边境出事，后果将不堪设想。而王韶所做的一切也必将付诸东流。

安石又坐到书案前，给皇帝写奏疏。他在文中详细分析了这件事，最后说：

招纳一事，方赖中外协力之时，在廷既莫肯助陛下成就此功，郭逵又百般倾坏。逵既权势盛大，其材又足为奸，若煽动倾摇于暗昧之中，恐陛下终不能推见情状。如此，则岂但不能集事，亦恐因此便开边隙。……今日便有处置，已非古之先见，然犹愈于迷而不复也。伏惟陛下早赐详酌，徙逵所任，稍假王韶岁月，宽其衔辔，使谗诬者无所用其心，则臣敢以为事无不成之理。臣于郭逵、王韶，何所适莫？但蒙陛下知遇，异于众人，义当自竭，以补时事，故辄忘进越犯分之罪，而冒昧陈愚，伏惟陛下裁赦。

文彦博是枢密使，是大宋最高军事长官，对军事问题应作出正确的判断和提出相应的对策。他支持郭逵，已表明立场。所以，王安石在奏疏最后说"故辄忘进越犯分之罪"，也是表明自己并非擅自越级而向皇帝进言。

文彦博生于宋真宗景德三年（1006），字宽夫，号伊。汾州介休（今山西省介休市）人。其祖先本姓敬，因避晋高祖石敬和宋翼祖赵敬的名讳而改姓文。天圣五年（1027），文彦博进士及第，历任知县、通判，后由监察御史迁官殿中侍御史。于庆历八年（1048），至和二年（1055）担任过二任宰相，今年已六十六岁。

赵顼原本就看不上文彦博和吴充怕打仗的样子，王安石的奏疏更激起他的豪情，便下诏调离郭逵，由王韶接任郭逵的职务，仍然负责招纳河湟一带各部落的工作。

第二十六章　契丹人边境挑衅 安石颁布市易法

熙宁五年（1072）二月，早春的雨淅淅沥沥地下了半个多月。出门不方便，居家又不爽快，人们未免有些怨言。

早朝上，安石原本想奏说京城设立市易务的事，却见司天监灵台郎亢瑛出班呈上奏折，说："天久雨，星失度。当罢免王安石。"

众臣听了此话，不免惊奇，天下雨就罢免王安石宰相之职，这原因也太过离奇，却也无人站出来说话，都等着看皇帝如何处置。

安石觉得好笑，灵台郎亢瑛也太高看我了，我这宰相也能引得天久雨、星失度，真是福大。我倒要看看他是何居心，也不作声。

赵顼不看呈上来的奏折，问："王安石只是宰相，并非国君，也能惹得天怒？亢爱卿观察的天象可准？"

亢瑛见皇帝如此问话，吓得一哆嗦，颤声道："回陛下，王安石逆天行事，篡改祖宗法度，百姓对他的新法早已怨声载道，又无法奈他何。所以，苍天以久雨警示。微臣请求罢免王安石宰相之职，逐出朝廷，以还天下安宁。"

赵顼想，司天监掌天文历数风云气象，这天文历数与人的劫数是对应着的。他说的也未免没有道理。一时竟难以决断。

文彦博见状，忙出列道："启奏陛下，亢瑛是司天监灵台郎，观天象，算历法，吃的就是这碗饭，怎能不准？再说，他又怎敢欺瞒皇帝？"

这最后一句话说得狠，谁敢欺君呢？赵顼望向王安石。

安石向前跨出一步，说："陛下，请容臣以三日为期，三日后，雨必停，天必晴。若三日后依然阴雨绵绵，臣自请罢相。"

众臣听了，都莫名兴奋。

文彦博大声道："好！君子一言九鼎。"

安石扭头含笑看着他。

曾布心里骂道，老匹夫还真是急不可待了。但想到安石必定是有十足的把握才如此笃定，便笑道："文大人怕是又要失望了。"

文彦博悠然道："这天象可不是随便什么人都能看得懂的。若人人都识天象，自古以来，又何必设置司天监？王相说三日后天晴，何不叫老天爷今日就把雨收了？依老夫的经验看，三日后，天未必就晴，你赶紧帮你的恩师打点行装吧。"

曾布正欲反驳，一眼瞥见安石朝他摇头，便把要说的话咽了回去。

两天后的傍晚，雨收了，云雾也悄然散去。湛蓝色的天底，被连日的雨水洗刷得纤尘不染。

第三天，赵顼召见安石，兴奋地问，爱卿是如何猜准了今日天要晴的？万一晴不了，你这宰相之位怕是不保了，朕可是为你担心了几日。这天象可不是靠猜的。以后，可千万别说这种没有依据的话了，也少些烦恼。

安石笑笑，不作解释，只说设立市易务的事情。

君臣二人正说着话，有太监送来两浙水灾的奏报。

原来是由台风引发暴雨造成的水灾，严重毁坏田园、房屋和牲畜。

赵顼看了奏报脸色苍白。

安石忙道："陛下莫急，天下之大，不是所有的地方都风调雨顺的。有丰年，就会有灾害。当下最要紧的是赈灾。"他接过奏报看了，建议从国库拨十万石粮食，速速发往两浙救济。另外，派得力大臣下去，配合州县招募灾民抢修水利和房屋，以安民心。

赵顼暗暗舒了口气，说爱卿的安排甚合朕意。

但水灾一事在朝中却是议论纷纷。

朝堂议事时，有大臣提出，两浙水灾是上天继久雨之后对逆天行事的罪人的再次惩戒。请皇帝明断。

赵顼眼风一扫，问："如何明断？诸位爱卿可否给朕一个提示？"

紫宸殿中，谁不知所谓"上天要惩戒的"是何人？只没料到皇帝这样发问，竟一时怔住，都闭了嘴。

文彦博见大家都沉默着，暗骂了一声孬种，便不紧不慢地说："启奏陛下，自推行新法以来，天下灾难接连不断。由此可见，新法是行不通的。改变祖宗法度的人便是天下人的罪人，不罢王安石不足以平民心。"

曾布实在听不下去，扬声道："对两浙水灾已给予了及时的、相应的救济。诸位同僚若觉得不妥，可以提出更好的赈灾建议，而不是借灾害打击同僚。我朝百余年来，有多少水灾旱灾，不用我说，大家都心知肚明。十七年前，文大人正领宰相之职，发生水灾时，大人因何不引咎辞职？"

文彦博没料到曾布说起十七年（1055）前的事，一时有些慌乱，但他毕竟年长，有丰富的应对经验。因而笑道："不错，十七年前，老夫正是宰相。可老夫行事深得民心，从未遭到上天降灾惩戒。"

安石微微一笑，不言语。

曾布道："你做宰相的第二年，仁宗嘉祐元年（1056），汴京从五月下雨，一直下到六月，淹了多少房舍，死了多少人？莫非文大人年纪大了，就都忘了？"

有位年老的大臣说，真有这回事儿。

曾布说，当年京师遭受这么大的水灾，文大人和富弼大人都是宰相，难道不是上天对你们的惩戒？你们为什么不罢相呢？

文彦博脸红得像喝醉了酒。

曾布接着说："那一年不仅是京城水灾，全国各路江河决溢，洪水泛滥，以河北最为严重。百姓无家可归，四处逃散。彼时，文大人贵为宰相，过着锦衣玉食的日子，又是如何处置老百姓的衣食问题呢？"

殿中鸦雀无声，似乎都在等待文彦博的回答。

文彦博像是回忆起往事，喃喃地说："当然是发放钱粮救济。"

那位年老大臣又道："老臣记得，那年是六月初发生水灾，七月初朝廷赈灾。一户发米两斗，有死亡的放钱三千文。这点钱粮对于灾难中的百姓来说，只是杯水车薪，那饿殍遍野的情景真是惨不忍睹。"

安石说："六月发水灾，七月才赈灾，这一个月的时间，要饿死多少人？救灾如救火，早一个时辰，哪怕早一日，也可少一分损失，少死一个人。当时文大人和富大人两位宰相意见不同，富大人认为凡是受灾地区都要赈济。而文大人则主张先京城，后地方。二人各执己见，互不相让，一个月后才给河北发放赈灾物资。身为国家宰相，赈灾分轻重，还说得过去。可文大人赈灾却要先京城，而后地方，不知是何道理？"

赵顼一手支撑着脑袋，沉思着。那一年他八岁，依稀听说过发大水的事，只不知这些细节。今天听曾布说起，仿佛听一个遥远的故事，只是这故事与眼下又似暗藏着某种关联。他抬眉看向殿中，众臣都沉默着，文彦博也不反驳。一时间，心底顿添了些许说不清道不明的惆怅与烦恼。

站在一边的李宪见皇帝无精打采的，以为累了，便拖着长音说退朝。

众臣都出了紫宸殿。曾布拦住吴充说，吴大人与文大人是亲家，与王相也是亲家，为何不劝劝文大人呢？每日里放着朝廷正事不管，却处心积虑地做这种无谓的攻击。

吴充冷笑道："文大人与王相的争，不是个人意气，是道的论争。我怎么劝得住？我又为何要劝？"

曾布似乎心情很好，故意叹息道："论道？何为道？京城天天落雨也是王相的错，两浙水灾也是王相的错，却忘了他自己曾经真正的错。一个宰相不审视自己，专盯着别人，这就叫道？今日在朝堂上被翻起老底，这么大岁数了，何苦呢？"

吴充摇摇头："曾大人还是太年轻了，你觉得你今儿帮了介甫，他就赢了？"

"难道王相输了？"

吴充说："满朝之中，除了你们几个跟随王安石瞎起哄的年轻人，还有哪位大臣不是反对新法的？你觉得文彦博真的以为天久雨和大水灾是上天对介甫的惩罚？他是要让介甫知道自己所做的事情已经到了人们不能容忍的地步了。"

曾布笑道:"朝中大臣为什么反对新法,吴大人不清楚吗?"

吴充仍然沉浸在自己的思路里:"唉!介甫深陷危险而不自知。我看他在朝堂上认真地辩论着,实在是可悲。"

"王相为国事日夜操劳,为真理辩论,怎么就可悲了呢?"曾布皱着眉头问。

吴充自顾自地说:"你是他身边最得力的人,劝劝他吧,不要再固执己见了。别说他推行的新法有弊端,就算是十全十美的事,只要不合时流,直说吧,只要是大多数人反对,就行不通。"

大多数大臣反对新法,能代表天下百姓也反对新法吗?曾布突然不想说话了,转身离去。

吴充见他扭头就走,连告辞的话都省了,摇头道:"同介甫一个德性,狂妄至极。"

曾布回头遇见安石,忍不住把吴充的话说了一遍。最后说:"我们所做的一切,是为了国家的兴旺和百姓的安乐,为什么就得不到同僚的支持呢?今儿在朝堂上的争论,难道真的输了?"

安石笑道:"你何必同吴充说这些事。我何尝不知文彦博是故意的,他以天灾逼我辞去宰相之职,其用意是阻止我推行新法,要我认为上天都阻止我所做之事。"

"相爷既知他的用意,还辩论什么,不如骂一通痛快。"

"骂痛快了,却不得人心。虽然朝中只有极少数人站在我们这一边。"安石道,"但我认为讲道理,摆事实,才能使人们心服口服,包括皇帝。"

曾布叹口气:"他们放着正事不干,专与我们作对,而我们却不能闲着。"

安石思索着说:"吴充倒是看清了一点,认识到这是在'争道'。我们要改革,文彦博要维持现状。我们要颁行新法,他要阻止。我们主张儒学要适应现时,而他要墨守成规。"

"这些人千方百计地,以各种借口阻挠,我们的变法不知能走到哪一步。"

安石见他一脸忧虑，说："这确实不是个人意气，这是争道。既然我们推行新法是造福于我们的国家和百姓，我们就要有殉道精神，要同他们斗到底，不能动摇。子宣，打起精神，明天颁布市易法。"

熙宁五年（1072）三月二十六日，朝廷颁布实施市易法，于汴京设都市易司，由吕嘉问提举市易务三司使。边境和重要城市设市易司或市易务，平价收购市面上滞销的货物，市场短缺时再卖出，并允许商贾贷款或赊货，按规定收取息金。

却说王安国在西京（今河南洛阳）国子监的任职期满，已在京中等候多时，这一天终于等到皇帝的召见。

赵顼想王安石天纵奇才，他的兄弟会是怎样的人呢？所以，一见到王安国，便笑道："朕听说，因为你兄长在外做官，是你长期尽心尽力侍奉母亲，你是孝子。孝为德之本，百善孝为先。你乃天下人之楷模。"

王安国忙道："回陛下，孝敬父母是为人之子的本分，微臣实在不敢当此殊荣。"

谦虚的人总能给人好感，而王安国所言实是本心，并不是故作谦虚，那诚惶诚恐的神情，令赵顼很是满意。他轻轻笑一声，说："有人说你器识磊落，文思敏捷。于书无所不通，其明于是非得失之理为尤详，其文闳富典重，其诗博而深。你认为汉文帝如何？"

王安国没料到皇帝突然转换了话题，不假思索道："汉文帝即位后，励精图治，兴修水利，厉行节俭朴素，废除肉刑，实现国家强盛，开启'文景之治'。"

赵顼说："不错，他是个有抱负、有作为的皇帝，只可惜他没有立法更制。"言外之意，汉文帝没有变革，单是这一点就不如自己。

王安国似乎没听出这弦外之音，说："汉朝初期，因多年战乱而经济凋敝。汉文帝从代州来，入未央宫，顷刻之间能定变故。待臣下有节，以法化民，天下礼仪风起。在处理诸侯国与境外势力时，对诸侯王采取以德服人、以武平乱的态度。对匈奴采用和亲止战的方法，营造安定团结、休养生息的良好局面。这不是一般人能做得到的。"

赵顼悻悻地想，依你这说法，朕是一般人了？又问："前秦王猛辅佐苻坚，国小而有令必行。朕的天下倒是比前秦大，行使法令常常有人反对，是何道理？"

"王猛教苻坚以严刑杀人，所以有令必行，但秦的国祚短。大宋朝疆域辽阔，陛下以仁德治天下，就怕有奸邪之人误导。陛下若以尧舜三代的法规为法，何愁天下人不服从法令呢？"

赵顼又问："你从西京来，可听到有关你兄长变法的议论？"

王安国原本就对兄长的变法不甚理解，当即回道："外面都说他用人不当，敛财太急了些。"

赵顼兴致索然，从王安国说话的神情来看，便知这话也是他自己的心里话，可见他是反对新法的。哥哥推行新法，弟弟反对新法，虽有王安石的关系，也并不打算重用王安国，只授予崇文院校书。

熙宁五年（1072）七月，就在王韶紧锣密鼓的招纳西部诸蕃时，契丹在北部边境挑事。

朝廷接到边境奏报说，契丹经常有骑兵队越过宋辽界河——拒马河，跑到宋朝的地盘上，不抢东西，不杀人放火，绕一圈就走。往往是我们这边还没来得及调动军队出击，他们便跑了。请示朝廷将如何处置。

赵顼年轻气盛，虽不怕打仗，但还是担心战火燃起，涂炭生灵。因此不免忧心忡忡，忙命传王安石来见。

安石猜测皇帝忌惮契丹，便说："陛下拥有大宋王朝，如果能以正道来治理国家，发展经济，富国强兵，收服契丹不是什么值得忧虑的事情。如果陛下认为契丹不能收服，西夏也不能收服。每天只计较对方几十百把个骑兵来来去去，计较二三十里地的侵扰得失，恐怕只会徒自忧虑，未足以安定中国啊。"

赵顼蹙起眉头，不解地问："爱卿以为，朕要怎样才能不忧虑呢？"

安石为了稳定皇帝的心神，安慰道："自秦汉以来，中国都没有像今天这样土地广袤，人口众多。而数百年来，周边的少数民族也没有像现在这样衰微软弱。上天或许认为中国久被夷狄所欺侮，如今才给陛下兼治荒远之地的机会，做一番强大、安定中国的事业。"

赵顼听了这番话，似乎有了底气，但还是问："爱卿到底没说如何对待契丹扰边的骑兵啊。"

安石笑道，陛下是做大事的，不要被这些小事情烦扰。

然而，边境的奏报接连而来，说契丹兵马多次越过拒马河，似乎是想在拒马河南岸修筑哨卡。请朝廷给予明确的指示。

拒马河是北宋和契丹国的边界线，沿线受外敌侵扰最频繁的是霸州（今河北霸州市）、雄州（今河北雄县）一带。

大宋自太祖立国以来，各代皇帝及臣子对契丹国都有一种莫名的恐惧，赵顼也不例外。这一次，如果让契丹人在拒马河这边修建了哨卡，便是对国家主权的侮辱，是对国家核心利益的侵犯，因此在如何对待的问题上，必须有明确的应对方法。

垂拱殿，赵顼召集了各路大臣专议此事。

安石认为，眼下最重要的是支持王韶，致力于招纳西部诸蕃，把西边各部落遏制住了，再对付契丹。因为大宋与契丹有盟约在先，他们必不肯违约，放弃大宋每年的贡品，也必不敢到我国领土上修建哨卡。

文彦博和蔡挺主张，如果契丹人跨过拒马河来我方建哨卡，我方兵马应当立即阻止，他建一个，我们拆一个。

文彦博是枢密使，蔡挺是枢密副使。

蔡挺，二十岁中进士，调虔州推官，又任庆州推官，三十岁时管勾陕西、河东宣抚机密文字、通判泾州，徙鄜州，如今已五十八岁，在边境一干就是三十年。虽有功于朝廷，年老了却仍然在边疆任职，郁郁于怀，因而作词言志，词中有"玉关老人"之句。彼时，恰巧有朝廷使者到边境公干，蔡挺便命优伶唱自己所作词曲。使者回京，带着这支曲子在汴京城中流传开来，连宫中都知道了蔡挺这个人。熙宁五年（1072）二月，皇帝便调蔡挺回京，拜为枢密副使。

枢密院是管理军国要政的最高国务机构之一，枢密使的权力仅次于宰相。文彦博和蔡挺的意见其实就是枢密院的意见，也就是军方的意见。

赵顼无不忧虑地问："契丹人建了，我们拆。来来回回地，必定会打起来，那将如何？"

蔡挺到底是军人，虽年近花甲，但军人的血性犹在。他回道："如果到了要打仗的地步，该打就打。"

吴充是个稳重的人，不轻易开口说话。

文彦博双目微闭，不吱声。他一贯不主张打仗。

赵顼心里嘀咕，谁不知道该打就打，谁不想捍卫自己的国土？谁又想做个遭人唾弃的国君？现在打仗，说起来容易，做起来怕是难了。契丹人彪悍，且不说我方是否打得赢，仅是军需物资就很难供应得上。这些想法不便说出来，只问："契丹如此行事，究竟是何意？"

文彦博依然没有说话，蔡挺也回答不出这个问题。

安石听着他们的对话，沉思着，见没有人回答，便说："陛下，臣说说自己的想法。"

赵顼喜道："爱卿说来听听。"

安石说："臣以为，契丹如此行事，有几种可能。一是两边役吏之间发生语言冲突，激愤而为。二是契丹人恐大宋国以为契丹国不强大，有意表示强硬。又或者，他们见陛下即位以来，励精图治，经略边事，认为数十年后，中国更强大了，就会有窥视幽燕之计，到那时契丹没有能力对抗，不如趁现在大宋没有强大之时先动手，以为'绝迟则祸大，绝速则祸小'。故要与我大宋绝交，外联夏国来对付我们。"

赵顼一听更急了，忙问如何应对。

安石思忖着说："我们现在还没有用来应付契丹发动进攻的部署，所以不能轻易与契丹断绝友好关系。如果契丹恃强而动，我们也要用宽柔徐缓的方式，以几代结盟的信义去说服他们。契丹人即使强悍、顽固，也会缓和一些。情绪缓和了，侵略的念头也可能会暂时放下。这时，我们便有时间加强守备。"

赵顼打断他的话，问："你的意思是，我们任由契丹人越过界河修哨卡？"

"以臣的看法，契丹人修哨卡的事不值得计较。"安石道，"我方加强守备才是最紧急之事。如果我们对边境的守备和各种部署都很完善了，便可以应对契丹人的任何举措。我们现在把对方修哨卡之事当作大事来应对，是最大的失策。"

吴充等大臣认为王安石说得有理，都暗暗赞同。

文彦博原本就不赞成打仗，但听王安石分析得头头是道，心里莫名的不痛快，忍不住问："王相的意思是，契丹人跑到我大宋这边来修哨卡，也由他去修？"

安石看着赵顼，说："天下事有缓有急。契丹人来修哨卡之事，是极少发生的新鲜事，故陛下深以为忧。我们没有防备战争的部署，是多少年来就存在的问题，大家习以为常，故陛下也不以为忧。依臣所见，人所罕见者乃不足虑，人所习见者才值得忧虑。值得忧虑的事情才一定要抓紧时间去做，不值得忧虑的则可以缓一步。"

赵顼对安石的说法将信将疑，但还是给边境下令，对契丹人的举动只注意观察，不准动手。

果然如安石所料，契丹骑兵每次越过拒马河跑一圈就回去，来来回回几次后，见宋兵像没事人一样不理不睬，感觉老大没趣，也就不过河了，哪里有修哨卡的意思。

安石只在西夏一个方向用兵的建议，保存和集中了力量，这才有王韶经略西部的成功。

第二十七章 文彦博斥市易法 王韶收复武胜军

由吕嘉问主管的市易司，在京城的生意有模有样地做起来了，看上去经营得不错。然而，赵顼和朝臣暂时没有心思去欣赏，或者去过问这件事，因为他们更牵挂的是西北边境王韶与羌人的战况。

自王韶全权掌管治理秦凤路的各项事务后，他便采取了省兵并营，加强军事训练等有力措施，大幅度提高了军队整体的作战能力。他认为，对于河湟一带各部落，应以招抚和武力一起进行，若是不愿接受招纳的部落，便以武力收复。因此，于熙宁五年（1072）七月底，王韶带兵至渭源堡和乞神平，攻打蒙罗角、抹耳水巴等不愿接受宋朝招抚的少数民族羌族。

大宋自太祖立国起，已过去一百一十二年了。此时宋军的战斗力大不如从前，那绵软的风纪看起来就不堪一击。

当宋军兵至抹邦山时，羌人已抢得先机，以险要之地据守。战斗还没开始，有些将领就打起了退堂鼓，想将军队布置在空旷地带，宋军步兵多，骑兵少，在空旷地带驻扎，不利于防守，但有利于逃跑。

王韶心里很清楚，这次带兵深入敌后，既无粮草补给，又无后援可依赖，唯有一鼓作气，打败敌人才能全身而退。因此他说："敌人如果不离开险要之地，我们只有两种可能，一是徒劳而归，二是挨打。现在我们既然已经进入险要之地，就要夺取它，占领它，使它成为我方所有，为我所用。"

军队稍作休整后，王韶说："若有建议退兵的，或者畏缩不前的，就地斩首！"

为了不让敌方判断出宋军的具体攻击方向、位置和兵力，王韶将兵力分作三个分队，正面佯攻，吸引敌人的注意力，掩护左右两侧迅速包抄，向抹邦山发起进攻。

羌人打仗异常凶猛，原本就有准备，又居高临下，宋兵损伤不小。王韶亲自披挂上阵，极大地鼓舞了士气，大败羌人。羌人撤退时将营房帐篷全部烧毁。这一仗，震惊了整个大西北。

王韶没料到，曾经是青海东部吐蕃的首领，后接受宋朝招抚，做了河州刺史的木征，竟带几支蕃部士兵渡洮河来援救羌人。先前被击散的羌人看有了救兵，便又集结起来，对宋兵进行反攻。

王韶灵机一动，令手下最有作战经验的将领带一小部分兵力，从竹牛岭路出动，虚张声势，以牵制、迷惑敌人。自己则率领大部队偷袭武胜军。武胜军守备兵只道宋朝王韶同木征在打仗，谁承想一下打到自己门前来了，军队都来不及集合，便四下逃命。

王韶收复武胜军，迅速换上自己的防卫部队。同时，六百里加急向朝廷报告，并在报告中建议在此处新筑城池，作为控制西北的军事重镇。

赵顼收到捷报，急忙在大庆殿召集群臣，亲自宣读王韶的奏报，一时间，满朝欢欣，山呼万岁。

朝廷当即改武胜军为镇洮军。

安石连夜给王韶写信说，洮河一带已是汉族和少数民族聚集的繁华之地，此处当设为帅府，成为镇守西北的军事总指挥所。还应在此处建设大型的集贸市场，进行公平的经济贸易活动，使官府、汉人和少数民族都得到利益。如果经济得到大的发展，就更容易守卫这个地区。同时又指出，如果筑城工程浩大，暂时可不毁旧城，先选好地基，做好准备，待时机成熟再动工。

王韶按安石的指点，一步一步地实施。新城筑成之后，他又讨伐收复了一些生羌占领区域，生羌愿意接受大宋朝廷的管辖。生羌，指的是一直生活在边远地区，而没有接受汉文化的羌族百姓。也有生羌部落首领主动带领他们的部队为朝廷戍边。

安石知道后，又写信给王韶，建议说，要使这些内附的少数民族得到实惠，要对他们加以犒劳。而且这些人长年在边境，多有劳苦，应该把他们当中的大部分人解散回家，与家人团聚。留下少数的精锐兵士，也要随时犒劳，使他们感念朝廷的恩德。人少则赏赐不费钱财，赏赐丰厚则被赏之人愿意为朝廷效力。

王韶接到信后，由衷敬佩王安石的深谋远虑，又不乏仁者之心。在给朝廷的奏疏中，说按王安石的建议，结合实际情况，犒劳了留在边境的士兵，更重要的是建立的贸易市场，已经得到很大的收益。边境所需费用，是推行市易法在市场上收回的利息钱，不必动用朝廷的本钱。

赵顼读到王韶的奏疏，欢喜不已。

文彦博是枢密使，边境的奏报，他自然要看。看了以后，冷冷地说："这好比是工匠造屋，在开始设计时，一定要往小了设计，往省钱方面设计，这样主人容易接受，易于动工。等到工程开始以后，知道不可能停下来，再逐渐增加费用。"

赵顼脸一沉，道："这不是造屋，是屋坏。屋坏岂可不修？"

安石笑道："主人是很精明的，心里有一本账，也会计算，岂是工匠随随便便就欺骗得了的？"

文彦博遭皇帝一顿抢白，王安石又在一旁起哄，既愤恨，又无趣。回到家中，晚餐也不叫儿子陪，独自喝了几盅酒，闷闷地睡了。

第二天，文彦博一肚子气还不曾消，对一桌子早餐不觉得饿，又耐不住劝，胡乱喝了碗粥，出门往大街上去。夫人王氏见他双眉紧锁，心事重重地，问他何事也不说。见他不换朝服，知今儿不上朝，便吩咐佣仆文福一路跟去，好生侍候着，不得有闪失。

文彦博背负双手，漫无目的地走着。到天汉桥头，倚着石栏站住，茫然看着周遭的一切。

天汉桥又叫州桥，位于御街和东西御道的交叉口，横跨汴河。桥东沿街都是店铺，铺子门楼上各展所长写着店名，却挂着一色的大红灯笼。红灯笼要到黄昏后才点燃。而此刻太阳刚刚升起，向阳的街面，阳光照耀，铺子橱窗明亮，货物琳琅满目。桥西边则是歌楼酒馆，丝竹管弦，不绝于耳。从桥上往南去，便出了东京外城的南熏门，若一直往北，便是朱雀门前的龙津桥了。这桥边树下，也摆满了摊位，五花八门的货物，令人眼花缭乱。还有沿街叫卖的小贩，那提着的篮子里有各种小吃食，不论是平常百姓，还是富贵人家的餐桌上都是看不到的。

那年轻的佣仆文福见文彦博靠在桥头，以为主人想过桥去南熏门那边，忙道："老爷，朱雀门那边的集市，夜间才好玩呢。"

文彦博收回目光，斥道："你这小厮，可见是每日里偷懒耍奸，把这汴梁城都玩遍了。"

文福忙道："老爷，小的不敢偷懒。小的常随管家大叔去给府上采购家用物品，这汴梁城还真是都跑遍了。"说毕偷偷看去，见主人并无责怪之意，这才放下心。

文彦博问："文福，你常在外面跑，这大街上是不是比以前多了好多摊位？"

"是啊，老爷。"文福兴奋道，"自京中设立了市易司，做买卖的人便多了起来，摊位也比以前多了许多。"

文彦博奇道："你也知市易司？"

文福回道："小人是不懂，但听人说多了也就知道一点半点。"

"知道什么？说来听听？"

文福小心道："街头巷尾的都有人说，官府出钱，以平价收购市面上买不动的货物，允许商贾贷款或赊货，按规定收取息金。在京中设立市易务，等到货物短缺时再卖出。"见他家老爷听得专注，接着道，"这法子，合了小商小贩的意，那做大买卖的人怕是不高兴了。"

文彦博心里一声叹息，王安石的变法真是深入人心，连自己府上的奴才都说得头头是道。此刻，他更是意兴阑珊，不知往哪儿去。想找亲家吴充说说话，又想此刻吴充必在朝中当值。

这文福虽是佣仆，却练就了一套察言观色的本领，小声说："老爷何不去九桥门街市？那里的酒楼茶楼可高雅得紧，是大户人家的老爷公子最爱去的地方。老爷若想见谁，小的即刻便去请了来。"

文彦博听他说得一本正经的，又好气又好笑，骂道："你这小厮，好的不学，倒把这些吃喝玩乐的地儿摸得一清二楚。"想了想又问，"今儿初几？"

"老爷，今儿十月初一呢。"文福忙道，"老爷可是要去大相国寺敬香吗？"

"算你小子聪明，能猜透老爷的心思。走，去大相国寺。"文彦博突然发觉自己很喜欢这小厮了。

大相国寺，相传为战国时魏公子信陵君故宅。北齐文宣帝天保六年（555）始创建寺院，称为建国寺，后毁于战火。唐长安元年（701），僧人慧云来汴梁，托词此处有灵气，即募化款项，购地建寺。动工时挖出了北齐建国寺的旧牌子，故仍名建国寺。唐延和元年（712），唐睿宗李旦为了纪念自己由相王即位当皇帝，遂钦赐建国寺更名为"相国寺"，并亲笔书写了"大相国寺"匾额。

至大宋太祖立国后，在原有的基础上大规模扩建，成为全国最大的佛教寺院。寺内建筑巍峨，巧夺天工，雕梁画栋，金碧辉煌，有"金碧辉映，云霞失容"之称。

大相国寺占地540亩，下辖64个禅律院，每个院都设住持，并赐予封号，僧众达万余人。逢国家大事，如皇帝祝寿祈祷，巡亲以及进士题名多在这里举行，所以大相国寺又被称为皇家寺院。

文彦博这一路走来，还真有些累。因为从御道到寺院门前，两边新设了几十个摊位，以前开阔的路面无形中就窄了许多。有了卖东西的摊位，便成了街市，来此间的人也就多了起来。有买东西的，有来看热闹的。今儿又是初一，有到大相国寺敬香的善男信女。叫卖吃喝的，讨价还价的，人来人往，拥挤不堪。

文彦博好不容易进了大相国寺，看街上的情形，他没心思逗留，敬了香便出来，沿着街边的摊位一一看去。大到绫罗绸缎、猪肉鲜鱼，小到青菜豆子、针头线脑，应有尽有。而最多的是鲜果，此时正是金秋收获季节，从街边的货摊上看去，果子是获得了大丰收的。有河北的鹅梨、西京的雪梨、真定的浊梨、河阴的石榴、河东的葡萄、卫州的白桃、南京的金桃。

文福见他瞧得仔细，忙不迭地说："老爷看看这些东西，往时哪里有卖的？只设立了市易务，才有这些好东西卖，又不贵。"又指着一种青里透红的果子说，"老爷，这是洛阳的嘉庆子。是洛阳嘉庆坊的一种果树结的果子，酸酸甜甜的，清脆可口。以前可是从来没有见过的。"

街上人多嘈杂，文彦博不知是没听清他说的话，还是不想理会他，只顾往前走。

文福忽然兴奋道："老爷快看，那不是二少奶奶家的舅老爷嘛，开封府的判官也出来摆摊卖东西了。"

"京城的御道都安置了杂货铺子了，朝廷的官差竟沦为贩夫走卒，成何体统！"文彦博满腔的怒火无处发泄，只恨恨地跺脚。

文福见他方才还兴致勃勃地看摊子上的货物，转眼就怒气冲冲地，吓得闭了嘴。又见他气得颤巍巍地，忙扶住，生怕他摔倒。

已是午膳时分，王氏见丈夫未归，正焦急地命人去寻，及见他归来，喜得忙上前迎住。半笑半嗔道："老爷这是去哪儿逛了大半天？还以为在哪儿绊住了呢。"

文彦博进堂屋，一屁股坐在椅子上，有气无力道："哪里能绊得住我？我去大相国寺敬香了。"

王氏这才见他脸色苍白，额头上挂着汗珠，忙用帕子给他擦脸，惊道："老爷这是怎么了？快拿参汤来。"又厉声呵斥文福，"叫你好生看顾，怎会这样？"文福吓得直哆嗦，这会子一句囫囵话也说不出来。

丫鬟们拿热水的，拿参汤的，慌作一团。

文彦博喝了参汤，歇口气道："不关他的事。"挥手叫文福退去。

第二天，文彦博向朝廷递了折子，说生病需居家休养，便在家里将养起来，却又心浮气躁，坐也不是，躺也不是，看谁都不顺意，再也不去街上逛了。在家歇了几日，也不见朝臣来探望，也无皇帝的诏书来请他上朝，好生无趣。

王氏猜度他的心事，也没法子安慰。只劝道，朝廷的事何必认真？上有皇帝顶着，下有文武百官担着，老爷何不落个清闲？老爷今年六十六岁，过了耳顺之年呢，怎的还同年轻时一样，事事计较？这世上有多少事是计较得了的？老爷何不想开些，也好落个身体康健，长命百岁呢。

文彦博摔了茶杯斥道："我是过了耳顺之年，却没老糊涂。既拿着朝廷的俸禄，就该管朝廷的事。"王氏吓得脸都白了。

打这之后，再无人敢劝了。

文彦博有八个儿子，几个大的有的在地方上做官，有的在京城做官，都已成家，并各自置了宅院，单独居住了。六子文及甫娶了吴充的小女儿，以大理评事直史馆，还住在府中。

文及甫对他父亲的事，最不当回事。父亲反对王安石的新法，只要是王安石说的，他都不赞成。他提出的建议，皇帝也不采纳，还自个儿在家里生闷气。

所以，文及甫也懒得劝了，每天下值回家，除了吃饭，便与妻子躲在房中。丫头小子们做事走路都敛声息气的，生怕弄一点声响惹着老爷了，平白地招来一顿呵斥。

又过了几天，文彦博再也装不下去了，专为京师设立市易务的事写了奏疏，亲自递给皇帝。

赵顼见了他很是高兴，忙问这些日子可休养好了？秋天有秋燥，年纪大了尤其要注意，当吃些清心润肺的食物，方不致生病。

文彦博忙谢过，心里却老大不高兴。原来，不只是老妻说自己老了，皇帝也认为自己老了。唉，莫不是真老了？

赵顼待他出了门才拿起折子，只见上面写道：

臣近因赴大相国寺行香，见市易务于御街东廊置叉子数十间，前后积累果实，逐日差官就彼监卖，分取牙利。且瓜果之微，锥刀是竞，竭泽专利，所得无几，徒损大国之体，只敛小民之怨。遗秉滞穗，寡如何资？况密迩都亭，虏使所馆，岂无觇国之者，将为外夷所轻。

读到这里，赵顼想，这针头线脑的生意原本是市井小民所为，得利也微薄，我大宋朝廷跟老百姓抢买卖，欺行霸市的行径被蛮夷轻视也不足为奇。思索一会儿，又看下去。

……
凡衣冠之家网利于市，缙绅清议众所不容；岂有堂堂大国，皇皇求利，而不为物论所非者乎？斯乃垄断之事，孟轲耻之，臣亦耻之。复不忍聚敛小臣，希进妄作，侵渔贫下，玷累朝廷，不胜愤闷。

文彦博言辞恳切，认为市易法是不符合儒家经济法则的，泱泱大国垄断商品市场，却是牟取薄利。且不说他感到羞耻，若孟轲还活着，也会为此而羞耻。

赵顼读到这里，思索着，觉得是有些不大妥当，忙命太监传王安石来见。

第二十八章　皇帝观灯元宵夜 安石落马宣德门

夕阳像调皮戏水的顽童溜下汴河，天光暗淡下来。

王府的院子里，吴夫人带孙子旸儿玩。锦瑟在一旁看着，时间过得真快，孩子转眼就会四处跑了。

沿院墙一带栽着各色菊花，此时开得正艳。那小家伙跌跌撞撞地跑着，到一株翠绿色的菊花前停下来，歪着小脑袋看半天，突然伸出胖乎乎的小手扯下一朵，就往嘴里送。绣花丝线一样的花瓣撒了一地。

锦瑟跑过来，作势要打："哎呀，这是爷爷最珍爱的汴梁绿翠，听说最是难养，你竟给吃了。"又忙着从孩子口中掏出菊花瓣。

吴夫人跟过来抱起孩子，笑吟吟地："菊花是可以吃的。眼下正是吃菊花的季节，京城的馆子里，菊花饼呀，菊花火锅呀怕是早就上市了。"

二人正围着孩子，冷不防听王安石在身后笑道："什么珍爱不珍爱的，不过是种来观赏的花儿。旸儿才是我们一家最珍爱的小人儿。"说着话，从吴夫人手中抱过孩子，又道，"想吃菊花还不容易？明儿叫奶奶给你做菊花糕、菊花糊糊、菊花鱼汤吃。"

吴夫人到底心细，也最了解丈夫。丈夫眼中对孙子的慈爱，也掩饰不了脸上的倦怠之色。知他朝务繁忙，一刻也不能松懈。便从他怀里抱过孩子交给锦瑟，关切地说："老爷累了一天了，快进屋歇着吧。"便扶着进了屋。

天色更暗了。街上的茶楼酒馆和店铺陆续亮起了红灯笼，隐隐约约传来摊贩的叫卖声，汴梁城的夜市开始了。

从屋檐下绕过来的风添了些许凉意，锦瑟摸了摸孩子的手，热乎乎的。又想着元泽也快回了，抱着孩子想从抄手游廊回到自己住的后院，那孩子不想回屋，从锦瑟怀里溜下地就跑，却被从游廊中出来的丁香拦腰抱住。

丁香笑道："小少爷往哪儿跑？看我捉住你了。这叫老鹰抓小鸡噢。"

旸儿仰着红扑扑的笑脸："再来一次好不好？"

"今儿天黑了，小心草中有虫子哦，"丁香抱起他就走，"明儿再玩。"听说草中有虫子，旸儿一双小手紧紧地搂住丁香的脖子。

回屋不一会儿，江梅便来说吃晚饭了，老爷太太在堂屋等着呢。

吃过晚饭，奶妈带旸儿自去洗漱歇息。

锦瑟回到屋里，莫名地觉得心里空落落地。每日里，她盼望着王雩早早回家，又怕他早早回家。有时，丈夫就像个大孩子，跟儿子一起玩得不亦乐乎，忘了自己是做爹的。而有时，则像个陌生人一样地盯着儿子。每当这时，小小的孩子便躲在奶妈怀里，再也不肯见人。

锦瑟知道丈夫有心疾，不敢说重话，怕刺激他，更怕他饮酒。有天傍晚，王雩从外面回来，口中喷着酒气。锦瑟与奶妈正逗孩子玩，见他歪歪斜斜地走进来，忙给奶妈使眼色，让她抱旸儿离开。又唤丁香快煮醒酒汤。奶妈抱着孩子刚起身，被他一把抢过去，他抱着孩子左看右看："这孩子一双眼睛怪机灵的。"说着就像扔东西一样，随手一扔，幸而奶妈眼明手快，一把接住，孩子才没有落地。饶是如此，孩子吓得脸色苍白，浑身颤抖，可就是没有哭出声来。

锦瑟想着就心惊胆战。每天算着丈夫回家的时辰，命奶妈把孩子带回自己的卧室。此时已是十月末了，夜间的寒气骤然加重。风吹着枯叶在窗台上发出瑟瑟的响。正胡思乱想，丁香来说，大爷已经回府，往老爷书房去了。

锦瑟回过神来细想，丈夫今儿一回家就去老爷的书房，应该是有事要商量，也说明今夜在外面并未饮酒，不免松了一口气。

王雩进了父亲的书房，见母亲也在，他们似刚刚谈完一个重要的话题，正沉默着。

吴夫人见了儿子，忙问有没有吃晚餐？是不是累着了？

安石白她一眼："年轻人做点事，哪里就累着了？又不是上山砍柴，下河筑堤。"

王雱回吴夫人的话，说与同僚在外面吃了一碗面回家的，不累。又说："父亲，听说今儿文彦博批评市易法了？"

安石喝口茶道："这有何奇怪的，他哪一天不批评新法？只要是新法，他都批。"

"那皇帝的态度如何？"王雱小心地问，"听说皇帝看了他的奏疏就召父亲进宫了。"

"皇帝被文彦博打动，也认为泱泱大国垄断商品市场，却是牟取薄利，实在是不齿。召我去说：'市易务卖果实，审有之，即太繁细，今罢之如何？'"

"要罢了市易法？"王雱说，"父亲，如果官府不出面包办，市面上有些商品是无法销售的。再者，如果官府不制定其价格，市场上的物价永远也不可能平抑。"

安石道："我当然不会同意罢免市易法。"

吴夫人在一边轻声道："你为朝廷，为百姓的想法固然好，但真正做起来，怕是不能按照你的计划原原本本地去做。推行新法的这几年，你几乎得罪了所有朝臣，虽有皇帝支持，也是前路难行啊。"

安石觉得妻子说得有理，也明白变法的路途坎坷，但他绝不会改变初心。看着身边最亲的两个人，那殷殷关切的眼神让他有一种牵绊的感觉，一颗心沉甸甸的，又故作轻松地一笑："你们都歇去吧，我要给皇帝上疏，市易法不能罢免。"

王雱迟疑着，似还有话要说，见父亲已拿起镇纸石，知他要写文章了，便告辞退去。

吴夫人也出了书房，在门边低声嘱咐江歌好生侍候着。

江歌进来研墨，安石抄笔蘸墨写道：

……

市易司但以细民上为官司科买所困，下为兼并取息所苦，自投状乞借官钱出息。……止是此等皆贫民，无抵当，故本务差人逐日收售合纳官钱，初未尝官卖果实也。

　　陛下谓其繁细，有伤国体，臣愚窃谓不然。今设官监酒，一升亦卖；设官监商税，一钱亦税；岂非细碎？人不为非者，习见故也。……《周官》固已征商，然不云须几钱以上乃征之。泉府之法，"物之不售，货之滞于民者，以其价买之，以待卖者"，亦不言几钱以上乃买。又，"珍异有滞者，敛而入膳府"，膳府供王膳，乃取市物之滞者，周公制法如此，不以琐碎为耻者，细大并举，乃为政体。但尊者任其大，卑者务其细，此先王之法，乃天地自然之理。如人一身，视、听、食、息皆在元首，至于搔痒则须爪甲，体有大小，所任不同，然各不可缺。……今为政但当论所立法有害于人、物与否，不当以其细而费也。

　　……

　　赵顼读了王安石的奏疏，又觉得市易法是可行的。毕竟，买卖所得的收入和收取的息金都进了朝廷的金库。至于人家如何看待那是人家的事，卖的货物大也罢，细也罢，只要有人买，就说明百姓有需求。罢免市易法的事便不再提起。

　　文彦博自递了奏疏，每次早朝都期待皇帝提出罢免市易法，却迟迟没有消息，便知皇帝又听信了王安石的话，推翻了自己的提议，心里一片索然。

　　转眼已是岁末年尾。过了小年，朝廷就放了年假。

　　赵顼从大年三十至初一，忙着给祖庙进香、拜年。给两宫皇太后拜年后，又受群臣朝拜，受嫔妃拜。忙忙碌碌的日子倒好，一天天地就过去了，只一闲下来，诸多事情又搅在心头，不知从何处着手，这年假朝休的，也不好唤大臣来商议。

　　好容易挨到正月十五，上元之夜是皇帝在宣德楼观灯的日子。

　　宣德楼前的御街上，早早搭起了高大的山棚，沿着山棚的边缘走势，挂起了各色灯笼。天未黑，灯笼便齐刷刷地亮了起来，如同海上仙山般璀璨夺目。御街两边的店铺更是各显其能，各家各户门前也都挂起了灯笼，灯笼上有山水人物，有花鸟鱼虫，还有谜语。若游人猜出了谜语，店主有礼物相赠。而店铺里的货物更是琳琅满目，令人目不暇接。

街上最热闹的还不是灯山，是说书唱戏和各种杂耍。说书唱戏的倒也罢了，只那杂耍的，正在演着击丸蹴鞠、吞吃宝剑、踏索上竿等奇事，围观的人群发出一阵阵的喝彩声。

皇城大内也是华灯如昼，却显得空旷寂寥。两宫皇太后与向皇后，还有各宫嫔妃早早就到了宣德楼上，各人身边侍候的宫女太监也随之跟去，各殿只留下值守的人，因此显得悄无声息。

深宫里，听不见街上的喧哗。偶尔间，隐隐约约的锣鼓声随着夜风，飘忽而来，又飘忽而去。

福宁殿中，赵顼坐在书案前，心里莫名的烦躁。他起身出了书房，打开殿门，清冷如水的月色漫了过来，院子里一片空蒙。他待了片刻，哂然一笑："众人只道今夜是观灯的日子，都去赶那个繁华热闹，却忘了今夜正是赏月的好时光。"转念之间，命太监速传王安石觐见。

吴夫人因丈夫一年到头不得闲，想趁这上元之夜，二人到外面走走看看，散散心。太祖皇帝有"纵士民行乐"之旨意沿袭下来，官府开放各项禁令，女子也可随家人外出观灯看戏。二人正欲出门，却被传旨太监拦住了。

安石见皇帝这个时辰传自己进宫，一时不知何事，只得撇下妻子，随太监往宫里来。见皇帝在门外踱着步子，忙上前请安问好。

赵顼幽幽道："今夜的月色如此美好，却无人陪朕赏月。"眉头紧蹙，似有解不开的千思万绪。

安石赔笑道："陛下，今夜是陛下与民同乐的好日子。"

"话虽如此，但朕实在是提不起好心情。"

安石又道："陛下为理朝政，宵衣旰食，上元之夜也该出去走走，散散心。休息好了，身心才会轻松，也将更好地处理朝事。"

赵顼想，两宫皇太后在宣德楼，自己也必得去一下，也免了她们胡乱猜疑。便道："既如此，爱卿陪朕去走走如何？"

君臣二人骑了马，被一群侍卫簇拥着由宣德门出了皇城。

宣德门正南大道上，各色花灯绵延十余里，火树银花衬得夜如白昼。旱龙船、舞狮子、踩高跷的在街上边走边舞。游人簇拥着追随，笑逐颜开。做买卖的吆喝声、鼓乐声和着人们的叫好声，人声鼎沸中呈现出一片融融之乐。

赵顼行走在衣香丽影、流光溢彩的市井之中，所有的不快与烦恼，就如点燃的烟花，在碧空下随风飘散。这浪漫而旖旎的上元之夜，游人看的是灯，是戏，是热闹。他看到的是自己治下的繁华，是物阜民丰的太平景象。

二人沿着大街绕了一圈，又回到宣德楼下，正遇两宫皇太后给艺人赏钱，灯火辉煌处，金钱如雨点般洒落。

安石下马道："陛下上宣德楼陪皇太后，臣也该回家了。"

赵顼却说："你且等一等。"说毕从侧边上了宣德楼，给两宫皇太后请安问好，略坐一坐，闲话几句，复又下楼来。见王安石牵马站在原地，笑道："爱卿，随朕进宫，朕有要事相商。"便上马奔宣德门正门去，那群侍卫一阵风似的也进去了。

安石无奈，只得上马，由马夫牵着往宣德门左门来，正琢磨着皇帝有何要事非得今夜说。守门卫士却出来阻拦他的马，但是马没有停步，继续往前。内侍押班张茂则大声呵斥，命守门卫士打马夫。

马夫争辩说这是宰相的马，如何不能进皇城？

张茂则冷声斥道："宰相也是人臣，怎么可以骑马入禁中？难道想当王莽吗！"

想做王莽？这罪名可大了。安石回过神，正欲下马，冷不防一条皮鞭破空而来。他本能地一低头，鞭子狠狠地抽在马肚子上，马惊叫着，两只前蹄腾空而起，将他重重地掀翻在地。

这一摔非同小可，安石是仰面摔下的，后脑勺落地，痛得他眼冒金花，动弹不得。

原来，大宋律法规定，臣子进皇城门，必得下马。

安石呻吟道:"老夫王安石,方才随皇上出城观灯,你没看见?"

打马的卫士躲进门楼的阴影里,不敢吱声。

张茂则冷笑道:"出城可以骑马,进城就得下马。凭他是谁,也不能坏了祖宗的规矩。"

赵顼骑马跑去老远,听见马的惊叫,忙勒住马,问后面跟来的侍卫,门前何事喧哗。

侍卫说是守门卫士打了王相的马,王相摔在地上起不来了。

赵顼大惊,掉转马头跑到宣德门,见安石躺在地上,骂道:"瞎了眼的东西,敢打宰相。"

侍卫忙扶起安石。

赵顼下了马,关切地问:"爱卿摔着哪儿了?"

安石一手摸后脑勺,一手扶腰,口中吸着气:"不碍事。"

赵顼看着守门的几个卫士:"谁动的手?"

那打马的卫士战战兢兢地说:"回陛下,小人是按规矩办事,不是故意打的。"

赵顼头一摆:"拿下,关进大牢。"

几名侍卫上前将他绑了,拖走。

"陛下,小人冤枉啊!"那卫士一边喊,一边挣扎着寻张茂则,可哪里还有张茂则的人影。

今夜就是有天大的事,也谈不成了。赵顼压下心头的怒火,命人送安石回府,又吩咐侍卫找太医同去,好生看诊。

安石虽未伤及筋骨,却也摔得不轻。毕竟五十多岁的人了,开头几日躺在床上动弹不得。

王雱想,宣德门是什么地方,上元之夜是什么日子,此时此地,父亲被掀下马背,该有多狼狈。他说:"孩儿听说,宰相在宣德门内下马是惯例。今年怎么突然就有了新规矩,要在宣德门外下马?既是有了新规矩,为何无人告知?"

安石闭目半躺在床上,似乎睡着了。

吴夫人轻声斥道:"你父亲受点轻伤,太医说无碍。事情已经过去了，你就不要再提了。"

"母亲，这事儿远远没有过去。"王雱急道，"母亲细想，上元之夜是皇帝与民同乐的日子，父亲奉命陪皇帝赏灯，却被守门的卫士一鞭子打下了马。这背后难道没有原因吗？父亲是当朝宰相，受这等奇耻大辱，我是咽不下这口气的。"

吴夫人见儿子激动得满脸通红，怕他旧病复发，忙安慰道："不管这背后有没有原因，咱也不乱猜。皇帝自会查个水落石出，还咱们一个公道。"

果然，赵顼在早朝时问，宰相在宣德门下马，是门里还是门外？有人说门内，有人说门外。文彦博板着面孔说，老臣从来都是在门外下马。

打马的卫士被抓进开封府大牢，挨了十几板子，被打得皮开肉绽。

赵顼又私下里传张茂则来问，没想到张茂则一来就跪下，流泪道："陛下明鉴，王安石推行的新法实乃害民之法。老奴明知祸从口出，却不敢不言，恳请陛下罢免王安石，救万民于水火。"

赵顼心里一声长叹，王安石变法，连宦官都得罪了吗？

恰在此时，监察御史里行蔡确上疏说，卫士的职责是护卫皇帝的安全，宰相的马入宣德门也是不允许的，打宰相的马是按规矩办事。开封府责打卫士，显然是为了讨好王安石，这种徇情枉法的行为，若不严惩，卫士们还会忠于职守吗？

赵顼读了此疏，怵然心惊，欲处置开封府法官，却收到安石的辞呈，不免又惊慌。忙召安石进宫，说："爱卿是为宣德门的事吗？朕已经把那打马卫士交开封府严惩了。"

事情是处置完了，但王安石在宣德门被打下马背的事儿，像风一样传遍京城的每个角落，成为人们茶余饭后的谈资。有人说王安石遇上一个不知变通的卫士，所以才会发生这种事。有的人则以为，既是祖宗有规矩，任是何人也不能违背。卫士是按规矩办事，开封府不能打板子。

这天，王谢带小厮上街采办，见一家茶馆门前围一堆人。他走近时，听人说："这事儿说大不大，说小不小，原本就不是规矩不规矩的事儿，是朝中有人同王安石过不去。"

"王安石可是宰相，受皇帝倚重，同他过不去，岂不是找死？"

"你懂什么？王安石主持变法，朝中只要是反对变法的人，都被罢了官。你想想，恨他的人能少得了？"

"你是说，守宣德门的卫士也反对他变法？所以在上元之夜把他打下马，让他丢丑？"有人反问。

先前说话的人一本正经道："若是卫士的亲戚被王安石罢了官呢？或者卫士被人收买了呢？这都是有可能的。"

另一人抱着膀子，若有所思地说："就说青苗法吧，王安石的本意是为百姓着想，可地方上的官员实施起来，就不是他当初制定的那回事了。有的地方百姓不但没有受益，反受其害。那守门的卫士，说不定是家里受了变法的害呢。"

众人都附和着，一时七嘴八舌地又说起变法的事来。

王谢回家后，把听到的都说给吴夫人。吴夫人没有说话。她想起当初进京之时，劝丈夫不要进京。他说就算是与整个朝廷为敌，只要皇帝支持，他就会变法。现在不仅仅是整个朝廷与他为敌，怕是天下人都恨他入骨了。

第二十九章　安石提举经义局 文彦博寄望日食

熙宁六年（1073），转眼已是三月。因一连下了十来天的雨，这几日天气晴朗，御花园里的花儿像赶集似的都开了，花团锦簇的，却衬得皇城越发冷清。

这日下值，文彦博有意等到吴充，寒暄几句便说："冲卿，咱俩亲家好久没在一处坐坐了，我有个极清雅的地方，去喝两盅，如何？"

吴充性情温和，又久居官场，磨砺得越发圆滑，本不欲与文彦博有太多的接触，只此时面对面的又不好拒绝，便笑吟吟地说："正想与亲家喝两盅呢，走吧。"二人出了皇城。

太阳西沉，长街却是一片繁华，喧嚣的夜市就像戏里即将出场的旦角，正在整理妆容准备登台。

文彦博带吴充来到汴河边的大江流茶肆，向里面挑一间阁子方坐定，侍者便端了餐前茶水点心来，再由文彦博点菜。

吴充见此情景，便知文彦博是常来的。

文彦博喝口茶，吃一片梅花糕，问："吕惠卿回朝了，你可知道？"

吴充说："吕惠卿服丧期满，自然要回来。"

"吕惠卿是王安石推行新法的得力干将，被称为'护法善神'，他回来，王安石如虎添翼，不知又要搞些什么新花样。"

吴充见他忧思重重的，便好脾气地说："新法也不是从今日开始的。王安石是执政大臣，他的目标就是主持变法。无论行什么法，只要皇帝同意，就会颁行天下。你我就不必操心了。"

文彦博将茶盏往桌上重重一放："你我是三朝老臣，身负天下之责，岂能不管？"

吴充道："不是不管，是管不了。"扭头朝门口看一眼，轻声说，

"吕惠卿回朝了，被任命为天章阁侍讲、同修起居注。朝廷今又设置经义局，负责编撰《诗》《书》《周礼》三书的经义，王安石为提举，吕惠卿和王安石之子王雱一同修撰《三经新义》。"

文彦博惊道："这是王安石的阴谋啊。"

吴充急得双手乱摇："你轻一点，隔墙有耳。"

"《三经新义》若按王安石的意思去修撰，那以后的科举考试，都要依据他们的三经来出题了，后来的读书人，考中的进士，不都成为新法派了？啊呀，天下就要成为新法派的天下了。"

吴充道："这是当前最重要的事情。如果按王安石的意思去修，将会越发离谱。"

"一看他们几人，就知道修撰出来的三经是什么样子。吕惠卿的狡辩是众人皆知的，他能把黑说成白，把死鱼说得翻身。王安石的儿子王雱，老夫不甚了解。"文彦博一双手时而交叉，时而紧握，很是焦灼。

吴充叹道："那王雱真可谓少年才俊。治平四年（1067）中进士，曾作策三十余篇，极论天下事，擅长作书论事，著有《论语解》《孟子注》《老子训传》《南华真经新传》《佛书义解》。王安石的两个弟弟王安礼、王安国与儿子王雱在他的家乡被称为'临川三王'。"

文彦博听了，更见忧愁："曾听人说，王雱批评王安石推行新法的手段太过软弱，可见他的激进。这样的人修撰三经，后果可想而知了。以后朝廷所取的进士，哪里还懂得儒家思想的精华呢？"

吴充平时话不多，脑子是很活泛的，他说："我们无法反对修撰三经，也不能换人，唯一的办法是要求加一个对儒家思想极其精通的人，参加修撰，以免把真正的经义精华修改掉了。"

文彦博急道："司马光是正宗的儒家学派，可他不在朝中，哪里去找这样的人？"

"程颢如何？"

文彦博拍案笑道："我如何把程颢给忘了？他是反对新法的，让他参与修经，是最合适的人选。今夜就写奏疏，明日一早就递上去。"

次日一早，文彦博直接拜见皇帝，说："陛下设立经义局，修撰三经，是天大的好事，但一定要修好，因为这是将来士子的读本、科考的依据。陛下安排的三个人，王安石政务繁忙，王雱太年轻。修撰三经的力量有些单薄。"说着便停了下来。

赵顼不知他想说什么，拧眉问："依爱卿之见，又将如何？"

文彦博道："监察御史里行程颢，对三经有极深的造诣，老臣以为，如果让他参与修经，必有极大补益。"

赵顼知道程颢有极高的学识，只是没想到他罢了，便采纳了文彦博的建议，通知王安石下诏令，命程颢与他三人一起修撰三经。

王雱年轻气盛，最先表示反对："程颢是司马光一派的，只会死读书，认死理，说空话，又反对新法。立场不同的人，如何共事？"

安石说这是皇帝亲自安排的，不容反对。

吕惠卿思索着说："安排程颢参加修经，绝不是皇帝的本意。经义局的设立，又是我们三人修撰三经新义，保守派必定认为我们掌握了要害部门，所以才想方设法把程颢安插进来。如果他来了，经义局就不是撰写三经的地方了，是争吵的地方，或许还会打起来。不行，我要去见皇帝，程颢不能进经义局。"

安石说："程颢是饱学之士，是有资格参加修撰三经的。你反对他进经义局的理由，只会让皇帝怀疑我们要歪曲经义了。"

"不向皇帝说明，只会引起更大的麻烦。"吕惠卿真的去面圣。

赵顼听了他反对程颢的理由，很不自在。黑着脸问："你是不是以为当朝除了你们几个，就无人懂三经了？"

吕惠卿吓得跪下，说："陛下，臣不是这意思。臣是说人对某种知识的理解认知是有区别的。"

赵顼道："《诗》《书》《周礼》，难道世人对儒家的经书不是同一种理解和认知吗？如果有不同的理解，那怎样教化后来人？"

吕惠卿回道："同一本经，也是各有取舍的。孟子和荀子同是儒家，后来也成为不同的派别。同一本经，在某一点上也是有分歧的，虽差之毫厘，也会失之千里。"他停了一下，小心地说，"陛下，臣能否提一个问题？"

"说吧，还有什么是你不敢说的。"赵顼懒懒地说。

吕惠卿红了脸问："陛下以为新法之不能顺利推行，其根源何在？"

赵顼瞪他一眼："根源何在？"

吕惠卿也不知哪来的胆量，说："法之不行，不在法的本身，在于人们对法的理解有错误，而这种错误的理解就来自经。王相和微臣从小就读儒家经典，也是考五经的进士，怎会不懂五经？如今国家财源匮乏，我们主张推行新法，当从理财着手，来达到富国强民的目的。而另一些儒生则认为，国家不能谋财谋利，只能讲仁德。有钱无钱他不管，他只行他的道。这就是分歧，也是我们主张修撰三经新义的主要原因。"

赵顼心有所动，但还是问："你说的也有几分理，以程颢的学识，为什么就不能参与修撰三经新义？"

吕惠卿顿了一下，坚持说："程颢确实是学富五车，但他与我们的观点不一样。陛下想想，他一直是反对新法的。让一个反对新法的人，与我们推行新法的人共同修撰三经新义，会有什么样的结果？"

赵顼也说不出程颢必须参与修撰三经的理由，但他皇帝的面子还是要的，当即沉着脸说："朕命你们修撰《三经新义》，不是让你们随心所欲的。修撰经文当秉承公心，要不偏不倚。绝不能掺入你们个人的想法。"

吕惠卿垂首弯腰，连连应诺。

文彦博没有等到给程颢的诏令，对吴充说："皇帝亲口答应的事，又被王安石阻拦了。"

吴充叹道："看来，介甫是有意设立经义局了。他占据了一个至关重要的部门，他要从教育，也就是从根子上改变人们的思想。再过十年，就没有人会反对新法了。"

"还用得着十年？"文彦博一双眼睛布满红血丝，"我们再不行动起来，天下人只会言利，而不会言义了。大宋就要毁在王安石的手里了。"

吴充疑惑地看着他："你要怎样行动？要杀了介甫？事情还没有到这个地步，你千万不要轻举妄动。"

文彦博见他紧张的样子，失声笑道："我是恨不得杀了你那个好亲家，只可惜我的手提不起刀。"说毕甩袖子离去。

文彦博说要行动起来，是因为三日前接到司天监的报告，说十日后，也就是熙宁六年（1073）四月初一这天，日食。

唐朝写《推背图》的李淳风认为，发生日食是皇帝失德、奸臣当道的表现。是上天对皇帝的不满和惩罚。日食当天，皇帝要躲起来，朝廷要举行仪式祈求平安，祈求日食早点结束。在民间，当日食发生时，人们认为是天狗食日，要敲锣打鼓赶走天狗，吐出太阳。

文彦博得到日食的消息，在朝臣中间说："去年十月少华山两次山崩，死伤几百人，这是上天的警示和惩罚。我们的执政官不理不睬，不求悔过，还一意孤行。"

有人不知是没听明白，还是与文彦博唱双簧："文大人所说的'警示和惩罚'，警示何事？惩罚何人？"

文彦博"哼"一声："老夫以为，上天在警示新法是错误的。"

"既是警示新法是错误的，为何不惩罚推行新法的人？而要在少华山伤及无辜？"

文彦博说："王安石说天变不足畏，祖宗不足法，人言不足恤。司天监已测出日食，老夫倒要看看，太阳消失了，天黑了，万物没有了依赖，人又如何生活？难道大伙儿不应齐心协力，请求皇帝废除新法吗？只有罢免王安石，天下才能太平。"

朝臣都相信文彦博所说的。日食是很可怕的，古时的日食，一般应验在国亡君死，天下大乱。

而且，大家都知道，皇帝前日就开始斋戒，避殿减膳，暂不临朝。接下来就诏令天下罪犯减罪一等，流放罪一律释放。大臣们在家里心里惶恐，于是天天上朝，但见不着皇帝，又坐不安席，一时议论纷纷：

"水灾旱灾倒是见过，不过是灾年收成少，或是颗粒无收罢了。日食，是太阳被天狗吞食，天从此就黑了，可见上苍确是震怒了。"

"没有了太阳，庄稼就不能生长，人早晚都得饿死。"

有人还扳着手指计算着："皇帝登基七年，并未做过失德之事，怎会惹怒上天呢？这不合天理啊。"

"说一千，道一万，都是变法的错。祖宗立的法都敢改变，还不足以震怒上苍？"

"这几年灾害不断，先是水灾，后是山崩，这又说要日食了。日食不是一般灾害，是要毁天灭地的啊。"

"王安石说天变不足畏，祖宗不足法，人言不足恤。太狂妄了，到底激怒了上天。"

"这下好了，要日食了。王安石就是宰相也跑不脱一个死。不如先把他那几个年轻的'护法善神'绑了，裹上绢，淋上油，点了天灯谢罪，或许能感动苍天，天狗就不会吞了太阳了。"

安石自然也听到了这些议论。他不信鬼神，却信天象，日食是不可避免的，但他自觉对得起天地良心，对得起天下百姓，所以他无畏。

这天，他召集吕惠卿曾布等人说："因为日食，朝中人忧心忡忡，所有的矛头都指向我和新法。我相信日食这种天象，却不信日食是上天对新法的惩罚。扪心自问，我们所行的新法，有哪一条对不起百姓？世上从来都是多做事的人受罚，不做事的人受赏。皇帝即位这几年，一心求治，推行新法，这也有错？我是执政官，也是主张变法的初始者，上天如果真的要惩罚，就由我来承担。你们还年轻，出去躲一躲，不要陪我受这无谓的冤枉。"

吕惠卿道："我不躲，要死就同新法一起死。"

曾布笑道："愿躲的去躲，反正我不躲。"

其他几人也说无须躲藏。

安石见他们愿与自己共同面对这难以预料的变故，很是欣慰。沉思道："你们先把家里安顿好，每日照常到各自的官署来，若真有事，大家也好有个照应。"众人应诺，一起等待日食的到来。

文彦博忽然觉得皇帝躲起来更好。皇帝比旁人更怕日食,把日食说成上天对变法者和新法的惩罚,就更有说服力。所以,他一心想利用这次日食,逼着皇帝把新法废除了,新法派的人也就无用武之地了。

起初,他同亲家吴充商量此事,如何推翻新法,如何扳倒王安石,只要王安石离开朝廷,其他人就好对付了。吴充唯唯诺诺,并不积极从事。后来遇见在京中办事的吕大防,觉得此人可以助他一臂之力,便与吕大防热络起来。

吕大防是华州知州。去年十月少华山山崩,有不少百姓伤亡,朝廷为此拨了一笔慰抚款,吕大防是来办理领取这笔款子的。但皇帝因为日食而沐浴斋戒,不见外人,因此他便滞留在京城。

吕大防在京城也没闲着,逢人就说少华山崩塌之事。说那真是山崩地裂,天地无光,仿佛世界末日。山崩之后,阴暗的天空渐渐明亮,却现出:"除害人新法"五个大字。说得绘声绘色,如同在少华山下亲眼所见。并说"畏惧天的威严,于时保之。这便是先王之所以兴盛的原因"。

前面说天空现出五个大字"除害人新法",听的人未必相信,而后面"畏惧天的威严,于时保之",这倒是说到某些人的心坎上了。

文彦博听到这些话,深信不疑,更欣赏他"畏惧天的威严,于时保之"的观点。便亲自去见吕大防,叫他把少华山崩塌之事再叙述一遍,又夸他是有远见卓识之人。

言谈之间,吕大防听出文彦博不仅仅是反对新法,简直是痛恨新法。便有意无意地说新法如何害人,百姓如何恨之入骨,等等,一时尊文彦博为长辈贤者。文彦博更是将吕大防引为忘年知己,常邀他去府上小酌。

这天傍晚,文彦博命文福去请吕大防来府中饮酒。

二人喝着酒,文彦博问:"明天就是四月初一了,贤契可有妙计?"

吕大防说这是明摆着的事儿,还用得着计策?

文彦博放下酒杯,郑重其事地说:"你不要小瞧了我们的对手。

王安石可不是一般人。自他变法以来，不知多少大臣上疏皇帝，请求废除新法。但他得到的始终是皇帝的信任，反而是那些大臣被罢免官职，离开京都。"

吕大防其实心里没底，可话已经说在了前头，无法收回，便迎着文彦博期待的眼神，说："后天一大早，太阳出山之前，我同老相公一起进宫。等天狗吞了太阳，天黑下来，老相公就以废除新法来号召群臣，请求面圣。这时候，皇帝不得不出面，大家一齐请求罢免新法。至于日食是上天对新法的惩罚，就由我来证明。"

文彦博捋着胡须，点点头："嗯，太阳被吞，群臣请求，你来证明，皇帝就算再信任王安石，心里也是惶恐不安的，说不定一开金口就废除了新法。"

吕大防兴奋道："皇帝废了新法，你就带领群臣欢呼万岁，我乘机建议把新法派的人抓起来，杀了以谢苍天。老相公一声令下，群臣哪有反对的？要罢要杀，只要老相公开口，一时间，新法罢而奸臣死。等太阳出来了，老相公就是救国大臣，功在国家，利于百姓，名垂青史。"

文彦博端着酒杯，笑微微的，似乎事情真像吕大防说的那样顺利。他一口干了酒，把空杯往桌上一放，又不放心地问："贤契，这可玩笑不得，你到底有多大的把握？"

"只要司天监测得准，我这方法万无一失。"吕大防几杯酒下肚，口麻了，胆子大了。

文彦博又道："杀人就不必了。我朝自太祖立国以来，不杀士大夫。"

吕大防摇摇手："老相公慈悲。凡是政敌之争，抢得了先机，就要当机立断，斩草除根，永绝后患。"

文彦博正色道："抛开新法不说，对王安石本人，老夫是敬重的。欧阳修大人说'安石学问文章，知名当世，守道不苟，自重其身，论议通明。兼有时才可用，所谓无施所不可者'。而老夫也认为，安石的学问与操守都是世人无法企及的。老夫只恨他性格执拗，听不进人劝。到时请求皇帝将他赶出京城即可。"

吕大防见他神色凛然，忙附和道："到底是老相公，思虑周全，如此最好。既保全了王安石的性命，又抚慰了皇帝的惜才之心。"

二人又细细商量了日食时应该注意的事项，吕大防这才扶醉而别。

文彦博也有些醉意，想回卧室歇息，却见六子文及甫候在门边。

文及甫说："父亲，把日食归罪于新法，是不公道的。"

文彦博打着酒嗝："何为公道？天就是公道。"

"日食是种很神奇的现象，却不一定是针对新法而来的。"

"如果不是新法害人，不是变法的人有错，天因何变脸？太阳因何而黑？这难道不是上天给我们的启示？"

文及甫耐心地说："父亲，我们都是大宋天子的臣子，说话做事都要有依据，而不能按自己的好恶，利用天啊神啊去攻击别人。"

文彦博此刻脑子反而清醒了，反身又到桌边坐下，说："我问你，去年十月少华山崩塌时，天上现出'除害人新法'字样，你如何解释？"

文及甫失声笑道："父亲是进士出身，又做过宰相，怎会相信这些骗人的鬼话。"

文彦博脸一沉："吕大防也是进士出身，他说的话还能有假？"

文及甫不知轻重，笑着说："说来也巧，方才在回家的路上，突然一声巨响，孩儿抬头一看，天空现出'杀反新法人'五个大字，父亲信还是不信？"

文彦博老脸通红，不知是酒上头了，还是急的，抓起桌上的茶碗往地上一扔："放肆！"茶碗摔得粉碎，茶水溅了文及甫一身。

第三十章　安石天变不足畏　王韶又收复五州

熙宁六年（1073）四月初一。

群臣比平日来得更早，却不进宫，只聚集在宣德门外。大家都不敢高声说话，或轻轻交谈几句，或悄悄抬头看一看天色。京城更夫敲着铜锣，拖着长长的疲惫的嗓音喊着走过，已是卯时（早晨五点钟）。若是晴天，天已大亮。而此刻，天空布满厚密的云层，灰暗阴沉。长街上少有行人，平日早已开张的店铺，门窗紧闭。从躲在深宫里的皇帝，到民间的百姓，都沉浸在恐慌里。

王安石与曾布、吕惠卿几人在中书省的官衙里。他们不是不担心，只是比旁人冷静。他们在静观其变，注意事态的发展。

吕大防也来了，蜷缩在城门的角落，等待文彦博的到来。

天色渐渐亮了，人心也悄悄安定了些许。

终于有人忍不住问："天亮了，只是今天是阴天，看不出与平日有何不同。司天监的人测得准吗？"

有人轻声笑道："司天监是做什么的？就是掌管观察天文，推算历法的。测得不准，也得吓你一哆嗦。"

街上的行人越来越多，店铺也开了门，小贩的吆喝声此起彼落。人间烟火气息渐渐地弥漫开来。宣德门外的气氛活跃了些，有人接道："你也莫指望司天监测得准，他们又不是袁天罡、李淳风。"

司天监监正听了这些议论，也不气恼。双手拢在袖子里，仰望天空，似乎在目测云层的变幻。

也不知是谁，大声道："我倒觉得，司天监若是测得不准，才是大家之幸，天下之幸。"

"若是测得不准，大家对新法又怎样看待？"

此言一出，大家又议论纷纷。

只有吕大防焦急地等待着。他自己也不知道是在等待日食，还是在等待文彦博。

却说文彦博一觉醒来，天已大亮。他匆匆穿好衣裳，却发现房门拉不开，这下可慌了，急得大喊大叫。

王氏在堂屋听见他的喊声，不知何事，匆忙赶来，发现房门上了锁，奇道："这可是古怪，我出来好好的，怎么就锁上了？"

文彦博在屋里骂道："准是及甫这逆子干的好事！"

王氏道："这可是冤枉，及甫为何要把你锁在家里？他又不是三岁小孩儿。"

文彦博急道："啰唆什么？还不快开锁。"

"我又没有钥匙。"

"真是越活越糊涂，"文彦博骂道，"不知道去找人把锁拧了？"

一家人听他骂骂咧咧的，早就围在房门外。文福连忙去拿了一把斧子来，三两下就敲开了。

文彦博出了卧室，脸也顾不得洗，命文福驾车快快送他进宫。

已近午时，天上的乌云渐渐散去，湛蓝色的天底，一轮红日分外耀眼，宣德门外一片欢呼。众大臣正欲进宫，却见曾布来说："传王相的话，香风弥布，圣德昭彰，日食已化。请各省院自备酒菜来进贺圣上，请圣上御殿复膳。"说毕见众臣呆呆的，又加上几句，"皇帝推行新法，利在万民，功在千秋。大家亲眼所见，日食已被圣德所化，难道不值得庆贺吗？"

大臣们以为曾布传的是皇帝诏令，便分头忙碌起来。

文彦博进了皇城，四下里静悄悄的，正不知何意，忽见迎面走来两名小太监，忙上前询问。

小太监笑吟吟的："文大人可是来得迟了，大伙儿都在集英殿摆宴庆贺呢。"

"摆宴庆贺？庆贺何事？"文彦博一头雾水。

另一太监接道："是的，日食为圣德所化，各省院自备酒菜在集英殿请皇帝御殿复膳呢。"

文彦博这才发觉红日当头,楼台亭阁在阳光下显得越发富贵安详,鸟儿衔着花香飞来飞去,皇城里一派春深景象。他有点儿失神地往集英殿去,还未进门,便听见有人说:"陛下圣明,推行新法,利在万民,功在千秋。苍天有感,逢凶化吉,大宋江山,永固万年。"

文彦博吃了一惊,这不是吕大防的声音吗?难道他是新法派的?他同我商议今天趁日食一举推翻新法,赶走王安石,是用计害我?

文彦博吓出一身冷汗,他连忙反身,逃也似的出了宣德门,爬上马车,命文福快快回家。

方过午时,吕大防就到了文府。

文彦博惊魂未定,正胡乱猜测着朝廷事态。见吕大防重来,不知何意,但又想知道日食之事,便吩咐文福在厅堂接待吕大防,一盏茶之后,自己才慢慢出来。

吕大防见文彦博面容憔悴,有气无力的,不免惊异,脱口问:"老相公昨日还精神抖擞,一夜之间何故如此?"

文彦博暗骂一声"奸贼",面上却笑吟吟的,说:"老了,不中用了。昨夜多贪一杯酒,今日差点儿起不来了。"

吕大防轻轻一笑:"原来是酒闹的。"

文彦博冷冷地问:"吕大人何意?"

"卑职原以为,老相公早就知道司天监测的天象不准,所以今儿才没有进宫。卑职愚钝,说了一些蠢话,还早早地跑去宣德门外等候老相公。妄想助老相公一臂之力,推翻新法,赶走王安石,谁知差点儿丢了性命。"言语中颇有几分怨气。

见文彦博不吱声,吕大防以为说中了他的要害,脸上添了几分得意的神色。又道:"好在我脑子转得快,各省院自备酒菜请皇帝御殿复膳时,我随他们进了宫,借喜庆之机向皇帝进言,说推行新法,利在万民,功在千秋,苍天有感,逢凶化吉等话。但愿不被人识破。"

背后突然有人说:"你说这些话,是怕家父向皇帝告发你昨天的妙计吧。"

吕大防吓得一哆嗦，回头见文及甫立在门槛外。

文及甫板着脸说："你的妙计差点儿要了家父的性命。你走吧，我文家没有你这种两面三刀的朋友。"

吕大防看一眼文彦博，见他面无表情，便悻悻地起身离去。

文彦博也未挽留，只对儿子说："及甫，不能这样没礼数。"

文及甫道："对这种人讲礼数？他为了讨好父亲，差点儿害了我们一家。今儿若不是我锁了父亲的房门，不知会发生怎样的事。父亲一身正气，不怕死，也该为文家这几十口人想想。"

文彦博心里生出一阵阵的后怕，看到吕大防不敢将此事说出去，这才渐渐宽心，但对王安石的新法依然恨恨不已。

文及甫说："父亲不是在仁宗朝推荐过王安石吗？说他淡泊名利，坚守道义。也给当今天子建言说'天下事已如琴瑟不调，须解而更张之'。为什么现在又推翻了自己的看法？还如此强烈地反对王安石？"

文彦博说你还年轻，不懂这里面的道道。

"孩儿也许不懂官场上的权谋与玄机，但孩儿崇拜王安石的激进精神，还有他要以变革来治理天下的坚定信念。"

文彦博冷笑一声："激进？我看是偏激。王安石是个不切实际、执拗的人。从不听人劝，一意孤行，所用的人也都是奸邪之辈，能办成事？"

文及甫道："孩儿隐约听说，司马光虽然反对新法，对王安石本人是很推崇的。他说'窃见介甫独负天下大名三十余年，才高而学富，难进而易退。识与不识，咸谓介甫不起则已，起则太平可立致，生民咸被其泽也'。还有比这更高的评价吗？"

文彦博老脸一红："司马光先前是没有看清王安石，后来不也改变了看法？"又觉得这话说得言不由衷，自己对王安石的学识与为人又何尝不推崇呢？瞬间又烦躁起来，挥手说"你去吧，我累了"。

文及甫突然发觉，一夜之间，父亲须发皆白，坐在绛红色的八仙桌边，越发衬得他衰弱而苍老。便再也不敢说话了。

第二天，文彦博像往常一样上朝。

垂拱殿里，不知谁又提起昨天的日食被圣德感化，引出一片祝福庆贺之声。

赵顼笑容满面，看上去心情极佳。只听他说："文爱卿，昨日的宴席好热闹啊，因何不见你？"

文彦博上前道："回陛下，前儿夜间，臣吃坏了肚子，因而昨日没能赶上陛下的盛宴。"

赵顼见他脸色蜡黄，点点头："嗯，爱卿上了年纪，肠胃反而娇贵了，往后可要当心些。"

参知政事冯京奏说："因多次听到反映，免行钱法不利于天下百姓。是以，臣请求陛下撤销免行钱法。"

曾布笑道："能向冯大人反映免行钱法的人，怕不是平民百姓吧。"

冯京一时不知该如何回答。

文彦博接道："凡是新法，既不利于百姓，就都罢免了，何苦招百姓的怨恨？"

安石道："我没听见百姓的怨恨，官员的怨恨倒是听了不少。只是我不怕他们怨恨，朝廷谋求的是天下人的安居乐业，只要是有利于百姓的法，就推行到底。"

文彦博"嗤"的一声笑道："老夫差点忘了，你原本是天变不足畏、人言不足恤、祖宗不足法的人，还怕什么老百姓的怨恨。"

《论语·季氏》里说，孔子曰君子有三畏：畏天命，畏大人，畏圣人之言。

殿中人都知道，在熙宁三年（1070）春，司马光因为反对王安石变法，故将孔子的"三畏"作为考题，命李清臣等人答辩。他拟"策问"说："今之论者或曰：天地与人，了不相关，薄食、震摇，皆有常数，不足畏忌。祖宗之法，未必尽善，可革则革，不足循守。庸人之情，喜因循而惮改为，可以乐成，难以虑始，纷纭之议，不足听采。意者古今异宜，诗书陈迹不可尽信邪？将圣人之言深微高远，非常人所能知，先儒之解或未得其旨邪？愿闻所以辨之。"

此刻，经文彦博提起，大家都想起这件事。当时，司马光表面上是命李清臣等人辩论，实则是给王安石加一个"三不足"的罪名。

赵顼自然也想起了这件事，即问王安石："朕也闻有三不足之说，王爱卿可是说过这样的话？"众人齐刷刷地看向王安石。

安石微微一笑，说："臣没有说过这样的话，但臣很乐意接受这几句强加给我的话。古人把灾难看作上天发怒的象征，并把这些灾异现象和君主的行为联系在一起，臣却不以为然。臣以为，天地运行，自有其规律，日食月食，都是自然现象，和君主的行为没有丝毫的关系。臣的话，陛下不一定赞同。天地之道，玄虚难测，不谈也罢。但是，流俗之言不足惧，是不易之理。流俗之人不学无术，看问题只从自身出发，不能纵观全局看得长远，所以对一件事，会有多种看法。

做大事者，认准了一件事，就一定要独持己见，等事情做过了，成败才能显现出来。如果什么人的话都听，左右动摇，永无成功的那一天。至于祖宗之法不足守，则固当如此。仁宗皇帝号称守成，在位四十年，也屡次修订成法，何况陛下是大有作为的君主呢。"

赵顼摸着光溜溜的下巴沉思着，又点点头。

文彦博先听皇帝的问话，心中一喜。待看王安石对答从容，和皇帝信服的神态，失望已极。趁众人又齐声祝贺时，他悄悄退到门边，出了垂拱殿。

次日，文彦博向朝廷递了奏疏，以年老体衰请辞。

赵顼也不做挽留，调他为河东节度使、判河阳，移判大名府。

却说王韶，因为招纳西部诸蕃，把西边各部落遏制住了，深得皇帝看重，擢升为龙图阁直学士，经略安抚使知熙州（今甘肃临洮）。当时文彦博以枢密使的身份，极力反对擢升王韶。赵顼没有采纳他的意见。

今年八月，也就是熙宁六年（1073）八月初，王韶率部与羌人进行一场殊死的搏斗。这是安石执政以来，宋朝在边境最大的一次战争。如果王韶失利，不仅会给朝廷带来巨大的损失和负担，也会给推行新法带来更大的阻力。

如今已是九月中旬，朝廷接到的塘报还是八月中旬的，只知王韶率军深入敌方境内一千余里，目前的状况一概不知。

京城中，各种谣言传得沸沸扬扬。

"前儿那贩茶叶的商人说，王韶被吐蕃和羌人两路兵马前后夹攻，早就全军覆没了。朝廷还蒙在鼓里呢。"

"可不，听说王韶被活捉，已经投降吐蕃了。"

"贩绸缎的老毛子说，王韶是被吐蕃人活捉了，可在逃跑时又被抓住，已经成了刀下鬼。"

"也不知怎的，王韶远在边境，竟得王安石宠信，推荐给皇帝。从卑微的理事参军一跃而为安抚使，真可谓平步青云哪。"

"爬得越高，跌得越重。这回可好，连命都赔上了。"

"这就是王安石的错了，看人不准，用人不当。一个手无缚鸡之力的文人，写几篇文章哄哄人倒也罢了，叫他带兵打仗，岂不是害国害民？"

谣言越传越多，越传越玄乎，就像这秋天的风，飘进皇城。

赵顼寝食难安，焦虑之中想起当初文彦博的谏言，多少有些懊恼授予王韶这么大的权力。如今怎么办呢？真是叫天天不应，叫地地不灵。唯有召王安石来见。

赵顼问："爱卿可曾听到外面流传的消息？"

安石见他双眉紧蹙，一脸阴沉，谨慎地回道："臣是听到一些消息，都是不着边际的传说，不足信。"

赵顼冷声道："朝廷上个月收到的塘报，说河州被吐蕃军占领，这也不足信？"

安石一惊，忙道："陛下，胜败乃兵家常事，天下没有不打败仗的将军。王韶就是战死，也尽了他最大的力量。对于他的事迹，朝廷只能褒奖，不宜诋毁，这也是给后来人树立了榜样。"

赵顼道："朕何尝不懂这个道理？王韶若真战死沙场，朕也觉得可惜，也会让他的死荫护他的家人。外面都说他打了败仗又投降了吐蕃，这不得不令朕后悔用错了人。"

安石见他脸色缓和了些,劝慰道:"作为将军,投降敌国实属可耻。只是谣言不可信。陛下暂且不要烦恼,请再耐心等候几日。"

叫皇帝不烦恼,安石心里又何尝安宁。王韶是他推荐的,若真是兵败投降,他是要负责任的,至少要罢免宰相之职。只是他相信自己没有看错王韶,就说:"臣不信王韶会败给吐蕃和羌人,更不信他会投降。如果真是这样,请陛下罢了臣的宰相之职,因为王韶是臣推荐的。"

赵顼点头:"无论是王韶投降,还是罢免爱卿,都是朕不想看到的。"

朝廷笼罩着一片阴云,大臣们说话走路都小心翼翼的,生怕惊动了躲在某个角落的神灵。

曾布看他们的模样,只是冷笑。对王雱说:"这些人的模样,像是为边境战事失利而悲哀。只是你细看他们的脸和眼,竟都含着欢天喜地的笑意。这实在是大宋的悲哀。"

王雱道:"王韶是家父推荐的,若他兵败,家父就会被罢免宰相之职,这正合了某些人的意。他们为了推翻新法,哪里会把大宋江山的安危放在第一位呢?"

吕惠卿笑道:"咱们只当没看见这些人的嘴脸。别自乱了阵脚,且耐心等候消息。"

熙宁六年(1073)九月十八日,早朝。

近来的早朝已没有了往日的祥和,一股凝重悲凉之气从皇帝的脸上弥漫开来,笼罩在众臣头上。

大家不知该说什么,似乎所有的话都已说尽。安石正欲开口,忽听殿外有人高喊"六百里加急塘报",即刻有太监跑去接过塘报送到皇帝座前。

赵顼双手颤抖着接过,心砰砰地跳,硬着头皮打开,急促地看了一遍,顷刻间泪流满面,又从头细细读一回。

众臣交头接耳,猜测着。

安石见此情形,一时不知所措。

忽见赵顼将塘报递给身边的太监,说:"念。"

原来是边境的捷报。报上说王韶率部经过五十四天的长途奔袭，深入敌后一千八百余里，打败木征等人率领的联合军，一举收复河（今甘肃临夏西南）、洮（今甘肃临潭）、岷（今甘肃岷县）、宕（今甘肃宕昌）、亹（今青海门源）五州领土，幅员两千余里，斩获不肯归顺的蕃部一万九千余人，招抚大小蕃族二十余万帐。这次战争，是以岷州首领在兵临城下的压制下举城投降结束的。加上熙宁五年（1072）收复的熙州，西北边陲共计收复三千余里失地，也是沦陷一百多年的失地。

太监堪堪念完，众臣便跪倒在地，山呼万岁。

安石喜极而泣，王韶果然不负众望，他心里悬着的石头终于落地。

二十多天后，也就是熙宁六年（1073）十月十二日，辰时，紫宸殿中金碧辉煌，一派节日的气氛，文武百官峨冠博带，按班而立。

原来今天要举行盛大典礼，庆祝收复熙、河、洮、岷、亹、宕等州的伟大胜利。

赵顼笑容满面地接受群臣的朝贺。

韩绛从大名府赶来参加盛典，此刻出班道："陛下圣德齐天！这是大宋自太祖立国以来，所取得的最辉煌的军事胜利，也可以说是变法取得的成果之一。几年来，新法已深入人心，国家的经济实力也迅速增强，省兵、选将、置将、保甲等一系列与军事有关的新法得到实施，使国家的军事力量得到加强，军队的战斗力得到极大的提高，才取得如此辉煌的胜利。"

赵顼刚满二十六岁，正是英姿勃勃，精力旺盛的年龄。待韩绛说完，他笑道："韩爱卿所言极是。"又见他解下腰间的玉带，盘好，交给身边的值事内侍，命他送给王安石。并说："王爱卿自执政以来，忠心朝廷，勤勉职事，与朕勠力同心，变法图强，宵衣旰食，已是十分辛苦。今我大宋收复诸州，国威大振，王爱卿功不可没。朕以自己的玉带，奖励爱卿的功劳。"

安石见状，忙出班跪地，说："陛下圣明，亲自选拔王韶于疏远卑贱之中，委以重任。如今能收复一方，均出自陛下宸衷，微臣与二三执政，只是奉职办事而已。臣不敢贪天之功为己有，独当此荣。"

赵顼见安石推辞，言语间流露出的满是真情、谦逊，心里着实欢喜，说："王爱卿不必推辞。当初王韶献策之时，遭到诸多大臣的质疑，唯爱卿独具慧眼。后来兵兴，群臣疑虑更甚，皆劝朕割地求和，委曲求全。朕亦曾犹豫彷徨，想采纳他们的意见。如果不是爱卿陈述利害，坚决支持王韶，也不会有今天的胜利。爱卿受赐，当之无愧。赐卿玉带以传遗子孙，也记载了朕与爱卿君臣相遇相识之一段缘分。"

先前韩绛的一番话，有的大臣认为是给王安石的变法找理由，讨好王安石。王韶这次能打胜仗，不过是运气好罢了。到此时，皇帝这番肺腑之言，才令他们明白，这是向朝廷及天下人，肯定了王安石在这次收复失地的战争中，起到的重要作用和伟大功绩。如果没有王安石的坚决支持和缜密筹划，王韶不可能取得这次胜利。言下之意，王安石收受玉带，当之无愧。

庆功宴上，参知政事王珪兴之所至，题诗一首赠安石。

王珪，字禹玉，与安石是同榜进士，现在同朝为官。既是同年，又是同僚，而且还是他推行新法的得力助手。

安石读了他的诗，颇为感动，便和了一首《次韵王禹玉平戎庆捷》：

熙河形势压西陲，不觉连营列汉旗。
天子坐筹星两两，将军归佩印累累。
称觞别殿传新曲，衔璧名王按旧仪。
江汉一篇犹未美，周宣方事伐淮夷。

众人见他在和诗中，赞美的是皇帝的英明决策，是边关将帅的英勇，丝毫没有提及自己。如此不居功的人，当今天下，唯王安石也。抛开新法，大家的敬佩之情油然而生。

第三十一章　曾布接任三司使 韩维说免行钱法

安石回到家中，将皇帝赏赐的玉腰带交给吴夫人，叮嘱她收藏好了，言语之间很是兴奋。

吴夫人随他进了书房，命江梅找来一块绸布，将玉带包裹了，放在书橱的一角，并没有多看一眼。

安石奇道："我以为自己是个不为外物所诱惑的人，原来夫人比我更甚。这是皇帝亲自从腰间解下的玉腰带，你正眼都不瞅一下，实在是可敬可佩。"说罢还竖起大拇指。

吴夫人道："我有几句话，不知当说不当说？"

安石今儿心情好，笑道："说吧，夫妻间有何话是不能说的？"

吴夫人道："按说，今儿庆祝王韶打胜仗，是高兴的事，我不该扫老爷的兴。只这玉带，对于老爷来说，却未必是好事。"

安石今日心情好，笑问为什么？

吴夫人说："老爷初始立法的本意，是要让天下百姓得到实惠，并不是仅仅只给朝廷增加财富。我说的可是？"安石点头。

"就说青苗法吧，"吴夫人接着说，"老爷在鄞县实施是有效的，当年李参在西北也是有效的，且都取得了很好的成果。可为什么现在就有这么多人反对？还言之凿凿地说你是搜刮民财，祸害百姓。"

安石只是一笑，不说话，走到书橱前找书。

吴夫人也觉得自己太啰唆了，低了低头，又道："从青苗法开始，到眼下，弹劾你的奏状加起来，怕是能填满你这间书房了。老爷不为所动，皇帝对这些奏状也不以为意，以致那些反对新法的人，只是反对新法，却不能把你怎样。老爷有没有想过，这是为什么？"

安石说没想过。

"并非皇帝对你的信任和支持,是因为那些反对你、批评你的人,实在是找不出你自身的缺点。"

安石皱眉道:"你说了半天,到底想说什么?"

"我是想说,皇帝今天赐你玉腰带,是肯定了你在这次战争中起到的作用。"

"你的意思是,皇帝并没有完全肯定新法带来的好处?"

吴夫人点点头:"我是担心,皇帝赐你玉腰带,等于给了你至高无上的荣耀,而这或许会给你带来新的,也可能是更重的打击。"

安石踱至书桌前坐下:"我整日里忙着朝中事务,哪有时间揣摩这些事?你别是在家里闲得慌,想东想西的,想多了。"见夫人垂头无语,又笑了笑,"有日子没见旸儿了,他可还好?"

吴夫人见他问孙子,笑说:"旸儿可懂事了,都会念三字经了。"

"元泽近来怎样?"

吴夫人道:"也是奇了,这半年来,元泽像是变了一个人,每日下值回来就带旸儿玩,也不见发病了。他那旧疾是不是从此就断根了呢?"

"只怕没你想的那样好。"安石说着,见夫人脸色变了,又道,"不过,人有事情做,一旦忙起来,精神就有了寄托。心情开朗了,病慢慢就好了,也未可知。"

正说着,只见王雱推门进来,祝贺父亲得了玉腰带,说想看看。吴夫人从书橱里拿出来,他看了一回,说:"皇帝的玉腰带也不过如此,只是镶了几粒玉而已。"

吴夫人笑道:"你以为是一块玉雕琢成的?"

"母亲,这不在于玉腰带本身是不是玉雕琢的,而在于父亲得到玉腰带的意义。"

安石赞赏地点头,问:"你同吕惠卿编撰的《三经新义》,怎样了?"

"已经初步完稿,吕大人说这几天就请父亲审查呢。"

"噢,我可要仔细看看。若有差池,可是要重做的。"安石说。

"孩儿做事,定不会令父亲失望。"王雱的脸庞泛起红晕,年轻的心是自负的，也是极自尊的。从怀里抽出一笺纸说，"父亲，这是孩儿的一个建议。"原来，他建议，把全国制造弓弩甲胄的作坊合并到一处，建成大的制造厂，提高打造兵器的质量。又转头对吴夫人说，"母亲，我回房去了。"

吴夫人笑道："就要吃晚饭了，待会儿你带锦瑟、旸儿到前面来。"

王雱应声出了书房。绕过前厅，刚进后院月亮门，便听见孩子欢快的笑语声。他眉头一展，脸上已笑意盈盈。恰巧丁香挑帘子出来，见了他，屈膝福了一福，说大爷回来了，又替他挑起帘子。

王雱进屋。那孩子以为是丁香进来了，转过灿烂的笑脸，见是他，又飞快地钻进锦瑟怀里。

王雱往软榻上一靠，说："旸儿，到我这儿来。"

旸儿把小脑袋埋在锦瑟的臂弯里，任凭锦瑟如何哄，就是不抬头。

王雱站起身，走近锦瑟，摸着儿子的后脑勺："旸儿，来，读三字经给爹爹听，明儿爹爹带你去街上买点心吃，好不好？"

旸儿这才抬起头，看着他说："爹爹说的可是真的？"

"自然是真的。爹爹是大人，怎会骗你。"

"爹爹，旸儿今儿就想吃蒸果子。"

"旸儿想吃什么都行，只现在要念三字经给爹爹听。"

旸儿从锦瑟怀里出来，站直身子，吟道："人之初,性本善。性相近,习相远。苟不教,性乃迁。"

稚嫩的声音，似杨柳清风轻轻拂过，熨帖着成年人的心。

王雱赞道："旸儿果然了得，念得好。"俯身抱起儿子，"爹爹这就带你去街上买蒸果子吃。"

旸儿挣脱他的手，说："旸儿自己走，旸儿不要爹爹劳累。"

王雱喜不自禁："原来我的旸儿这样懂事啊。"于是牵起儿子的手，爷儿俩就要出门。

锦瑟忙说："天色已晚，正是晚膳时分呢。"

王雱已经挑起帘子出去，回头说："是了，方才母亲叫我带你们去前面吃晚饭呢。你过去禀告一声，就说我同旸儿即刻就回。"那孩子生怕他母亲不让他上街，拉着爹爹的手直往月亮门去。

锦瑟只得往前面来。

果然，吴夫人见她一人过来，忙问孩子呢？这样早就睡了？

锦瑟说哪里睡得这样早，元泽带他上街买蒸果子吃呢。把王雱要旸儿念三字经的事儿说了。

吴夫人笑道："原来是这样。只是在外面吃了蒸果子，如何还吃得下饭？也不哄着明儿上街，就这样顺着他，只怕会惯坏了。"

安石接道："元泽没错，答应的事，就该办到。这叫言而有信。"

吴夫人忙道："老爷说得极是。"命江梅吩咐厨下，等大爷和旸儿回了再开饭。想了想，又叫江歌快去街上看着他爷儿俩，说夜间不能由着孩子贪吃，恐积了食。

却说在开封府设立的市易司。安石推荐吕嘉问做了提举官，负责市易司各项事务。

前文介绍了，市易法是：平价收购市上滞销的货物，并允许商贾贷款或赊货，按规定收取息金。

所以，在京城设市易司的目的是，买卖各地的货物来调控物价，使价钱或高或低，以保护普通商贩和平民的利益，官府也不失得到二分息钱，那么商贾自然就流动了。

吕嘉问管理的市易司，慢慢就变了味。他招募行人、牙人为市易务工作，派官吏和牙人到各地买货物，严禁商人先交易，以收息多少作为赏罚和政绩高下等级的标准，所以官吏唯恐货物不被搜罗光和息钱不多。

吕嘉问的做法，遭到三司使薛向的反对。

薛向字师正。因为祖父薛颜（荫恩）被授任太庙斋郎，又任永寿主簿，代理京兆户曹。因办事的才干器局超过常人，尤其擅长治理商业和财政，计算从没有遗漏而被王安石看重。

薛向既擅长理财，自然能看出吕嘉问的问题。他认为这是官府自己成为兼并势力，不是市易法的本意。要求吕嘉问按市易法的规定办事。

吕嘉问是吕公绰的孙子，吕夷简［宋仁宗天圣六年（1028）的宰相］的曾孙，叔祖吕公弼写给皇帝的奏疏都敢偷，何曾把薛向放在眼里，哪里肯听他的建议？依然我行我素。

薛向找安石诉苦，说三司使管不了市易司，不如交给中书省管。安石却说，市易司面对的是皇族和官府，还有京中大商人，有些扯皮拉筋的事儿，还非得吕嘉问去处理不可。就不要与他计较，等过了这段时日，再作处置。

薛向想想，确实如此，也就不同吕嘉问计较了。可他没料到的是，吕嘉问竟到皇帝跟前参了自己一本，弹劾他阻碍市易司工作。

熙宁七年（1074）二月初九，薛向被罢免三司使，由曾布接任。

曾布升为三司使，还是很高兴的，毕竟掌握了一个部门的实权。他原本就瞧不上吕嘉问，一个被家人骂作"家贼"的人，靠偷叔祖弹劾王安石的奏疏，换取王安石的信赖和重用，算不得真本事。又使手段将薛向赶出朝廷，实在是小人行径。如今自己掌握了市易司的权力，便有心要同吕嘉问斗一斗。

可没过几天，就在二月十五日，皇帝诏令，吕惠卿被任命为知谏院，加翰林学士衔。

曾布对此满心不甘。自己同吕惠卿几乎是同时入朝，同在三司条例司，共同起草各项新法条例，维护新法。为什么皇帝格外器重他？还不是王安石的缘故。连注释《三经新义》这等大事，也选择吕惠卿和王雱共同编撰。因而越想越恼，不仅对吕惠卿，对王安石也生出一股莫名的怨恨。

当曾布还在低落的情绪中胡思乱想时，开封肉行的徐中正等人，向市易司提出，请允许他们肉行交纳免行役钱，不再向各处直接供应鲜肉，因为他们承受不了主管部门和皇宫采办的强买强要。

安石将此事向赵顼禀报后，赵顼诏令市易司与开封府司录司，根据各商行的实际情况制定条例，在开封商行中施行。

开封府各商行按经营规模的大小、收入的多少交纳免行钱，不再向官府和皇宫供应各种实物。皇宫所需一切日常用品及食物，都要到市场上，按市场价格公平购买。所有物价均由市易司估定，不准压价强买。

这项条例无疑得到商人的拥护，却束缚了原主管商行官吏的手脚，更限制了为皇族、后族采买的宦官的权利。这些人再也不能以皇帝、皇后的名义到各商行去敲诈勒索，强行压价了。

冯京在他的官衙看到这项条例的诏令时，心里不是滋味。这等大事，他这个副宰相是最后知道的。去年九月底，朝廷在全国开始收免行钱，他在朝堂上提出撤销免行钱法的建议，被当场被驳回。没想到短短几个月后，免行钱法竟在开封各大商行施行起来。随后几天，他还没搞清楚这里面的来龙去脉，就陆续收到皇亲国戚请求撤销免行钱法的信件。

昨日下午，冯京下值刚出宣德门，便见太监吴启迎上来。这吴启是太皇太后曹氏庆寿宫的总管，冯京不敢怠慢，忙躬身问好。

吴启说："有日子不见冯大人了，富老相公近来可好？"

冯京因他与岳父岁数相仿，便回说托公公的福，岳父大人还健旺。

吴启白白胖胖的脸像压扁的柿饼，眯着眼问："现如今，富老相公餐桌上的肉可够吃？"

冯京愣住，不明白他的意思，见他一脸悠然，思忖着说："恕晚辈愚钝，还请公公明示。"

吴启掐着手指道："冯大人是身在中枢的执政大臣，竟不知免行钱法的事儿？王安石改革倒也罢了，竟改到太皇太后的餐桌上来了。太皇太后的鱼肉都减了，难道你岳父大人的鱼肉不曾减？"

冯京暗想，这老太监拐着弯儿说我在中书省挂个虚名呢。当下仍笑说："既是朝廷颁布的法令，当然是大家都减了。不知公公有何见教？"

吴启朝天翻着一双金鱼眼说："见教谈不上，只是这后宫各位太后娘娘，都请你在朝廷上说说这事儿，撤销免行钱法。"说毕，掸掸胸前袍子上并不存在的灰尘，摇摇地进了宣德门。

冯京呆了一会儿，见来接自己的家童牵着马候在路边，心念一转，便命他拿自己的名帖，速去开封府衙请韩维大人到得胜楼。若在府衙找不着人，去韩府也要把人找来。自己则先上得胜楼，挑处僻静雅间等候。

韩维来了，笑道："冯大人今日有何喜事，请我到这闻名京城的得胜楼吃酒。"

冯京笑道："哪有喜事，是我一时情急，也因这得胜楼离你开封府衙近，远了，怕请不动你的大驾。"

一时酒菜上齐。冯京斟满二人的酒盅，自己一仰脖子干了，又将酒盅斟满，正要往口中倒。

韩维一把夺了："有话你就说，灌醉了有何用？"

冯京这才把遇见吴启的事儿说了，叹道："一个老太监都知道，我身在中枢，竟不知现行的法令。"

韩维喝口酒，又搛一块鱼肉，说："你何必为此气恼，他不过是用激将法，想让你在朝堂上向皇帝建议撤销免行钱法。"

冯京瞪眼问："哪有这样侮辱人的激将法？再说了，免行钱法与后宫太后有何干系？一个上了年纪的太监为何要撤销免行钱法？皇宫内苑的太后和娘娘们，在商行买肉与在市易司买肉不一样吗？"

"想来你平日是不理家务事的，也难怪你不知道。"

"家务事同免行钱法何干？"冯京奇怪地问。

韩维放下筷子："先不说你家，就说宫里。宫里的太后、娘娘、嫔妃每日的供应是不同等级的。一般的嫔妃倒也罢了，"他忽然压低声音说，"那两位太后宫中，若每日供应一斤肉，肉行就得给他准备五至六斤，有时是十斤。"

"肉行是卖肉的，还怕人买多了？要多少就卖多少嘛。"

韩维冷笑一声："你若是卖肉的，他一斤肉的钱，要你割十斤肉给他，你愿意吗？"

冯京倒也不吃惊，只是不相信："有这等事儿？那肉行不是亏老本了？哪有贴钱做生意的商人。"

韩维道："这是大宋百年沿袭下来的不成文的规矩，任是谁来做主管，也不过问此事，因为他无法解决这个问题。"

冯京还是不信："天天如此，肉行有多少钱可贴？"

"若是你我自然无钱可贴，"韩维喝口酒笑道，"商人自有办法，他们从源头收购猪肉时，每斤少付几文钱。卖给百姓时，每斤又多收几文钱。他还是有钱可赚的。"

冯京恍然："归根结底，还是老百姓吃亏。那肉行徐中正等人又为何不干了呢？要交免行钱？"

韩维道："问题就在这儿。他情愿出免行钱也不卖肉了，但不说给皇宫大院和官府供肉吃亏的事。王安石不知内情，认为徐中正出免行钱，官府有收入，商人有利可图。竟不知这样一来，得罪了官府和皇宫大院的人了。"

冯京叹道："王安石聪明一世，糊涂一时。几年来，多少朝臣反对他的新法，却不能动他一根汗毛。谁承想，徐中正简简单单的一个交免行钱，就像一根套好的绳索，让他自己往里钻。若他能醒悟，主动要求皇帝撤销免行钱法，还是有救的。"

韩维摇摇手指头："王安石是出了名的执拗，如何肯撤销免行钱法？凡是他定的新法，都不会罢免。这一回，怕是捅了马蜂窝了。那些后宫的主管太监，可是吃人不吐骨头的主儿，难缠得很。"

冯京问："你我能做什么呢？就等着看他的结果？"

"你我能做什么？你我的话，王安石听得进？明日早朝，你谏言皇帝撤销免行钱法，我今夜写疏上奏也说这事儿。看结果如何。"二人又絮絮叨叨地说了些朝事，才出了德胜楼，各自回家。

第三十二章　宦官对付王安石　曹太后斥责皇帝

京都的夜，是从大红灯笼点亮的那一刻鲜活起来的。且不说大街两边灯火辉煌的店铺，丝竹声声的歌楼，只看那挑着茶汤担子，挎着干果篮子的小贩，在人群中穿梭叫卖，这夜市便越发热闹起来。

吴启今儿无心欣赏街景，背着双手进了遇仙酒楼。他是这儿的常客，老板一见他，便满脸堆笑地迎上来，亲自送至二楼的雅间。随即，小二哥便送来一壶上好的茶，四碟精致点心，哈着腰说："公公先喝口茶润润嗓子。"又问，"公公今儿想吃哪样？"

吴启一肚子心事，有些不耐烦，叫小二哥先出去，却见门帘挑起，进来两个人，忙打恭作揖，满脸堆笑道："到底请动了二位大驾。"

来人是向经与曹佾。向经是向皇后的父亲，曹佾是庆寿宫太皇太后曹氏的亲弟弟。

吴启点了菜，命店小二快去做来。又说："高安没来吗？"门外有人应道："吴公公相邀，小可岂敢不来？"话音未落，一个瘦高个太监闪身进来，正是宝慈宫太皇太后高氏的内侍高安。

四人坐定，曹佾轻蹙眉头，问："吴公公召我等来此，所为何事？"

吴启在后宫一向张狂惯了，却不敢在这位正经八百的曹国舅面前造次。因笑道："国舅在外，可知太皇太后的苦处？"见曹佾与向经沉着脸不说话，便收了笑容说，"王安石把皇帝迷住了，变法变到太后、皇后头上来了。后宫和府司的所需物品皆由商行供应，是开国百年来祖宗定下的规矩，而今，王安石竟轻易地改变了。"

高安看着向经、曹佾的脸色，小心翼翼地说："咱不反对行新法，但他王安石执行新法总得考虑周全些。主子把他提拔为宰相，他倒好，反过来到主子碗里抢食。这是什么德行？"

曹佾到底是做过官的，说话也有分寸，思忖着说："王安石或许不了解商行供应物资的规矩，否则，他不会平白无故地得罪皇宫内苑，还有官府。"

向经接道："国舅爷说得有道理。再说了，徐中正开肉行这么些年，难道真的不赚钱？如今主动要求交纳免行钱，明眼人都看得出来，他是别有用心。唯王安石以为他是真心践行新法，又觉得国库有利可收，便中了他的计。我们要想法子，让王安石知道商行与皇宫官府的买卖内情，或许他才肯取消免行钱法。"

这时酒菜上齐，高安为他三人斟酒。

吴启道："王安石不可能不知内情。商行不单是对皇宫及官府供应物品，他在外廷也是有分例的，虽比不得后宫，却也比市价要便宜得多。这种好处他怎会不知？他天生就是个标新立异的人，更是个不懂人情世故的人。像他这种不顾祖宗家法、不顾家国百姓安危之人，怎能做宰相？把他赶出朝廷，才是当务之急。"

高安接道："王安石是祸害百姓的害人精。庆父不死，鲁难未已。但要把王安石赶出朝廷，又谈何容易。"

曹佾听了，暗自心惊，这些太监未免太狂妄。我对王安石虽然不服气，却也不能上了他们的当。他们连当朝宰相都没放在眼里，何况我这赋闲之人？他们邀我来，无非因为我亲姐姐是太皇太后。今儿最好是少说话，免得留下什么把柄。

吴启看着高安说："你不要把王安石想得过于厉害，他不过是仗着皇帝的恩宠，才敢胡作非为。一旦触怒天颜，他便粉身碎骨。"

向经只顾喝酒吃菜，听吴启这番不知天高地厚的话，放下酒杯，笑道："吴公公也是皇宫大院里的能人，却原来并不了解王安石。满朝都知道，他同皇帝简直就是一个人。因为弹劾他的新法，一半朝廷大臣都被皇帝贬出京城，你有何本事去说服皇帝把王安石也贬出去？"

吴启嘿嘿一笑："我是没这个本事，但太皇太后有，若再加上高太后和向皇后呢，我就不信扳不倒一个王安石。"

曹佾这才明白吴启的用意，是想利用两宫太后来对付王安石。

向经忙道:"我同皇后难得见面,更不要说让她劝皇帝了。公公在后宫这么多年,难道不知后宫不得干涉内政?"

吴启皮笑肉不笑地说:"莫非向皇后是新法派的?"

向经脸一沉:"吴公公,皇后也是你能议论的?皇后就是新法派的,那也是同皇帝一条心,难道这也有错?"

吴启忙打几下自己的嘴巴,赔笑道:"奴才失言,该打该打。"

高安见状,忙说:"高太后估摸着也不会反对王安石。她时常说,皇帝是近三代最英明的君主,那意思不就是赞成新法吗?"

吴启方才在向经面前碰了钉子,便把气撒在高安身上,翻着双眼道:"那是你没有把王安石的胡作非为说给太后听。若知道现在连肉都吃不上了,太后还会说新法好?"

高安嗫嚅道:"我们宝慈宫高太后念佛吃斋,怕是不会过问肉多肉少的事儿。"

吴启道:"这不仅仅是肉少了的问题,是王安石欺人太甚,连两宫太皇太后都不放在眼里。我们做奴才的,也不能让他在头上拉屎撒尿而无动于衷。无论怎样,我们要拼一把,就算赶不走王安石,也要让他寝食难安。"

向经道:"我说服不了皇后,但可以去拉拢宗室皇亲,一起弹劾王安石,请求撤销免行钱法。"

吴启望向曹佾:"国舅爷意下如何?"

曹佾见他逼得紧,只得说:"我去找冯京和韩维,冯京是执政大臣,韩维是开封府最高长官。他们在朝上弹劾王安石,不比几个皇亲国戚瞎胡闹有用得多。"

吴启拍手笑道:"只要国舅爷出手,还有何事是办不到的。"

四人商议已定,便推杯换盏起来。

这庆寿宫的太皇太后曹氏,是宋仁宗赵祯的第二任皇后。其祖父曹彬被誉为"宋朝第一良将"。曹氏是将门之后,从小就受到良好的教育。熟读诗书、历史典籍,还亲事农桑,体会稼穑之艰难。嫁给仁宗后，因为仁宗性格软弱，慢慢地宫里宫外的事都由她说了算，连仁宗身边的侍从也都成了她的亲信党羽。仁宗因此不喜欢曹氏，想把她废了，欲立宠爱的张美人为后，遭到大臣们的一致反对。仁宗死后，养子赵曙即位，为英宗。曹氏借口英宗身体不好，执意"垂帘听政"，抓住大权不肯撒手。英宗同曹氏闹了几次，曹氏曾一度想废掉英宗。当时韩琦、富弼等大臣竭力反对，英宗才得以保留帝位，只可惜在位四年便病故。

宝慈宫的太皇太后高氏，是曹氏姐姐的女儿。曹氏进宫后没有生育，有意将四岁的外甥女收养在自己身边，长大后嫁给英宗赵曙，就是现任皇帝赵顼的生母。

两位太皇太后，一个是姨母，一个是外甥女，两人的关系哪能不好，步调哪能不一致呢。

两宫太后为王安石的变法说过几次，认为祖宗法度不可更改。赵顼恭顺地听着，只当二位老人说说而已，并没有放在心上。高太后是亲生母亲，赵顼在她面前心里的压力还轻一些。曹太后虽是没有血缘关系的祖母，却令他生畏惧之心。一次，赵顼想出兵燕蓟（今北京宛平县），与大臣们商议已定，去庆寿宫同曹氏说这件事。曹氏问："国库的粮食、将士们的军饷奖品都准备充足了吗？武器盔甲都精良吗？士兵都训练好了吗？"赵顼回说这些都准备好了，只等下命令了。

曹氏说此事事关重大，幸运、凶险、后悔、吝惜通常在一瞬之间。收复燕蓟，不过是南边受到朝贺而已。若是战败，则是生灵涂炭。燕蓟若能轻易收复，太祖、太宗朝早就收复了，哪能等到今日。赵顼当时惊出一身冷汗，忙说孙儿岂敢不遵从祖母教诲。攻打燕蓟之事便搁下了。从此，赵顼便不敢小瞧了这位后宫老妇人。

话说回来，吴启同曹佾等人商议的当天，就命庆寿宫膳房从即日起，不得做有肉的菜和汤，每日的饭菜必得按他指定的菜谱来做。

吴启在庆寿宫深得曹太后宠信，后宫又有一帮子大小太监巴结，渐渐养成了飞扬跋扈的个性。膳房里的人哪敢不听他的。

这天，吴启侍候曹氏用午膳，指着一桌子素菜，轻言细语地说："太后啊，往后饭桌上怕是看不见肉了，羊肉汤也稀罕了呢。"

曹氏笑道，哀家岁数大了，肉还是少吃为好，羊肉汤喝不喝的，有何干系，吃些素食，肠胃也舒坦。

吴启忙道："奴才是想告诉太皇太后，王安石又颁布了一条免行钱法。那大街上卖草鞋草帽的，卖鸡蛋茶水的，都向官府纳税了呢。"

曹氏放下碗，用手帕抹下嘴："小商小贩也纳税？"

吴启回道："何止是小商小贩纳税，如今的商行也交免行钱，不对皇宫内苑供应物品了。"

曹氏皱眉问："此话何意？"

吴启絮絮叨叨地说："以前呢，皇宫内苑和官府，所有吃的喝的用的，均由商行供应。现在行商交了免行钱，就不做买卖了，所有物品，均由市易司出售。"

曹氏展眉道："由市易司供应，不也一样吗？"

吴启急道："太后啊，可不一样啊。比如说，以前给太后定额供应每日两斤肉，奴才去买的时候，两斤肉的钱，商行会割五斤六斤。往后，到市易司去买，两斤就是两斤，多一两都不给的。"

曹氏道："两斤就两斤吧，哀家也不能多拿多要。"

吴启头一回觉得这老太太不好糊弄。斟酌着说："太后节俭，实属可敬。我们底下的奴才哪敢计较有肉没肉？只是这祖宗百年来的老规矩，被王安石轻易就破了。往后啊，庆寿宫的奴才买双鞋，要个夜壶，都要到市易司去买了。比以前怕是要多出三倍的价钱才能买得到呢？"

"这些小物件也归市易司卖吗？"

吴启忙回道："可不。我们这些奴才到底是在宫里，凡事都有主子照应着。可怜的是天下百姓，买个针头线脑的，也要被市易司盘剥。"

曹氏皱眉道："皇帝事儿多，难免忽略了这些小事儿。朝中大臣呢？那些谏臣干什么去了？为何不向皇帝谏言？"

"哎哟，太后啊，朝臣哪敢谏言啦。朝臣一说新法不好，就会被贬出去。就连那三朝宰相韩琦、富弼、文彦博都被赶出京城了。谁还敢说真话呢？"

曹氏一拍桌子，怒道："把皇帝叫来。"

吴启心中窃喜，忙躬身应了，即刻命人去请皇帝。

曹氏又命小太监去宝慈宫请来高太后。

不一会儿，赵顼来了，见母亲高太后也在，忙一一行礼。

又恭敬地问曹氏："不知祖母唤孙儿何事？"

曹氏目光冷冷一扫，说："皇帝这几年实行新法，所得的利润，怕是盆满钵满了吧。"

赵顼听这话，一时摸不着头脑，见她不像往日那般温和，只道："回祖母的话，这几年是颁布了不少新法，因各种原因，还有很多新法不曾在全国实施。因此，国库还是不足。"

曹氏笑说难道皇帝的话也有人敢反对？

赵顼像是害怕看她脸上的笑容，垂首道："所颁布的新法都是可行的，只因下面的官员多虑，执行不得力，才无法实施。"他忽然想起，颁行青苗法的时候，两位太后就抹着眼泪，说王安石变法搅得天下不安、人心不宁，要把王安石贬出朝廷。今儿莫名地说起新法所赚取的利润，莫非是对新法又有说辞了？

果然，曹氏说："施行新法，如鼓应桴，一经颁行，好与不好，立即可知。皇帝说是官员多虑，不如说是遭到天下百姓的反对，才行不下去。这几年所行新法，有没有成效，哀家也有所闻。皇帝为什么就不听有识之臣的谏言呢？"说着，侧身从一边的茶几上拿一份折子，递给赵顼，"皇帝对这样的谏言也无动于衷吗？"

赵顼双手接过，见是开封府尹韩维请求罢掉免行钱法的奏疏，暗自奇怪，韩维的奏疏怎么到了太皇太后手中？

"你是觉得韩维的谏言不对，才不肯采纳他的意见？"

赵顼道："那倒不是。作为臣子，提意见，出谋略，要贵在真实有用，而不是夸夸其谈。"

曹氏话锋一转："皇帝现在施行的免行钱法，对朝廷、百姓都是有益处的了？"

"免行钱法，对国家和百姓有利，对商行也无害。"

曹氏冷笑一声："你方才说韩维的谏言不真实，哀家认为，你说的也是不实之词。就拿宫中来说吧，所有吃的喝的用的，如今都要从市易司购买。供应的分量少了，价钱也涨了。且不说这后宫，更有各级府司，连同全天下百姓的用度，这里里外外要赚多少利润？你的国库怎么还是不足呢？这钱哪儿去了？"顿一下，又问，"到底是皇帝，还是王安石，要通过市易司来搜刮钱财？"

赵顼暗自一惊，怎么就没想到两宫太后的日常用度？

曹氏越说越气，高太后到底是亲生母亲，在一旁不知如何劝慰，又不敢明里护着儿子，暗自着急。

曹氏又说："同你说过多少回，祖宗的法规不可更改，你就是不听。自古以来，真正的明君是无为而治，哪有像你这样整天忙碌于谋取钱财的君主？"

赵顼想分辩，到底没能说出口。

曹氏又道："商人赚钱都要讲究以义为利，而你，为了蝇头微利，对商人、农民、小摊小贩上下勒索。如今倒好，连府司朝臣，皇族后族都要盘剥一番。你这样的皇帝，哪有仁政之风？哪有一点人情味？"说着竟抹起了眼泪。

赵顼见说自己没有仁政之风，几年的辛苦被她一句话否定，心里未免气恼。又见她哭鼻子抹眼泪，一时不知该说什么，连忙站起身，在她身侧垂手侍立。

曹氏也没有给他说话的机会，接道："从你的所作所为看来，你不比别人聪明，下去查查库档吧，学一学你祖父仁宗皇帝是怎样治理国家的。仁宗皇帝在位四十二年，哀家从未听人说三道四。你做了七年皇帝，为了新法，多少忠臣被你贬出京城。除此之外，你为大宋天下做了哪些有益之事？你又享受了多少帝王之福？如果你不悔悟，就会白白辛苦一世，到头来还背个骂名。"

高太后虽是赵顼亲生母亲，却是曹太后的外甥女，当年是曹氏亲自安排嫁给英宗皇帝的。如果没有曹氏，就没有她高氏今天的尊荣。

此刻，她认为曹氏的言辞过于严厉，可不敢反驳。她心疼儿子，却不敢护着，只对儿子说，皇帝赶快去把那些害人的新法罢了吧。就这样，高太后倚着门框，抹着眼泪，看着做了七年皇帝的儿子步履蹒跚地出了庆寿宫。

吴启躲在帷幕后面，把这些话一字不漏地听了去。见皇帝垂头丧气的样子，喜不自禁，悄悄从侧门出去找曹佾、向经等人报喜了。

第三十三章　冯京弹劾吕嘉问　曾布暗查市易务

曹佾得了吴启的密报，忙知会了冯京。

冯京想，皇帝受了两宫太后的斥责，这回罢免新法是十拿九稳的事了。第二天趁无大朝，便揣着写好的折子，进宫面圣。

赵顼宿在福宁殿。因昨日受曹氏斥责，便把变革以来的事儿前前后后想了一遍，竟一夜无眠。今儿一早，太监侍候着用了早膳，方至书房坐下，想批阅近日递上来的奏折，门上值事太监来报冯京求见。

冯京见皇帝神色疲惫，感觉事情并不像曹佾说得那样简单，思索之余，还是呈上奏折。

赵顼从值事太监手中接过奏折，扔在书案上，问："冯爱卿有何事要奏？"

冯京想，皇帝必是累了不想看，便说："回陛下，臣请求撤销免行钱法。"

赵顼左手托着下巴，像是牙疼，蹙着眉头问："为何？"

冯京原本胆子就小，见皇帝如此情形，一慌神，就想退出福宁宫。但此刻，脑子里偏偏闪过岳父富弼和司马光的话，一定要把新法罢免了，把王安石赶出朝廷，大家才有活路，百姓才能见天日。便又壮着胆子说："陛下，朝廷内外对免行钱法怨声鼎沸。以前，商行的货物优良而价格便宜。如今的市易司，是高价钱也买不到好东西。"

赵顼道："你们都这样说，朕就不明白了，市易司同商行一样，都是做买卖的，为何货物就不如商行的好？"

冯京道："都是那吕嘉问，欺行霸市，强买强卖。自他负责管理市易司后，所有的货物低价买进，高价卖出。明里是执行新法，暗里却把市司易当作为自己敛财的场所，真是吃人不吐骨头。"说着，胆子竟大起来,"陛下,此人不除,国法难容。免行钱法不撤销,民怨难平啊。"

赵顼没有回答是否处置吕嘉问,沉思了一会儿,命太监传王安石。

冯京反对新法,满朝皆知。当初贬黜吕公著时,赵顼做了巧妙的调节,进一步提高了冯京和吴充的地位。这一举动表明,他心里已经有了想法:作为天子,决不能容忍对立双方中的任何一方,完全压倒另一方。否则,独一无二的皇权必然会受到威胁。王安石只知吕公著离开朝廷,却并没有看出这是个危险的信号。

安石进门见冯京也在,不以为意。

赵顼说起免行钱的事儿,问:"为什么这么多朝臣反对免行钱呢?"

安石回道:"一些朝臣对朝廷政事不满,就同宦官相互勾结。宦官对免行钱不满,就煽动朝臣一起反对免行钱。陛下看朝中大小官员,不避宦官的有几人?可知宦官干预朝政的程度了。"

赵顼皱了下眉头,看一眼冯京,又说:"有人举报吕嘉问以聚敛为能,招致民怨沸腾。可属实?"

"在臣看来,吕嘉问是干练之才,将市易司之事务,处置得颇为妥善。因为实行免行钱法,吕嘉问才得罪了宦官和皇亲国戚。除了吕嘉问,谁敢坚持守法,而不怕得罪皇亲国戚和陛下近臣的?除了臣,又有谁肯为吕嘉问辩护?"

这一番对话,惊呆了一旁的冯京。他第一次这样近距离地,聆听王安石与皇帝交谈。他所了解的王安石,是欧阳修曾经称道的"学问文章,知名当世,守道不苟,自重其身,论议通明,兼有时才可用,所谓无施所不可者"。独负天下大名,如此人才当朝无人超越。自变法以来,大多数朝臣对他的评价是:性情执拗,凡事不近人情,听不进别人的意见。

冯京此刻才看明白,王安石是太过自负,连皇帝都不放在眼里。方才为吕嘉问辩护的这番话,说过头了,简直是口不择言。这番话已经引起了皇帝的不满,因为他看到了皇帝蹙起的眉头和渐渐阴沉的脸色。冯京暗自高兴,这或许就是王安石倒台的前兆。今儿必得给岳父禀报这些细节。这样想着，正要告退，却见门外太监来报，庆寿宫总管吴启求见。他想看看吴启因何事而来，便站在原地。

赵顼一见吴启，便想起曹太皇太后，心里一阵烦躁，不问吴启所为何来，却看着安石说："实施免行钱是不是不合理？听说老百姓已是怨声载道了。"

安石低头不语。

赵顼又说："近臣与后族，对免行钱法更是没有一人说好的，两宫太后都因此而流泪了。"

近臣就是宦官，后族是指外戚，比如两宫太皇太后的娘家人。

他不提后族倒也罢了，这一提，安石就来气，索性就把事情挑明了，说："自臣奉陛下之命推行新法，后族就非常不满，因为这直接触犯了他们的利益。向皇后的父亲向经，从来就是占惯了行人（商行之人）的便宜，被人叫作'影占行人'。因为推行新的免行钱法，有司依照条例到他的商行收钱。向经不想交纳，就给臣写信交涉，臣没有理睬，而是照章办事，收缴了他应该交纳的钱。还有，曹太皇太后的弟弟曹佾，赊买老百姓的树木不给钱，反而叫内臣用假姓名告状，诬告市易司。结果被吕嘉问查出。诸如此类的事，不可胜数。陛下想想，这种状态下，后族怎么会赞同吕嘉问？怎能说免行钱法的好？"

赵顼不知这些事，一时不知如何作答。

安石接道："陛下是君，对法的行废当然有主权。如果为了维护后族的利益而废除免行钱法，那么今后要治理好国家，就是一句空话了。"

"此话怎讲？"赵顼明显有些不耐烦。

"天子的责任是养民。"安石回道，"孟子说'民为贵，社稷次之，君为轻'。我们立法，是要把百姓的利益放在第一位。法的好坏，要由民定。现在陛下为了近臣和皇亲国戚的利益，要把可行的法废了，这是明智之君主吗？"

安石说得痛快，冯京与吴启听得胆战心惊。他指名道姓地揭露后族的丑闻，还肆无忌惮地批评皇帝不是明智之君主，就不怕触怒天颜，遭灭顶之灾吗？这一刻，他二人真的希望皇帝借此杀了王安石，或是罢了他的宰相之职，那么，所有的新法便可废除了。

赵顼满脸通红，却并没有发怒，只说："你们且下去，容朕再想想。"

冯京同吴启出了福宁殿，都不说话。

走至宣德门，冯京见吴启还跟在身边，奇道："吴公公觐见皇帝，怎么不说话？这会子又要去哪里？"

吴启一拍脑门："嘿，都是王安石闹的。方才我一进去，皇帝就问王安石免行钱的事，我哪里敢插嘴。偏那倔驴说出一番不知天高地厚的话来，叫皇帝将我们都赶了。"说着便往回走，走几步又站住，"我们都以为，徐中正等人交纳免行钱，是有意教王安石出面得罪近臣和后族。却原来，王安石早就知道商行里的这些事儿。你听他刚才说的，有根有据，丝毫不差。"

冯京捋着稀疏的胡须："反对新法的人，没有不骂他的。哪知他身上有股子近似古代圣贤的正气。这不是故作姿态，这是从娘胎里带来的，或者说，是他修炼自身的结果。"

吴启叹道："老奴从仁宗朝起，就在太皇太后身边，到英宗朝，也是见了一些谏臣的，可哪有王安石这股子直劲的？也不知他脑瓜子是不是有病？"说罢，又叹口气，才往皇城内走去。

待王安石等人走后，赵顼也出了福宁殿。一群大小太监不知他要去哪儿，不敢问，不敢靠太近，只远远地跟着。

赵顼很是恼火，这一天天的，没有片刻的消停。昨儿受太皇太后训斥，今天又遭王安石一顿抢白，还当着冯京和庆寿宫吴启的面。不知那老太监回去在太皇太后面前怎样搬口弄舌。他很奇怪自己当时为什么没有发火。如果大发雷霆，就此把免行钱法给废了，又能怎样？难道废除一条新法，朕就不是明君了？

阳春三月，御花园里的桃花开成一片锦绣。

赵顼不知不觉走到这里，眼前的景色令他烦乱的心静了下来。他感觉有些累，倚着一株古桃树歇息。一阵风过，花雨缤纷。他忽然想起，少年时读到的前朝人崔护的桃花诗:去年今日此门中,人面桃花相映红。人面不知何处去,桃花依旧笑春风。心里默默念了一回,叹道,做一个多情浪漫的诗人,遍游天下山水,给喜欢的女子写诗,岂不比做皇帝逍遥自在?由此想到向皇后,便收拾起心头杂念,往仁明殿去。

向皇后跪接了皇帝,悄悄看去,不免惊心。两天未见,只觉得皇帝容颜憔悴,精神委顿。却也不敢问缘由,只命小蛾快去端参汤来,自己小心侍候着。

赵顼喝了参汤,盯着向皇后看。向皇后被他看得心发慌,小心地问:"陛下因何如此看臣妾?可是臣妾有不到之处?"

赵顼沉着脸说:"你贵为皇后,你父亲尊为国丈,还拿着朝廷的俸禄,向家该有无上的尊荣了,却如何还那样贪小便宜呢?"

向皇后吓得跪下:"臣妾近来没有见过外戚,并不知他做了何事。"

"这也不能怪你。"赵顼一面扶她起身,一面说,"有人说你父亲最爱占商行的便宜,买五斤肉给一斤肉的钱,人称'影占行人'。不想缴纳免行钱,就写信同王安石交涉。王安石是什么人?能吃他那一套?"

向皇后忙问:"这些可是王相说的?"

"除了他,还有谁敢说国丈?"

"王相可是同陛下一人说的?"

赵顼哈哈一笑:"皇后觉得王安石是说悄悄话的人吗?"

向皇后垂头不语,心里不知是恨王安石铁面无私,还是怨父亲贪小便宜,丢了颜面。

赵顼见她难过,安慰似的说:"无独有偶,还有一位后族陪你父亲。"

向皇后忙问:"可是高家人?"她说的高家人,就是赵顼的母亲高太后家里的人。如果是的,那么爱占便宜的人,不仅只有娘家人,还有婆家人,这样心里也就平衡了。

赵顼回道:"是曹太皇太后的弟弟曹佾。他赊了老百姓的木料不给钱,反而捏造假名假姓诬告市易司。"

向皇后轻声道:"这些都是小事,好在没有伤及任何人。陛下命他们以后不再犯了，不就行了吗？"

赵顼蹙眉道："这些看起来的确都是小事，只是这些人拿着朝廷的俸禄，享受着皇亲国戚的优待，又因为这些小事而团结在一起，一起来反对新法。皇后难道不懂得'千里之堤，溃于蚁穴'的道理吗？"

向皇后沉思着。

赵顼道："皇后还是给家里人提个醒吧，若为这事儿闹上朝堂，那真是颜面尽失了。"话是这样说，却并没有处罚这些人的意思。

向皇后忽然说："臣妾有句话，不知当讲不当讲。"

赵顼斜躺在软榻上，伸直了身子，示意皇后说下去。

向皇后缓缓地、字斟句酌地说："陛下亲政已有七年。改革变法初期，陛下将王安石视作'师臣'，对他言听计从。几年来，陛下对天下已有所了解，治国的经验也日积月累，对变法就没有自己的理解和主张吗？因为反对变法，多少老臣被王安石排挤出朝廷。"说到这里，向皇后停了下来，见皇帝并无生气的样子，又说，"对任何人，都不能太过信任了。他会倚仗陛下的信任而为所欲为，到头来会一发不可收拾。"

赵顼点点头："皇后言之有理。"

赵顼对王安石的信任确有动摇，因为，他希望在变法中能更多地体现自己的思想和意志。就今天的事，他暗自思忖，朝臣和宦官都有奏疏，说吕嘉问管理市易司，为所欲为，倚仗手中职权，利用市易司为自己敛财。王安石一再说吕嘉问是干练之才，除了他，没有人既能遵守法规，又不怕得罪宦官和皇亲国戚。朕就要看看，吕嘉问究竟是不是一个清正的守法的管理者。

几番思虑之后，赵顼决定派曾布去查明吕嘉问与市易司内部的不法之事。曾布是王安石好友曾巩的胞弟，也是王安石举荐进朝廷的。参与了起草变法章程，是王安石变法最坚定的支持者。他调查的结果足以令人信服。

熙宁七年（1074）三月二十日夜，赵顼下手诏，密令曾布彻查吕嘉问及市易司内部情况。

曾布接到皇帝手诏，心中窃喜。他正为王安石重用吕惠卿而心生怨恨。皇帝手诏命令的是调查吕嘉问和市易司，而市易司和免行钱的条例都由吕惠卿亲自制定，又统归吕惠卿管辖。吕嘉问与吕惠卿无疑是同一条线上的人，查了吕嘉问，何不连同吕惠卿一并扳倒？吕惠卿倒了，王安石孤掌难鸣，看他还能重用何人。

而且，曾布也听到了确切的消息，两宫太皇太后流着眼泪训斥皇帝，命皇帝撤销免行钱法和市易司。他猜测着，皇帝密令调查吕嘉问和市易司，必是有罢免这两项新法的念头了。既然有人点了火，我何不让这把火烧起来？

第二天一早，曾布找到最先提倡市易法的魏继宗，向他了解吕嘉问掌管市易司的各种情况。根据魏继宗提供的线索，查到吕嘉问确有非法聚敛财物之事，认真收录了证据，准备晚上好好琢磨着写份奏疏，第二天在早朝上向皇帝报告。

曾布回到家中，先不急着进书房，而是在院中侍弄那几株兰草。

魏夫人从里屋出来，见他哼着小调，面带喜色，心里诧异，便笑问有何喜事？

曾布扬脸道："还真有喜事。夫人猜猜。"

魏夫人笑道："这我哪里猜得着。"

曾布便把皇帝密诏他调查吕嘉问的事说了，又说了自己如何找到证人，如何收集吕嘉问非法经营市易务的证据，并说今夜就写疏，明日早朝递给皇帝。说毕，又哼着小调给兰草松土。

魏夫人很是不解，皇帝密诏，左右不过是朝廷事务，有何值得欢天喜地的？查到别人违法的证据，也不至于幸灾乐祸。她突然想起前些日子，丈夫酒后抱怨过王安石重用吕惠卿之事，这次，他是不是要利用此事做文章呢。

用过晚饭，曾布进了书房。

三更天时，魏夫人在书房门前徘徊良久，犹豫着是否进去，恰巧女佣送晚间茶点来，便上前接过托盘，挑起门帘，一步跨了进去。

曾布抬头见是她，笑道："夫人还不歇着，怎的劳烦你送茶来？"

魏夫人将托盘搁在书桌边的茶几上，斟了碗茶放在曾布手边："你这是嫌我送少了呢。"

"岂敢。"曾布将笔在砚池里舔了舔墨，笑道，"你且坐坐，我这奏疏还有几句话就写好了。"

魏夫人见他心情舒畅，言语温柔，琢磨着如何开口。心念未了，便见曾布搁了笔，端起茶碗边喝茶边问："夫人今夜可是有话说？"

魏夫人清浅一笑："相公，我一向不问你朝中公事，今儿请恕我多嘴，相公方才写的奏疏可是同王安石有关？"

曾布盯她看了一眼，说："虽不是他的事，却与他有着千丝万缕的干系。你因何突然关心这事儿？"

魏夫人说："我不关心这件事，我担心你一时兴起，考虑不周而做错了事，得罪了人。"

曾布有些不悦："官场中事，如同天上风云，瞬息万变。你以为写首诗，填阕词，就能像前朝的李白杜甫，把仕途的辛酸和血泪写出来？你一个妇道人家，懂什么。"

"我是不懂仕途艰辛，但我懂人情世故。"魏夫人挺直了腰，"你这事儿若同王安石无关倒也罢了，若同他有关，我就劝你几句，听与不听，在于你。先不说咱曾家同王家老一辈的渊源，单说当初他在皇帝面前举荐你，你是视他为恩师的。也是因为有他的关照，你后来才得以进三司条例司，参与制定新法章程，起草新法条文。而今，这件事牵扯到他，对你们推行的新法也不利。人，是提拔你的恩人。事，是你一向拥护的新法。若王安石连同新法一起不存在了，你从中能得到什么好处呢？"她停了一下，见曾布低头沉思，接道，"凡事都有因果，在这件事上，你若得不到你想要的，岂不是损人不利己？"

曾布知道妻子聪慧，所言极有道理，但他没有立刻回妻子的话。低头见纸上的墨汁干了，慢慢把奏折收拢折叠起来。他是尊重王安石的，也感念他的提携，更是维护他拟定的每一项新法。

当年，曾布入朝廷之时，吕惠卿已随王安石做了大量筹划变法的工作，在朝廷的职位也高于曾布。熙宁三年（1070）吕惠卿回乡丁忧，他的职务和日常事务皆由曾布代替。等他丁忧期满回朝后，地位反在曾布之下。尽管曾布的工作能力不比他差，但他怎能容忍曾布的职位在他之上呢，所以，在二人共同起草新法条文时，吕惠卿便有意针对曾布，总能找出曾布的不是。渐渐地，曾布发现王安石对吕惠卿的重用和信任远远超过自己。而且，市易法和免行钱法的条例均由吕惠卿亲手制定，又都归吕惠卿管辖。

最令他意外的是，王安石竟然提议吕惠卿同他的儿子王雱，共同修撰《三经新义》，对此，曾布更是不服。恰巧皇帝因免行钱的事责问过王安石，朝廷内外都传扬两宫太皇太后劝皇帝撤销免行钱法的事，自己又受皇帝密诏调查吕嘉问，种种迹象表明，皇帝对新法的态度已经发生了变化，至少不像以前那样坚定了。曾布这才一改初衷，决定联合市易法的倡议人魏继宗，一起来调查吕嘉问。如果扳倒了吕嘉问，那么吕惠卿也会受到牵连，皇帝就会重新考虑王安石用人是否妥当，往后就不会无条件地信任他了。

曾布从沉思中抬起头来，看着妻子，说："夫人说得有理，但皇帝交代的差事，怎能拒绝？我是奉命调查吕嘉问违规违法行为。"

魏夫人说："皇帝交代的差事自然要办，还要尽力办好。只是我觉得，相公应该把这件事先告诉王安石。万一有什么不测，王安石也有个准备，做个对应，事后对你也不会有埋怨。"

曾布想想也是。吕嘉问的违法行为，都是事实，并非我无中生有捏造的。至于皇帝怎么处置，那就不关我的事了。便打定主意，明天先同王安石说，然后再向皇帝报告。

当安石听曾布说皇帝密诏他调查吕嘉问和市易司时，有一丝恍惚。皇帝暗中派人调查他手下的人，这还是第一次，也属正常。匪夷所思的是，派他的手下人调查他的手下人，这话说起来有点儿绕。一个念头在他脑子里一闪而过，但也未及细想。他认为市易务是没有任何问题的，更相信吕嘉问的办事能力。便对曾布说，既是皇帝命你调查的，调查结果就该向皇帝汇报，而不是先告诉我。

熙宁七年（1074）三月二十三日早朝。曾布向皇帝汇报调查结果，列举了吕嘉问的种种罪状。并说，吕嘉问在市易法实施过程中，为获取更多的利益，垄断市场，违背自愿原则，挟官府为兼并。同时，曾布又指责免行钱法给百姓带来诸多不便，连商行里的人提起免行钱法，也都流着眼泪，哽咽着说不出话。

安石听了曾布的话，真的是目瞪口呆，一时气结。只怕他做梦都没料到，自己一手提拔起来的，被称为左膀右臂的曾布，竟会欺瞒他。在皇帝面前说的话，和昨天说的话有所不同。

他正要问曾布，却见吕惠卿出列说："启禀皇上，臣以为，吕嘉问是有办事不明的现象，但曾布所报与事实多有出入。"吕惠卿脑子转得飞快，皇帝既派人调查了，何不查个彻底？便说"请陛下派人再查"。

赵顼想，曾布称得上王安石的心腹，他调查的结果不可能有假。你既当廷提出派人再查，何不派你去？也好让你知道，有多少人反对你同王安石制定的新法，还有，你们用的人是怎样的人。当即说："爱卿所言极是。朕就派你协同曾布，彻底检查纠正市易务存在的各种问题。"

安石正有此意，忙道："臣附议。"

吕惠卿跪接圣旨。

大臣们认为，吕惠卿与曾布是王安石的左膀右臂，并共同参与了绝大部分新法的筹划。或许是他们在一起共同起草变法章程时，意见不同而产生矛盾的缘故，二人的关系一直不太好。今天见他们在朝堂上闹开了，都等着看好戏。

说巧不巧，吕惠卿也想查找曾布的罪证，也向魏继宗和商行里的人询问，没有问出结果。吕惠卿又试图拉拢魏继宗，让他指认是曾布唆使他攻击吕嘉问的，被魏继宗拒绝。没承想，魏继宗把这事儿报给了曾布。自此，曾布同吕惠卿之间的矛盾更激化了，在朝廷内外疯传开来。王安石的左右手开始互相攻击，变法派内部彻底分裂。

却说上次冯京觐见皇帝回去后，不知如何回复富弼和司马光。从见皇帝的事儿看来，他还不敢肯定能把王安石赶出朝廷，对撤销免行钱法也持观望之态。便把见皇帝的事儿，还有王安石的话，都如实写了，让他们自己去分析。

司马光在洛阳编纂《资治通鉴》，虽是关在书房里，却极度关注朝堂之事，没有哪件事能逃过他的耳目。

这日，富弼到访，将女婿冯京的信交给司马光。

司马光摊开信读了一遍，眉开眼笑地说："从贵婿这封信中，老相爷难道没读出点名堂来？"

"他写信不过是汇报一下他见皇帝那点子事，能有什么名堂？"

司马光摇摇头："正是这点子事，结合近日传来的消息，说明新法派内部已矛盾重重，皇帝也生了废除新法之意。"

富弼道："老朽正是听到一些消息，方来府上的。王安石的左膀右臂曾布同吕惠卿互相攻击，狗咬狗，把新法派撕开了一个口子，真是助了我们一臂之力。王安石此刻怕是焦头烂额了。"

司马光捋着胡须笑说，好戏即将开锣了，请老相公耐心等候。又吩咐家人，命厨下做几个好菜，今儿要同富老相公好好饮几盅。

第三十四章　安石上表辞相位 韩维代拟罪己诏

熙宁七年（1074）三月，汴梁城的春天，没有一丝春天的气息。往日浩浩荡荡的汴河水，如今几近枯竭。浅浅的水面上，不见飞鸥游鹭，唯有一两只行舟缓缓移动。裸露的河床上，纵横着如刀劈斧斫的裂痕。岸边的柳树没有叶子，只有一些干枯的枝条，似在苦苦地支撑着树干。

汴梁城里，却挤满了衣衫褴褛、拖儿带女的人。他们在大街小巷中乞讨，不知他们从哪来，有没有乞讨到果腹之食。艳阳之下，风起之处，尘土飞扬。楼台、店铺、屋舍、树木，在灰尘中黯然失色，哪里还是昔日繁华的汴梁城呢？

这也难怪，从熙宁六年（1073）七月，到熙宁七年三月，八个多月以来，京城一带地区滴雨未降，田禾枯死，野草如焚。面对如此严重的旱灾，按惯例，一般是天子避殿，减膳撤乐。只是赵顼身在皇宫之内，看不见外面的景象。这些日子又陷在免行钱法的烦恼中，哪里有心情去过问天晴下雨的事儿呢？

这日在早朝上，群臣对久不下雨的事议论纷纷。有的说下不下雨是自然法则，不是人力所能为的。有的说天意难测，谁知道是什么惹怒了天公？更有的直接上书指责新法，说是更改了祖宗的法度，触怒了上天，上天这才降此大灾以示警戒，如果罢免了新法，上天就会降雨。

赵顼这才着急起来。退朝后，在文德殿单独召见王安石，将那些指责变法触怒了上天的奏疏拿出来，忧虑地说："这些大臣所言，不无道理。如此严重的旱灾，实属罕见。"

安石回道："陛下，自然灾害属正常之事，尧、汤时代也不可避免。并非何人或什么政策导致的，我们现在要做的，是更修人事，以应天灾。"

赵顼见他轻描淡写的样子，既反感，又气闷，冷声道："你是天变不足畏的，自然以为是正常之事。朕同大臣们的想法一样，这是百年未遇的大灾害，百姓流离失所，可不是小事。朕所以如此忧虑恐惧，正是感到人事有未修之处。"他已不再相信眼前这个为了变法而不顾一切的人了。

安石蓦然一惊，赵顼对他冷眉冷眼，说话不留情面，这是他执政以来的第一次。上次派曾布暗中调查吕嘉问之事，他就隐隐觉得，赵顼对自己不再信任了，对新法的态度也有所改变，只是不承想到变得这样快。他当然听懂了赵顼所说的"人事有未修之处"所指何来。那个曾经全力支持他变法的年轻有为、求思进取的青年，变回了高高在上、手握生杀大权的皇帝。

一时间，安石心灰意懒，一句多余的话都不想说。拜别皇帝，出了文德殿，径直回家。

吴夫人见丈夫疲惫的脸色中，显出几分冷峻的神色，进家门就去了书房，坐在桌前，不紧不慢地研墨。

她不敢轻易问话，只吩咐厨下快快做饭，自己则沏了茶，拿了几样早上现做的糕点，进了书房，在一旁小心侍候着。

安石闻到了香味，咧嘴笑道："夫人又学了新式糕点了？"

吴夫人忙将装糕点的托盘放在书桌边。托盘中有四样点心，安石拈了一只焦黄的酥饼，一口咬去一半，口齿含糊地说："这饼好，香酥爽口，油而不腻，脆却不碎。"

吴夫人笑道："原来相公是识货的，也是会吃的啊。平时怎么没见你夸几句？"

安石吃完酥饼，又拈一块方糕，一本正经地品味着，点头道："嗯，这方糕也不错，香软甜糯，不粘牙。这甜味也恰到好处。呵呵，是芝麻桂花馅的。"

吴夫人觉得他今天的表现有几分怪异，进京几年来，哪见他这个样子？不免有些担心，便试探着说："看你疲惫极了的样子，还能笑，还能吃，说明你状态不错，我本没有什么可担心的，只是你今儿的言行，不像往日的你。相公可是遇到难事了？"

安石吃完方糕，端起茶碗一气喝干，抹了唇边的茶汁，盯着吴夫人说："我不干了，我要辞去宰相之职。"

吴夫人见他神情严肃，不像说气话，更不像开玩笑。便轻声道："昨日还好好的，今儿怎么就要辞了宰相之位？"见他铺开折子纸，抄笔写下"乞解机务札子"几个字，忙又说，"辞了也好，挑个地方过清静的日子去。你看你，这几年劳心劳力，没日没夜的，鬓角的白发，帽子都遮不住了。"

安石没有说话，专注地写道：

我孤单地寄居在外地，承蒙皇上收留，待罪在宰相府，到现在已经四年了。当皇上想要实行变法的时候，朝廷内外议论纷纷，我确实任凭他们指责，也要把变法坚持下去。如果不是皇上信赖，能够辨明是非真相，我早就应该被诛杀了。对我来说，这是应该报答皇上的，怎么敢再有二心呢？不过，今年以来，我身体状况不好，疾病在加重，不能承担繁重的工作了，过去我也曾向皇上说过我的身体情况，皇上没有答应我的请求，所以继续努力工作到现在，而感到痛苦的是，病情却一天天地严重了。正当皇上励精图治，每一件事都需要尽快处理时，我却这样困倦疲惫，并且长久地占据着宰相之位，虽然皇上善待我，但我还是觉得自己的罪行在一天天地滋长，以至于不能再被容忍，最终还会因为我连累皇上的知人之明，绝不只是有损于我个人的一点儿品德，我这才冒昧地在今天提出辞职的请求。但听到皇上的谕旨并没有对我表示怜悯和同情，这使我感到惶恐不安，不知所措。然而，我的请求却是经过深思熟虑之后才敢于说出口的，我觉得，与其因为擅离职守而被杀，宁可违抗您的命令而遭到谴责。而且，大臣或出或入，为的是均衡劳逸，这也是祖宗留下的规矩。大概有关国事政见最集中的地方也是容易产生矛盾、怨恨的地方，自古以来，独揽大权的人很少有不获罪并遭到降职或罢免的。不过，祖宗并不随便处置大臣，都是有说法的。我在这个位子上已经很久了，幸亏有您的保全救护，才免除了谴责呵斥，真诚地希望皇上能深深地顾念祖宗处置大臣的办法，使我获得一点儿安宁、方便。今后皇上再有需要我的时候，我绝不敢推辞。

吴夫人顺着他的笔，一路看下来，抬头问："你说皇上的谕旨并没有对你表示怜悯和同情，你先前写过辞呈？"

安石点头说写过。

这时王雱挑门帘子进来。

吴夫人喜道："元泽回来了。"

王雱一面应着，一面行礼，抬眼见父亲面容憔悴，胡须乱成一蓬，惊道："几日不见，父亲怎的如此苍老。"

吴夫人忙对儿子眨眼，示意他不要乱说话。

安石叹一声："你只见为父面容苍老，却看不见我内心的焦虑。"

王雱说："孩儿能体会到父亲内心的感受。父亲执政几年来，因为变法不被大多数人支持，敌对阵营日益庞大。不得已，以一人之力与万人战，在长期紧张与愤懑中，怎能不心力交瘁。"

儿子的话，安石很是欣慰，他拍拍身边的椅子示意儿子来坐。

王雱没有过去，隔着书桌站在他面前，说："当年父亲在鄞县做县令，是一个县的最高级长官，实行青苗法，下面都按原样执行，没有人反对。在朝廷，父亲虽是宰相之职，一人之下，万人之上，同样的青苗法却遭到最强烈的反对。而这些反对者，都来自士大夫阶层。"

安石猜不透儿子想说什么，打断他的话，说："不单是青苗法，所有新法的施行，对奸邪之人都是不利的。而对此持有异议的人，他们的用意又不在于新法。"

"他们的用意又不在于新法"这句话，吴夫人思索良久，这时插嘴道："你执政初始，就裁减了各级政府不必要的开支约十分之四。朝廷大多数官员的衣食来源就是这些开支，你是为朝廷节约了，却是抢了他们的饭碗，对他们不利已经很久了。再说，青苗法的本意，就是要抑制豪强富户的兼并。反对你的人多是富户，以他们的能力，要实行兼并其实很容易。"

王雱接道："母亲说得不错。新法威胁到他们的利益，他们必定要反抗。"

"我记得实行青苗法时，"吴夫人道，"朝廷上群情激愤，人人都在指责你，街头巷尾也传得沸沸扬扬。即使其中有三两个贤德之人，也未必会帮你，不过是随声附和那些愚昧无知的流俗之人罢了。"

安石鄙夷道："你所说的贤人，都是些得过且过、偷闲懒惰之人，绝不会主动出面帮我。他们没有是非观念，只要有一点儿风吹草动，就吓得一片哗然。"

王雱到底年轻，说话无所顾忌，他说："这些人怎能称为贤人？无论哪方面，他们同父亲，就像榫头与卯眼不能相合一样，是格格不入的。"

王雱见父亲并没有反驳的意思，又说："父亲不能容忍反对派，可以理解。但不能容忍新法派同人的不同意见，就有点偏执了。父亲不能容忍别人，别人又如何能容忍父亲？"

安石神情黯然。儿子没有说错，他当然也知道自己的缺点。他变法是为了天下人，天下人却都来反对自己，对此，他无法释然。

吴夫人见状，忙向儿子眨眼睛，命他快去厨下看看晚饭是否好了。

王雱这才觉得说话失了分寸，一溜烟地跑了。

当安石在家里写《乞解机务札子》，同儿子夫人说话时，皇帝在宫中坐立不安。

每逢有灾难，按惯例，天子必得避殿、减膳、撤乐。赵顼本来就为免行钱法烦恼，这百年未遇的干旱更令他忧心忡忡，躲避在延和殿中，吃不好，睡不好，感觉度日如年。

这日，韩维到延和殿汇报开封府赈灾事宜。

赵顼苦恼地说："从去年七月到现在都没有下雨，去年秋天颗粒无收，今年春天连种子都没有播种下去。如此严重的旱灾，只怕开仓放粮也无济于事。"

韩维今天来面圣，除了说赈灾之事，还另有要事。此刻，赵顼无助的神态与话语让他心中窃喜。原来，他同冯京商量好了，要在皇帝面前借天象打击新法，但又不能明说，因为上次文彦博等人利用日食是没有成功的。

韩维故作伤感道："大街上乞讨的流民一天比一天多，仅开封府一处开仓放粮，真是杯水车薪。"

赵顼更是焦虑，背负双手，在书案前走来走去，嘴里不停念叨，如何是好？如何是好？

韩维嗫嚅着说："陛下，微臣有句话，不知当讲不当讲？"

赵顼有点不耐烦，挥手道："有话就说。"

韩维忙跪下，匍匐在地，说："陛下避殿、减膳、撤乐，日夜操劳，还是感动不了上天，挡不住灾难。微臣建议，陛下诏告天下，以求直言，来打开壅塞。"

赵顼听不真切，皱眉道："起来说。如何诏告天下？"

韩维不敢起来，仍然匍匐着说："自古以来，天子罪己，颁诏四方，以求贤者直言，指出过错，悔改而已。"

赵顼正为此事焦头烂额。前日问王安石，王安石说干旱属正常，一副无所谓的样子。此刻，韩维说的办法，他就像溺水者抓到一根救命稻草，不及细想便答应了，并命韩维代拟诏书。

韩维领了圣命，一刻也不敢耽搁，当夜便字斟句酌地写了，第二天一早递到中书省。中书省的人见韩维拟的《罪己诏》，不免惊奇。

冯京心知肚明，对那些人一本正经地说，韩大人是翰林学士知开封府，代拟诏书也属正常，谁让他遇到了呢。其实自己也好奇，细读《罪己诏》曰：

朕涉道日浅，暗于致治，政失厥中，以干阴阳之和，乃自冬迄今，旱暵为虐，四海之内，被灾者广。间诏有司，损常膳，避正殿，冀以塞责消变，历日滋久，未蒙体应。嗷嗷下民，大命近止，中夜以兴，震悸靡宁，永惟其咎，未知攸出。意者朕之听纳不得于理欤？狱讼非其情欤？赋敛失其节欤？忠谋说言郁于上闻，而阿谀壅蔽以成其私者众欤？何嘉气之不久效也？应中外文武臣僚，并许实封直言朝政阙失，朕将亲览，考求其当，以辅政理。三事大夫，其务悉心交儆，成朕志焉。

冯京读完，私底下问韩维："你拟的《罪己诏》，圣上可曾过目？"

"不曾过目。"韩维问，"有何问题？"

冯京有些担忧地说："你虽未明言，但大家都能看出诏文是对新法的责难。我不是觉得有问题，而是怕王安石拿去责问皇帝。"

"以王安石的个性，他还真做得出来。"韩维若有所思，"不过，眼前是非常时期，天灾压得大家喘不过气来，就算我明写，他也不敢怎样。皇帝陛下因为种种政务，尤其焦虑，绝不会认为我的诏文写错了。这就是天时、地利，是上天赋予我们打击新法派的最佳时机。时不再来，我们要抓这个机会。"

听了韩维这番话，冯京也兴奋起来："这么说，王安石就要被赶出京城了？"

"为时不远了。"韩维很是自信。

吕惠卿看到《罪己诏》时，已是第二天，诏文已向全国颁发。

他匆匆赶到安石的宰相厅堂，见曾布也在，顾不得二人之间的过节，问："可曾看到皇帝的《罪己诏》？"

曾布见他盯着自己问，只得说："看了。"曾布也说不出自己是高兴，还是其他的情绪。他想借吕嘉问扳倒吕惠卿，同时打击王安石，并未成功。这份《罪己诏》很有可能替自己出这口气，但形势不由自己掌控，将来的情形也不知如何。因为调查吕嘉问的事已经得罪了王安石，因此，他不敢表露出自己的情绪。

吕惠卿见安石像没事人似的，急道："这哪里是《罪己诏》，分明是对新法的种种栽赃，这可不是个好兆头。难道相爷不着急？"

"着急有何用？只怕全天下都看到这份《罪己诏》了。"安石放下手中的笔，"皇帝陛下到底年轻，从未见过这样的灾情。作为一国之君，怎能不焦虑担忧，心急如焚。这次干旱时间长，受灾面积大，是人力不可扭转的，皇帝问罪一下自己，列几条罪状，就能变天？他们不过是想借机打击新法罢了。"

吕惠卿问："诏文必是冯京拟的，他同他的岳父富弼都是反对新法的。这次可是抓住了时机。"

安石摇头："不是冯京。冯京才能有限，写不出这样的诏文。"

曾布也想知道是谁，忙问何人所写？

"从语气看，是韩维无疑。"安石同韩维以前是无话不说的朋友，时有书信往来，熟悉彼此之间的写作习惯。

吕惠卿道："韩维写的？韩维是翰林学士不假，但他不是知开封府吗？开封府每天有多少事务要处理，哪有闲工夫管这事儿？难道是皇帝授意的？那就是说，他在诏文中写的种种罪状，皇帝都是知道的，也是允许的？"

一时，三人都陷入沉思，各怀心事。

安石打破沉默，说："我已向皇帝递了辞呈，辞去宰相之职，离开京城，以安皇帝对旱灾的惶恐之心。"

吕惠卿惊道："相爷不能辞位！相爷辞位，新法必遭罢免。"

曾布心里五味杂陈，附和着说："我想，皇帝必不会允许相爷离开，若相爷走了，还有谁能说服皇帝支持新法呢？"

吕惠卿深深看了曾布一眼。

安石道："如果皇帝还像以前那样信任我，就能顶住谣言，我也不会生出辞位的念头。如今这个局面，说明他方寸已乱，不能自持。颁《罪己诏》是他抓住的一根救命稻草。"

"仅仅凭这列出的几条罪状，就能解决百年未遇的天灾？"吕惠卿苦笑着摇头。

安石道："颁发了《罪己诏》，两宫太皇太后会更加激烈地反对免行钱法。还有那些被贬的大臣，怎肯放过这大好机会，他们会从四面八方来攻击新法。那时，皇帝无力保护自己，就会顺从他们，把我赶出朝廷。如果我被罢去宰相之职，新法也就会随我而罢。若我主动请辞，或许新法会保留下来。因为他们首先要针对的是我本人，其次才是新法。"

曾布只是听着，不发表意见。

吕惠卿愁云满面："相爷分析的不无道理，可我看皇帝目前的状态，怕是再也不肯支持新法了。"

安石沉吟着说："以我对皇帝的了解，他还是会支持新法的。经过这几年的磨炼，皇帝已有了一定的生活阅历和处理朝政的经验。他是有主见的君主，不会顺从反对派，轻易罢免新法。"

话虽如此，但他预料不到，一切都在变。

第三十五章　曾布反出新法派　郑侠进献《流民图》

司马光得知皇帝颁发了《罪己诏》，忙命家童去街上抄了一份回来，揣在怀里，往富弼家去。

富弼见了他，颇为惊讶："这是哪阵风，把你这个足不出书房的人吹到京城来了？"

司马光笑笑，只说："老相公可是看到了皇帝的《罪己诏》？"

富弼笑道："我说你因何而来，原来是为这事儿。京城传遍了，能不看到？"

司马光兴奋不已，嚷道："皇帝终于醒悟了，向天下人罪责自己了。这真是朝廷之幸，万民之幸，你我之幸啊。"

富弼不以为然："焉知不是皇帝迫于压力，同王安石做做样子？试想想，皇帝是支持新法的，能以新法罪责自己？若不是王安石代拟的诏文，谁敢写出这样的《罪己诏》？"

司马光从怀里摸出抄来的诏文，说："看文章的气势，像王安石的文风。但他是天变不足畏的人，在这紧要关头，怎肯以新法悔罪？"他捋着胡须思索着，"倒是像韩维的语气，可韩氏兄弟同王安石是至交，如何肯得罪？莫不是老相公的女婿冯京写的？"

富弼摇头道："我这个女婿呀，胆小，做事优柔寡断。那年我被御史台拘禁，他都不敢去看我一眼，更何况这天大的事儿？再者，就他肚子里的那点墨水，也写不出这几句有文采、有胆量、有机锋的话来。咦，你方才说到韩维，我看就是他写的。以前他向皇帝推荐王安石入朝，后来迁翰林学士，知开封府后，就反对新法。"又从司马光手中拿过诏文，琢磨着说，"有一点不足，这诏文中，尚未提'新法'二字。若直接以新法罪己，更能引起天下人的共愤。"

司马光手一挥:"不管是谁写的,却是为我们打击新法撕开了一道口子。皇帝罪己是多方面的,不仅仅是新法。诏文这样写,我以为恰到好处。皇帝要求文武臣僚直言,我们再说新法的种种弊端,也就顺理成章了。"

富弼点头,称道:"到底是君实,思虑周全。如今,百姓正遭受百年未遇的旱灾,朝野一片混乱,我们是该站出来说话了。"

司马光笑道:"借老相公的笔墨纸砚一用?"

富弼会心一笑,忙前头带路,引司马光到自己的书房。

司马光往书案前一坐,研墨铺纸,一盏茶工夫,奏疏就写好了。

富弼在一旁细读。司马光在奏疏中,列举朝廷政事阙失,主要内容有六条:一是广散青苗钱,使百姓负债日重,而官府无所得。二是免上户之役,敛下户之钱,以养浮浪之人。三是置市易司,与细民争利,而实耗散官物。四是经营西北侵扰四夷,得少失多。五是团练保甲,教习凶器以疲扰百姓。六是信狂狡之人,妄兴水利,劳民废财。若其他琐碎米盐之事,皆不足为陛下道也。

富弼读完,竖起大拇指夸道:"君实果然高才,坐在家里,亦能洞察天下事。你奏疏中的这几点,不但批评了王安石在《上五事札子》中所提到的新法的最重要的五项内容,连兴修农田水利也否定了。"思忖片刻,又说,"借你的手,在你的疏文后面,老朽也说几句。"

司马光执笔舔墨,富弼说:"新法之害民者,陛下既知之矣。但一下手诏,自熙宁二年(1069)以来所行新法,有不便者悉罢之,则民气和而天意解也。"

司马光写完又从头读一遍,说:"我指新法之罪,而老相公说新法废了。真可谓配合默契,心意表达得无与伦比。"

富弼笑道:"王安石若看了,他几年呕心沥血的变法,被你一篇奏疏否定,不知作何感想。"

司马光一本正经地说:"他的学识与道德操守是不错的,我赞同欧阳修曾经对他的评价。只是王安石自恃过高,性情执拗,刚愎自用。以自己不切实际的幻想,去蛊惑君主,这是要遭天谴的。"

富弼倚老卖老地笑道："坊间有人说，你与王安石在某些治国理念上截然相反，但要论固执己见和刚愎自用，却不相上下，如出一辙。"

司马光盯他看了一眼，没有反驳，只轻轻笑了一声，把奏疏折叠起来，递给他："烦劳贵婿了，请他速速呈上。"

这日，冯京下值没有坐马车，来接他的马车夫只好赶着马车跟在后面。出了皇城，他慢慢走着，想捋一下乱糟糟的思绪。这些日子发生的事，虽不是惊天动地，却也足以令人震惊。从曾布调查吕嘉问开始，同吕惠卿的矛盾公开，新法派内部分裂，自动削弱了新法派力量。正当人们翘首以待更好的结果时，却等来了皇帝的《罪己诏》。这原本是一件比曾布同新法派决裂，更令人欢天喜地的事，可日子一天天地过去，却不见有期待中的事情发生。

前日收到老丈人的信和司马光的奏疏，按老丈人在信中所言，将司马光的奏疏呈给皇帝。奏疏是呈上去了，只不见皇帝有何动静。

冯京沿城墙根走着，冷不防被一个蓬头垢面的孩子拦住。那孩子伸出一双乌黑的小手，将一只有缺口的碗举到他胸前，哀求着："老爷可怜可怜我，给点吃的吧。"

冯京吓得一哆嗦，待回过神来，见是一个破衣烂衫的小乞丐，忙在身上乱摸，最后从袖笼里摸出一枚铜钱，犹豫半天，还是放进小乞丐的碗里。这枚铜钱锃亮，是他在家时逗孙子玩的，所以有些舍不得。

随着铜钱落进碗里的清脆响声，从前后左右呼啦啦拥上十几个大大小小的乞丐，把冯京团团围住，口中喊着："老爷给点吧。"

冯京这下吓坏了，所幸他的马车夫赶着马车跟在他身后。只见车夫挥舞着马鞭，大声呵斥，吓得一群乞丐四下里逃散。

冯京这才脱开身，犹自惊魂未定，任由车夫扶他上了马车，往家里赶去。

夜间，冯京辗转难眠。一半是因为在城墙根下受到的惊吓，一半是因为司马光所托之事而烦恼。在漆黑的夜里，他突发奇想，若皇帝看见满大街的乞丐，岂不比写奏疏有效？只是如何让皇帝走出皇城，去大街上看风景？虽然自己是参知政事，是副宰相，但从未像王安石那样得到过皇帝的宠信。不要说请皇帝出皇城了，就是有事奏报，还得先向值事太监请示，更何况皇帝如今因为旱灾正在避殿呢。

第二天无早朝，冯京出门迟些，因昨日乞丐之事，再也不敢步行，坐马车上值，路上遇安上门监郑侠正在巡查城门。

冯京心里一动，郑侠画得一手好丹青，专好为民请命。更重要的是，他与王安石不和，又反对新法。若能说服他画一幅朱雀门前大街的乞丐图，呈给皇帝，岂不好？

这郑侠，是福州福清人氏，字介夫，生于宋仁宗庆历元年（1041）。二十五岁时，随担任酒税监的父亲郑翚到江宁府，借读于清凉寺。当时江宁知府正是王安石。

王安石见郑侠闭门苦读，非常用功，很是欣赏。便主动邀郑侠相见，鼓励他好生读书，将来成为国家之栋梁，并派自己的学生杨骥到清凉寺伴他读书。在王安石的关注下，郑侠于治平四年（1067）考取进士，被朝廷任命为将作郎、秘书省校书郎，由此踏上仕途。

在郑侠取进士两年后，王安石入朝执政，便提拔郑侠为光州司法参军，主管民事、刑事案件的审理和判决。有史记载，凡是光州所有的疑案，一经郑侠审讯清楚并上报朝廷，王安石必定按照他的要求给予批复。

郑侠在光州三年任职期满，调为东京安上门监。外人都认为是王安石为了惩罚郑侠反对新法，故而将他连降几级，做一个监管城门的小吏。

一向优柔寡断的冯京，此刻一点儿也不含糊，忙下车问好。

郑侠是认识冯京的，只是不知这位副宰相今儿因何对自己如此客气。人在官场，如同在刀尖上行走，一个不小心，就会灰飞烟灭。当即便也恭敬地行礼，问候。

冯京笑容满面地说："你我虽同在皇城脚下，同为天子办差，今儿能在此相遇，实在是天意。"

郑侠见他一本正经的，不知何意，心里忐忑，忙躬身询问："不知宰相大人有何驱遣？"一般人都称宰相为相公。此刻，郑侠在称呼上就显得有些生疏，一下子就同冯京拉开了距离。

冯京看看四周，指着身后的酒楼，笑道："此处不是说话之地，请郑大人移步，到万花楼一叙，如何？"

郑侠见他并无恶意，便答应了。

二人上了万花楼，挑了僻静的雅座，坐了。

冯京命小二哥送了几样点心和茶来，便关上门，说："我也不绕弯子了。眼下赤地千里，蝗虫肆虐，四方流民拥塞京都，其惨状目不忍睹。大人日日在城门巡查，见到这样的情形，不知作何感想？"

郑侠叹息道："下官每日里见到的市井百态，不知比宰相大人多多少。只是下官位卑言轻，向何处诉说？又有何人肯听？"

冯京抓住时机，说："听说大人画得一手好丹青，尤其擅长画各类人物，大人何不把朱雀门大街上的流民乞丐画出来，呈给皇帝，岂不比写一两本奏疏有力？"

郑侠豁然开朗，忙问："若能如此，也是为民请命啊。下官若画了图，真能呈给皇帝？皇帝的《罪己诏》中，不是求文武臣僚直言吗？若能，下官还附一道奏疏。"

"真能呈上去。"

郑侠得到冯京肯定的答复，说："三日后，下官定将画图奉上。"二人约定，仍在此相见。

第四天早晨，郑侠在万花楼等候多时。见冯京姗姗来迟，像是松了口气，也不客套，将手中的画轴连同一本折子递给他，郑重地说："《流民图》和奏疏都交给冯相公，望相公一言九鼎。"便匆匆离去。

冯京拿着画轴和折子，感觉有些烫手，并不敢在酒楼停留，又不敢去中书省，索性直接回家。到家门口下了马车，就吩咐车夫速去开封府将韩维接来。

冯京将《流民图》摊开在书案上，一股凄凉悲惨的气息扑面而来。画面上，赤日炎炎，蝗虫遍野，地如焦土。络绎不绝的流民，扶老携幼，衣不蔽体。有的托钵乞讨，有的卖儿卖女，有的披枷戴锁，有的负瓦揭木，卖与集市以偿还官贷。成千上万的饥民堵塞了道路，饿得走不动的，就地倒下。有一丝力气的，蹒跚向前。真是饿殍遍野，白骨森森。

韩维挑帘子进来，见冯京在看一幅画，调侃道："宰相大人可是得了宝贝，叫我来欣赏呢。"

冯京转过身来，黯然道："宝贝？你来欣赏欣赏。"

韩维走近前，看了半晌，心中凄然。冯京又递过一道折子，叫他一并看看。

韩维读了，思忖着说："这《流民图》，任是何人看了，莫不掉眼泪。郑侠，想不到一个监管城门的小吏，倒是丹青圣手。当年王安石看中他，不是没有道理的。"

冯京催道："先别说这些了，你觉得他这道疏写得如何？"

在奏疏中，郑侠写道："臣曾听闻，南征北战的将军们，会将取胜的场景、收服的王土，绘制成图献给国君。但恐怕没有一个人，会将百姓鬻儿卖女、抛妻弃子、流离失所、饿殍遍野的场景描绘出来奉上，可这却是我亲眼所见。画卷之外，远比我绘制的《流民图》更为悲惨、残酷。如果陛下听臣一言，开仓赈灾，将苛刻百姓的无道政令一概免除。十日之内不下雨，臣愿承欺君之罪，乞斩于宣德门外。"

韩维草草读了一遍，皱眉道："图是画得不错，只是疏文里，并未明确指出新法对百姓的残害。说'十日之内不下雨，乞斩臣于宣德门外，以正欺君之罪'。这话是能随便说的？若不下雨，岂不白白丢了性命？"

冯京一时没了主意，急道："《流民图》也画了，疏也写了，我可是在郑侠面前夸了海口的，必能让图和疏，上达天听。可你的分析也不无道理，这将如何是好？"又想了想，"还是劳你的驾，把他的疏文改一改，如何？"

韩维奇道："修改他的疏文？这可是要担罪责的。"又盯着冯京看了一眼，"你是要替他把《流民图》和奏疏直接呈给皇帝陛下？这如何使得？"心里却想，富弼常在人前说他这个女婿胆子小，在大事情上优柔寡断。今儿看来，他不是胆子小，是头脑简单，是胆大包天。

冯京一时愣住，忙拉韩维坐下，亲自为他斟茶："是我把事情想得过于简单了。"朝门外唤来女佣，"去吩咐厨下，说老爷午餐要招待贵客。"待女佣去后，忙把门拴上，赔着笑说，"你脑子活络，能否想个万全之策？"

却说赵顼因为灾害避殿减膳，离开福宁殿，搬到偏殿延和殿居住。每天收到的直言疏，一摞摞地堆在案头，批阅得心烦意乱。原本就吃得少，夜间又睡不好，很是憔悴。

这天傍晚，向皇后做了新鲜糕点，亲自送来。

赵顼蹙着眉头说："朕避殿减膳，哪能吃这些。"

向皇后见他容颜憔悴，消瘦了许多，劝慰道："皇帝肩上担负着江山社稷，最重要的是要保重龙体。这些糕点皆是素食，而非大鱼大肉，陛下吃一点，又有何妨？"便亲手将盛了各式各样点心的碟子安放在茶几上。又端出一盅燕窝粥，说是太后吩咐送来的。

赵顼道："国家有灾异急难之事，君主就要避离正殿，减常膳，责罚自己的过失，以期消灾除难。哪里还敢吃燕窝粥？"呆了半晌又道，"朕有些日子没去给太后问安了。"

向皇后心念一动，小声道："陛下心中挂念太后，何不此刻就去？"

赵顼暗想，这天下事，是一时半刻也急不了的。百善孝为先，朕虽在避殿，去给母亲请安，应不为过。想毕，便命向皇后收起糕点和燕窝粥，一同往高太后的宝慈宫去。

宝慈宫中，一片寂静，太监宫女都敛声屏息。赵顼正觉奇怪，进了大堂，见太皇太后曹氏，端坐在主位，母亲高太后则陪坐在一边，正在说着什么。

赵顼忙上前跪拜请安。

曹氏眉头紧蹙，并不正眼看赵顼。

高太后到底是母亲，心疼儿子，忙抬手示意赵顼平身。

赵顼起身，发现曹氏手边有一个卷轴，正想着，是何人送给太后的画或字幅。却见曹氏将卷轴递给自己,说:"皇帝请看看这幅画图吧。"

曹氏的脸色阴沉得能滴出水来。赵顼不敢怠慢,忙展开卷轴。原来,这是一幅《流民图》。图上,衣衫褴褛的男男女女,骨瘦如柴,步履踉跄,提篮捧钵,拖儿带女,不知从何而来,要往哪里去。

赵顼惊道:"这图中的背景,像是城中的安上门呢。这是何人所画?所画何时之事?"

曹氏冷冷地说:"皇帝好眼力,这确实是京城中的安上门。画者是监守安上门的门监郑侠。这郑侠天天在城门口来来去去的,把看到的都画出来了。这难道还有怀疑的?百姓都成这样了,你却无动于衷。王安石篡改祖宗法度,祸国殃民。哀家伴随先帝身边,先帝仁爱慈善,以百姓为本。每有天灾,必反躬问己,为政是否有不当之处。没想到大宋到你手上,天下百姓竟如此凄苦。"说着,已老泪纵横。

高氏见婆婆泪流满面,忙抽出手帕为她拭泪,自己也禁不住热泪盈眶,哽咽着说:"政事不修,才遭天谴。皇帝尽快让王安石避位吧。"

向皇后见两宫太后伤心不已,也陪着一同落泪。

赵顼早已惊出一身冷汗。恍恍惚惚间,不知是怎样离开宝慈宫,回到延和殿的。治平四年(1067)正月登基,他所面对的大宋王朝,已是内忧外患,官僚机构臃肿。军费开支和每年给予辽夏的岁币,就令朝廷难以为继。农民也因徭役的屡屡加重而揭竿而起。摆在他面前的,唯有改革一途。他励精图治,锐意进取,任用王安石变法,要给天下百姓一个富庶、安宁的大宋,而如今呢?

他反复看着《流民图》,一遍又一遍地读奏疏。

锐意改革的赵顼,一国之君的赵顼,在与最信任的臣子王安石变革、求新、治国八年之后,猛然发现他的王土已是人间炼狱。治下的百姓,就生活在这水深火热的人间炼狱里。

第三十六章　来时朝中愁多事　及至归时雨潇潇

赵顼一夜未眠。

第二天，也就是熙宁七年（1074）四月初六日，赵顼下旨，废除青苗法、方田均税法、免役法、保甲法等八项新法，并大赦天下，命各地开仓放粮赈灾。诏文颁发的第三天，一大早，天空阴云密布，狂风呼啸，大雨倾盆而下。这场大雨，足足下了一天一夜，一解干涸之气。人们也终于舒展了眉头，松了一口气。

最欢欣鼓舞的还是朝臣，第二天一早上朝，至延和殿祝贺。在一片天子圣明的贺声中，赵顼拿出郑侠的《流民图》和奏疏，命传下去，每个人都认真看看。大臣们喜滋滋地争相传阅。

待看到是这样一幅图时，有人惊讶，这小小门监郑侠，可是王安石的学生啊，怎么把外面的事画得如此逼真？又说是新法害的，这不是在背后捅老师的刀子吗？

朝臣三三两两小声议论，这回有王安石好看的了。你看这疏上写的："将苛刻百姓的无道政令一概免除。十日之内不下雨，臣愿承欺君之罪，乞斩于宣德门外。"说得如此斩钉截铁，是有多大把握和愤慨，这是要把王安石赶出京城呢。多少人做不到的事，这小小门监说不定就做到了。

又有人奇怪，郑侠是王安石的学生，想不到还能画得一手这样逼真的图画。听说他是反对新法的。

又有人嗤之以鼻，说，郑侠反对新法是秃子头上的虱子——明摆着的。还用得着你来说？他就是因为反对新法，才被王安石故意安排去监管城门的。你们只知他擅长丹青笔墨，却不知他更精于天文卦算，能推演天晴落雨。没有十足的把握，敢写这种像立军令状一样的奏疏？

敢拿命做儿戏？

赵顼见大臣们围着《流民图》和奏疏指指点点，议论纷纷，无一人向他说点什么。于是干咳两声，待众人静下来，面朝自己时，冷声问："作为臣子，你们看了《流民图》，不知有何感受？"殿中一片寂静，暗暗猜测着皇帝的意思。

赵顼又道："你们除了在朕面前阿谀奉承，除了对臣僚说三道四，还能做什么？"说着，眼风一扫，"朕在皇城内，看不到外面的情形，你们也没有看见吗？竟无一人对朕说流民拥塞京城。难道你们就不觉得犯了欺君之罪吗？"

众臣吓得齐刷刷地跪下。

赵顼心里憋闷。虽然下了雨，但并不能即刻解决干旱带来的诸多问题。这些匍匐在脚下的臣子，明知他们不作为，却又能把他们怎样？朝中已经没有几个真正能辅佐自己的大臣了。他挥手命众人退去。

赵顼出了大殿，回到书房一盏茶没喝完，便有门外值守太监来报王安石求见。

安石是来递《乞解机务札子》的。

赵顼接过他的札子，看了一遍，放在案头。字斟句酌地说："这雨也下了，旱情也得到缓解，爱卿何故坚持要辞职？"

安石回道："陛下废除八项新法，已经向天下人表明了，陛下相信新法引得人怨天怒，才有半年之久的干旱。昨日果然下雨了，越发令反对新法的人，更加有理由反对新法。"

赵顼心情沉重，把《流民图》递给王安石。

安石打开看了，说："画得确实不错，很逼真。只是，这种情景不是陛下造成的，也不是臣和新法造成的。这是自然灾害，其责任绝不能由某个人承担，也承担不起。前几年，天雨不晴、华山山崩、日食等，有些人硬把这些自然灾害归结为是上天对臣和新法的惩罚。结果怎样呢？结果并没有越来越严重，这说明新法与天变无丝毫关联。"

赵顼叹息道："这话也只有你敢说，你是天变不足畏的。但自古以来，天灾就是君主的过错，是君主不可推卸的责任。"

安石轻声说："这就是认知上的差别了。"今天，他不想谈论这个话题，他略微提高声音说，"天命虽不可畏，但天意却高远难测。因为有郑侠的《流民图》，因为天毕竟是下雨了。请陛下允许臣辞去相位吧。"

赵顼愁眉苦脸的："眼下朝廷政事乱成一团麻，爱卿如何去得？"

"臣得遇陛下，就是粉身碎骨，也难报圣恩之万一。但臣这些年来，劳心劳力，身体状态大不如从前。待臣下去休养一段时日，陛下若有诏，臣必会再回朝廷，听陛下驱遣。"

赵顼见他去意已决，又想了想，说："这样吧，你辞去相位，朕加封你为太师或太傅，继续在朝廷辅助朕。如何？"

"前些日子，皇亲国戚反对免行钱法，今日摆在陛下案头的《流民图》，都是冲臣来的。臣辞去相位，事态就会平稳，也算是帮陛下安定了民心。岂能再加官晋爵？"

"那你去了，谁可担任宰相之职？"

"韩绛在邓州。陛下可调他回京复相。再任吕惠卿为参知政事。他二人对陛下忠心耿耿，也都精明能干。朝中还有王珪、吴充等大臣，想来不会令陛下失望。"安石考虑的是，韩绛同吕惠卿二人，在改革过程中立场坚定如一，他走后，新法就不会被废除殆尽。

赵顼点头，又问："爱卿欲去何处呢？"

安石双手一揖："请陛下恩准，臣还是回江宁府吧。"

赵顼道："爱卿先回去歇着，容朕好好想想，再做定夺。"

却说司马光和富弼等人，自看了皇帝废除八项新法的诏文后，在西京（现在的洛阳）常常聚在一起，议论着，关注着朝廷的动向。

这日，富弼又邀司马光上明月楼品茶，二人还未落座，富弼就笑眯眯地问："可听到好消息了？"

司马光今儿心情好，打趣道："我又没有女婿在朝中担任要职，哪里知道什么好消息坏消息。"

富弼不说消息，而是唤来店小二。店小二见是老主顾，哈着腰问：

"老相公今儿想吃点什么？"

富弼说："一碟子干脯，一碟子肚肺，一壶香林茶（龙井），点心嘛，按司马大人平日爱吃的拣三四样即可。"

不一会儿，店小二送了茶点来，给二人斟了茶，退去时带上门。

富弼吃一块干脯，说："王安石递了《乞解机务札子》。"

"那又如何？"司马光喝口茶道，"你女婿不是说他递过几次辞相的札子，都被皇帝驳回了。"

"这次可不一样，郑侠的《流民图》，两宫太后看了都流泪。更重要的是，新法废除后，老天爷真的下雨了。"

司马光还是有几分疑虑："王安石是'天变不足畏的'，下雨未必能吓着他。"

富弼笑道："他是不怕，但是两宫太后怕，皇帝也怕呢。"

"这么说，王安石是真的要罢相了？"司马光笑微微的，眯着眼睛，有点兴奋，又有点茫然，"一个监管城门的小吏，竟然做到了多少人都做不到的事情，真有点不可思议。"

富弼道："我已给冯京写信，要他在皇帝面前推荐你去接宰相之位。"

司马光摆手道："我的《资治通鉴》尚未修完呢。还得是老相公去领相位，辅佐陛下，收拾残局。"

"我老了。"富弼道，"再说，我女婿冯京是副宰相，自在上枢，岂有翁婿共同执掌朝政的？而你，人格堪称儒学教化下的典范，无论是资历，还是学识，满朝之中，再也找不出第二人啦。"

司马光被富弼说得还真动了心。几年来，对王安石在变法上的每一个举措，无论大小，无论对国家、对百姓适宜与否，他都不遗余力地反对。熙宁三年（1070），因反对青苗法而罢翰林学士，出知永兴军。次年，自请任西京御史台，以编撰《资治通鉴》为由，长居洛阳。

有人推门进来，打断了他的沉思。

富弼见是自己的马车夫，问有何紧急之事。

马车夫递给他一封信，说："老爷，府里人方才送来的，说是老爷再三交代过，只要有京中姑爷的书信，即刻送给老爷。"

富弼接过信，恍然道："是有这事儿，你去吧。"

富弼拆信看了，递给司马光，叹息一声："还是斗不过王安石啊。"

司马光闻言，忙接过细看。

原来，就在前日，也就是熙宁七年（1074）四月十九日，圣旨下，王安石以吏部尚书、观文殿大学士知江宁府。以观文殿大学士、知大名府的韩绛复同平章事（恢复宰相之职），翰林学士吕惠卿为谏议大夫、参知政事。又，吕惠卿一上台，就在皇帝面前死缠软磨，痛哭流涕，硬是要皇帝收回了废除新法的成命，只罢免了方田均税法一项。

富弼将茶碗盖子一丢："中书省那么多人，吴充、元绛、章惇等，这些人是做什么的？皇帝废除新法的诏令，竟能收回？"

司马光毫不掩饰自己的愤怒，拍桌子道："冯京和韩维也太无能了。大好时机，不好好把握，眼睁睁地，又让新法派的人当家了。"

富弼道："我女婿胆小，凡事不敢去争，韩维又疏于谋略，他二人怎能做得了宰相？他们既用郑侠赶走了王安石，为何不继续用此人，一把拉下吕惠卿？"

司马光冷笑一声："吕惠卿比王安石奸狡十倍，一肚子坏水。这回他上台了，还不知要闹出何等花样来。拉他下台？简直是痴心妄想。"

富弼道："韩绛和吕惠卿，人称'传法沙门'和'护法善神'。王安石还真能挑人，有这二人，新法怕是再也无法罢免了。"停了一会儿，喟然叹道，"说来说去，是皇帝要变法。王安石不过是恰逢其时，遇上了知音。"

司马光似乎没听见他的话，专注地盯着桌上的茶碗，他心中美好的期待，就如面前一朵昙花，开到极致时，转瞬之间就凋谢了。

富弼又分析着："吕惠卿聪明，脑子灵活，却是个容不得人的，日子长了，自有好戏在后头。韩绛地位虽高，但才干有限，处事无方。几年前自请出使陕西、河东，且无一建树。曾布是翰林学士兼三司使，从地位上讲，仅次于韩绛。此人曾是王安石变法的坚定支持者，不知为什么同吕惠卿不和，又对主管市易司的吕嘉问不满。如今吕惠卿做了副宰相，他能不眼红？"说着，端起茶碗喝口茶道，"君实啊，你也别灰心，王安石走了，这些人纯属乌合之众，又钩心斗角，不会长久的。咱们骑驴子看唱本，走着瞧。"

二人说一阵，叹息一会儿，直至天黑方才散去。

那天，安石向皇帝递了《乞解机务札子》，便不再过问朝中诸事，心情却也无法轻松。直到皇帝听了吕惠卿的劝说，收回废除八项新法的诏命，只罢免了方田均税法一项。又收到皇帝准他以吏部尚书、观文殿大学士知江宁府的圣旨，这才舒展了眉头。

吴夫人却愁眉深锁。原来，近两个月里，王雱旧病复发，遍请京中名医看诊，仍不见好转。王雱病情稳定时，家里还算安宁。一旦发作，便拿锦瑟撒气，搞得阖府不安。他孱弱的身体，却有着冷漠决绝的眼神，旸儿看了也害怕，不敢靠近他。吴夫人既着急儿子的病情，又担心孙子。这些时，旸儿也一日瘦似一日，丝毫没有往日天真活泼的模样。

安石在书房里，嘱咐江歌好生打包书籍，尤其不能浸水，书籍沾了水就没用了。

江歌答应着，见吴夫人进来，知老爷夫人有话要说，忙退了出去。

安石见夫人一脸愁云，忙问："元泽今儿怎样？"

"还是老样子。"吴夫人迟疑着说，"只是旸儿更令人担心。"

安石急道："旸儿若是哪儿不好，请大夫看啊。这你也不明白？"

吴夫人回道："拿你的名帖去请的宫中的胡太医呢。"

"胡太医看了如何说？"

"说无大碍，只是受了惊吓。"吴夫人愁道，"我就不明白了，整日里在府中，有丫头婆子照看着，是如何受的惊吓呢？"

"胡太医没说怎样治？"

吴夫人说："倒是开了几剂药，每日里煎了，锦瑟哄着他吃呢。"

安石安慰道："你也别着急，都说病来如山倒，病去如抽丝。吃了药，旸儿慢慢就好了。"

"你命江歌收拾东西，准备何日启程？"

安石道："尽快收拾，早点儿启程。"

吴夫人愁道："回江宁府倒是好，只是我们走了，元泽怎么办？"

"元泽？"安石面露愧色。确实，他很少想到儿子和儿子的病。也没想过自己离开京城，儿子将会怎样。

"元泽这个样子，又不能上朝值守，留在京中，我不放心啊。"吴夫人道，"锦瑟要照顾旸儿，哪里顾得了他。"

安石想了想说："我们一大家子都回江宁府吧。江宁山好水好，元泽、旸儿都会好起来的。"

吴夫人这才定了定神，想着该同锦瑟说回江宁府的事，也好收拾东西，便出了书房，往后院来。

王雱病后，搬出与锦瑟同住的屋子，住进西厢的暖阁里。暖阁也是他的书房，不过是添张床罢了。

吴夫人进来时，王雱正伏案书写。见母亲来了，忙起身让座，又忙着斟茶。

吴夫人在书桌边坐下，慈爱地笑道："你做什么呢？"目光到处，早已看见儿子写的小诗：

一双燕子语帘前，病客无憀尽日眠。
开遍杏花人不到，满庭春雨绿如烟。

吴夫人读着诗，眼前似有一幅清新秀美的春景图。庭院里，杏花绽放，燕子呢喃，春雨如染，草木葱茏，一片生机勃勃的景象，而庭院的主人，整日躺在床上养病，只能倚着枕头，隔着帘子静静地欣赏这一幅春意盎然的画图。诗的语言平易、清新、雅丽，丝毫看不出作者是个犯有心疾的人。作为母亲，吴夫人更是从中读出了儿子满腹的无奈和苦闷，心里说不出的难过。

王雱见母亲神情忧伤，知她读了诗，为自己难过。忙笑问："母亲来找孩儿，可是有事？"

吴夫人说："你父亲已获准回江宁府了。"

王雱道:"皇帝答应了父亲辞去相位,是因为他看了郑侠《流民图》上所画的一切,也因为废除了新法,天就下了雨?前日皇帝又收回废除新法的诏命,这天不还在下雨吗?"

吴夫人扭头看着窗外淅淅沥沥的雨,没有说话。

王雱又慢悠悠地说:"以孩儿看来,皇帝并非相信干旱是因为新法触怒了上天,而是对父亲失去了原有的信任。也可以说是父亲的权力太大了,让皇帝有些不自在了。"吴夫人凝神看着儿子。

"母亲,皇帝准了父亲辞去相位,又再三挽留,又要加他太师太傅。为什么?孩儿以为,这几年来,皇帝已学会了如何处理朝政。最重要的是,作为君主,对朝事,对变法,他已有了自己的主张,而不再想事事都听从父亲。"

吴夫人吃惊地问:"你如何有这种想法?可曾对你父亲说过此话?"

"并不曾说过,"王雱咧嘴一笑,"他哪有工夫理我。"

吴夫人揉了揉太阳穴,歉然道:"坐半天竟忘了告诉你,你父亲说带你和锦瑟、旸儿一同回江宁府。"

王雱有些意外,随即又说:"回江宁府也好。"就再也不理他母亲了。

吴夫人起身道:"我这就去同锦瑟说,明儿就命人来帮你们收拾。路途遥远,翻山涉水的,没用的东西就不要带了。"

锦瑟正带着孩子在廊下玩,听说要带他们一起回江宁府,当即明白公公婆婆的意思,很是感激。若是将她一家三口留下,还不知是怎样个情形。当即说,我今儿就开始清理衣物,收拾东西。

吴夫人见孙子脸色红润了些,精神也好,很是欣慰。同孩子玩了一会儿,便想回前厅去,雨却下得越发紧了。

吴夫人望向廊外的雨幕,神情有些恍惚。老天爷是在显灵吗?大半年不下雨,我们这一家子要回江宁府了,这几天下起雨来,竟像是扯丝线一样,丝丝缕缕,绵绵不绝。

第三十七章　曾布罢免三司使 韩维调出翰林院

这几日，曾布最是落寞。

当初，曾布奉皇帝密旨调查吕嘉问在市易司的违法之事，本想将吕嘉问和他的顶头上司吕惠卿一同扳倒。结果，朝廷还没来得及处置这件事，因为天旱和《流民图》，王安石罢相，吕惠卿反而做了副宰相，成了执政大臣。曾布因此忧心忡忡，吕惠卿原本就是个睚眦必报的人，如今又居高位，怎肯就此罢手。

近来，曾布每天下值后，就早早回家，再也不与朋友去饮酒了。

魏夫人开头还暗自高兴，后来见他天天愁眉紧锁的，不由得疑惑。当听闻王安石罢相后，似乎明白曾布因何闷闷不乐了。

这天晚餐后，魏夫人似无意地说："听说王安石回江宁府了，把元泽锦瑟和孩子都带走了呢。"

曾布回道："是啊，元泽近来旧疾复发，已经不能上朝了。"

"你可去送行了？"

"去了。"曾布面无表情，"想不到王安石做了几年宰相，如今罢相离开京城，到十里长亭送行的人寥寥无几。吕惠卿跟他似乎有说不完的话，我同元泽说了几句就离开了。"

"他罢相了，皇帝废除新法的诏命却收回了，新法只废除一项。你从没想过这背后的道道吗？"

曾布一愣，望向妻子，他不相信妻子有如此过人的智慧，能从一件事联想到另一件事。轻轻一笑，问："莫非你看出什么来了？"

魏夫人也笑了："我一个妇道人家，哪能知晓朝廷中事？不过是用人在外面听到茶余饭后的闲谈罢了。"

"市井之中，未必没有真言。说来听听。"

"都说皇帝废除新法是假,想罢王安石的宰相是真。"

"为什么?"

"王安石权力太大了,皇帝要清君侧。"

曾布吓一跳,忙左右看看,还好用人都出去了,只有他夫妇,忙低声说:"这话可不要再说了,隔墙有耳。"又道,"皇帝对王安石的恩宠和依赖,是众所周知的,并非外头谣传的那样。如果不是郑侠的《流民图》,皇帝不会接受王安石辞职。我近来没心思去想这些事,只关心吕嘉问的案子如何处置。"

魏夫人这才明白,丈夫为什么忧心忡忡的,原来上次接皇帝密令调查吕嘉问在市易司的事,还没有结案。随即宽慰道:"你也别着急,市易司的事,大家都是有目共睹的,总有个水落石出的时候。相信皇帝对此也会有个公正的裁决。"

曾布暗道,这世间哪里有"公正"二字。

魏夫人见他不言语,又说:"若王安石还在,或许能帮你说几句话。如今他走了,吕惠卿能帮你吗?"

曾布冷笑道:"吕惠卿帮我?亏你想得到。"及见妻子担心的眼神,心里又颇为感动,轻声道,"我还有事要做呢,你早点歇息吧。"说完径自去了书房。

当曾布担忧吕嘉问案子的时候,冯京也没闲着。

这天,他收到老丈人富弼的信,责备他同韩维没有把握住这样的大好机会,王安石垮台了,怎么让吕惠卿上了台?

冯京甚是气恼,把信撕得粉碎,心里恨恨地骂道,老匹夫整日里同司马光议论朝政,纸上谈兵。说大话谁不会?你们不都跟王安石较量过,结果怎样呢?还不是落得个远离朝堂。王安石走了,现在又想同吕惠卿斗。哼,你怕是不知道吕惠卿是何等人物,比王安石更年轻、更有魄力,而且更狡诈、更心狠手辣,你同司马光都不是他的对手。冯京气得连回信都懒得写。

都说新官上任三把火。吕惠卿的第一把火,是劝皇帝收回了废除八项新法中的七项，这是最令人意外的。于是，朝廷内外又有一种新的谣言，说皇帝的《罪己诏》，并非出于本心，如今干旱一过，行新法之志更坚。

吕惠卿的第二把火，是把京城满大街的流民清理干净了。他对皇帝说，民为贵，君为轻。没有百姓，做官的吃什么？在京城乞讨的人，都不是好吃懒做的叫花子，都是有家有地的人，都是好百姓啊，因为干旱才被迫背井离乡。如今，大雨一下，土地也解了渴，是种庄稼的好时机啊。再说，哪有不想回家的人？开封府前日给滞留京城的流民，发了口粮，分派了种子，都欢天喜地地回家了。

冯京不知吕惠卿的第三把火将要烧什么。虽说自己做了几年的参知政事，无论出身，还是资历，自认比得过吕惠卿。但他又感觉，吕惠卿无论哪方面都比自己强大。近来，他有莫名的预感，自己在中书省这个副宰相的位置，岌岌可危。

几天后，冯京又收到富弼的来信。

富弼在信中说，得知天子意向，知反新法之艰难，但众口可以铄金，反变法力量仍在。勿以一时之失利，而丧争斗之意志。新法不得民心，最终必败。老夫有一策，供你同韩维深入谋划。虫蛀坚木必空，内溃甚于外侵。新法派自王安石去后，已失却向心力，吕惠卿、曾布、章淳、魏继宗之间，早有裂隙。薛向和吕嘉问之间，也势同水火。何不从中挑起他们内部的争斗？遇到强硬的对手，要懂得借力打力。

冯京读后，如同在暗夜里看见灯光，眼前豁然一亮。喜滋滋地找到韩维，把信给他，说老丈人写信为我们出谋划策呢。

韩维读了信，笑道："姜果然是老的辣。司马光是有见识的，你老丈人更是经历得多。利用新法派内部的不和，挑起他们自相残杀。有这个主意，我们做起来就简单多了。"

冯京道："你能否从令兄那儿，打听一下魏继宗同吕嘉问的事儿？"

韩维道："他们的矛盾不是明摆着的？魏继宗认为王安石采用了自己的建议，才有了市易法，却让吕嘉问担了提举之职。如今吕嘉问的靠山王安石倒台了，他有心夺回属于自己的官职。这还用得着问我兄长？不过，你的思路还是不错的。对，就从他俩打开缺口。"

王安石同韩绛、韩维俩兄弟曾经是至交。王安石能进入朝廷中枢，与他俩的推荐也是分不开的。但后来，韩维因为反对新法，同王安石的关系渐行渐远，韩绛却是一如既往地支持并维护新法。

这天，韩维来到兄长韩绛家中。韩绛因在邓州、许州和大名府等地辗转任职，兄弟二人几年未曾见面。今儿见了，欢喜不已，便留韩维在府中吃饭。

席间，韩绛偶尔说些外地的风俗人情，一家人听了，无不惊奇。

韩维撽一块肉放在口中慢慢咀嚼，像是无意间提起市易司的买卖，问了魏继宗、薛向同吕嘉问的事，韩绛回答的，同他了解的一样，便放下心来。又说："听说曾布对吕惠卿升为副宰相，很是不满呢。"

韩绛将碗里的饭粒扒干净了，放下筷子，深深看了韩维一眼，说："你慢慢吃，我到书房等你。"

韩维觉得兄长有话要说，赶紧放下饭碗，来到书房。

韩绛说："听说皇帝的《罪己诏》是你写的？"

"是啊，兄长觉得我写得如何？"韩维笑问。

"我觉得如何无关紧要，"韩绛道，"皇帝陛下觉得如何，才最是要紧。"

韩维见他神色严峻，语气冷淡，心里一激灵，脸上的笑意瞬间隐去。忙问："兄长怎知《罪己诏》是我写的？莫非是皇帝陛下说的？皇帝认为我写得不好吗？若是写得不好，为何还向全天下颁诏了呢？"

韩绛道："你若是在拟《罪己诏》之前，就有这许多问题，你就不会替皇帝出这个主意了，凡事要多想几个为什么。"

"可圣命难违呀。"

"翰林院的学士只有你一人吗？"韩绛道，"你不是管理开封府的事务吗？那才是你的正经事儿。为何你总是同冯京搞在一起？"

韩维不敢顶撞兄长，心里不服，也只能闭口不言。

韩绛脸色缓和了些，说："你也五十多岁的人了，难道不知食君之禄，忠君之事的道理？难道你就没有动脑子想一想，皇帝已不是当年那个青春懵懂的少年，也不是随便可以蒙蔽的人，更不是昏君。他是有志向、有思想的人，你以为他是受王安石控制而行新法吗？你以为王安石罢了相，皇帝就不再行新法了？幼稚！"

韩绛喝口茶，接着说："反对新法的大臣还少吗？韩琦、富弼、文彦博曾经都做过宰相。司马光、吕公著、范纯仁等，都是被誉为博学多才的人，他们反对新法，一是不忠于皇帝，二是维护私人利益。他们被贬出朝廷，朝廷的政务因为他们的离去而停滞了吗？没有。新法因为他们的反对而废除了吗？没有。这说明他们反不反对，新法都会推行。也说明朝廷有没有他们，也并不重要。偏偏还有些人，使出各种手段反对新法。而你，竟心甘情愿地受他们驱使，为他们效劳。你如何对得起皇帝对你的信任？你又如何说得上对皇帝的忠诚？真是可笑。"

韩维听了这番话，细细琢磨。原来，自己替皇帝出的主意，以及代拟的《罪己诏》，皇帝并没有认为是帮他解忧排难，而是引诱天下反对新法的人，向他施加压力。

不知不觉地，韩维出了一身冷汗。兄长对此事了解得如此详细，必定是皇帝对自己不满，把这事儿告诉了兄长。这将如何是好？会不会把我也贬出朝廷？这些日子没有动静，莫非皇帝是看在兄长的面子上，暂时不动我？若是不贬，往后却又如何取得皇帝的信任和看重呢？

韩维此刻的心绪乱成一团麻。他出了兄长的府第，心事重重地到了翰林院，冯京已在此等候多时。

冯京见他神情恍惚，笑道："你去令兄家，莫不是只顾吃酒，忘了正事儿？"

韩维犹豫片刻，还是把魏继宗、薛向同吕嘉问的事说了，把曾布同吕惠卿的关系也分析了一回，并说，以前只是道听途说，今儿从他兄长口中得到了证实。

冯京喜道："这些事儿说起来好像很复杂，其实都围绕一件事，那就是新法，而市易司便是新法中藏污纳垢的一个所在。你看看，从薛向、吕嘉问到吕惠卿,都是什么人?都是祸国殃民的人。我们只要从魏继宗身上打开缺口,将这些人赶出朝廷,市易法也就会废除了。"

韩维迟疑道:"因为我兄长的关系,以后的事,我怕是不宜出面了,只好劳你受累了。"

冯京表示理解:"我与令兄同在中书省,怎不知他的秉性?他处事最是认真,一个钉子一个眼的。又最支持、拥护新法,被人们誉为'传法沙门'。"停了一下,又笑说,"往后只要能从令兄那儿得到可靠信息即可,其他的事由我出面好了。"

韩维心想,这事儿还能有以后吗?口中却说:"只是你千万不要对外说是从我兄长处得来的消息。"

天底下就有这样凑巧的事儿,御史中丞邓绾恰在此时来翰林院办事,走到门边,听里面有人在议论魏继宗、吕嘉问等人,便驻足聆听。当听到韩维说"千万不要对外说是从我兄长处得来的消息"时,竟反身去中书省找到韩绛,把方才听到的话一五一十地说了。

韩绛听了,心里暗喊一声惭愧。他没想到,自己推心置腹的话,弟弟竟然当作耳边风。突然间,他觉得弟弟不能留在京中了。当即求见皇帝,说自己是执政大臣,他的兄弟韩维不能在翰林院了,理当避嫌,请求调出朝廷。

赵顼因为《罪己诏》,对韩维多少是有些想法的,只是这些日子事多,一时未承想到这上面去。兄弟俩本来也不宜同在朝中,既是韩绛来求,何不顺水推舟,遂了他的意?便说让韩维以端明殿学士知河阳(今河南孟州市)。

韩绛暗想,文彦博在河阳,以他的个性,同韩维如何相处得来?忙说:"河阳有文相公执掌政务呢,还请陛下体恤,调韩维往他处吧。"

赵顼也想起文彦博在河阳,想了想,说:"那就让韩维去襄州(今湖北襄阳)吧。"

韩绛领了圣意,下值回到家中,命人即刻叫来韩维。

韩维心里直嘀咕,又叫我来何事?

韩绛关上书房门,沉着脸问:"持国,你今年五十几了?"

韩维不知何意，回道，"小弟今年五十有七。"

韩绛道："快六十岁的人了，已是子孙满堂了。作为兄长的我，实在是用不着给你指点什么了。可你在大是大非的问题上，怎么就执迷不悟呢？难道非要给我们这个大家族带来灾难，你才能醒悟吗？"

韩维惊道："兄长何出此言？莫非是在外面听说了什么？"

韩绛见他无辜的样子，更是气恼，问："今儿午饭后，你从我家出去见了谁？又对何人说'千万不要对外说是从我兄长处得来的消息'？你伙同他人与朝廷作对，你提供信息，指使人犯罪。这难道还有假？"

韩维一听，这罪名太大了，可担不起。忙道："兄长息怒，请听我解释。"

"解释？是辩解吧。"韩绛冷冷地说。

韩维这时倒冷静了，思索着，从他同冯京见面到现在，不到两个时辰，就算有第三者在旁边听了他们的谈话，再传到中书省，也没有这样快的。莫不是冯京，为了讨好兄长，表示对朝廷的忠诚，出卖了我？想到此，后脊发凉。忙对韩绛说："我是上了冯京的当了。皇帝的《罪己诏》是他鼓动我写的，郑侠的《流民图》和奏疏也是他叫我改的，这次他又叫我从兄长口中打探新法派内部的情况。"

韩绛冷笑一声："哼，推得倒干净。你是三岁小孩儿？富弼逢人就说，他这个女婿胆子小，没能耐，他能摆布你？这一桩桩一件件，在皇帝面前说出来都是死罪。"

韩维吓得"扑通"一声跪下："明天，我去求皇帝调我出京城，随便到哪一处，都无怨无悔。"

"就你的所作所为，还敢有怨言？"韩绛道，"今天下值之前，我以兄弟避嫌的名义，上奏皇帝，皇帝命你以端明殿学士，出知襄州。"

韩维摸一把额头上的冷汗，暗道：兄长好快的动作。

韩绛拉他起来，缓和了脸色，说："往后无论在何地，说话行事都要小心谨慎。你我是亲兄弟，任是谁犯了错，都会牵连到对方，乃至韩氏一大家子。"

韩维点头应下，说明日去翰林院和开封府，把手头上的事务交割清楚了，就去襄州。

冯京自有了韩维这个得力的帮手，底气十足，一改往日的优柔寡断。正当他按计划周密地行动时，却听说韩维调离翰林院，出知襄州。

这一下，冯京吓得不轻。虽然富弼说他胆子小，没有远见，但他毕竟在官场上混了这许多年，怎能不明白韩维突然调出京城意味着什么，又怎能不惊慌。但是，弦上的箭已经发出，叫他如何收回？他来不及去怨恨老丈人和司马光，唯有胆战心惊地静观其变。

几日后，魏继宗上疏弹劾吕嘉问。奏疏上说，吕嘉问控制市场价格，有意压制民间商业的流通，一旦有人不按他的意思行事，便加以重处。这严重违犯了市易法的初衷。

赵顼就此事询问吕惠卿。

吕惠卿奏说，曾布也调查过市易司，将吕嘉问多收利息以图奖赏，认为市易法是"挟官府而事兼并之事"陈述于廷。此案尚未处理，现在又有人上疏，弹劾吕嘉问，反对市易法，而且此人竟是魏继宗。如果他反对其他新法，还情有可原。可市易法是他首先倡议的，这岂不是打自己的脸？

赵顼很是恼火，便命章惇和曾孝宽彻底清查市易司事，并查对曾布之前调查市易司时写的奏疏。

赵顼对变法已有了自己的理解和主张，他下令清查市易司，并不是要废除市易法。一来，他要给皇亲国戚和两宫太后一个交代，既达到了追究市易务的目的，又成功地把变法的主导权掌握在自己手中。二来，他洞察了曾布同吕惠卿的矛盾，派人调查曾布，是要笼络吕惠卿。他很欣赏吕惠卿的才干，还要依仗其继续维持变法。

几天后，此案了结。曾布以"不应奏而奏，奏事诈不实"罪，免去三司使职务，出知饶州。吕嘉问以"不觉察实务，多纳月息钱"罪，免去主管市易司之职，出知常州。魏继宗追官停职。

冯京冷眼旁观，感觉事情正在往自己设计的方向发展。曾布、吕嘉问落职，令他欣喜若狂，忘了对吕惠卿的忌惮。富弼、司马光却认为，这远远没有达到他们反对新法的目的。新法派的主要人物吕惠卿倒台，才是他们想要的结果。

紧接着，以《流民图》轻松打败王安石的郑侠，又上了一道《正直君子邪曲小人事业图》，矛头直指吕惠卿。他写道："王安石为吕惠卿所误，才有现在这个局面。所废除的新法又恢复起来，如此坚持错误，是不为祖宗社稷考虑。唐朝天宝年间，安禄山之乱，杀了杨国忠，留下杨贵妃，人们都说贼人还在。今天的事，又何尝不像前朝呢。惠卿朋党奸邪，请罢免吕惠卿，起用冯京为相。"

这天下午，吕惠卿在中书省政事厅看到这道奏折，虽有些恼怒，却暗自欣喜。因为，这让他灵机一动，有了个大胆的想法。他知道，这奏折明日一早皇帝就会看到，所以他不急。他在等待一个契机，他要做一件大事。

如今的吕惠卿，已不再依赖王安石而保存自己在朝廷的地位，不再顾虑曾布同他争宠。王安石走了，曾布也走了。他相信皇帝是全力支持变法的，并依仗自己维护新法。他也自信皇帝现在宠信自己，就像当初宠信王安石一样。富弼同司马光反对新法，他们在野不在朝，只能依靠冯京在朝中笼络人心，暗中搞一些小动作，不足为虑。

他把事情想明白了，从容地处理完今天的事务，将书案收拾得干净整洁，这才出了政事厅。

黄昏，太阳堪堪落下。街市上，性急的店家就点亮了大红灯笼。街道两边的歌楼酒馆，已是丝竹声声。沿街各处，有小贩贩卖干脯、肚肺、鸡杂等各种小吃。吕惠卿今儿心中有事，无意在外面逗留，回到家中，见二弟吕升卿已等候多时。

吕惠卿由王安石推荐，升为副宰相后，做起事来得心应手，先后将两个弟弟提拔起来。三弟吕和卿去做了曲阳县尉，二弟吕升卿则做了馆阁校勘。这不，吕升卿这会儿来，是想给他说事儿的。

原来，吕惠卿为了弟弟能在皇帝跟前露脸，又推荐他和国子监直讲沈季长一同为皇帝讲学。今儿进宫侍讲时，吕升卿不讲经义而论钱财货物。皇帝偏偏问经义，吕升卿不能应对，因为他根本不懂经义，只得由沈季长从旁代为回答。

他对吕惠卿说："大哥，这样下去，我很难堪的。你想想，沈季长是王安石妹婿，他第一个看不起我，更别说皇帝心里是如何想的了。你还是给我换个位子吧，我想做个既轻松又体面的官。"

吕惠卿没好气地说："轻松又体面的官？你来做我这个副宰相如何？你不懂经义，难道就不会学吗？整日里游手好闲，不思进取。"

吕升卿吓得垂下脑袋，小声嘀咕道："三弟说不定也想换个职务呢。这是他给你的信。"说着从怀中摸出一封信，递给吕惠卿。

吕惠卿打开看了，头也不抬道："他可是比你明事理。"说着把信又递给吕升卿，"你也看看吧。"吕和卿在信中说，免役法在各地推行过程中，出现了新的问题，有人故意隐瞒自己的财产，以逃避或少缴助役钱。大哥何不创建一个新的法则来约束这些人？

吕升卿道："三弟说这些做什么？新法都是王安石制定的，有错误，有漏洞，都是王安石的事，同大哥有何干系？"

这话却让吕惠卿生出一股子怨恨。几年来，很多新法的创制都出自自己的倡议，包括许多具体内容的拟定。而天下人却以为是王安石的新法，在他们眼里，我不过是一个维护新法的人而已，又有何意义？难道我就只能做个副宰相？我为何不能创制一个新法来证明自己的能力？王安石能做的，我也一定能做。三弟说得对，既是王安石的免役法有问题，我就创制一个新的法规来替代它。

当即便同吕升卿细细商量，决定采用吕和卿的建议，制定五等丁产簿，让百姓自陈实情。尺椽寸土、鸡鸭猪羊牛，一样也不能遗漏。若有隐瞒，允许知情人告发，用被告者财产的三分之一充赏。

第三十八章　邓绾调查《流民图》吕惠卿创"手实法"

　　第二天无早朝。

　　赵顼在福宁殿的书房批阅奏折，读完郑侠的《正直君子邪曲小人事业图》，甚为气恼。暗道，这郑侠何其可恶，竟然用"安禄山之乱"来比喻朕的朝廷事务。又想起上次在高太后的宝慈宫看到《流民图》的事，那些日子，朕因为天下大旱而避殿，向皇后却劝朕去看望高太后，为何曹太皇太后恰巧在宝慈宫？是偶然，还是某些人有意为之？郑侠，一个监管城门的小官吏，能将一幅图送到后宫太皇太后的手中，律令森严的宫禁下，他是如何做到的？

　　当时，赵顼不是没有想法，只是看了《流民图》上百姓流亡困苦的情景，和两位太后的眼泪，才没有追究。今日又上折子，大言炎炎地批评新法，提出罢吕惠卿，起用冯京。这郑侠，哪来的底气？

　　心念辗转之余，命太监速传吕惠卿觐见。

　　吕惠卿即刻就到了。郑侠的奏折，他昨儿就看了，那几行字记得清清楚楚。此刻，他看上去是在读郑侠的奏折，实际上是在揣摩皇帝的心思。

　　赵顼喝了几口茶，问："爱卿如何看待郑侠所奏？"

　　吕惠卿回道："陛下，郑侠这次弹劾微臣，臣若分辩，似有不妥。但郑侠上次是如何送《流民图》进后宫的，应当追究。"

　　这句话直说到赵顼的心坎上了，他说："郑侠上次的《流民图》令王安石罢相。这次竟污蔑朕的朝廷有前朝'安禄山之乱'之迹象。他想做什么？朕不相信他一个监管城门的小吏，有如此大的胆子。他的胆子是谁给的？"

　　吕惠卿见皇帝愠怒的神色，心中暗喜。忙道："陛下放心，臣下去吩咐御史台彻查。"停了一下，又轻声说，"陛下，臣有句话，不知当讲不当讲？"

赵顼眉头一皱："你不是在说话吗？又有何不当讲的？"

吕惠卿说："陛下数年以来，忘寐与食，成此美政，天下方被其赐。一旦用狂夫之言，罢废殆尽，岂不惜哉？"

赵顼又展眉一笑："新法当然要继续发展去。"

吕惠卿从怀中掏出一份折子，说："臣从各地的调查得知，免役法有诸多漏洞。臣连夜创制了一种新的办法，叫'手实法'，以此作为免役法的补充。请陛下过目。"

一旁的小太监接过吕惠卿手中的奏折，呈给赵顼。

赵顼并没有接，示意小太监把奏折放在书案上。

吕惠卿见状，知趣地退出福宁殿，回到中书省的政事厅。这一刻，他感觉皇帝其实并非像宠信王安石一样宠信自己。但他又自信地想，宠信是慢慢建立起来的，只有让皇帝看到了自己的真本事，才能获得圣心独宠。现在最紧要的，是做好手头上的一件事，当即便去了御史台。

恰巧，御史中丞邓绾、御史张琥和知制诰邓润甫都在。

吕惠卿以皇帝口谕吩咐张琥和邓润甫，查清郑侠的《流民图》是怎样送进后宫的，以及郑侠与朝中大臣的关系。

邓绾听了，心里一动。昨儿下午听说郑侠弹劾吕惠卿，提出让冯京代之为相，今天吕惠卿就吩咐调查郑侠与朝中大臣的关系。他蓦然想到，曾经无意中听到冯京同韩维的对话。还有，韩维突然调出翰林院，当时就觉得奇怪。联想起今天的事儿，邓绾豁然开朗，暗暗佩服韩维的哥哥韩绛有先见之明，把弟弟调离是非之地。

这邓绾是何许人也？

邓绾，字文约，成都双流人。当年得中"礼部第一"进士，被迁为员外郎，熙宁三年（1070）冬出任甘肃宁州通判。

彼时王安石已是副宰相，正推行新法。邓绾上书言事，说"陛下得伊、吕之佐，作青苗、免役等法，民莫不歌舞圣泽。以臣所见宁州观之，知一路皆然；以一路观之，知天下皆然。诚不世之良法，愿勿移于浮议而坚行之"。

把皇帝喻为商汤、周武王一样的圣君，把王安石捧为伊尹、吕尚式的贤相。有人这样理解新法，王安石自然很高兴，视邓绾为同道，将其推荐给皇帝。

有了王安石的举荐，皇帝下旨召他进京，对他印象还不错。便将他官升一级，担任宁州知州。

邓绾却大为不满，说："如此着急地召我来觐见，怎么就让我这样回去呢？"他想做京官，说自己最起码能得到一个馆职。

馆职，就是在史馆、昭文馆、集贤院等处为直馆、直院等官职。

有人觉得他不知天高地厚，故意问他："那做谏官可以吗？"

邓绾一本正经地回道："当然也可以。"

令人惊异的是，第二天他真的改任集贤院校理、检正中书孔目房。就像说书一样，邓绾真的如愿以偿留在了京城。

邓绾在开封的成都同乡，对他阿谀奉承、讨官要官的行为极为不屑，大家"皆笑且骂"，指斥连连。

邓绾道："笑骂从汝，好官须我为之。"对于骂他的人，他一副无所谓的态度。旁人笑骂由他去，只要我有高官做就行。靠着王安石，邓绾一路升迁，从同知谏院、侍御史知杂事、判司农寺，直做到御史中丞。

如今，王安石这座大靠山倒了，邓绾本想攀附地位最高的韩绛，但觉皇帝对吕惠卿更为宠信，因为吕惠卿的风头已盖过韩绛。

邓绾正愁找不到借口接近吕惠卿，没想到他今天传皇帝口谕调查郑侠。看来，郑侠是他的死对头。我何不将此事做得更周密、更圆满？真是老天赐予我的机会。

邓绾当下便着手调查郑侠，以及与他有来往的人。

第三十九章　六朝旧事随流水 物换星移几度秋

安石带着一家老小，经过二十多天的舟车劳顿，于熙宁七年（1074）六月十五日，回到江宁南郊牛首山下的家中。

从治平四年（1067）十月末离开，到今天回来，近七年的时间。院子里，花草恣意生长，藤蔓到处攀援，一片荒凉景象。只有那株柿子树，越发的枝繁叶茂。

这天，王谢带江歌收拾院落。除尽杂草，方露出几株牡丹。因无人管理，牡丹长得枝条纤细，叶子倒也翠绿，却不似先前的富贵雍容之态。

安石负手站在院中，心绪黯然。想起去年春天在京中，有一次在夜值时抽空去看花，花儿未开，只有一树蓓蕾。如今白天也清闲了，可花儿早已凋谢，唯有绿叶空垂。他叹息着吟道：

江湖归不及花时，空绕扶疏绿玉枝。
夜直去年看蓓蕾，昼眠今日看纷披。

——《初到金陵》

吴夫人来到他身后，见他如此伤感，不知如何安慰，只说："不是让你睡一会儿的，怎的又起来了？"

安石道："以前在京中，想睡个懒觉都不能，倒是有使不完的劲儿。如今，每天睡得骨头都散了架，浑身无力。人真是贱骨头啊。"

吴夫人笑道："你也别念叨'江湖归不及花时，空绕扶疏绿玉枝'。如今回家了，江宁府的事务，总归没有朝廷政事繁杂。往后有的是清闲日子，要看什么花呀草的，什么时候不能看？你只需把身子养好，便是王家莫大的福气。"

安石扭头深深看了妻子一眼，说："这么多年来，我现在才真正体味到曹孟德说的'譬如朝露，去日苦多。慨当以慷，忧思难忘'。人生苦短，有多少事来不及去做，哪里还能享受清闲的日子。"

吴夫人见他一副撞倒南墙也不回头的倔劲，很是生气。数落道："你如今不是宰相了，何必还操心那些琐碎的国事？为了变法，你得罪了多少大臣？皇亲国戚里，有哪一个是不恨你的？你执政的这几年，有多少人反对你？你不得已以一人与万人战。有谁会同情你，支持你？是皇帝吗？不是。皇帝为了保护自己的皇权，是绝对不能容忍你在朝中的势力压倒保守派的，哪怕你推行的新法正是他想要的。这一次，皇帝不就是为了成为变法的主导者，而将你罢相了吗？"

安石见她神情激愤，忙打断她："越说越离谱了。"

吴夫人也知自己说多了，歉然一笑，换个话题说："我倒是喜欢陶渊明的《归田园居》里的句子，'少无适俗韵，性本爱丘山。误落尘网中，一去三十年。羁鸟恋旧林，池鱼思故渊'。"

安石哂然一笑，说："夫人最有品位，个性也最是淳朴恬淡。"

江宁府，便是我们现在的南京市，古时亦称金陵。

从三国时的东吴起，到陈朝灭亡，先后有东吴、东晋、南北朝时期的宋、齐、梁、陈六个朝代在此建都，因而被誉为"六朝古都"。

五代南唐昇元元年（937）改金陵府置，治上元、江宁二县（今江苏南京市）。宋太祖开宝八年（975）改为昇州，宋真宗天禧二年（1018）复为江宁府。

安石这次出知江宁府，同七年前不一样了，虽有职衔，却是虚职，不做任何实际事务。吴夫人说得不错，他是真的闲下来了，只是心里不曾放下。

回牛首山家中的这些日子，亲朋好友陆陆续续地来探访，迎来送往的，倒也热闹。只有吴夫人明白，人在忙碌中突然闲下来，日子是怎样的难熬。丈夫心里憋着一口气，烦着呢。

时光荏苒，转眼已是秋天。柿子树上的叶子渐渐飘落，枝头的柿子由青转黄，像小灯笼似的。

这日清晨，天空阴沉沉的。早饭后，安石在柿子树下待了一会儿，喊来江歌，说老爷今儿去江宁府看一位朋友，你可愿随我去逛逛金陵城？

江歌哪有不愿意的，即刻牵了驴子来，扶安石上了驴背，出门而去。待吴夫人出来，哪里还看得见人影。

金陵，位于长江下游的东南岸，距长江入海口约三百公里，四周群山环绕，地势险要。浩瀚的长江从西北方澎湃而来，在金陵城西面转而向东，奔腾入海。秀美的秦淮河如一条缎带，由东南向西北斜斜地飘过城中心，缓缓汇入东流的长江。

金陵城里，南唐故国的宫殿还在，只是换了主人。曾经的宫殿，已做了江宁府的衙门，还遗留着几分往昔的恢宏气势，真如李后主在《虞美人》中写的"雕栏玉砌应犹在，只是朱颜改"。

安石下了驴子，隔着街道和稀疏的行人，远远地看着门楼上的飞檐翘角，一声叹息。

江歌牵着驴子，在他身后悄声说："老爷，这衙门的门楼不挺好看吗？因何叹气呢？夫人说过，不要惹老爷生气。老爷看到眼前的事物，不要往旁的想，只要觉得它好看，心里自然就欢喜了。"

安石点点头，说："人有忧虑，往往是想多了的缘故。你比世人活得都明白。但有关国家生民之事，老爷我怎可不往旁的想呢？"又摇摇头，负了手，往身后的清风楼走去。

江歌紧随着跟来，麻溜儿地到清风楼侧面的木桩上拴了驴子。

安石也不用店小二引领，径直上到二楼，拣了临窗靠街的座头，推开窗户，宽广的街道那一边便是江宁府衙门。

因不到午饭时辰，江歌只要了一碟点心和茶水，问："老爷今儿就在此处会朋友吗？是哪位大人？小的去请吧。"

安石望向对面，想了想说："老爷我如今是朝廷的罢相，人家不一定愿意见我。这朋友不见也罢，就在这儿歇歇脚，喝口茶就回去。"

江歌听出，他淡然的语气里，透着一丝极深的疲倦。

店小二送了茶水点心上来。

安石将一碟酥薄脆饼推给江歌："老爷骑驴你走路，必是又累又饿了，吃吧。"

江歌斟了茶，说："小的不饿。老爷先喝口茶，润润喉咙，再吃饼。"

一阵风起，窗页被吹得吱吱作响，街道上尘土飞扬，树叶飘忽，路人掩面而行。街道两边的店铺少有人进出，路边的摊贩也无人问津。

安石怅然道：六代豪华空处所，金陵王气黯然收。

江歌忙去柜上要了纸笔来，央求道："老爷把方才的诗再念一遍吧，小的记不住啊，回家夫人问起来，可怎么说呢？"

安石黯淡的心情被这小子逗乐了，只得又念一遍：

> 六代豪华空处所，金陵王气黯然收。
> 烟浓草远望不尽，物换星移几度秋。
> 至竟江山谁是主，却因歌舞破除休。
> 我来不见当时事，上尽重城更上楼。
>
> ——《金陵怀古》

江歌抄录了这首《金陵怀古》，小心地折叠起来，放进怀里。一本正经地说："老爷，小的虽不会作诗，却是能读懂这诗的。老爷的心绪就像这金陵城的秋气，黯淡萧条。"

安石哑然笑道："这世间，有江歌懂我，足矣。"

江歌听了，满心欢喜。

忽有阳光从窗口投了进来，堪堪落在茶碗上，映得茶水晶莹透碧。

江歌突然想，秦淮河边有一座酒楼，叫望江楼。当年的生意很是红火，文人墨客都喜欢在楼上看江景，吟诗作对，何不叫老爷上望江楼看看风景，散散心？便轻声说："老爷，去秦淮河边的望江楼看看吧。小的以前随老爷上去过，不知风景有没有改变呢？"

"自然风景不会改变，改变的是人的心境。"安石道，"离开江宁六七年了,不知那座酒楼是否还在经营。"

江歌忙道:"在的在的。当年生意那样好,怎么舍得不做了。这老天也怜惜老爷呢,清晨出门时恐它下雨,这时竟出了太阳。老爷何不去转转?若是酒楼关张了,到秦淮河边走走也不错。"

安石略想了想,点头应允。将碟中两块脆饼给江歌一块,自己吃一块。江歌这吃边去结了账,出门解了驴子。

安石说走路更舒坦。江歌牵着驴子,两人一驴,往秦淮河边走去。

在秦淮河与长江交汇处,远远地,安石便看到那座耸立在河岸高处的酒楼。"望江楼"三个暗黄色隶书大字,在阳光下熠熠生辉。

江歌兴奋道:"老爷,小的说着了吧。这里地势好,生意好,酒楼怎会不经营呢。"

安石一袭麻布长衫,两鬓斑白的头发,帽子都压不住。浑身上下,哪里有当朝宰相的气度?江歌生怕他家老爷被人轻慢了,紧紧跟随着。他们主仆从江宁府慢慢走来,已过了午饭时辰。

酒楼门外打杂的伙计,接了江歌手中缰绳,牵了驴子往楼后去。

主仆二人进了酒楼,店小二忙迎上来,笑道:"老爷请上三楼。我们这望江楼,三楼饮酒观景最是妙绝。可观赏秦淮河水与长江水交汇时的壮景,一个清澈,一个混浊,那真叫'泾渭分明'。"

江歌笑笑,心里却是鄙夷的。你当我家老爷是乡下种田的老农啊,没见过"泾渭分明"?

上到三楼,安石挑了副靠窗的座头坐了。店小二笑眯眯地问饮何种酒?江歌想,我家老爷从不饮酒的,免得店小二狗眼看人低,说出不好听的话来,平白地让老爷生气。就说:"我家老爷走累了,先沏壶好茶来,解解乏。"

店小二问:"本店有上好的龙井。老爷是要明前茶呢,还是雨前茶?"又卖弄地说,"雨前是上品,明前是珍品。"

江歌道:"一壶茶哪有这许多的名堂?"

安石说就雨前茶吧。店小二应诺而去,不一会儿就送上茶来。

安石揭开壶盖,但见芽芽直立,汤色清冽,幽香四溢。喝一口,唇齿生香，回甘无穷。他赞了一声好茶，抬头看着江歌说："不管是哪一种茶，都有许多名堂。只是你不懂罢了。"店小二笑着离去。

江歌觉得在店小二面前失了面子，嘀咕道："老爷平日里不饮酒，对茶也不是很讲究的。"

安石笑道："你今儿这'讲究'一词用得好。人只有在富裕、闲适，而又有学识时，才对生活中的所有细节，有追求、有讲究。"

江歌有几分沮丧，他家老爷是可以有"讲究"的，只是不肯罢了。心里这样想着，却不敢说出来。只道："老爷，这几年在京中，怕是忘了金陵菜的滋味了，小的今儿点两个金陵名菜，可使得？"

安石笑道："你还知道金陵名菜？"

江歌说："老爷不饮酒，点两个菜就足够。"又高声唤来店小二，"一个盐水鸭，一个丸子汤。"

因过了午饭时辰，食客少了，两道菜很快送了上来。

江歌唠唠叨叨地说，盐水鸭是下酒的好菜，可惜老爷不饮酒。

安石撷块鸭肉吃了，说："你只知盐水鸭是下酒的好菜，却不知，盐水鸭又叫作桂花鸭。它的特点是皮薄肉厚，吃到嘴里肥而不腻。"

江歌笑道："听人说，没有一只麻鸭可以活着离开金陵城的。"又说丸子汤清淡素雅，看着就好看，舍不得下筷子。

安石给他舀了一碗丸子汤："丸子要吃到嘴里，才会觉得又清香又软嫩。用汤汁泡饭更好吃。"

江歌忙道："小的怎敢让老爷舀汤？"

"坐下吃吧，哪来那么多讲究？"

二人吃完，太阳已经偏西。忽听得阁子间里，有卖唱女子在唱陈后主的《玉树后庭花》：

丽宇芳林对高阁，新装艳质本倾城。
映户凝娇乍不进，出帷含态笑相迎。
妖姬脸似花含露，玉树流光照后庭。

安石望着窗外呆了片刻,起身往楼顶去。

登上顶楼,凭栏极目远眺,金陵正是万物萧条的晚秋天气。千里奔流的长江澄澈得如同一匹白绢,青翠的山峰峻峭挺拔,似一束束箭镞。吃饱风的帆船行驶在夕阳里。岸边酒家,斜斜伸出的酒旗,迎着西风飘扬。游人乘着华丽的画舫,像在淡烟浮云中悠游,沙洲上白鹭时而停歇,时而飞起。

一时,安石忘情地叹道:"这清丽的景色,就是丹青妙手也难描画出来啊。"

江歌道:"老爷,小的看不出哪里好。只要老爷心情舒畅,小的也跟着高兴。"

"可是,想起史书上写的,六朝的达官贵人,竞相追逐奢华淫逸的生活。隋朝开国大将韩擒虎已带兵来到金陵朱雀门外,而陈后主与他的宠妃张丽华还在结绮阁上寻欢作乐。'门外韩擒虎,楼头张丽华'的亡国悲剧接连发生。自古以来,登高凭栏看到的景色都一样的美,我在这里空叹什么荣耀耻辱呢。六朝的风云变幻随流水消逝,只有那郊外的寒冷烟雾和衰萎的野草还凝聚着一片苍绿。直到如今,商女不知亡国的悲恨,还时时歌唱陈后主的《后庭》遗曲。"

江歌见他又蹙起了眉头,忙道:"这美妙的风景,丹青妙手画不出来,老爷的诗却可以写出来呢。"

安石沉思片刻,慢慢吟道:

登临送目,正故国晚秋,天气初肃。千里澄江似练,翠峰如簇。归帆去棹残阳里,背西风、酒旗斜矗。彩舟云淡,星河鹭起,画图难足。

念往昔、繁华竞逐。叹门外楼头,悲恨相续。千古凭高,对此谩嗟荣辱。六朝旧事随流水,但寒烟,衰草凝绿。至今商女,时时犹唱,《后庭》遗曲。

——《桂枝香·金陵怀古》

待二人回到牛首山下，天色渐黑，露水已无声地浸湿了衣衫，寒沁沁的。山脚的村子渐次亮起了灯火，屋顶青色的炊烟飘散在暮风中，有农夫牵牛走在田埂上，时而吆喝一声，时而一两声咳嗽。

江梅提了灯笼，扶着吴夫人正在院门外张望。

吴夫人见他二人归来，吁了口气，说："这一天把我急的，总算是回来了。"

安石进屋坐下，笑道："夫人何故着急？是怕我走失了？"

吴夫人说："有江歌陪着，倒不怕你走失。你早上出门后，皇帝派的内侍就到了，带了好些礼品来看你。又特地请了张谔处士来给元泽诊治。本想命人去找你，元泽说你难得出门，就不要去找了。张谔处士给元泽看了，开了药方就走了，苦留不住。两位内侍吃了午饭，原想等你回来的，太阳快落山也不见你归来，这才离去。"

安石沉默着，像是累了，半天才说："未见着也好。"

吴夫人迟疑着，欲语还休，及见他疲倦的样子，忙吩咐江梅快去厨房端晚饭。

饭后，江歌把抄录的一诗一词给吴夫人。

吴夫人读了一遍，说："这首诗倒也罢了，一怀颓废之气，不足取。只这阕《桂枝香·金陵怀古》，真乃妙绝天下。我还未读到过比这更好的《桂枝香》。"

安石喝着茶，说："在家里说说也就罢了，过个嘴瘾。到外面这样说，就要惹人笑话了。"

"惹人笑话？那是他们没见识。"吴夫人又读一遍，赞不绝口，"上片那样悠闲、清丽的美景，下片突然一变，改用灰暗的色调，渲染六朝皆以荒淫无道、穷奢极欲而相继灭亡的史实。往事无痕，唯见秋草凄碧，读来，令人触目惊心。"

吴夫人放下诗稿，叹口气，似有无限的心事。

安石探究地看着她："夫人怎么了？"

吴夫人从怀里抽出一封信给他，说："这事儿，我想瞒也瞒不住啊。"

安石疑惑地接过信，不待读完，便"啊"的一声，仰面倒下。

原来是京中大女儿的来信，说父亲回江宁后，郑侠又上疏请求罢黜吕惠卿，用冯京为相。吕惠卿岂能坐以待毙？皇帝也不高兴，命御史台调查郑侠一案时，查出冯京是幕后指使，韩维是冯京的帮手，又说王安国同郑侠是一伙的。冯京罢参知政事，以右谏议大夫出知亳州，韩维的哥哥韩绛为保护兄弟，提前将他调出京城，这次也未逃脱，罢了端明殿学士。王安国免官回原籍。圣旨下达后，安国一病不起，于八月十七日，郁郁而终。

这一次，安石真的病了。

第四十章　春风又绿江南岸　汴京雪落掩重城

今年的雪，来得迟些。当汴京的第一场雪飘然而落时，已是年下。

这是久旱后的新年，人们似乎忘了干旱时的煎熬。街上的大红灯笼在雪落的黄昏，显得格外温馨而耀目。年的味道随着漫天的风雪，飘飘洒洒，弥漫于大街小巷。

这个新年，吕惠卿的宰相府，尤为喜庆。

"手实法"已全面推行。曾布走了，吕嘉问走了。一向反对新法的韩维离开了翰林院，曾经的副宰相冯京也远离了朝廷。吕惠卿感觉深得圣宠，怎能不得意非凡。

邓绾在郑侠案子中出了大力。冯京罢黜还在其次，最重要的是将王安石的弟弟王安国免官，朝廷永不录用。

郑侠的案子为什么会牵扯到王安国，只有吕惠卿心里最清楚。

当年，王安石还是副宰相，闲暇时读晏殊小令，笑说做宰相的怎能作这种小（志气）词？安国回说，晏元献公也只是偶尔因为得意之事而这样做罢了，难道他的事业仅仅停留在这种层次上面吗？当时吕惠卿也在，接道，为政的人一定要先排斥郑国的音乐，何况自己干这种事呢？安国立即严肃地说，排斥郑国的音乐，还不如远离小人。吕惠卿认为他说的小人就是指的自己，那时就记下了仇。

这次审理郑侠的案子，将王安国作为郑侠的朋党，一并处理，判了个削职为民，以泄心头之恨。自此，吕惠卿将邓绾视为心腹。

大年初一，吕惠卿进宫给皇帝拜年。

大年初二，邓绾就来给吕惠卿拜年了。恰逢吕升卿、吕和卿两兄弟也在相府。四人围炉而坐，煮酒闲话。

酒酣耳热之际，邓绾问："相公，不知那郑侠因何还未处置？"

吕惠卿尚未回答，吕升卿说："郑侠说为了天下百姓，不惜冒欺君之罪，假称军情紧急，拍马直递银台司，将《流民图》越级上报。可是，皇帝并不是第一个拿到《流民图》的，是去宝慈宫给高太后请安时，恰巧曹太皇太后当时也在，命皇帝看的。"

吕和卿道："何人先看到图，这个问题已经不重要了。重要的是，无论郑侠是谎报军情，还是托人将图带进后宫，都是死罪。"他转头看向吕惠卿，"兄长，我同邓兄一样好奇，郑侠犯此大罪，因何还不处置？"

吕惠卿抿一口酒，说："新年一过，他就得离开京城。"

邓绾却道："竟让那老小子在京中过了个年。"话未说完，却见吕和卿盯着自己，眼神里满是鄙夷。他自知把话说过了头，便装着不能再喝的样子，对吕惠卿说："下官不胜酒力，多有叨扰。"

吕惠卿也不挽留，命一旁侍立的家佣送他出府。

吕升卿看着他的背影被关门外，回头说："此人是依仗王安石，方能在朝廷立足的。如今大哥也用他，是不是不妥？今天还留他在府中饮酒。这明明是个小人。"

吕惠卿道："今天是大年初二，他来拜年，理当留客。再说用人，就看他有没有替你办事的能力。这次郑侠的案子，多亏了邓绾拿出铁证，不然，想扳倒冯京也不是那么容易的。你知道，冯京是富弼的女婿，富弼在皇帝面前还是有几分薄面的。况且，他还施计令王安石的弟弟王安国削职为民，这可是替我出了一口恶气。"

吕升卿放低声音说："在华亭县置田产的事，他也知道，会不会坏在他身上？"见他大哥铁青着脸，忙又说，"只要大哥在这个位置上，谅他也不敢乱说乱动。"

吕和卿却说："王安国被削职后就死了，大哥认为王安石会善罢甘休吗？若有一天，他重回朝廷呢？会动摇大哥的地位吗？"见吕惠卿变了脸色，又半是忧虑，半是安慰地说，"以目前皇帝对大哥的宠信和倚重，大哥是可以高枕无忧的。"

吕惠卿心里已是波涛汹涌，面上却不动声色："王安国是病死的，同我有何干系？"但他了解，他这位弟弟心思缜密，所想的问题总是出人意料。

他也知道，皇帝并非真心罢免王安石，而是迫于两宫太后的施压，也为顾及皇亲国戚的面子，罢免王安石以作暂时回避。

自王安石离开京城的那天起，他就担心王安石重返朝廷而威胁到自己的职位。去年十一月，也就是熙宁七年（1074）的十一月，正逢祭祀，按惯例，朝廷可以赦免一些犯罪的官员。他趁这个时机上疏，向皇帝推荐王安石任节度使。皇帝看了他的奏疏，像是看透他的心事，问："王安石被贬不是因为有罪，为何要以赦免的方式复官呢？"

士大夫最是看重自己的名声。如果朝廷大臣在政治纷争中处于舆论中心时，为了保全名声，一般都会请求外调。只要名誉不毁，他日便有机会重回朝廷。王安石被罢相时，也是自请外调的。

如果皇帝同意了他的提议，就表示王安石是获罪后被赦免，而推为节度使。这样一来，于名誉有损。吕惠卿就会想以王安石名誉不好为由，阻止王安石将来回朝。但是，他的建议遭到皇帝的拒绝。

这些日子有些忙，吕惠卿将王安石的事搁在一边。今由和卿提及，顿觉得此事至关重要，再不能拖延了，必得早早做些准备才是。

夜间，吕惠卿在书房里踱着步子，目光漫不经心地扫过书橱，见王安石因为讨论新法时写给自己的书信，整齐地摞在那儿。他显得有些无聊地取来，坐到书桌前翻看。

他拣出两封信，一封里写有"无使齐年知"。"齐年"指当时的副宰相冯京，因与王安石同年，所以，王安石称其为"齐年"。一封里有"无使上知"，这句话显然是有事不能让皇帝知道了。

吕惠卿把这两封信收好，谨慎地放在书橱的另一角落。

京城的正月，每一天都在过年。大街上的酒馆歌楼，门庭若市。提篮的小商贩，在行人中间穿梭往来，诙谐而敞亮的叫卖声，让大街更多了几分热闹和喜庆。

年假后上朝，大臣们有些慵懒。似乎是过年过累了，又或许是过年过得意犹未尽，回朝当值时，便有些心不在焉。

正月还未过完，朝廷就有诏书下达，郑侠以"谤讪"之罪，编管英州（今广东英德）。由郑侠牵出冯京，又莫名其妙地带出王安国，此案到此终结。但在京城的街头巷尾，百姓的茶余饭后，这个案子则被议论了很久，也被猜测、编撰出了更多的离奇故事。尤其是王安国，是如何在郑侠案中被削了职，又如何郁郁而死，等等。

这日，韩绛在福宁殿的御书房拜见了皇帝。

赵顼看了韩绛呈上的几本奏折，眉心拧成结。

这是由地方官府逐级呈上来的奏折，说手实法在民间推行以来，各地官吏趁机大捞油水，到各村庄挨家挨户搞财产估算，一条地垄、一根椽子、鸡鸭牛羊猪都要登记在册。有些无赖之徒，四处明察暗访，看哪家隐匿了东西没有上报的，然后或向官府告发，得奖赏，或私下里向农户敲诈勒索。一时间，各地是鸡飞狗跳，人心惶惶。

韩绛见皇帝脸色阴沉，本不敢造次，但还是忍不住，小声说："陛下，吕大人的手实法，据说是听从他弟弟吕和卿的建议所创制的。"

赵顼道："哪里是他的首创，唐朝太宗时期，官府令民户自报田地和财产，以此作为征税依据的办法。大宋初期沿用，只是当时官府充分表明对老百姓的信任，按他们自己所说的数额纳税即可。从来没有像现在这样，扰得天下纷然，百姓怨声载道。"

赵顼指着案头的一摞奏折说："去年年底，朕就收到这么多弹劾手实法的奏折了。王安石也写信来说手实法给百姓莫大的伤害。看来，手实法是得罢免了。"

韩绛连忙跪下，又从怀里拿出一本奏折，高举过头顶："陛下，朝廷如果要继续推行新法，非王安石不可。臣奏请陛下召王安石回朝。"

赵顼目光炯炯，一张脸也随之变得生动起来。说："朕也有此想法。只是，朕看你同吕惠卿配合很是默契呢，你主内，他主外。怎么突然就想到要调王安石回朝执政呢？"

"陛下明鉴，是臣在配合吕大人，以求国事民事，事事顺遂。"韩绛说，"然而，吕大人的诸多做法，臣再也无法适应，或者说无法迁就。"

赵顼却道："朕很奇怪，当年王安石做宰相时，几乎每天都有人弹劾他，就说是攻击他吧，没有一天不想同他辩论的。如今吕惠卿做个副宰相，就能震慑满朝大臣。这是朕主张变法以来，最为平静的时期。爱卿认为目前这种现象不好吗？"

"陛下，臣以为，天天有人辩论，说明朝臣对朝中诸事都极为关注，或者说是希望天下事，事事向好。那时大家还有话说，还想说。如今这种平静，臣以为，大家是不敢说，不愿说，怕惹祸上身，在冷眼旁观呢。"

赵顼沉默片刻，说："你即刻拟旨，派特使快马赴江宁府下诏，召王安石回京。"

渐渐解冻的牛首山，溪水淙淙流淌，鸟儿欢快啼鸣。

安石伫立在院中的柿子树下。柿子树的枝丫已冒出点点嫩芽，春天已悄然来临。

特使持朝廷诏书突然到来，着实让他吃了一惊。还没等他做出任何决定，吴夫人说："老爷，我说的话，你听不进去。但是，我反对你再次回京，尤其是回去做宰相。"

安石见妻子情绪激动，和颜悦色地说："我还未决定是否回京呢。想听你说说因何反对。"

吴夫人道："不说远的，就说你执政的这几年吧，你宵衣旰食，劳心劳力，图什么？真的就图个与天下人为敌吗？为了变法，你在朝中还有几个朋友？有几个不在背后骂你的？"

安石道："我变法是为天下百姓，不是为了朋友。既是道路不同，又何以为友？这样的朋友，没有也罢。"

吴夫人接道："你为天下百姓，百姓未必说你好。"又冷笑一声，"变法？你以为你想变法就能变法吗？是皇帝要变法。皇帝要改变国家贫穷的现状，才不得不依赖你变法。"

"是啊，这有错吗？皇帝肯定是要依赖大臣，去帮他治理天下的。"

吴夫人见他今天态度出奇地好，不愠不怒，还顺着她的意思说。心里越发气闷，又恨恨地说："你虽谙王道而不通权变，深知国弊而不懂'官箴'。一根筋，又执拗。如何能做一个使天下人敬仰的宰相呢？我这一家人不跟着受苦挨骂，就谢天谢地了。"

王雱带孩子在门外太阳底下读书，听母亲说话的声音越来越高，火气越来越大，便起身进屋，见父亲脸上的笑意一点点地隐去，说："孩儿赞成父亲回京，继续推行新法。"

吴夫人一怔，拉着儿子的臂膀："元泽，你说什么呢？"

"孩儿说支持父亲回京，继续推行新法。"方雱说，"母亲只看到父亲在朝廷的艰难处境，却未看到国库充盈。只有国库有钱了，才能练出一批批精兵强将，才能有效地支援西夏战线。如果没有钱财、军队，王韶收复河湟也许就没有这么顺利，沿边五路不可能一次次地反击西夏的侵犯。如果没有这几年的变法，官府哪来的钱财呢？"

安石听了儿子的话，很是欣慰，对夫人笑道："还是元泽懂我。"

"父亲，既决定回京，明日我们就起程吧。"王雱说，"一年之计在于春，柿子树都长嫩叶哪。"说得安石频频点头。

吴夫人急道："元泽，你也要去京城吗？你不是说在牛首山下静养，对身体有好处？"

王雱道："曾经支持父亲变法的人，曾布、吕嘉问都走了，吕惠卿又怀有不可告人的目的。以后，我就是父亲推行新法最坚定的支持者。"他拍拍胸脯说，"母亲，孩儿吃了张谔处士的药，经过这几个月的休养，感觉病都好了。"

吴夫人说不过他父子俩，只得拉着锦瑟去整理行装。

第二天，吴夫人早早起床，去厨下帮忙做了早餐，趁大家吃饭时，又把昨日买的鸡蛋放在茶叶水里煮熟，用竹篮子装了，带在途中吃。一切收拾妥当，安石带一家人到码头时，江歌早雇好了船只，在岸边等候。

这一日，船到瓜洲渡口（今江苏扬州），已是日落时分。船家说在此处歇一宿,明日一早再出发。

安石倚着船舷,回首望去,江水悠悠流淌,看不见江宁府,看不见牛首山。钟山也隐在雾气缭绕的重重山峦之中,莫名的,他有些伤感。少时随父亲定居江宁,第一次离开是进京赶考中了进士,此后是风雨江湖,严寒酷暑。几经周折后,又回到江宁府任职。第二次离开,是应皇帝诏命入京,任相,变法,又罢相。这次回到江宁府不到一年,又应召入京。他突然想,下次回江宁,会是什么时候呢?

太阳刚刚落下,月亮已高悬在东边天际。瓜洲与京口镇(今江苏镇江)只一水之隔,对岸的码头上,渔船归航,客船往来,繁忙而有序。他饶有兴致地看着那边忙碌的景象,忽然心有所感,吟道:

京口瓜洲一水间,钟山只隔数重山。
春风又到江南岸,明月何时照我还。

念完,忙反身回到舱中,想找纸笔记录下来,却见儿子已经抄好了。

王雱笑道:"父亲果然诗思敏捷。"又嗫嚅着说,"只是孩儿不明白,最后一句'明月何时照我还'是何意?父亲这才出门,怎么就想着要回来了?"

吴夫人原本在船尾,同江梅一起做饭,听了儿子的话,拿着锅铲进来问怎么了?及看到这首诗,喜极而笑:"何时还?现在就可以回牛首山啊。"

安石说:"皇帝的诏命,岂是儿戏。"一甩袍袖,出了船舱。

舱外,他看着两岸景色,心情又好起来,突然觉得"春风又到江南岸"的"到"字,太生硬了,忙回到舱中,提笔在稿纸上把"到"字圈了,在旁边写下"不好"二字,想了片刻,改成"过"字。

他捧着诗稿念了一遍,觉得"过"字有些随意,又圈掉,写上"入"字。又觉得"入"字不好,改成"满"字。

吴夫人叫他吃饭,他像是没听见,在诗稿上改来改去,都不满意,索性搁下纸笔,走出船舱。

二月的春风，吹面不寒。沿江两岸，绿柳垂丝，芳草如茵，呈现出勃勃生机。尤其是那一片绿色的草，令他的心为之一动，忙回到舱中，提笔改成"春风又绿江南岸"。

王雱惊道："啊呀，这个'绿'字好啊。既写出了春风惠泽万物之功，又表现出春天欣欣向荣之景。真是妙绝天下。"

安石斥道："哪有你这样夸张的说法。一个字，能妙绝天下？"

吴夫人一面给孙子喂饭，一面说："老爷这首小诗，以卓绝的笔力写得闲散自然。老爷在朝廷政事上，就像写诗一样认真，其中只有劳累和众朝臣的怨恨，哪里有诗里的闲散呢。"

王雱怕他二人又争吵，忙拉父亲在小饭桌边坐下，锦瑟和江梅正端了饭菜来，安石便不再说话，埋头吃饭。

夜间，微风吹拂，江水有节奏地拍打堤岸。船身随着波浪轻轻摇晃，一缕月光，如水一样，从舱门的帘缝浸了进来。安石满怀心事，躺在船舱里，辗转反侧，只到三更天后，才迷糊睡去。

第四十一章　王安石重返朝廷　沈存中出使契丹

熙宁八年（1075）二月十一日，早朝。

吕惠卿像往常一样，天未亮就到了待漏院。待漏院里，已经有大臣先到了，本来在小声说话，见他来了，便一齐禁了声。二月的早晨，天气还极为寒冷。门帘一起一落间，陆续有人进来，见了他，也不出声，同僚之间互相作个揖，算是打了招呼。

吕惠卿见大家像是有约在先一样，不向他问好，不在他面前议论朝事，虽有些恼怒，但觉得这样保持一定的距离，也未尝不可。也说明，大臣们对他是敬畏的。又或许，自己所处的位置高了，人家都不好意思跟你说东道西的。这样想来，也便心安。

喜欢吕惠卿的人原本就少。他把自己的兄弟都提拔做了官，又开始培养亲信。等他创制的手实法实施以后，全天下闹得鸡飞狗跳，大家又不免怀念起王安石来。因此，憎恨吕惠卿的人越来越多，即使面子上不好表现出来，却是抗拒和疏远他的。

到了早朝时刻，大臣们从左右侧门依次进入紫宸殿中。值事太监捧着檀香木托盘从紫宸殿的后门进来。

眼尖的人看见太监捧的托盘上放着白麻宣纸，不免诧异，议论纷起。自唐以来，朝廷只在拜相命将时，才用黄、白麻纸写诏书公布于朝，称之为"宣麻"，或"降麻"。这满朝的大臣，都是十年寒窗熬出来的，谁不想入朝拜相呢。

吕惠卿站在前排，看得更清楚。心里暗自高兴，这白麻宣纸就是任命宰相的诏书啊。韩绛能力有限，多少年来一无建树。而王珪也只会说"取旨、领旨、得旨"，被人笑称"三旨相公"。如今的朝廷除了自己，还有何人能胜任宰相？皇帝终于看清了韩绛、王珪等人的无能，要任命自己为宰相了。

吕惠卿从欣喜的思绪中抬起头，殷切地看着太监。只见太监不紧不慢地拿起托盘中的白麻宣纸，尖着嗓门念出王安石的名字。

王安石从队列中一步跨出，跪接白麻诏书。

他一时愕然，疑在梦中。直到人们都退出殿去，剩下他一人时，用手狠狠地掐了下大腿，痛得差点儿失声叫起来，这才相信是真的。王安石又回来了。

他环顾四周，金碧辉煌的大殿，富贵而庄严，寂静而肃穆。平时跟在自己身后寸步不离的邓绾，此时不见踪影。他要找到邓绾，命他去打听一下，到底是怎么回事，王安石为何不声不响地就回来了？皇帝还要正儿八经地宣麻拜相。想到这里，不禁悲从中来，从何时起，他需要找亲信去打探朝中的消息？

吕惠卿来到中书省，在门外站一会儿，以平复烦躁零乱的心绪，却听见了门里朝臣的议论。他知道了个大概，王安石于昨日携家眷到京，连夜觐见了皇帝。他将门帘掀开的那一刹那，大堂里热热闹闹的说话声戛然而止。他走进里间，坐在书案前，竟失去了往日的从容淡定，一时不知该做什么了。

直到下朝回家，吕惠卿都没有看到邓绾。

晚饭时分，吕升卿来了。进门就问："大哥，王安石回来了？听说早朝的时候已经宣麻拜相了。"

吕惠卿半天才道："没料到他回来得这样快。可见，皇帝下的诏书，他一句都不曾推托，就像是从江宁府飞回来的。"

吕升卿显得比吕惠卿更慌乱，说："真是不出三弟所料啊，王安石果然回来了。大哥将如何应对？"

"应对？"吕惠卿道，"难道我还像从前一样顺从他？唯他马首是瞻？一切听从他的安排？"

"那你又能怎样呢？"吕升卿说，"当初，保守派把他拉下马，用了多少手段。如今就更别说了。"

吕惠卿却道："今天一天都没有看见邓绾，他应该知道一些事情。"

"大哥没想过吗？邓绾为什么今天不露面了？不就是因为王安石回来了吗？这会子，那小人说不定正在王安石的宰相府里呢。"

吕惠卿一时怔住。想当初，王安石认为他吕惠卿是个出类拔萃的人才，向皇帝进言："吕惠卿的贤德，岂止在今人当中无人能比，就是前世大儒也未必能比得上。学先王之道而能真正运用于实践的，只有吕惠卿一人而已。"正是因为王安石的推荐，他才能在朝廷立足，才能施展胸中抱负。

而他自己也在朋友中间说："我吕惠卿读儒书，只知仲尼之可尊。读佛经，只知佛之可贵。而至今天，只知介甫之可师。"二人大有相见恨晚之感。可是今天，怎么就走到了这个地步？你王安石既是离开了朝廷，罢了相，为什么还要回来？为什么不给别人施展拳脚的机会？

吕惠卿郁闷的心，一时无法排解。

安石回京后，还住原先的宰相府。离开了九个多月，满屋的灰尘和蜘蛛网。这些日子，吴夫人每天领着江梅收拾屋子，又要管江歌收拾院子，忙得腰痛病犯了。这不，躺在床上动弹不得。

安石在住房、饮食、穿衣上是一点儿也不讲究的。夫人累倒了，他一句安慰的话都不说，反而在床前埋怨："夫人哪，不是我说你，这屋子何须收拾得一尘不染？又不是要住一辈子。说不定哪天圣旨来了，我们就又要搬家了。还把院子收拾得这样整洁，又栽些花花草草的。这下好了，腰痛病犯了吧。"又问，"元泽近来做些什么？总不见他人影。"

吴夫人气不打一处来，知道跟他说上天也无益，便闭眼装睡。安石也不觉得无趣，一个人去堂屋吃饭，吃了饭就钻进书房，不到夜深是不出来的。

晚间，吴夫人刚刚睡下，江梅来说少爷回了，见夫人睡了，不便打扰，回自己屋去了。

吴夫人命江梅去厨下给少爷做一两个清淡的茶点，自己则穿衣起床，先往后院来。见小书房有灯光，便推门进去。

王雾正伏案而书，书桌边上有一页诗笺，吴夫人就着灯光悄悄念道：

　　翠云山
　寺古无邻家，千山抱虚碧。门开猿鸟路，殿锁烟霞积。
　老木森回溪，飞湍自淙激。曾无车马到，绝境闲今昔。
　逍遥贤大夫，肯此携佳客。鸣驺清晓来，归时日常昃。
　不使讼庭空，谁能傲泉石。

吴夫人读毕笑道："你的诗写得越发好了。"见他凝神的样子，不禁又问，"你又写什么呢？"

王雾这才起身问好，扶母亲坐下。

吴夫人又看他才写的诗：

　　杜家园上好花时，尚有梅花三两枝。
　　日暮欲归岩下宿，为贪香雪故来迟。

因笑问："已是三月天了，竟还有梅花吗？"

王雾说："这位杜姓朋友的家，在京郊的山中呢，他的园子里还真有几树迟开的梅花。"

吴夫人见儿子极认真的模样，心里一声叹息，笑道："原来是在山中。唐朝有诗曰'山中无历日，寒尽不知年'。山中的时光似乎是要慢一些，这个季节有梅花也不足为奇。"

王雾问："母亲，孩儿的诗写得可好？"

吴夫人慈爱地笑道："诗是好诗，你也得注意身体。山中的气候，自比山下要寒冷一些，你一去就是几天，又回来得这样晚。别说锦瑟了，我和你父亲也都担心你的。"

说话间，江梅提了食盒进来，取出一壶杏仁茶，一碟甜薄脆饼，一碟碧润豆儿糕放在小圆桌上。

江梅倒了一小碗杏仁茶，说："少爷，杏仁茶是现磨的，趁热喝。"

点心是夫人下午做的。"说毕便退出门去，在外间候着。

吴夫人也说，夜间不能吃太油腻了，这杏仁茶清甜易消化，吃了好睡觉。

王雱喝了杏仁茶，吃一片碧涧豆儿糕，笑道："母亲的糕点做得越发好了，孩儿最爱吃这碧涧豆儿糕。"突然又问，"锦瑟呢，我回这半天没见她和旸儿，今儿睡得这样早？"

吴夫人笑道："还早吗？已是三更天了，孩子睡了，就不要叫醒了。虽是三月天气，夜深还是有些寒凉，喝了杏仁茶，吃了豆儿糕，稍坐一坐就歇息罢。我也要回屋睡了。"

王雱应了，起身送母亲出了书房，叮嘱在门边候着的江梅，提灯笼好生照着，不要摔着了夫人。直送到垂花门外，看着灯笼的一团光影在回廊里渐行渐远，才回到书房。

王雱一点儿睡意也无，到书橱取了一本《易》，想读几页书再睡。

在江宁休养了几个月，王雱感觉自己的病全好了，心情愉悦，精力也充沛。这不，同朋友上山玩了几天，一点儿事也没有。

这次回京，就是想帮父亲一把。父亲却不让他插手，只嘱咐他继续休养，因而他想做事，也无从下手。王雱胡思乱想着翻了几页书，感觉眼皮子越来越沉重，便扔了书，也不洗漱，回卧室脱掉外衣，倒在床上酣然睡去。

这几日，朝廷上阴云密布，皇帝心里窝火，王安石更是没闲着。原来，契丹派使者前来，要重新划定边界。

赵顼召王安石商议。

原来，去年三月末，契丹派遣使臣萧禧到汴京，说："河东路沿边增修成垒、起铺舍，侵入彼国蔚应朔三州界内，乞行毁撤，别立界址。"要求拆除大宋建筑的工事，重划边界，以黄嵬山为分界线。

赵顼对契丹人的提议很是莫名其妙，便派太常寺少卿刘忱、吕大忠前往代州，与契丹双方再勘地形，以确认界址，未果。萧禧又到汴京，指责大宋朝廷谈判心意不诚，拖而不决，住在京城馆舍里，赖着不走。

赵顼召朝臣商议此事，也不能解决问题，便私下里派特使，持密诏去征求富弼、韩琦、曾公亮和文彦博等老臣的意见。

赵顼说到这儿，把他们四人的回复奏疏拿出来，说："这四位老臣的建议，也令朕头疼。爱卿看看吧。"

安石将四份回复奏疏细细读了一遍。

文彦博说，当年在仁宗朝，契丹人来要黄嵬山，轻易就给了。后来又夺了回来，这就是他们再来要的原因。文彦博建议讲和，如有战事，固守为主。

曾公亮以过去对待夏国不给赏赐的经验，说对契丹也同样可行。对契丹不能示弱，却应掌握分寸，不要把事情办颠倒了。

韩琦认为契丹人的挑衅是有理由的，是大宋变法后的各种举措。一、秦州一带本来是契丹、西夏、宋朝三不管地带，王韶把王安石的新法用到了军事上，去招抚那些部落，建立熙河一路。契丹人知道后，认为将要涉及他们的国家，所以对大宋起了疑心。二、边境广泛种植榆树和柳树，阻碍了契丹骑兵的长驱直入。三、自变法以来，大宋加强边境守备，修建防守工事，这些举动自然会引起契丹人的怀疑。四、在北边设置三十七将，驻扎重兵。根据以上种种，韩琦的结论是，请求皇帝废除新法以来的一切举措，撤销边防工事，撤回边防守备军队，契丹人就不会再来试探，或者挑衅了。如果这样还不能消除对方的疑虑，一定要来侵犯，那只能抵抗了，但胜负难料。

安石看到这里，心里一声长叹。在韩琦看来，招抚蕃部，建立熙河路，扩大领土这样的千秋大事是错的，在边境种植树木阻挡侵略者的骑兵是错的，修筑边防工事以保卫国家安全也是错的。如此一来，他否定了保甲法、置将法等一切新法。

安石忍着怒火看下去，最后一份奏疏是富弼的。

富弼更多一分忧虑，说："须防四方凶徒，必有观望者，谓国家方事外，虞其力不能制我，遂相聚啸，蜂蝎而起，即事将奈何？"

说来说去，富弼的意思就是要废除保甲法，理由是农民不能拥有武器，不必学会打仗，一旦农民掌握了这些，稍有不如意，就会造反，到时朝廷难以镇压。所以，防备外敌，不如先废除新法，以防农民造反。

安石心中的怒火转为了忧虑，如果皇帝听了韩琦、富弼的意见，事态将更为严重。心念甫落，便听赵顼说："太皇太后看了他四人的奏疏，认为韩琦对朝廷最忠诚，也最有远见。"

安石忽然觉得一股疲惫之感侵袭而来，随口问了一句，不知太皇太后对此事有何合理的建议？

赵顼面容肃穆，说："此事关乎国家命运，朕不曾问过后宫老人家。"停了片刻，又焦虑地问，"如果契丹不肯罢休，以此事为借口，攻打我大宋，我们将如何应对？"

安石回道："假设，当强盗堵在了家门口，如果害怕，就把家底都送给强盗，自己净身出户。如果不愿意把财产给他们，那就只有奋起反抗。这有什么是可以商量的吗？"

见赵顼皱着眉头，安石也不管他有何想法，接着说："臣以为，契丹人不足畏，最可畏的是契丹人作难时，则应当有受陛下委托而与之对抗的臣工。当双方正在对抗之时，却有人向朝廷献异议，而陛下不能分辨其中的对错，从中阻挠。如此一来，成败安危则太令人忧虑了。"

赵顼没有说话。

安石自问自答道："为什么呢？千钧之重，加上一铢一两就会使事情发生变化。两敌相对，正是千钧一发之际，陛下若从中加把力，那可不是铢两之力啊。这才是臣最害怕的情况。若没有这种事情发生，自有人为陛下担此千钧重担。"

赵顼眉头渐渐舒展开来。却又似不服气地问："你说，这么多年来，我国与契丹相安无事，为何这个时候来扯皮？"

安石分析说："臣以为，这是契丹人对我大宋的试探。大宋自变法以来，国力逐渐富强。尤其是王韶以招抚手段和军事力量，向西纵深拓边一千八百里，建立了熙河路。大宋建国一百多年以来，契丹人从未把宋朝的军队放在眼里，如今却有了如此强大的军队，如何不恐慌。

"再说了，契丹人不攻打宋朝，是因为宋朝每年进贡的白银布帛数量之多，比他们发动战争抢劫更划算，这才百年相安无事。"

赵顼听了，忍不住想，契丹人不动兵力，敢情都是你和王韶的功劳。脸上便有几分不悦。可转念细想，王安石说的是事实，也就无话可说了。

安石尤其不擅长看人脸色，见赵顼不吱声，以为是赞同自己的观点，说："陛下不要担心，臣派人去边境，重新勘测和谈判。"

"何人？"赵顼满脸期待地问。

安石回道："沈括，河北西路察访使，提举河北西路义勇、保甲公事。二月回朝述事，此刻应该还在京中。"

赵顼又疑惑地问："此人可是擅长谈判？"

安石道："沈括，字存中，嘉祐八年（1063）进士及第。通读经史子集，对山川河流尤其感兴趣。最重要的是，他有精细的思维和敏锐的观察力。臣打个比喻吧，如果说我办事如牛耕地，一行一垄甚是粗糙。沈括做事就像绣花，一针一线都极为精细。"

赵顼思忖着，前面派去的人，谈判谈了大半年没谈成，契丹人萧禧赖在客栈里不走，银子也不知花了多少，这满朝文武也无人胜任此事。便同意了安石的建议，说："爱卿即刻拟旨，亲自去找沈括说明情况，不可迁延。"

安石回到中书省，当即命人找来沈括，说明情况。

沈括说："这事儿一定要先查看我国与契丹有关边界的档案，掌握有力证据，方能解决问题。"

安石喜道："我果然没看错你。你持皇帝诏书去枢密院查阅。"

沈括一刻也不敢耽搁，到枢密院查阅大宋与契丹以前的档案文件，发现宋朝与契丹过去商订的协议，是以古长城为界。而黄嵬山在古长城以南，相距有三十里之遥，遂上表呈报朝廷。

赵顼看了，信心大增，赐沈括白金千两，命他以回谢使的身份出使契丹。

熙宁八年（1075）四月中旬，沈括从汴京出发，在路上，他找出与边界相关的书信档案数十件，让幕僚和随从官员背熟。到契丹会谈时，契丹宰相杨益戒每有问题提出，沈括就让手下官员列举档案条文作答。

谈判先后进行六次，杨益戒无言可对，恼怒地威胁道，舍不得这几里土地，是想断绝同我们的友好关系吗？

沈括不亢不卑地说："军队出兵征伐，理直就气势强盛，理亏就气势衰弱。现在你们抛弃前代君主立下的重大信约，用威胁来役使自己的百姓，这不是对我大宋不利。若真的断交，对宋朝来说，每年倒是省了许多岁赐。请你细细斟酌。"

契丹人见宋朝立场坚定，就放弃以黄嵬一带为分界线的主张，而以过去议疆地书里记载的古长城为分界线。

当沈括与契丹人据理力争时，京都皇城里曹太皇太后的庆寿宫也没有片刻安宁。

曹太皇太后虽说不参政了，却还是日夜操心着朝廷琐事，王安石回来重执朝政，令她不满。这不，王安石一回来，皇帝就与他商量契丹争地之事，对此，她更是愤慨。

那吴启虽是庆寿宫总管太监，但仗着太皇太后的恩宠，一向跋扈惯了，不把他人放在眼里。又见平时太皇太后不加以指责，便越发胆大妄为，连朝廷事务也指手画脚起来。

那日，吴启知道了皇帝为契丹之事召见王安石，便向曹太皇太后说，太皇太后读了韩琦的奏疏，夸他是忠良之臣，最有远见卓识的。何不下一道懿旨，表彰他对朝廷的忠心，召他回来，命他处理契丹人争地之事。韩相公文能提笔安天下，武能上马定乾坤。与契丹若是谈不成，就打，怕是比王安石强。

曹太皇太后觉得有理，听从了吴启的建议，于五月十日下了懿旨。为了稳妥，下旨之前向皇帝要求，授韩琦为永兴军（今西安）节度使。

却说韩琦在相州（今河南安阳）接到太皇太后的懿旨，本来在病中，读了懿旨，又添了烦恼。因为他知道王安石已经回京，重执朝政，这就表明他韩琦永远回不去了。太皇太后这旨又是何意呢？说是让他回京处理契丹人争地之事，又授他为永兴军节度使。他老了，六十八岁了，并不想去遥远的、风沙弥漫的大西北。

契丹人争地之事，有宰相王安石主管，叫他回去做什么？打仗吗？但为何不是皇帝的圣旨，而是太皇太后的懿旨呢？难道是主战派与主和派在争斗？曹氏是后宫女流，虽有威性，却无权力兵力，若应旨前往，岂不是同皇帝作对？

他冥思苦想，又烦恼，又气闷，却不知病已入骨。

熙宁八年（1075）六月二十八日，韩琦驾鹤西去。

韩琦去世的消息传到京中，赵顼很是意外，想到他当初拥护英宗立位，为自己登基保驾护航，禁不住恸哭，命辍朝三日举哀。即日赐其家银三千两、绢三千匹，并下诏允许韩琦配享英宗庙庭，特赠尚书令，赐谥号"忠献"。随后发兵为其筑墓，亲撰墓碑"两朝顾命定策元勋"。

韩琦虽反对新法，行事却光明磊落，又是策立二帝、历相三朝的老臣。王安石在送葬之后，写下两首诗以作纪念。

其一

心期自与众人殊，骨相知非浅丈夫。
独幹斗杓环帝座，亲扶日毂上天衢。
锄櫌万里山无盗，衮绣三朝国有儒。
爽气忽随秋露尽，但留陈迹在龟趺。

其二

两朝身与国安危，典策哀荣此一时。
木稼策闻达官怕，山颓果见哲人萎。
英姿爽气归图画，茂德元勋在鼎彝。
幕府少年今白发，伤心无路送露輀。

吴启不知从哪里抄了这两首诗，呈给曹氏，说："这王安石还真会做人，把人逼死了，又假惺惺地写诗悼念。就像他同韩琦的关系非常要好似的。"

曹氏读了，陷入沉思。半晌才说："你不懂。王安石这两首诗，给韩琦的人品做出了极高的评价，表现出深切的悼念之情。不是真情，写不出这样的诗。王安石的胸襟和公正，无人能及。"又叹道，"若他不提倡变法，也必是个好官。"

吴启忙说："太皇太后啊，可别被这诗蒙蔽了呀，文人最爱用诗来糊弄世人。"

曹氏脸色大变，"哼"一声道："你是说我读不懂王安石的诗，被他糊弄了吗？"

吴启吓得腿一软，跪倒在地，正想着如何解释，却听曹氏冷冷地说："哀家累了，你出去吧。"

这句话更令他惶恐不安，这么多年来，太皇太后累了病了，哪一回不是他伺候着？今儿却叫他出去。他恼怒地想，都是因为王安石。因而对王安石的恨意更深了。

第四十二章　张方平离间韩绛　邓绾弹劾吕惠卿

当安石为朝廷琐事忙得昏天黑地时，吕惠卿也没闲着。这不，李逢谋反案快要结案了。案子原本由御史台审判，他却里里外外地督促着。

原来，熙宁八年（1075），也就是今年正月，沂州一个叫朱唐的平民，状告前越州余姚县主簿李逢谋反。

当时，负责提点刑狱的官员王庭筠，着手调查此事，但没有查到李逢谋反的确凿证据。只是李逢平时说话对朝廷法令有所指责，以及喜欢妄说身边人的吉凶。

王庭筠认为告发者朱唐"告人虚妄"，但仍然上疏请求朝廷审核定案，提请李逢编配之刑。

皇帝最忌惮的就是有人谋反。

王庭筠在奏疏上说没查到李逢谋反的实据。赵顼想，谋反是砍头的罪，能随便告发？这事儿可不是闹着玩儿的，宁信其有，不信其无，便连夜命蹇周辅前去查探。

蹇周辅，御史台推直官。善于审讯，钩索微隐，每次都能用机智查出实情。这次，他不仅查出李逢确实谋反，而且查出了李逢有同伙，其中一个名字尤其叫赵顼惊心。此人叫赵世居，是太祖爷赵匡胤四世孙，秦王赵德芳曾孙。就此，一起震惊大宋朝堂的谋反案浮出水面。

九十九年前，也就是开宝九年（976）十月二十日，宋太祖赵匡胤离奇暴毙，其弟晋王赵光义继位，是为宋太宗。大宋皇位从此落入太宗一系。

赵匡胤有儿子，为何不把皇位传儿子，而是传给弟弟？莫非这里面有不可告人的秘密？市井到处都有这样的话题，太宗不是不知道，但只能装聋作哑。尤其令他坐卧不宁的是，赵匡胤下葬时，司天监苗昌裔看完永昌陵（赵匡胤陵墓）的风水后，笃定地说了一句话："太祖后当再有天下。"

这句话说得轻巧，随后却发生了几桩令人费解的事。

太平兴国四年（979），赵匡胤次子赵德昭自尽身亡。

太平兴国六年（981），赵匡胤四子赵德芳在睡梦中辞世。

这俩兄弟的离奇死亡，任是谁也不敢有任何怀疑。只是从此以后，太祖一脉子孙行事低调。尤其是赵德芳的儿子南康郡公赵惟能、孙子南阳侯赵从贽更是夹起尾巴做人。只有赵从贽的三子赵世居，是个仗义疏财，爱好文学，附庸风雅之人，最喜欢与文人士子做朋友，那李逢便是朋友之一。

李逢，徐州人，曾担任余姚主簿，因对大宋朝廷法令不满，常发牢骚，"语意悖乱"。后来他干脆辞职不干了。当他听说"太祖后当再有天下"这句谶言后，便经常出入赵世居的府第，直到被朱唐告发。

李逢被抓进牢里，也不见有多大的英雄气概，直接把赵世居供了出来，还扯出了一个叫李士宁的。

李士宁，蓬州（今四川营山）人，有异术，能知人的前世今生，且与朝中高官多有往来，同王安石相交甚厚，曾在王安石的宰相府住过一阵子。

因此，吕惠卿密切地关注此案，欲借李士宁，将王安石一并拉下马，让他永世不得翻身。但赵顼并非昏庸之辈，他看出吕惠卿的用意，却没有按他的意思行事。

闰四月，赵顼决定结案，要从重处置此案一干人等，杀鸡儆猴。

安石进言："首犯当诛，从犯当恕。事情闹大了，会乱了朝堂秩序，也会纵容诬告之风。"

赵顼没有采纳他的谏言。将赵世居赐死，子孙死罪可免，活罪难逃，剥夺皇族身份，严密关押。府中女眷都送去尼姑庵。赵世居的兄弟、侄子爵位全部下降一级。

李逢被腰斩，李士宁被杖脊，流放湖南。其余涉案人员贬的贬，流放的流放，提点刑狱官王庭筠上吊自杀。这件惊天谋反案就此了结。

赵世居死了，没有人在乎真相，只有天知道他是不是真的要谋反。

闰四月，其实已是五月天气。院子里的树木一片嫩绿，只有蔷薇架上的白色花朵，在傍晚温润的风中，飘忽着若有若无的芳香。

吴夫人坐在泡桐树下，看锦瑟跟孩子在院里闹着玩儿，王雱则在蔷薇架下读书。

安石下值回来，破天荒地没有进书房，而是拖了把小椅子坐到吴夫人身边。往日炯炯有神的一双眸子，此刻黯淡无光，未修饰的胡须更衬出一脸的沧桑。王雱放下书，隔着蔷薇叶子看着父亲。锦瑟跟着孩子从廊下转到后院去了。

吴夫人惊讶地问："老爷怎么了？"抬手就要摸他的额头，"是不是病了？"

安石拉下夫人的手，握在自己手里，抬眼望向头顶疏疏密密的树枝，说："我没病，是有些累了。"半晌又说，"或许你当初的话是对的。"

吴夫人怜惜地看着他，没有说话。

王雱走过来，说："父亲，母亲当初反对你进京，无论是对是错，但父亲毕竟做出了惊天动地的事业，那就是变法。如今国库充盈，边防稳固，这便是父亲变法的成果。"

吴夫人抬眉看着儿子，缓缓摇头："元泽，你还是不明白，你同世人一样，以为是你父亲在变法。实际上，是皇帝在变法。你父亲只是被皇帝利用的臣子而已。"

王雱不置可否，又说："父亲，李逢这个案子，孩儿可是担心得紧，吕惠卿想利用父亲同李士宁的关系，来陷害父亲，幸亏皇帝明察秋毫。"

安石深深地看了儿子一眼。

吴夫人接道："哪是明察秋毫？不过是想让你父亲继续变法罢了。你看看，你父亲最后进言不要把事情闹大了，乱了朝堂秩序。皇帝听了吗？没有，还是杀了很多人。"

王雱没心没肺地一笑："父亲，这种时候，你怎的还敢进言啊？没牵扯到你真是万幸。那些日子，我可是捏了把汗。"

安石说："就算皇帝要处置我，这话我还是得说。"

王雱又恨恨地道："父亲放心，吕惠卿这小人，孩儿一定要让他知道，有的人是不可以辜负的，有些事情更不能颠倒黑白。"

安石也许还沉浸在自己的思绪之中，也有可能他听到了，只是他认为儿子还小，不过年少轻狂，说几句狠话而已。因此并没有理会，起身径自往屋里去。

吴夫人却吓得面容失色。拉着儿子的臂膀，急切地说："元泽，你不要犯糊涂。吕惠卿跟随你父亲这么多年，你父亲都没有识透他狡猾奸诈的本性，你又如何斗得过他？"

王雱头一偏："斗不过他？我还不信呢。"

"好孩子，斗不过的人，就离他远一点。咱还有好多好日子要过呢，何必去招惹这种人。"吴夫人轻柔地说着。

王雱哪里听得进去，一掌推开他母亲，跑到蔷薇架下，把那青的藤、绿的叶、白的花一顿拉扯，撕碎。尤觉不解气，瞪着一双渐渐发红的眼睛四处张望，见南墙根靠着一柄锄头，忙去拿来，朝蔷薇藤一顿乱挖。转瞬间，一架蔷薇成了一地残枝败叶。

恰在此时，锦瑟追着孩子，笑语盈盈地跑过来，见此情景，呆了一呆，笑容在脸上僵住，惊慌地抱起孩子转身就逃。

吴夫人哪里经得起他那一推，仰面倒在地上，半天动弹不得，偏安石早进屋里去了。待她慢慢爬起来，见儿子疯狂地挖蔷薇树，又见锦瑟母子逃难似的背影，她一脸的担忧变成了惊恐。王雱又犯病了。

从这日晚上起，王雱就被送到西跨院居住，请名医诊治。有时，安石也请宫中太医来开几剂药，由江歌专门看护，好一天，疯一天地。

五月初一，锦瑟父母说有一年没见着女儿外甥，很是想念，便派人来宰相府，要接她母子去过端午节。见锦瑟满脸的期待，吴夫人岂有不答应的。元泽这个样子，好一阵歹一阵地，也不用同他商量。便命丁香带上必用的物品，千叮咛万嘱咐地，送她们母子上了马车。

锦瑟在车上回过头来，望着吴夫人，欲言又止。

吴夫人道："安心去陪父母住几日吧。我会同元泽说的。"

马车缓缓向前，那小孩儿笑语晏晏地喊："祖母，旸儿明日就回，每天都陪祖母住。"

吴夫人心头一热，眼眶也红了，跟着马车小跑几步，哽咽着连声说好。直看到马车转过街角，这才反身进屋。

六月中旬，皇帝授王雱为龙图阁直学士。

安石接到圣旨，心里有说不出的滋味。他相信儿子有辅佐君王的才干，但有病在身，不能为朝廷尽职。虽说龙图阁直学士是个虚衔，但到底是皇帝的恩宠。只是眼下，朝廷内部的事务、人事极其复杂，这时的任命对自己的工作尤为不利，他决定替儿子推辞这一任命。

安石给皇帝上表说：

自尔以来，雱以疾病随臣，不复与闻经义职事，今兹罢局，在雱更无尺寸可纪之劳。不知何名，更受褒赏。非特于臣父子私义所不敢安，窃恐朝廷赏罚之公，如此极为有累。伏望圣慈，察臣恳悃，追寝误恩。非特臣父子曲蒙保全，亦免众人于圣政有所讥议。

赵顼收到安石的奏疏，见其言辞恳切，一片至诚，正感动之时，恰吕惠卿来奏事。

吕惠卿奏事完毕，又嗫嚅着说："听说王安石的儿子又犯疯病了，他既上表推辞陛下的任命，陛下何不趁机准了？他儿子疯疯癫癫地，哪里能为朝廷效力？"

赵顼以为他是来汇报朝廷事务的，却原来是以奏事为由，特为此事而来，心中便有些不悦。龙图阁直学士是虚衔，不过是个荣誉而已。如果王雱推辞，或是其父代他推辞，是表示谦虚也好，或是因为身体有恙也罢，那是他们自己的事。你一个副宰相，特意跑来建议，让朕接受他们的推辞，就显得不厚道了。而你把自己的弟弟推荐给朕讲学，能讲什么？一问三不知。这等自私、狭窄的心胸，如何胜任宰相之职？

吕惠卿惯会察言观色，见赵顼原本满是笑容的脸，渐渐变了，皱着眉头盯着自己，便悻悻地告辞退去。

这日临近黄昏，韩绛从书案上抬起头来，扭了扭发酸的脖子，将杂乱的卷宗收拢，准备下值回家，却见张方平掀门帘子进来。

这张方平原以参知政事（副宰相）被贬，出知陈州，后到应天府。在王安石罢相期间，回京任宣徽北院使，便同富弼、司马光又走到了一起。三人时常饮酒聊天，议论朝政时事，对吕惠卿和新法深恶痛绝。见王安石回朝更为不满。他们依然认为，扳倒吕惠卿就是对王安石最大的打击，而一直拥护新法的韩绛，也要设法赶出京城，让王安石孤掌难鸣。这不，张方平开始行动了。

韩绛见是张方平，笑道："老相公今儿怎的有暇来此？"

张方平故作神秘，支吾着说："老臣有点事儿，欲找吕相。"

韩绛依然笑道："他今儿下值早一些，已经回家了。有什么事儿，或许我能帮你呢。"

张方平迟疑着，直呼他的字说："子华，你我是老相识，不是我不相信你。这事儿还只能找吕惠卿。"

韩绛也不再坚持，收拾了书案，准备离去。

却听张方平说："皇帝欲调我进中书省，说安石主内，惠卿主外，有事找惠卿商议即可。"

韩绛是个实在人，听了这话，一时怔住，脸色由白转红，好生不自在。一双手不自觉地握成拳头。

哪知张方平又道："吕惠卿毕竟年轻一些，当年跟王安石搞变革，真是意气风发。如今做了副宰相，拿的架子更大了，外面人一直都在传，你虽比他高一级，却归他管。若我来了，岂不是也要看他的脸色？"说完，摇头叹气地出门而去。

韩绛原本是要回家的，这会子呆坐在案前，心里生出无数的情绪。原来，人们都把我当作依赖新法而生存的人，皇帝也当我是可有可无的人。就连那个被朝廷内外骂着奸邪的吕惠卿，也没把我放在眼里。既如此，我又何必在此受这种窝囊气？思来想去，便拿定主意要离开朝廷中枢。

恰巧第二天，安石在中书省召集几个执政官说，想推荐刘佐担任市易司的提举官。

韩绛第一个反对。因为，刘佐曾经犯法获罪，后来虽得到赦免，但毕竟是犯过法的人。市易司是一个重要部门，负责管理的官员一定要公正无私。所以他坚决不同意刘佐担任提举官。

吕惠卿本来也反对此人提举市易司，见韩绛首先跳出来反对，便不吱声，乐得在一旁看热闹。

安石见韩绛反对的态度强硬，便建议二人同去请皇帝裁决。

赵顼听了安石对刘佐的介绍，认为此人虽犯了法，但知错能改，善莫大焉。不妨让他先担任提举官，看他表现如何，到时候再做定夺。

韩绛道："若是这样，臣这宰相就做不得了。"说着便递上辞呈。

赵顼和安石见他为这事儿竟要辞去宰相之职，都不免感到惊奇。

赵顼说："为这么一件小事，爱卿何必如此？"

韩绛回道："小事都争不得，何况大事？"

赵顼便同意了他的建议，市易司提举一职另选大臣担任。

韩绛去意已决，任凭安石如何劝慰，也不改变主意，并称病不朝。

赵顼苦留不住。熙宁八年（1075）八月，韩绛以礼部尚书，观文殿大学士出知许州（今河南许昌）。

韩绛走了，倒也合了吕惠卿的意。只是他突然发现，王安石甚是重用王珪和吴充。尤其是王珪，很多重要的事情，王安石都交给他去处置，自己则推病在家休息。这下，吕惠卿才真正地惊慌起来。因为，凭他在王安石身边多年的生活经验，感觉王安石是有意在培养王珪做宰相。可他不能去质问王安石或王珪，便以退为进，写了要求外调的奏疏，去试探皇帝。

赵顼有些莫名其妙，先是韩绛要走，现在吕惠卿也要求外调。这些朝臣都怎么了？不解地问："爱卿何故无事求去？是否因与安石在商议用人方面有所不合？"

吕惠卿回道："回陛下，用人之议与臣去留无关。以前安石为陛下建立庶政，而今回来之后，竟一切托疾不问，与昔日大异，不知欲将大业付与何人？"

赵顼暗想，安石近来身体不好，从他的脸色就可以看得出来，他何必要装？但他将朝事处置得井井有条，朕已经很满意了。便不咸不淡地说："安石何至于此。"

吕惠卿见皇帝对自己的去留不以为意，对王安石还是一如既往地倚重和宠信，一时间，失望、怨恨、无奈一齐涌上心头。向来以稳重示人的吕惠卿，此时竟控制不住自己的情绪，脱口道："安石不安其位，是因为臣在。况且，他也在为朝廷培养宰相，陛下何不逐臣外去，一切听从他的安排，天下之治可成。"说罢，辞别而去。

赵顼看他怒气冲冲的背影，陷入沉思。曾经，安石推荐惠卿时说："惠卿之贤，岂特今人，虽前世儒者未易比也。学先王之道而能用者，独惠卿而已。"这评价何等的高！而朕也说过"惠卿进对明辨，亦似美才"。

半晌，赵顼叹息着说："才学倒是少有，品行？"说到"品行"二字，又摇了摇头，"但凡有才能超过他的，便嫉妒人家。安石当初那样提携他，器重他。到头来，还遭他排挤。唉，安石真是识人不明啊。"

这日早朝，御史蔡承禧上表弹劾吕惠卿利用职务关系，任命其弟吕升卿主持国子监选拔贡生的考试。吕升卿做了主考官，将其资质平庸的妻弟方通录为高等。历来的考试与主考官，最受天下仕子关注，因为科举考试，将直接关系到每一个举子的前途，所以也最为敏感。

此事一出，原本名声不好的吕惠卿，更是臭名远扬。他也明白，自己永远也不可能做宰相了，便上表请求外调。

赵顼对此事虽然恼火，但考虑到吕惠卿曾经为变法立下功劳，又是副宰相。毕竟，以权谋私的是他的弟弟吕升卿，便只撤销了他的副宰相职务，改任江南西路转运副使，仍留朝听用。

几天后，蔡承禧又上表弹劾吕惠卿结党营私，朋比欺国，并举出事例，如章惇、李定、徐禧、刘泾等朝臣，都在为他上表求情。吕惠卿是最大的奸恶之徒，此人不除，后患无穷。

赵顼见御史一再弹劾吕惠卿，认为有"闻风奏事"的嫌疑，便想压下这件事，慢慢处理。况且，朝廷还要用吕惠卿推行新法呢。

哪知第二天，御史中丞邓绾呈上奏疏，说吕惠卿伙同其弟吕温卿，趁实施新法之便，在华亭县，强借富民五百万钱，与知县张若济同流合污，私置田产五百顷。

这下彻底激怒了赵顼，拿吕温卿和张若济一同下狱问罪。吕惠卿再也没有理由留在朝廷听用，于熙宁八年（1075）十月被罢，出知陈州（今河南淮阳）。

邓绾是得安石提携，才得以在朝廷立足。当安石罢相后投靠了吕惠卿，如今安石归来，他又想将功折罪，从背后不偏不倚地捅了吕惠卿一刀。

前后两个月多的时间，朝廷中枢的两位执政官，韩绛和吕惠卿被罢。王安石左右再也没有了支持、拥护、协助推行新法的得力帮手了。

司马光、富弼等反对新法的人，听到这消息，简直欣喜若狂。这巨大的胜利，得来全不费工夫。他们认为，扳倒吕惠卿就是赶走王安石，分解新法派的突破口。他们一直在想方设法地寻找着机会，就是没有得手。这回，他们做梦都没想到的是，将吕惠卿赶出朝廷的，竟是改革派自己人。看来，通过内部分裂来瓦解一个帮派，其实比外界的任何力量更有威力。

吕惠卿走了，邓绾松了一口气。他想，立了这样大的功劳，王安石应该不会计较他曾经投靠过吕惠卿，又会像从前那样器重自己了。这天，他兴冲冲地去找王安石，刚转屋角，便见有个人影闪进门去，他依稀认出那是章惇的背影，便放轻了脚步，慢慢走到门边。

安石在刚行新法时，便推荐章惇为编修三司条例官，加集贤校理、中书检正。曾布被罢后，章惇权三司使。

这时，邓绾在门外听章惇说："今儿来找相爷并非朝廷事务，只因这些日子发生的事情，令人猝不及防。我想不明白，也感到难过。我们推行新法的，过去天天被保守派造谣、攻击，那时我们精诚团结，共同对敌，闯过一道又一道难关。就像保守派说的，我们是新法派。先是走了曾布，如今又走了吕惠卿，相爷的得力助手都走了，往后将如何推行新法？内讧不是好事，内讧只能削弱我们的力量。"

安石道："内讧是我没料到的。也许，为了利益，大家各有各的想法，想法不一致便产生了分歧，导致了如今的局面。"

章惇有些着急地说："吕惠卿是邓绾弹劾的，朝廷上下会认为是相爷指使他做的。"

安石骤然一惊："怎会如此？怎会认为是我指使邓绾做的？吕惠卿兄弟做主考官的事，我不知道。在华亭县的事更是在我归来之前，怎会是我指使呢？出事之前，他上表要求外调，我还劝皇帝将他留下呢。"

邓绾在门外站不住了，忙回到御史台，随即写了一道奏疏，说御史蔡承禧弹劾得没错。吕惠卿执政一年多，所立朋党不同，与章惇最为亲密。常常在一起饮酒，妄谈国事，二人共同作恶，互相帮衬。奸诈邪恶，没有人比得上章惇了。如今吕惠卿虽然被逐，而章惇仍在朝中，并权三司使，这就像大夫治病，四体而止治其一边，粪便清除一堂，尚存一半污秽啊。

皇帝最痛恨的，莫过于朝中大臣结党了。赵顼收到邓绾的奏疏，没有片刻的迟疑，当即罢去章惇三司使，出知湖州（今浙江湖州）。

熙宁八年（1075）十月十四日，赵顼在早朝上宣布，罢免吕惠卿创建的"手实法"，此日正是章惇离开朝廷的第三天。

十二月十五日，曾做过江宁县推官的元绛，现以翰林学士兼侍读学士、判太常寺兼群牧使、工部侍郎拜参知政事，也就是副宰相。

安石重返朝廷的熙宁八年，在纷纷扰扰中悄然过去。

第四十三章　而今往事难重省 海棠未雨春已休

熙宁九年（1076），转眼已是三月。

这日早晨，王雱一觉醒来，见窗外阳光明媚，鸟语喧喧，花木扶疏，草色葱茏。忽想起少年时随父亲在江宁府的事来。小时候，自己也很顽劣，树上抓鸟，溪边捉鱼。少年时写过的一首诗，此刻历历在目，便轻轻诵道：

朝日上屋角，百鸟鸣不休。岂复辨名字，但闻闹钩辀。
乱我读书语，惊我梦寐游。弯弓弹使去，暂去还啾啾。
弹十不得一，穷时来愈稠。投弓坐榻上，咄咄空自尤。
时节使汝鸣，我何为汝雠。

诵罢，又摇摇头，找件长衫穿上，来到院中。

江歌正在廊下东头扇炉子煎药，王雱笑道："你这炉子烧得青烟袅绕的，衬得那几株嫣红的海棠、雪白的梨花，倒也好看。只是药味太浓，掩了海棠和梨花的芳香了。"

江歌见他说话条理清晰，人也平和，喜道："少爷，你今儿可好多了。"又走近来，朝他脸上细细瞧了说，"气色也不错。"

王雱将他一把推开，笑道："我生病的这一年来，多谢你精心照料。"又问，"怎的只有你一人在家里？母亲和锦瑟呢？旸儿去哪儿玩了？"

江歌不回答他的问话，歪着头说："少爷方才说的，小的不认同。"

王雱见他一本正经的，笑问："你不认同什么？"

"小的照顾少爷天经地义，哪能领少爷的谢？少爷说药味太浓，遮盖了海棠花香和梨花香。"江歌虽是王家的下人，但王家没有那么多的规矩，也没把他当下人看待。因此说话比较随意。"我从来都没有闻到过海棠花的香，海棠花是不香的。梨花倒是有一点清清淡淡的香味。"

王雳慢慢踱到海棠树下。海棠花还未全开。他举手拉近一枝开了几朵花儿的枝丫，轻轻嗅了嗅，像是自言自语地说："许是海棠花太艳丽的缘故，人们因此而忽略了它的香。前朝有个叫郑谷的人，写诗说'朝醉暮吟看不足，羡他蝴蝶宿深枝'。海棠的花香很淡，在隐约之间。若不仔细闻很难察觉，只要静下心来，就会闻到若有若无的香味，清幽而恬淡，缥缈而隽永。"

方才，江歌不回答锦瑟在哪里，是因为他不知该如何说锦瑟回娘家的事。近一年来，锦瑟从娘家回了又去了，来来回回，也不知有多少次。每次回来，都被他疯疯癫癫地赶走。今儿原本以为他病好些了，又听他说出这番话来，不禁呆住，一时竟分辨不出是疯话，还是正经话。

江歌正寻思着，却见王雳伸手去挠后背，又挠不够，急得龇牙咧嘴地说："快帮我挠挠，背上长了疹子，又痛又痒。"

江歌掀起他的长衫，见他后背肩胛骨下方果然有几个红疹子，忙拉住他的手，说："少爷可别乱抓，抓破皮了可不好。你先别动，我去刮点硝来给你抹一下。"

江歌忙去后院土壁上找硝了。

吴夫人恰这时走进来，见儿子立在海棠花下，惊道："元泽，你怎么出来啦？江歌呢？"

"母亲，孩儿的病全好了，到院里走走，看看花儿。"王雳见母亲来了，忙放下长衫。

这时江歌用瓦片托了一点硝土，从屋后绕过来，嚷道："少爷，屋后那株白丁香打了好多花苞，有的快开了呢。"见夫人在，赶忙站住。

吴夫人道："你拿瓦片做什么？"

"少爷背上起了疹子。"江歌一面说一面示意王雳脱了长衫。

吴夫人忙道："疹子？快让我看看。"

吴夫人看了看，见红疹上有白点子，心里一惊，这莫不是长的背疽？

面上却不敢惊慌，故作镇定道："先不要抹硝，我去找药。"嘱咐江歌好生看管着，便匆匆往前面去。

长背疽可不是小事，搞不好，这小小的东西会要人性命的。吴夫人急匆匆回到前厅，她上哪儿去找药？只是不敢跟儿子明说，江歌又不能离开半步，只有到前面来叫王谢去请郎中。

郎中来看了说是背疽，开了方子抓药，并千叮咛万嘱咐地说不要饮酒，不要吃鲫鱼、公鸡等发物，要心平气和休息好。吴夫人一一答应着。

王雱接连吃了几剂药，疹子虽未消去，痛痒倒是减轻了些许。

王雱窗前有株梨树。这天傍晚，他盯着那一树雪白的梨花发呆。

蓦然，一时风起，梨花如雪片般飞舞。王雱看着院中的落花，怜惜不已，忽然想起锦瑟，要到前面去。江歌忙送他到吴夫人房中。

王雱进门就问："母亲，锦瑟去哪里了？"

对这个问题，吴夫人在心里想了无数种回答，此刻见他问，便拉着他的手，轻声道："我正要同你说呢，前几日，你岳父命人来说，快一年没见着女儿外甥了，想接她娘儿俩去住几天。我见你精神不大好，没同你说，就答应了。"一面说，一面看儿子的脸色渐渐变了，一颗心提到了嗓子眼儿。"要不，我命江歌去接她回来？"

哪知王雱又展眉一笑，说："我近来有事要忙，她娘儿俩不在家也好，免得旸儿日日缠着我，要我教他读书。"

吴夫人心里松了口气，见儿子面容憔悴，说的话温柔体贴，又伤心不已。听他说近来有事要忙，便有些不解，不知他要忙什么，又不敢问。便命江歌带他回屋。

王雱坐到窗前。他又想起吕惠卿的种种卑鄙行为，恨得咬牙。吕惠卿虽没有直接杀死叔叔，叔叔却是因他而死。又想到曾布、郑侠，他们都曾得到父亲的赏识和推荐，却又背叛了父亲。还有那个墙头草邓绾，如今竟是吕惠卿门下红人（他在病中，无人告诉他，邓绾弹劾吕惠卿等事）。想到这些，他又烦躁起来，心里似被一把火慢慢点燃，越烧越旺，烘得浑身冒汗，衣衫渐渐湿透。

天色渐黑。江歌从前面厨房提了食盒来，正进院门，见他突然从屋里跑出来，到井边提起一桶水，就要往身上浇。

江歌一把抢过水桶，扔到一边。把他拉进屋里，见他满头满脸的汗，忙从暖壶里倒了热水，帮他擦洗身子，换了干净衣衫。

折腾半天，王雱平静下来，似乎忘了要做什么。江歌就侍候着他吃了一碗粥和两卷葱油鸡蛋软饼。问他是睡觉呢，还是读书。

王雱却说："你一天到黑跑上跑下，也挺累的。这大碗里的粥和鸡蛋饼都是干净的，你吃了吧。我略坐坐，也就睡了。"

江歌应了，把食盒提到外间，将剩下的粥和饼吃了，反身见王雱已进卧房躺下了。便把壶里的杏仁茶，在药炉上又热了一遍，用棉包包好，放在床头。心里直嘀咕，还以为少爷的病好了，这哪里是好了呢？今儿倒是不吵不闹，行动看上去却是有些怪异。

江歌暗自叹息着，想他晚上不知如何折腾，若是半夜跑了，那可了不得。便去隔壁自己屋里抱了被子来，叠成双层，在床尾的春凳上铺好，一半垫，一半盖，算是给自己铺了张床。但他没有睡，而是坐在灯下，一面看着少爷，一面想着事情。

王雱躺在床上，翻来覆去地睡不着，也不同江歌说话。听夜风有一下没一下地扑打着窗篷。那被露水打湿了的虫儿，有一搭没一搭地轻声吟唱，更显出春夜的寂寥。原来，锦瑟不在身边的夜晚，是这样孤单。他知道自己犯病了，时而清醒，时而糊涂。浑浑噩噩的，也记不得对锦瑟做了何种过分的事，她带着孩子住在娘家，不回来了。越想越愧疚，一翻身起来，出了卧室。

江歌见状，跳下床跟了出来，见他进了书房，忙去点了灯，又回卧房拿一件薄棉长袄来，给他穿上。笑着说："少爷是要读书啊，吓我一跳。"

王雱也不理他，坐到书桌前，铺了一张薛涛笺，抄起笔往砚池里舔墨，砚池已干涸。

江歌赶忙往砚池里注了清水，拿起墨条研墨。

王雱也不思索，蘸墨写道：

杨柳丝丝弄轻柔，烟缕织成愁。海棠未雨，梨花先雪，一半春休。而今往事难重省，归梦绕秦楼。相思只在：丁香枝上，豆蔻梢头。

——《眼儿媚》〔宋〕王雱

江歌默默读了，不吱声。

王雱转头看着江歌，轻轻笑一声："你平日里最爱耍嘴皮子，连老爷的诗文也要评论一番的，今儿怎么不说话了？"

江歌脑子灵活，故着思索说："我正想着如何评少爷的诗呢。"见王雱期待的眼神，猜测着，少爷是想有人读懂他的心事，知道他对少奶奶的思念？或许，还希望有人去帮他把少奶奶接回来？可他不知道，自己发病时有多可怕，那孩子差点儿被他掐死。江歌想到这儿，禁不住打个寒战。

王雱警觉地问："你怎么了？"

江歌朝身后看看说："房门未关，有风呢。"一面去关了房门，一面笑道，"我记得不错的话，这是词，不是诗，少爷教过我的。"

王雱点头说："不错，好记性。"

江歌又嬉笑道："我若说错了，少爷可不许生气。"

"不生气。"

"这前面是写咱这院中的花草树木吧。杨柳丝丝在风中轻柔地摆动，如烟如缕，织进万千春愁。海棠还未经细雨湿润，梨花却开得似雪，只可惜春天已过去一半了。"

江歌话未说完，王雱击案笑道："江歌啊，你这脑子不读书太可惜了。老爷叫你读书，像要杀了你似的。"

江歌嘀咕道，我这奴才命读了书有何用？见王雱看着自己，忙笑道："我读了呀，不读书，怎认得字？怎看得懂少爷写的文章？"又指着词说，"这后面写的，不太好说。嗯，应该是少爷想念少奶奶了。但是，以前的事呢，又难以重新记起来，只有夜夜梦见少奶奶住过的地方。如今，刻骨地相思，也只在院里的丁香枝上和那豆蔻梢头。"

江歌说完，见王雱并未听自己说话，只盯着油灯发呆。忙摇了摇他的肩膀，问："少爷，我就不明白了，那相思，是对某人的思念，是心里的想法，又不是一个物件儿，怎就挂在丁香枝上呢？还挂在豆蔻梢头？"又一本正经地，"丁香花，咱这屋后倒是有一株。豆蔻，却是从未见过。"

王雱凝思片刻，说："你这问的，我一时半会也解释不清。"

江歌忙道："小的要学的东西多着呢，往后请少爷慢慢教吧。天不早了，先歇着吧。"便扶王雱回卧房，哄着睡下。

三更天了，吴夫人在床上半倚着靠枕，愁苦难眠。见安石还未回房，便起身去厨下，温了一壶杏仁茶，拣了一盘酥饼，送到书房来。

安石见夫人进来，奇道："都这个时辰了，你怎的还不睡？"

吴夫人倒一碗杏仁茶放在他手边，在桌前坐了，说："我哪里睡得着，元泽的病，时好时坏地。苦命的孩子偏又长了背疽，吃了几日药，也不见好。今儿他来问我，锦瑟去哪儿了。我怎忍心骗他。"一面说，一面眼泪像断了线的珠子般滴落。

安石搁了笔，搓着双手，似有无法解决的难事，叹息一声："元泽这孩子啊。"停了片刻，又道，"近来，我也感觉身子骨越发疲惫无力了，后悔没听夫人的话，这次不该回来的。"

吴夫人惊问："可是朝廷又有事端了？"

"什么叫事端？朝廷事务天天有，"安石疲倦地说，"是我精力不如从前了。"

"明日可要叫郎中来看诊一下？"吴夫人急道，"元泽病未好，你可别病了。"

安石拍拍她的手："我向皇帝递了四道辞呈，要求解职。方才又给王珪写了信，叫他帮我在皇帝面前说说，让我回归田园，再不复出。"

吴夫人喜忧参半："你可是真心？真的舍得离开朝廷，回归田园，再不过问国事？"

安石将刚写的信给她看，纸上墨迹未干。吴夫人轻轻念道：

某启：越宿伏惟台候万福。某久尸宰事，每念无以塞责，而比者忧患之余，衰疹浸加。自惟身事，漫不省察。持此谋国，其能无所旷废，以称主上任用之意乎？况自春来，求解职事，至于四五。今则疾病日甚，必无复任事之理，仰恃契眷，谓宜少敦僚友之义，曲为开陈，使得早遂所欲，而不宜迪上见留，以重某遗慢之罪也。区区之怀，言不能尽，惟望深赐矜怜而已。不宣。

"介甫对夫人说的话，岂能有假？"安石道，"我累了，处理朝事力不从心。明日起，就不上朝了。待皇帝准了，咱一家老小仍然回江宁。前年在江宁，元泽的病不是好了许多？"

吴夫人一面抹泪，一面应着："是好了许多，大半年未发病呢。"

安石叹道："江宁是个好地方啊，最是适合休养生息。"

吴夫人虽是女流，看问题却很透彻，她迟疑着说："你执政的这些年，对手太多了。长期紧绷着心情，还有对那些反对你的人的愤恨，你怎能不累？"

安石没有回话，只端起碗喝了口杏仁茶。

吴夫人叹道："元泽虽年轻，却远比你看得清楚，他曾经说你'公不忍人，人将如何忍公'，可惜老爷并未听进心里去。"

安石神情黯然，说："我知道自己性格上的缺点，但曾布的反转，韩绛的离去，还有吕惠卿的所作所为，连同天下人的反对，都令我难以释怀。我主张的变法，是为了我自己吗？"又苦笑一声，"我还同你说这些做什么？去睡吧，从今往后，我同你一起看护儿子。"说着话，扶夫人出了书房。

却说吕惠卿去了陈州，并未善罢甘休。他把近来发生的一切，归结为王安石对他的报复。他坚信，王安石是为了给其弟王安国复仇，让御史弹劾他。又后悔信任、重用了邓绾这个奸诈小人，让他参加了华亭县这样机密的事情，到头来，竟成了刺向自己的利刃。如今，只有推倒了王安石这棵大树，这样邓绾也就无处可攀了。可王安石再度归来，皇帝对他的宠信、倚重不减当年，扳倒他谈何容易。要彻底打倒王安石，除了利用皇帝，恐怕别无他法了。

他把王安石曾经写给他的两封书信带在身边，此刻又翻了出来，细细琢磨一番，仅仅是"无令上知此一帖""无使上知"这两句话，就足以令皇帝不再宠信他了。

熙宁九年（1076）六月，吕惠卿上疏弹劾王安石，同时呈上了这两封信。

赵顼读了信，并没有即时龙颜震怒，而是陷入了沉思。当年，刚登上大位时，从众臣口中，从自己与他的接触中，可以看出，王安石是以夔、稷、契为表率的，千乘之富他不曾看在眼里，三公八座的职位也引诱不了他。王安石不沉迷于声色，不玩物丧志，这是天下人都知道并信服的。

赵顼遇事习惯同近臣商量，今天这样的事又能同谁商量呢？难道就将王安石贬出朝廷了事？他将信揣在怀里，往向皇后的寝宫来。

向皇后听了他的来意后，说："臣妾说句不该说的，王安石现在是天怒人怨。不说后宫两位太后不喜欢他，连几个太监总管也恨他入骨。如今倒好，他亲自提拔起来的、视同儿子的吕惠卿也弹劾他。"

赵顼突然说："你这一说，朕想起御史蔡承禧弹劾吕惠卿的事，他曾借用前三司使苏辙的话说：'王安石对于吕惠卿有卵翼之恩，父师之义'。当他求进身时与王安石胶固为一，及有势力后，又互相倾轧，成为仇人，看他的私书，都不遗余力地攻击王安石。狗猪都不为的，吕惠卿为之。"

向皇后想到王安石曾说父亲占惯了商行的便宜，心里未免有些不悦，便不接腔。这次她原本也没打算再为王安石说情，只任赵顼一人自说自话："王安石同朕一样，看出大宋的积贫积弱，惶惶不可终日。当那些王公大人坐在高堂上，悠闲自得时，只有他知道国家贫穷的症结在哪里，也只有他敢于出来承担起改变天下的责任。朕宠信他，倚重他。他在变法上的每一个观点，每一条条例，朕都无条件地赞同。可他给吕惠卿的信，所议论的事情无非是变法，却又为何加上一句'无令上知'呢？不让朕知道什么？"

赵顼将两封信翻来覆去地看，也未看出一点名堂。便将信笺扔到一边，站起身来，在屋里走动。

向皇后忍不住说："吕惠卿呈上这两封信，无非是想拉王安石下台。王安石现在是天下人的公敌，皇上何不当机立断，就此除了此人？"

赵顼在她面前站住，沉着脸问："皇后看朕身边，有几个是真正帮朕治理天下的大臣？"

向皇后见他锐利的目光盯着自己，吓得一哆嗦，再也不敢妄言。

第二天的早朝上，赵顼没有看到王安石。

又过了几日，王珪向赵顼递上一道折子，还带来了王安石的儿子王雱因生背疽去世的消息。

赵顼对王雱的去世很是震惊。一个有才华、有思想、有悟性的青年，就这样匆匆离世，不仅仅是王安石的悲哀，也是大宋朝廷的损失。

他打开折子，原来是王安石写给王珪的信。

因他几次上书要求辞去相位，都被皇帝拒绝，便写信请求王珪，于公于私，都要帮自己向皇帝说情，解去宰相之职。自己年老多病，心有余而力不足，一来怕耽误朝廷政事，二是不能占着位置影响提拔有能力之人。

赵顼叹息道，王爱卿，朕到底是留不住你了。

熙宁九年（1076）十月，赵顼允许王安石辞去相位，外调镇南军节度使，以同平章事判江宁府。同时，追赠王雱为左谏议大夫。

第四十四章　青山缭绕疑无路　忽见千帆隐映来

孔子对自己最得意的弟子颜回说："用之则行，舍之则藏。"是说如果能为当世所用，就施展才华，在社会上大力推行仁道。若是不为当世所用，就隐藏才能，韬光养晦，退而隐居起来。这种处世之道，依据当前现实决定进退，洒脱自如，是极为高深的大智慧，不是一般人所能做到的。

安石带家眷回到江宁府的第二年，也就是熙宁十年（1077）六月，上《辞免使相判江宁府表》，请求辞去"判江宁府"的职位以及镇南军节度使、同平章事（宰相）的虚名。不再负责衙门的实际事务，以专心增补修订《三经新义》。

赵顼同意了他的请求，却又任命他以使相的身份担"集禧观使"。

集禧观，原名会灵观，是京都最大的道观，用来供奉三山五岳的神灵。宋仁宗时毁于大火，重建后，改名集禧观。

安石又请求辞去"使相"的身份，就挂了个"集禧观使"的虚衔，除此以外，再无其他官职了。

牛首山下的住处，是儿子出生的地方。柿子树下、花圃边、篱笆院墙外，都有儿子孩童时的影子。吴夫人每日里以泪洗面，头发白了，眼也花了。安石也是日夜揪着心，琢磨着，不如卖了此处，搬到别的地方居住。恰好吴夫人也有此意。江歌去城东找到一处僻静的小院租下来，搬了过去。左邻右舍的，也不知搬来的瘦老头何许人也，运来的东西，好物件没见着，倒是看到几大车的书卷。

离开闹市，把喧嚣关在了门外。不再有处理不完的朝事，不再有不必要的应酬。一个退位的宰相，或者一个不在职的知府，哪里还会有人来找呢。这偏僻的旧宅院，寂静中透着凄清。

早晨，安石坐在桌前。看阳光穿过窗棂，静静地落在书桌上，也落在自己的衣襟上，新鲜而温暖。

他搬出《三经新义》，准备着手修订。翻开这本厚厚的书，竟忍不住泪水婆娑。这是儿子王雱一笔一画、一字一句写出来的。字里行间浮现的是儿子模糊的容颜，他枯瘦的手指抚摸着每一行每一个字，就像抚摸儿子的脸。

吴夫人见他在书房哭泣，自己也是泪水长流。哽咽着对江歌说："你想法子把老爷哄出去逛逛吧，这样又怎么修书呢。"

江歌想破脑袋，也劝不了老爷出门。直到午后，安石突然唤来江歌，说："你不是要陪老爷去看江景的？走吧。"

江歌喜道："老爷，小的去牵驴。"

原本皇帝赐了一顶轿子和一匹马的，安石把轿子退还给朝廷，留下马。今年春天，那马不知怎么就死了，便买了一头毛驴当脚力。当时他还写了诗纪念那匹马，曰：

恩宽一老寄松筠，晏卧东窗度几春。
天厩赐驹龙化去，谩容小蹇载闲身。
——《马毙》

这会儿，安石上了驴子，江歌牵着，慢悠悠地往江边去。

没想到，到江边已是暮云低垂，雨意渐浓。安石望向对岸，北面天空竟是云开雾散，一片晴朗。江水曲折迂回，两岸青山环绕错落，遮住流水的去路。而忽然之间，又有无数船帆时隐时现，从山外驶来。

他忽然惊觉，自己不能因为儿子不在了，而活在阴影里。像这秋阴的江上，只有驱散阴暗，方能看得见千帆竞渡的景象。此时此刻，他的心境就像江北的天空一样明朗，禁不住吟道：

江北秋阴一半开，晚云含雨却低徊。

青山缭绕疑无路，忽见千帆隐映来。

——《江上》

安石最喜欢的去处，不是江边，而是钟山。

钟山（位于今南京市东北），又叫蒋山。东汉末年，秣陵（今南京）县尉蒋子文追逐盗贼，受伤死于钟山，葬钟山之阴。孙权时追封蒋子文为蒋侯，在钟山北麓建蒋王庙。其时，孙权为避讳其祖父孙钟之名，遂改钟山为蒋山。后人因山上的泥石呈紫金色，又称其为紫金山。

这日早晨，安石骑驴去钟山。刚过立夏，前两日的雨，洗刷得树木、远山更见葱茏。沿途人烟稀少，偶尔看见一两户人家，掩映在树林之中，炊烟袅袅，溪声如琴。

秀美的风光，扑面而来，又擦肩而过。过了白下桥，安石翻下驴背，沿山林小径慢慢走着。湿润的山风拂过面颊，撩起衣袂，只觉得心境澄明。转过小山坡，一座宅院映入眼帘。屋前是一片新插的稻田，微风过去，泛起一波波浅绿。稻田外环绕着一条水渠，主人造渠，想必是用来灌溉田地的。

安石好羡慕这宁静而充满生机的田园风光，他想拜访这家主人，便穿过田埂走向宅院。院子很大，一畦畦菜垄整理得方方正正，花草树木绿意盎然。推开院门进去，茅草苫盖的屋檐下干净得不见一点青苔。他赞叹着，立在门前，回首看去，两面的青山似乎在向自己迎面而来。

安石心旷神怡，悠然吟道：

茅檐长扫净无苔，花木成畦手自栽。

一水护田将绿绕，两山排闼送青来。

——《书湖阴先生壁》

江歌牵着驴子在院外，听老爷吟诗，扬声说："老爷，诗吟得再好，人家也不知道啊。"

这时，一个身板挺直、有花白胡须的老人从屋里出来，爽朗地笑道："小哥此言差矣，这位先生的诗，老朽可是真真切切地听着呢。"又向安石一揖，"先生将自然之景融入日常劳作，浑然天成，又极为细致严谨，读来自然流畅。用事用典而不使人觉察，真是别有一番天地啊。"

安石见他只是听了一遍，便理解得如此透彻，心中大喜，正欲问话，却又听此人说："先生如此好诗，何不写在我这白壁之上？也好让老朽日日见景生情，读诗思人。"

安石见他如此旷达，也朗声道："江歌，笔墨侍候。"

江歌在门外柳下系驴子，听老爷叫笔墨侍候，正欲从驴背上的褡裢里拿砚台和笔，老人却说："老朽已经备下了。"他手中果然捧着一个砚台。

安石便在雪白的墙壁上恣意挥洒，写下方才吟诵的四句诗，也没忘了在落款处题上王安石三个字。

"哎呀，怨不得写这样好的诗，原来是闻名遐迩的大丞相。"老人忙躬身作揖。

安石拉住他的手，笑道："什么大丞相？退居江湖的闲人而已。"

老人忙不迭地请安石进屋，自我介绍说："老朽姓杨，名德逢，人称湖阴先生，世居此地。"

安石笑道："你这里可真是风水宝地啊。介甫羡慕得紧呢。"

杨德逢一面吩咐童子沏茶，一面回道："相爷若不嫌弃，让老朽尽地主之谊，陪相爷看看山野风光，尝尝农家饭菜。"

"你我一见如故，我称你湖阴先生，你叫我介甫。可好？"

"介甫如此豪爽，真性情人也。不知介甫从何处来？要往何处去？"

江歌见他咬文嚼字地，笑着回道："我家老爷从江宁城郊而来，要往钟山之东的悟真院去。"

杨德逢"啊"了一声，双手合掌，向安石道："原来是去参禅。"想了想，又说，"从江宁城到此处七里多地，从此处至钟山，差不多也是七里多地。我这里恰好在中间。若往钟山之东的悟真院，怕是要走到天黑。"又看了一下墙角的铜漏，"吃了午饭，带你到外面走走看看。今儿就在敝庐住一宿，明日一早起程去悟真院吧。"

安石想了想，应了。

杨德逢迟疑着说："老朽有句话，不知当讲不当讲？"

安石正喝茶，一口茶差点笑喷："又不是在朝堂上议论政事，有何不当讲的？你一个不受拘束的山野之人，哪来这许多讲究？说吧。"

杨德逢见他如此可亲，越发欢喜，忙道："看你写的诗，是真喜欢此处。何不在此择一地，造庐长住？你我也好时时相见。"

安石喜道："这倒是个好主意。"又有些犹豫，"建造房屋，是要占耕地的呀。"

杨德逢笑着摇摇头："从我这里，往东南都是沙石地，种不了庄稼。"

安石道："你这一说，我还真动了心。下午随你去看看，如此就叨扰你了。"

杨德逢摇摇手："你能来此居住，与我为邻，是我前世修来的果。如何是叨扰？这样的叨扰，我喜欢得很。"

午后，杨德逢带安石穿过自家门前的稻田，沿着水渠走了一段路，又折向南，过了一座石头桥，便是一片开阔地。

杨德逢说，因这一处比四周略低一些，人们叫作"白塘"。或许，很久以前这里是一片水域，而后干涸了吧，只是从来也没有人来此处开垦种庄稼。

安石见四周是一带低矮的山峦，往东是钟山，往西过了石桥，要走到水渠上，才看得见杨德逢的宅院。远处三两户人家，偶尔传来一两声鸡鸣狗吠，越发显得空旷而静谧。

杨德逢期待地看着安石。

安石走走停停，走到开阔地的中间，仰面看着明净的天空，许久，扬声说："就在这里吧。"

杨德逢捋着胡须道："若不亲临其境，你怎能感受得到这独特的宁静？"指着半山坡上的一个土墩，说，"那是与你同名的人，曾经登临过的地方。"

安石不解其意，问何人。

杨德逢道，此墩是晋太傅谢安与右军王羲之同时登临处，二人超然有高世之志。后人便叫着"谢公墩"。

安石笑道："东晋名士谢安，字安石，号东山。我名安石，他字安石，果然巧合。待我的'半山园'建成，便可日日夜夜望见'谢公墩'了。"又随口吟道：

我名公字偶相同，我屋公墩在眼中。
公去我来墩属我，不应墩姓尚随公。

——《谢公墩》

江歌一面抄录安石吟的诗，一面小声嘀咕，老爷的屋子还不知道在哪儿呢，就写进诗里了。

安石与杨德逢听了，相视一眼，哈哈大笑。

待他们回到家中，太阳已经西下，只余一片绚丽的晚霞。

吃过晚饭，安石同杨德逢坐在前院喝茶说话，微风轻拂，有菜畦里的虫鸣，稻田里的蛙鼓。狗子追着蝴蝶儿满院子撒欢。

安石眯着眼睛，心情舒爽而惬意。他说："这儿正处在江宁府到钟山途中的一半，我将来建的院子就叫'半山园'，你觉得如何？"

杨德想了想，慢慢地说："这'半'字，虽是取自江宁府至钟山的路程，对老朽来说，又何尝不是一个提醒？日中则昃，月满则亏。人一生的兴衰荣辱，与日月盈亏是一样的道理，都在不断地变化。天地间没有十全十美、永恒不变的事物，所有的事物都会由盛而衰。只有这'半'，才是人生最美好、最实在的时候。"

安石哈哈一笑："我给还未动工的屋子取个名字，引起你一番感慨。可有些人，就是不明白事物'变化'的道理。"

杨德逢听了一愣，暗道，我是不是引起他联想到"变法"上头去了？眼下最好还是不要谈论这个话题。忙接道："半山园这名儿好，只不知你何时动工？若是时日拖长了，老朽难免挂念。"想了想，又说，"修庐筑舍，不是一天两天的事。你若不嫌弃，钟山归来，你携家人来敝庐住下。宅院慢慢地修，也免了从江宁到这里，来回地跑。"

安石见他情真意切，很是感动。起身抱拳一揖："得友如此，夫复何求。介甫从钟山归来便动工。"

第二天用过早餐，杨德逢送安石转过一道山嘴，才依依惜别。

悟真院，又名悟真庵，在钟山之东。始建于南朝，是当时较为有名的佛门圣地。

安石今儿心情愉悦，翻坡越坎也不觉得累。他上山不骑驴，怕驴累着，江歌牵着驴跟在他身后，一主一仆一驴，悠闲自在地在山林中徐徐而行。忽然间，清越的钟声随风而来，悟真院到了。

悟真院掩映在高大的乔木之间，纵横交错的溪水从寺前流过，冲刷着山门的台阶，碧绿的野草淹没了山径。

江歌牵着驴走得很慢，因为驴时而低头吃草。他朝前面嚷道："老爷，这山上同山下不一样啊，看这花花草草，像是春天呢。"

安石头也不回地说："唐人白居易的诗，你没读过？人间四月芳菲尽，山寺桃花始盛开。长恨春归无觅处，不知转入此中来。"

江歌却道："老爷去年来悟真院，正是三四月间，那回老爷在僧舍午睡起来写的诗，我是记得的。"

"噢，哪一首？"安石停下脚步。

"老爷请听。"江歌清清嗓子，扬声诵道：

野水纵横漱屋除，午窗残梦鸟相呼。
春风日日吹香草，山南山北路欲无。

——《悟真院》

安石笑说你记性倒是好，又不免黯然神伤。江歌是自己入朝做翰林学士那年来家的，那时他七八岁的样子。后来儿子王雱回京任职，闲时教他读书识字。如今儿子不在了，却是江歌天天陪在身边。

江歌又道:"江宁府有位自诩文才了得的师爷说,老爷这首诗中,清澈的溪水日夜冲刷着悟真院的阶除。不知溪水从何而来,流向何处。他还说,老爷在这里万虑皆消,是梦中有鸟鸣,还是鸟叫醒了梦?妙在点到为止。老爷在春光明媚、芳草萋萋之时,不想找前行的路,也忘了来时的路。这种心与物,人同景相融的境界,老爷是在说禅呢。"

安石听了大笑:"这么说来,老夫还是有知音的。"又回头说,"也不知是不是你编来哄我的。"

江歌叫屈:"小的哪敢在老爷面前卖弄?那衙门里的师爷还说了一堆话,小的都不记得了。"

二人说话间,已进山门。

正是午饭时间,住持和僧人都认识他主仆,忙招呼着用斋饭。

住持说:"施主今儿还住往日那间僧舍吧,老衲已叫人收拾妥当了。"

安石忙谢过,吃了饭,想到寺外转转。

江歌说:"老爷走了这大半天的山路,不累吗?先歇个午觉,再去逛也不迟。"便搀他的胳膊往僧舍去。

安石坐在床边,疲惫侵袭而来,暗叹到底是老了,走半天的山路就累得不想动了。便任由江歌替自己脱掉鞋子,倒头睡去。

安石一觉醒来,不知时辰,只听得磬声袅袅,经声悠悠。想起方才参禅的梦境,思索着吟道:

月入千江体不分,道人非复世间人。

钟山南北安禅地,香火他日共两身。

——《记梦》

刚想找纸笔录下,却见江歌从外间笑嘻嘻地进来,说:"老爷睡一觉都能睡出好诗,小的已经抄录下来了。只是不懂其中的精义,既是在悟真院写的,莫不是又在说禅?"

安石笑说你抄录了就好,回家给夫人看,听她如何说。

江歌忽然扭扭捏捏地。

安石瞪眼道，你小子有话就说。

江歌说："老爷，你常来悟真院，这儿又无新鲜事儿，有何流连的？不如咱们明天回江宁，接夫人到湖阴先生家住下，把'半山园'建起来。有一座自己的宅院，那该多好。"

"你这是嫌弃老爷做了几十年的官，到头来连一座宅院也没有吗？"安石道。

江歌慌得双手乱摇："不是不是，小的不是这个意思。"

安石倚门望向悟真院的大雄宝殿，目光却越过琉璃瓦的屋顶，不知落在何处。他这样足足站了有半盏茶的工夫。

第二天一早，安石对江歌说："老爷今儿听你的，打道回府，接夫人到湖阴先生家，建'半山园'。"

第四十五章　当此不知谁主客　道人忘我我忘言

自住进"半山园",安石就自称"半山老人"。那江歌一有空,就爬上"谢安墩",俯瞰这座宅子。

他说,老爷建的宅院,跟湖阴先生的宅院比起来,就像一所简陋的偏僻的乡野旅舍。连一道院墙都没有,只有一圈竹篱笆。屋后挖了池塘,开垦了荒地做菜畦,房前栽了几排桃李杨柳。好在树都长高了,成了宅子的天然屏障。

安石却道:"要院墙做什么,夏天有风吹进来,冬天有阳光照进来。既敞亮,又通透。"

江歌嘀咕道:雨雪也能飘进屋里来。

安石却兴致盎然,走到后门菜园子旁边的小径上,微眯着眼,拖长声音吟道:

春风取花去,酬我以清阴。翳翳陂路静,交交园屋深。
床敷每小息,杖屦或幽寻。惟有北山鸟,经过遗好音。
——《半山春晚即事》

江歌说:"老爷,小的明白你的意思。人家写暮春写的是落红、凋谢。你写春风将花儿带走了,送你一片清凉的绿荫。累了就在床上睡一觉,高兴了就拄着拐杖去寻幽探胜。从窗前飞过的鸟儿,叫声也觉得好听。老爷是天底下最容易满足的人。"

安石听他絮絮叨叨地说完,捋着胡须仰面大笑。吴夫人带江梅在菜畦里扯草,听他二人一个吟诗,一个解诗,也忍不住笑了。

吴夫人对这首诗另有一层理解。丈夫执着于变法,在朝堂执政这么多年，怎么可能说放下就放下呢？他诗中写的，或居家凭几小憩，或挂杖探幽，在宁静闲适之中，那句"惟有北山鸟，经过遗好音"却隐隐透出一缕寂寞之感。吴夫人当然不会说出来，只在心中暗暗叹息。

这时，江歌又奇怪地问："老爷，北山是哪个山啊？"

安石说："南朝时，因钟山在江宁城的东北，故又称北山。"见夫人扯草，也去帮忙。

恰在此时，一阵嘹亮的歌声响起，安石侧耳细听，只听那人唱道：

钓鱼船上谢三郎，双鬓已苍苍。蓑衣未必清贵，不肯换金章。
汀草畔，浦花旁，静鸣榔。自来好个，渔父家风，一片潇湘。

——《诉衷情》

安石朝夫人一笑："俞紫芝来了。"起身把长衫一抻，"他是唱着曲儿来的，我得和一首作为回礼。"略一思索，清清嗓子，扬声吟道：

练巾藜杖白云间，有兴即跻攀。追思往昔如梦，华毂也曾丹。
尘自扰，性长闲，更无还。达如周召，穷似丘轲，只个山山。

——《诉衷情》

那人已到门前，听了安石的词，笑道："达如周召，穷似丘轲，只个山山。半山老人将世事看得好透彻呀。"

安石将他迎进屋里。

俞紫芝，字秀老。金华（今属浙江）人，寓居扬州（今属江苏）。不娶不仕，只信佛法。

菜畦边，江歌悄声对吴夫人说："这俞秀老，原本是没有名气的，他的诗也不为人知。"

吴夫人见来了客人，便起身。因蹲久了，腰伸不直，扶着腰说："你老爷说他的诗修洁丰整，意境高远。很是喜欢呢。"

江梅去池塘洗了手，替夫人捶腰。

江歌又说："老爷若不喜欢，怎会把他的诗写在随身带着的扇子上？"

江梅问："哪首？老爷的扇子可不少，每把扇子上都写有诗呢。"

江歌诵道：

> 白浪红尘二十春，就中奔走费光阴。
> 有时俗事不称意，无限好山都上心。
> 一面琴为方外友，数篇诗当橐中金。
> 会须将尔同归去，家在碧溪烟树深。
>
> ——《旅中谕怀》俞紫芝

"在江宁府时，老爷就将'有时俗事不称意，无限好山都上心'这两句写在扇子上，走到哪都摇着扇子。我不懂这诗的意思，却知道，有好多人是从老爷的扇子上，才知道世上有个俞秀老和他的诗。"

江梅白他一眼，小声道，又卖弄你的文才。

吴夫人说："俞秀老这首诗，大概是表达了对世俗的厌倦，和对山水的向往吧。他无意功名，只信奉佛法。若他的诗不好，又会有谁喜欢呢？你记的诗不少，就爱瞎琢磨。我倒希望俞秀老多住几日，陪陪老爷。老爷喜欢这偏僻的居所，只有我知道，他是有多么孤独寂寞吧。"忽然摇摇头，"不说这些了。你去菜园子东头摘些青豆、茄子，再到池塘捞几尾鱼来，要做午饭了呢。"

屋里，安石与俞秀老相谈甚欢。

俞秀老说："你这半山园朴素，僻静，远离喧嚣。实在是隐居的好去处。"

安石道："你若喜欢，在半山园住个一年半载，也未尝不可。"又说，"我叫厨下做几个好菜。"起身往后面去。

俞秀老暗想，你这半山园，前不巴村后不巴店的，除了菜园子里的菜蔬，还能做出什么好菜来。便哼着曲儿出了前门，见桃树底下一只老母鸡带一群鸡娃觅食，饶有兴致看了半天。又转到屋后的菜园子，见菜垄修得整齐划一，各样应季菜蔬，长势喜人。不见篱笆围墙，俞秀老哑然失笑："他这里四无人家，除了天上的鸟儿，地上的虫儿，还有他家的鸡鸭鹅，谁会偷他的菜呢？"

俞秀老前前后后转了一圈回来，菜已经摆上了桌子。细看去，是一碟腊肉炒蒜苗，一碟青豆角，一碟炒茄子，一碟虎皮辣椒，都是清爽可口的下饭菜。见安石端了一只陶钵进来，笑道："好丰盛呢，惹得我口水都流了一地。还有什么？"

安石把陶钵放桌上："鲫鱼汤。"又唤江歌拿酒来，"我不饮酒，以茶代酒作陪，可好？"

俞秀老也不客气，自斟自饮，喝得酣畅淋漓。

安石见他洒脱率性，更是欢喜不已。

俞秀老吃饱喝足，已是醉意蒙眬。安石见他说话舌头打卷，叫江歌扶去客房歇息，自己则坐在门边。

吴夫人道："你也去歇个午觉，待俞先生醒了，你们再叙话岂不更好？"便嘱咐江歌在房门外守着，怕俞秀老醒了口渴要茶喝。

安石这一觉睡得踏实，直到太阳斜斜地照进窗户，在鸟儿清越的啼叫中醒来。他还有些迷糊，不知是梦中的鸟鸣，还是屋外林间的鸟鸣将自己吵醒的。他站在窗前，目光越过池塘盈盈碧水，望向连绵起伏的山峦，无端地有种怅然若失之感，直到将这种感觉写出来，心里才舒畅些。

吴夫人听他咳嗽，端了茶来，见书桌上墨汁未干的诗笺，轻声念道：

午枕花前簟欲流，日催红影上帘钩。
窥人鸟唤悠扬梦，隔水山供宛转愁。
——《午枕》

"梦境与现实是不同的。你虽是写心里难以排解的隐痛，却婉转含蓄地写出了一种飘忽清远的情致。"

安石被夫人言中心事，生出几分尴尬，突然"啊呀"一声："那醉酒的俞秀老呢？醒了吗？我把他给忘了。"

吴夫说："俞先生已经走了。"

"走了？"安石愣了片刻，失声笑道，"不受世事束缚，这或许就是山野之人的真性情。"又伏案写道：

忽去飘然游冶盘，共疑枝策在梁端。
禅心暂起何妨寂，道骨虽清不畏寒。

——《俞秀老忽然不见》

这天一大早，安石起床后闷声不响。吴夫人心里明白，今儿是元丰二年（1079）六月二十五日，儿子王雱是三年前的今天离开的。三年了，一千零八十个日日夜夜，那撕心裂肺的痛，虽随着时间的流逝慢慢减轻，却从未停止。

三年前，安石罢相回江宁时，将王雱遗骸带回安葬，其祠堂就设在宝公塔院。熙宁十年（1077）十月，皇帝怜安石贫困，命使者送来黄金五十两，安石将黄金都施给了定林寺。

江梅早早起来，烙了饼，冲了鸡蛋汤，安石和江歌吃了。吴夫人用布袋装了饼子，又灌了一壶茶水交给江歌，说山路不好走，不要让驴子惊了老爷，要好生照拂老爷。江歌一一应了。

到宝公塔院，已是午后。江歌将驴系在门外的松树林里，自己则坐在松阴下歇息。他每次都在此处等候老爷。

安石来到儿子的祠堂，看着牌位上"王雱"二字，一时老泪纵横。想起三年前的今日，他在儿子的床边，紧紧握着儿子的手，却拉不住儿子的灵魂。曾经鲜活、年轻的生命，就像流水一样无情地、漠然地离他而去。

他恨天妒英才，恨不能代替儿子生病，恨自己位高权重，寻遍天下名医，却医不好儿子的病。原来，世间有权力无法医治的病痛，也有金钱改变不了的命运结局。他跌坐在蒲团上，垂头悲泣：

斯文实有寄，天岂偶天才。一日凤鸟去，千秋梁木摧。
烟留衰草恨，风造暮林哀。岂谓登临处，飘然独往来。

——《题雾祠堂》

安石痛哭一阵，郁闷的心胸才轻松些许。从祠堂出来，西斜的太阳，照得宝公塔顶的琉璃瓦，熠熠生辉。

江歌见他双眼泪痕未干，望着塔顶出神，知他又要登塔，忙说："老爷走了大半天，想必又乏又饿了，吃点东西再上塔吧。"

宝公，是南朝梁武帝萧衍时期的高僧——宝志和尚。当时，宝志和尚经常出入钟山，往来于城邑，疯疯癫癫地。据说，宝志和尚就是在民间为百姓排忧解难的"济癫"和尚。梁武帝很是敬重他，常呼他宝公。宝公圆寂后，梁武帝将他厚葬在钟山的独龙阜。永定公主出资为他修建了塔，就是这"宝公塔"。

安石坐在塔的石阶上，吃了两块饼，喝了几口水，歇息片刻，就拄着拐杖拾级而上。到了塔顶，太阳已经落在山的那一边，只余下片片晚霞，在渐起的暮风中，变成丝丝缕缕。塔外一棵高大的松树上，一只松鼠摇着长长的尾巴，吱吱地叫着，在枝丫间跳跃，打破了黄昏的寂静。归巢的乌鸦翻飞着矫健的身影从眼前掠过。回首望向塔下，江歌和驴子在松树林中歇息。此时此地，安石一时竟不知谁是主人，谁是客人。看守宝公塔院的僧人，不知他的到来，他也忘了去问候一声。

当年在朝中，总想着归隐林泉。如今在山野，其情其景，果真如此，心中的郁闷一扫而空，放声吟唱道：

倦童疲马放松门，自把长筇倚石根。
江月转空为白昼，岭云分暝与黄昏。
鼠摇岑寂声随起，鸦矫荒寒影对翻。
当此不知谁客主，道人忘我我忘言。

——《登宝公塔》

突然，一个爽朗的笑声响起，在塔内引起一阵共鸣。

安石被这突如其来的声音吓得一激灵，惊恐地回头看去，见一个着僧袍的人正踏着台阶，向自己走来。那僧人走近，双手合十，低眉道："老衲宝觉，见过大丞相。"

安石细细辨认后，"啊呀"一声："原来是宝觉禅师！"

宝觉本名祖心，南雄始兴（今广东始兴县）人。十九岁时突然双目失明，母亲为之祈祷，神奇复明，便剃度出家，法号宝觉。先后得衡山云峰文悦大师、黄檗慧南大师的指点，熟读《传灯录》。顿悟后回黄龙山，慧南大师许其入室，成为黄龙宗的大师。慧南圆寂，宝觉继任黄龙住持。

"你方才吟的诗，老衲可是听全了。"禅师说。

安石笑道："见景生情而已。"

禅师说："你在诗中，与所见之景和谐为一体，各得其乐，而道人与我已是两相忘了。这美妙的感觉，令老衲想起陶渊明。陶令在'采菊东篱下，悠然见南山'之后，不也是'此中有真意，欲辨已忘言'吗？"

安石忙道："介甫岂敢与陶令相比。"

说话间，二人下到了塔底。

禅师说："陶诗之景显得明丽一些，介甫之景则见几分荒寒。若论境界之开阔清远，陶诗远远不及啊。"心中却叹道，安石去位不久，失子之痛尚存，而诗中一片宁静，臻于物我两忘，令人称奇而敬佩。

安石岔开话题："不知大师缘何到此？"

"老衲云游至钟山，在定林寺挂单。无外上人说你每年的今日会来宝公塔院。老衲便来此寻你。"

此时，天色渐暗，青黛色的山峰似从四周拢来。月亮，已上林梢，洒下如溪水一般的清光。定林寺晚课的钟磬声，在山谷悠悠回荡。

定林寺的方丈无外上人，站在山门前迎接他们，亲自带安石主仆去斋堂用膳。出家人下午四点前吃了晚餐，再不进食的。

他二人吃了素食晚餐，有值事和尚带去僧舍歇息。

安石想去找宝觉禅师叙叙旧，又怕打扰禅师清修。他是在熙宁元年（1068）春天认识宝觉禅师的，那时，禅师正在镇江金山寺讲法。他也刚刚接到皇帝的圣旨，召他进京任翰林学士。进京之前，他去金山寺见了宝觉禅师。这一晃，十一年过去了。十一年，弹指之间，只是这之间的风风雨雨，令人不堪回首。方才在诗中说"道人忘我我忘言"，真的就"物我两忘"了吗？

正想着，宝觉禅师来了。他告诉安石，曾经在边境叱咤风云的王韶，皈依了佛门。

安石接过禅师递过来的册子，上写着："答王子淳入道。以颂见呈，了了了。雪里寻春月中晓，困来欹枕意度深。饥即饱餐滋味好，勿言欹饱便相于。古今同辙不同途，从来已是无羁束，大丈夫儿捋虎须。元丰元年（1078）六月二十五日。"

看到这个日期，安石一下愣住了。这个日子，他到死都不会忘记。三年前的今天，他的爱子王雱离他而去，去年的今天，热血男儿王韶遁入空门。一时间，他说不出话来，一双泪眼望向窗外院中月光下的菩提树，似无言地问，这是为什么？

宝觉禅师见他神情凄楚，双手合掌说："阿弥陀佛。天下事未易了，当以不了了之。你心胸宽阔，又何妨再宽阔些。今天累了，早点歇息吧。"说毕，便告辞出去。

明月菩提，经声佛火，却难以让他心神安宁。这一夜，安石未曾合眼。他不想在定林寺逗留，因为他无法面对宝觉禅师，因为他做不到物我两忘。他有对逝去的儿子的挚爱，也时时惦记着推行的新法。如今，又有了对王韶的惋惜。他骑着毛驴，回到了半山园。

第四十六章　浮云却是坚牢物 千古依栖在蒋山

元丰三年（1080）九月，朝廷又封安石为"荆国公"。自此，人们便称安石为"王荆公"。

安石并不在乎这个公，那个公的称号。他的宅院叫"半山园"，他就是"半山老人"。他在半山园静心写作，有时到定林寺借居，完成《三经新义》的修订后，著有《字说》，又撰写了《洪范传》。

西风渐起，清霜染得山林就像打翻了的调色板，五彩斑斓。篱笆墙下的菊花也灿然开放。

这天，安石正在"谢安墩"上欣赏山景，江歌急匆匆地跑来，说是有人从京城捎来了家书。

安石忙回到家中，原来是大女儿伯姬的来信。女儿在信中极尽思念之情，还有一首小诗曰：

西风不入小窗纱，秋气应怜我忆家。
极目江南千里恨，依然和泪看黄花。

——王萱《寄父》

吴夫人读了诗，肝肠寸断。大女儿王萱，乳名伯姬，嫁给吴充的儿子吴安持，说起来是门当户对，但从女儿每次写的诗来看，她过得并不顺心。嫁鸡随鸡，嫁狗随狗，即便不顺心，却又如何。

安石虽是看惯了繁华，经历过人生起起落落，读完女儿的诗，除了暗自难过，还能怎样呢？他托进京的朋友捎一本《楞严新释》给女儿。《楞严新释》是他为《楞严经》作的注释，并附诗曰：

> 秋灯一点映笼纱，好读楞严莫念家。
> 能了诸缘如梦事，世间唯有妙莲花。

"诸缘如梦事"，意思是，父女之缘、夫妻之缘、君臣之缘等诸多缘分，其实都如幻似梦。因此不必当真，更不必为此思念难过。安石期待女儿体悟楞严之智，从世间的忧悲苦恼中解脱出来。

日子就在经声佛火、山色浮云中匆匆而过，转眼到了冬天。

江歌总是说，站在"谢安墩"上往下看，半山园孤零零地，就像一间被遗弃的旅店。山野的冬天比城里冷，夜间，寒风从窗户缝隙钻进来，那声音，像野兽的嚎叫。

安石不以为然。说江歌年轻、浮躁，只喜欢虚华的热闹，不懂得简朴中能修性灵，寂静中能解禅意。

江歌搓着双手嘀咕："这天冷得，手都僵了，如何修性灵呢。"

安石笑道："你总说湖阴先生的宅院好，老爷今儿就带你去他家住几日。"

江歌忙去牲口棚牵驴。安石说，走路去吧，转过山嘴，走到水渠尽头就到了。再说，走路暖和。

到了杨德逢院门外，便有一缕馨香，随着凛冽的寒风飘逸而来。二人推开院门进去，原来是东面院墙下一株白梅开了。

江歌笑说，要不是闻到花香，还以为是昨夜下了雪，堆在树枝上呢。

安石拊掌而笑："你这句话倒点醒了我。"略一思索，随即吟道：

> 墙角数枝梅，凌寒独自开。遥知不是雪，为有暗香来。
> ——《梅花》

杨德逢正在堂屋火炉边读书，听院子里有说话声，便开门出来，见是安石，喜道："哎呀，是介甫兄来了。难怪早起听喜鹊喳喳叫呢。"忙请二人进屋。

江歌却指着墙角的白梅说，我家老爷为这株梅花题了诗呢。

杨德逢喜极，忙跑进屋里拿了笔砚出来，递给安石："还请介甫兄将梅花诗，写在这梅树旁的粉墙上吧。"

安石笑笑，挽起衣袖，接过笔，在雪白的墙壁上一挥而就。

杨德逢读读墙上的诗，看看梅花，又看看安石。心中暗赞，寥寥数语，平实内敛，却自有深致。梅花在僻静而冷清的墙角，迎着严寒静静开放，散发着沁人心脾的幽香。他写梅花，又何尝不是写他自己？若非绝世之人，又怎能写出这绝世之梅？

元丰七年（1084）春，安石突然病倒，吴夫人多方求医，精心照料，又得皇帝派了宫中最好的太医来诊治，夏初才慢慢痊愈，能下地走动了。

躺在病床上，安石想了很多，想自己一生的经历和儿女的现状，未免有些消沉，欲将半山园改作寺院。这个想法得到吴夫人的赞成，算是给儿子王雱祈求冥福吧。安石当即上表皇帝，请求为寺院命名。

安石拄着拐杖，站在篱笆墙外看着半山园。忽然想，人的命运和机遇，真是难以捉摸，一时感慨万千，连声唤江歌快拿笔来，当即在墙壁上写下一首小诗：

我行天即雨，我止雨还住。雨岂为我行，邂逅与相遇。
——《题半山寺壁》

江歌问："老爷，前两句小的还明白，说的是老爷要出门，天就下雨了。老爷不走了，雨也停了。这后两句不大明白。"

吴夫人笑道："后两句是说，这天岂是为你老爷要出门而下雨？只不过是偶然相遇罢了。"

安石意犹未尽，又在后面写道：

寒时暖处坐，热时凉处行。众生不异佛，佛即是众生。
——《题半山寺壁》

江歌笑道:"天寒时,自然知道寻暖处而坐,天热时肯定会找凉处凉快。这后面如何又同佛扯上了呢?"

安石放下笔,说:"世间万物与佛并无本质差别,佛即是众生,众生即是佛啊。"

江歌听得似懂非懂,又看着落款说:"叫'半山寺'也不错呢。"

吴夫人悄声道:"老爷已经给皇帝上表,将半山园改为寺院。虽未接到圣旨,终是寺院了。想必这'半山寺'是老爷暂时取的名字。"

一家人正在欣赏墙壁上的诗,忽然篱笆墙外有人高声问:"请问,这是大丞相王老相公的家吗?"

江歌应声是。

那人笑了,抹了抹额头上的汗,说总算找到了。

原来,苏轼于元丰二年(1079),因"乌台诗案"被贬黄州五年,今年春上,奉诏赴汝州就任。因舟车劳顿,其幼儿不幸夭折,且去汝州路途遥远,盘缠已尽。苏轼便上书朝廷,请求暂不去汝州。皇帝念其丧子之痛,准其暂住常州休养。今天,苏轼特来拜访安石,又不知安石所居何处,便命人四处寻问,这才找到半山园来。

乌台,是御史台的别称。据《汉书·朱博传》记载,汉朝时御史台院中有许多柏树,常有数千只乌鸦栖息其上,朝去暮来,被称为"朝夕乌",因此后人也将御史台称为"乌台"。安石第二次罢相回江宁后,皇帝亲自主持变法。元丰二年四月,苏轼调任湖州,按惯例向皇帝上表致谢,表中有"知其生不逢时,难以追陪新进;查其老不生事,或可牧养小民"句。有心人说苏轼是以"谢表"为名行讥讽朝廷之实,妄自尊大,发泄对"新法"的不满,遭御史台弹劾,最后免职下狱。当时为此案受牵连的有二十多人,这便是史上有名的"乌台诗案"。安石在江宁闻说此事,上表替其求情,说:"安有圣世而杀才士乎?"苏轼这才免于牢狱之灾,被贬去黄州当了团练副使。黄州五载,历经磨难,于今年春天,苏轼才得以离开黄州,改任汝州团练副使。

这会儿,安石见苏轼派来的人找到半山园,大喜过望,忙问苏轼现在何处?听说在江边码头的船上,便叫江歌快牵驴来,他要去见苏轼。

苏轼在船上等候消息，却见安石亲自登舟拜访，惶恐不已。慌慌张张的，连帽子都忘了戴，出舱作揖迎候。指着自己身上的布袍说："轼今儿冒昧，穿着村夫的服饰见大丞相啊！"

安石爽朗一笑："我穿的不是平民衣衫吗？礼节岂是为吾辈而设？"他豁达豪放，一无鄙俗之气。当世两大才子，十年前对立的保守派和新法派，今日相遇，一笑泯恩仇。

当日，苏轼就随安石回到了半山园。接下来的几天，二人携手共游钟山，或论文字，或参禅味。认识了几十年的朋友，竟有相见恨晚之感。

这天，二人从钟山下来。一路上，山间绿树成荫，溪水淙淙如琴，沿着芳草如茵、落花飘飞的小径，走走停停。

安石半眯着眼，吟道：

北山输绿涨横陂，直堑回塘滟滟时。
细数落花因坐久，缓寻芳草得归迟。

——《北山》

苏轼拊掌叫好诗！又笑道："这一路上追寻芳草，数着落花，归家不迟才怪呢。"又道，"咦，你说是写北山，我怎么觉得你写的是半山园呢。"安石捋着胡须，仰面一笑。

苏轼也不管他，略一思索，也吟道：

骑驴渺渺入荒陂，想见先生未病时。
劝我试求三亩宅，从公已觉十年迟。

——《次韵荆公四绝·之一》

安石当然知道，他这最后一句的意思是："他如今才认识到，追随荆公已经晚了十年之久。"十年前，正是朝廷变法最顺利的时候。今非昔比，往事不堪回首。

苏轼离开了半山园，乘船回了常州。每每与朋友谈及安石，他总是感慨地说："不知再有几百年，才能出一个这样的人物。"

夏末，朝廷派使者送来圣旨，皇帝给寺院命名为"报宁禅寺"，并亲笔书写了这四个字作为寺院的匾额。

秋天，安石搬出了半山园，也就是"报宁禅寺"，在秦淮河畔租了一个小院落居住。此后，依然是骑着毛驴，往来于钟山和报宁禅寺之间，在寄情山水中，排遣不能与人言的忧伤。

除了流连山水，便是读书。苏轼走后，他更多了一层心事。从苏轼的遭遇看自己，自己也必定逃脱不了某些人的诋毁。又想，自己这个岁数了，还怕人说三道四？

凡是做大事的人，都会历尽苦难。但他们一生的经历，将交付给何人去评说呢？生前就已经被误解，后世更是混淆了真相。史籍记录的，不一定是精华，更可能是糟粕，就像画像一样，难以表达人的内在精神。几行字的记载如何能充分表达、阐释高尚贤良的古人的本意呢？后世之人，想要了解历代高贤精深微妙的思想，别无他途，唯有在那些尘封的故纸堆里研读。

安石从史籍中抬起头来，沉思着，叹息一声，继而作诗曰：

> 自古功名亦苦辛，行藏终欲付何人？
> 当时黮暗犹承误，末俗纷纭更乱真。
> 糟粕所传非粹美，丹青难写是精神。
> 区区岂尽高贤意，独守千秋纸上尘。
>
> ——《读史》

韩愈在《答刘秀才论史书》中说："且传闻不同，善恶随人所见。甚者附党憎爱不同，巧造语言，凿空构立善恶事迹，于今何所承受取信，而可草草作传记，令传万世乎？"

宋人李壁对安石这首《读史》评说："经事方知史之不足信，经事方知史之难为言。"千秋万载，时过境迁。昔日之是非，今日之零落，如何追寻真相。

元丰八年（1085）正月，皇帝赵顼因西夏战事惨败而忧戚，一病不起。他一直想用武开边，收复旧地，却壮志未酬，于三月去世。享年三十八岁，共在位十八年，庙号神宗，谥号为英文烈武圣孝皇帝。其九岁的儿子赵煦继位，因新帝年纪尚小，赵顼的母亲高太后，以太皇太后的身份垂帘听政，由宰相王珪、蔡确，副宰相章惇共同辅佐，处理国家大事。

皇帝去世，给安石又一次沉重的打击。他身体衰弱到再也不能出门了，终日以读书为事，时而抚床叹息，时而伫立凝思，夜不能眠。怀着极其悲痛又极其复杂的心情写下两首挽辞。

一

将圣由天纵，成能与鬼谋。聪明初四达，俊乂尽旁求。
一变前无古，三登岁有秋。讴歌归子启，钦念禹功修。

二

城阙宫车转，山林隧路归。苍梧云未远，姑射露先曦。
玉暗蛟龙蛰，金寒雁鹜飞。老臣他日泪，湖海想遗衣。

——《神宗皇帝挽辞》

后记

据史料记载：

元丰八年（1085）五月，王珪去世，蔡确改任第一宰相，知枢密院事韩缜任第二宰相，章惇改任知枢密院事。司马光入朝，任第一副宰相门下侍郎。

司马光上任的第一件事，是翻出十七年前的"阿云"案，以"大逆"之罪将阿云处死。

七月，司马光奏请重新审视新法，高太皇太后批准。

九月，罢免行钱。

十月，罢方田法。

十二月，罢保马法。

1086年年初，改年号为元祐。

元祐元年（1086）正月，司马光病，将推翻新法之大事，托付于吕公著。

闰二月，蔡确罢相，司马光带病拜相，起用吕大防、范纯仁。

三月，罢免役法。

此时，安石已忧郁成疾，于四月初六病故。

八月，罢青苗法。

九月，司马光去世。

司马光从入朝到去世，共十六个月，将新法全部废除。

写到这里，笔者以此诗作为结尾：

江水悠悠去不还，长悲事业典刑间。

浮云却是坚牢物，千古依栖在蒋山。

　　　　　——《哀王荆公》张舜民

2024 年 4 月 12 日于古城吴都初稿